国家社会科学基金项目

宝鸡文理学院重点学科建设专项经费资助

文学气象与民族精神

20世纪陕西地缘文学审美形态

冯肖华 著

中国社会科学出版社

图书在版编目(CIP)数据

文学气象与民族精神：20世纪陕西地缘文学审美形态/冯肖华
著.—北京：中国社会科学出版社，2010.10
　ISBN 978-7-5004-9116-3

　Ⅰ.①文…　Ⅱ.①冯…　Ⅲ.①当代文学—文学研究—陕西省
Ⅳ.①I206.7

　中国版本图书馆 CIP 数据核字(2010)第 179206 号

责任编辑　刘志兵
责任校对　王雪梅
封面设计　毛国宣
技术编辑　李　建

出版发行　中国社会科学出版社
社　　址　北京鼓楼西大街甲 158 号　　　邮　编　100720
电　　话　010—84029450(邮购)
网　　址　http://www.csspw.cn
经　　销　新华书店
印　　刷　北京君升印刷有限公司　　　　　装　订　广增装订厂
版　　次　2010 年 10 月第 1 版　　　　　印　次　2010 年 10 月第 1 次印刷
开　　本　710×1000　1/16
印　　张　19.75　　　　　　　　　　　　插　页　2
字　　数　316 千字
定　　价　35.00 元

自　序

悉心指导与受益提升

《文学气象与民族精神——20世纪陕西地缘文学审美形态》一书，是我主持完成的2005年国家社会科学基金项目的最终成果，该成果经国家社会科学规划办通讯专家鉴定以良好等级结项。这不仅意味着几年苦著得以圆满而如释重负，更是我学术生涯中受益终生的一次历练与提升。

关注陕西文学，是我近五年间学术视野的一个微调，即从中国现当代文学研究向地域文学延伸，从文学本体性研究向地缘文化论域拓展。其实，在此领域中，诸多前辈、师长及同道佼佼者已是著述高筑，成果斐然，其传承濡染于我受益匪浅。在本书完成过程中，特别是初成后的数次就教求正，都曾得到同道学者们真诚文字的悉心指导和热情话语的恳切激励。著名地缘文化研究家崔志远教授，从地缘文化的高度认为："新时期以来，伴随寻根文学的出现，从地域文化的视角研究文学的地域性是一个新突破。这部著述正是在此基础上以较大的气魄从姜炎文化、周秦文化、汉唐文化、延安文艺的渊源传承上思考陕西文化的地域特征，并进而思考与20世纪文学的相互联结，这是一个很好的研究思路。所涉及的陕西地缘文学的诸类问题，既有纵向的考察，又有横向的剖析与阐释，内容丰富，使著述具有填补该地域文学空白的性质。同时，从论证中可明显感到，研究者对陕西文学很是熟悉，不仅资料较为丰富，而且论断准确得体，如对'本体形态'、'价值体系'、'作家传承'、'格局建构'等内容写得颇有特点，多有新见。"与此同时，崔先生还语重心长地指出："陕西地缘文化的丰富内涵如何？这些内涵与他省区有何不同特征？20世纪陕西文学的独特性如何在地缘文化的基础上形成？这些焦点问题有待拓展思考。"先生的指点对问题的后续深化提供了新的思路。著名文艺理论家李西建教授就地域文化与民族精神何以融合的问题指出："作者从20世纪陕西地域文学的本体形态入手，对这一时期陕西文学的总体面貌与民族精神间的关系作了较深入的思考，既有历史纵深感，视野开阔；又能着眼于空间呈现——即地域状貌所赋予的文化烙印与痕迹的分析与阐释。可以说，较之同类研究而言，无论从命题的新颖性，还是从立意的广度与深度方面都有一定的开拓，故创新性是较为突出的。作者问题意识突出，解决和思考是系统的，十个层面多角度的透视与观照，使问题的思考更加深入与细致。尤其从一个较新的视角系统分析了20世纪陕西文学的整体面貌以及与民族精神的关系，这就具有了一定的哲学视野与理论价值取向，所以本著是对现有研究成果的提升与丰富。陕西文学的研究需要从更宏观的历史语境与地域特征方面进一步拓展，以超越目前即兴式、就事论事、单个评论式的研究状态。该著给我们以新的启示，是对目前研究现状的有益补充与整合，故有应用价值和学术价值。"李教授学术造诣很深，从高要求指出了很有见地的意见，希望"进一步挖掘地缘文学与民族精神之联系，强化这方面的思考，使陕西文学的深层价值得以彰显"。寥寥中的之言，使我受益匪浅。著名唐代文学研究家李浩教授，近年来在关陇士族文化方面的研究颇有建树，对拙稿的透视更有着类同亲缘之感。认为："从地缘特征牵引出广阔的关联论域阐述陕西文学，在方法论上有较高的创新性。书稿突出特色体现在，著者没有陷于以往文化模态的'外部结构'或生硬框套陕西文学的'内部结构'之中，而是将重心自觉置于后者，并有效地提炼出20世纪陕西文学的本体形态、整体景观、价值谱系等框架，论点清晰，言说有据，具有较为成功的史著化特点。同时，不乏新意之处是有效地梳理了'姜炎文化—周秦文化—汉唐文化—延安文艺'这样一条地缘文化/文学的历史生成谱系，以此为背景进而建构20世纪陕西地缘文化诗学，使之具有较高的理论深度和广度，并明显区别于其他地域文学的渊源、文脉，对陕西文学研究而言，具有较高的开拓性、学术价值和应用价值。书稿论及陕西文学价值体系、人生样态、人文关怀、审美风格，能够深入腠理，繁略相宜，多有发人未发之处。"李浩教授谙熟陕西地域文学研究现状，深有感触地指出："陕西地缘文学这个课题，涉猎的研究专家很多，都没有形成大的气候，主要原因有二，一是研究人员极少，二是大部分人只凭一时热情而为之，因此，成果稀少。冯肖华教授的项目研究却取得了不少独到成果，对前人的成果有很大的超越，特色鲜明，有很高的学术价值，形成了自己的理论体系，如进一步深入下去，将对陕西文学研究起到巨大的促进作用。"很显然，恳切的话语不仅是对我学术方向的有效点拨，更是对我学术信念的激励。研究陕西文学，在省内有许多造诣很深的行内学者，著名文艺理论家段建军教授对书稿给予了应有的指导。认为："陕西文学在中国文学格局中具有鲜明的地缘特色，陕西文学自身也因陕北、关中、陕南的不同，使作家的创作呈现出鲜明的地域特点。作者抓住陕西文学的突出特征，旨在建构一个地域文学新学科，并且大胆阐述了自己的地缘文学学科构想，不仅对研究陕西文学，而且对研究中国广大领域中所有具有鲜明地缘文化风貌的文学，都有参考价值和启示意义，所以是一项创新程度高、特色突出的成果。作者能够把陕西当代文学的创作，纳入到久远的历史之中，与远古的姜炎文化、古代的周秦文化、现代的延安文艺相连通，赋予了当代陕西文学深广的历史维度，突显出陕西文学所彰显的民族精神，这就使得点与面、今与古、民族与世界有了较为妥当的联系，也突出了成果的名称'文学气象与民族精神'。好的文学必然是通过地域特色，彰显民族精神的，由于具备人的气象，因而文学就更有了质的精彩。这是书稿在大的构架上视野开阔、角度新颖、体系完整的一个学术创新。在对陕西文学的本体形态、病象把脉、重构格局等的论述上既切合实际，又入木三分，思路清晰，做到了轻重缓急有所区分，读来使人眼前一亮。让人们对陕西最重要的作家作品的创作具有深入的了解，对次要的创作现象则有了概貌的了解，显示出逻辑严密和较强的理论力量。"末了，作为一直以来关注陕西文学研究的学者，段教授从书稿的学术性、针对性和应用性层面给出了他的判断："我认为这是一项值得我们重视的具有较大价值的成果。"自然，其肯定无疑是有效的鼓励与鞭策。2004 年，当我在主持完成陕西省社会科学规划项目"陕西地缘文学研究"课题时，著名现代文学研究家、贾平凹研究家韩鲁华教授就给予了及时的关注。觉得这种研究"是一种新的理论视野，在陕西文学研究上有着新的突破与创新，属于该学科研究的前沿。其突出特色和主要建树在于，勾勒出了陕西地缘文学的基本理论构架，特别是对陕西文学基于地缘的本体形态学的理论建构和审美特征的揭示与归纳，这对于陕西当代文学乃至于中国当代文学研究，具有着诸多的理论启示意义和实践意义"。韩教授殷切希望："由于该课题学术含量较高，且需要进一步地拓展，建议以所取得的成果为基础，对陕西地缘文学做更进一步的拓展研究，或连续性研究。"可以说，正是上述同道资深学者们的悉心指导，激情鼓励和热切希望，才使得这项研究得以延续，使得这项成果得以后期圆满。

对于陕西文学的研究，其实早在 20 世纪 40 年代因柳青、杜鹏程、王汶石、李若冰等的文学辉煌的存在，就吸引了众多批评家的眼球，如冯牧、严家炎、李希凡、胡采、阎纲、何西来等前辈的文学关注，其起点从一个高度奠定了陕西文学与共和国文学精神相依的应有品质。而在陕西学界也就自然形成了几代倾心关注、尽心研究本土文学、本土作家创作的学界称之为"思想库"的批评队伍，如王愚、肖云儒、李星、畅广元、刘建军、蒙万夫、王仲生等，以及后续新锐批评家白烨、李继凯、李西建、赵学勇、李浩、段建军、周燕芬、韩鲁华、冯希哲等。正如鲁迅先生所形容的作家与批评家之"厨师"与"食客"的关系那样，陕西学界有了这样以文学为经国大业的执著、热情、倾心呵护的"厨师"们，才使得文学在这块土地上尤为显得尊贵，尤为养人滋性，因而形成了文学神圣久远、作家代代不绝的深水静流的文学景观。这就是秦地黄土地文学——炎黄文明、周秦风采、汉唐气象、延安精神之上风上水上地文学品质的渊源烛照和传承。有了这一源远流长的文学热脉，作家代际师承的精神贵气，批评家殚精竭虑的理性扶持，陕西文学的多样与丰赡，博大与宏厚，锐意与创新之前景将是必然的！

冯肖华

于宝鸡文理学院

2010 年 5 月 23 日

目　录

导论　陕西地缘文学的学科构图 ………………………………（1）

第一节　版图、文化、精神的鼎立 …………………………（1）

第二节　地缘文学与通观视域 ………………………………（7）

第三节　史线边界与学科涵旨 ………………………………（10）

第一章　陕西地缘文学的本体形态 ……………………………（20）

第一节　本体形态特质通观论 ………………………………（20）

第二节　区域形态异质特色论 ………………………………（29）

第三节　文学样态地缘审美论 ………………………………（37）

第二章　陕西地缘文学的历史生成 ……………………………（47）

第一节　姜炎文化文明的地缘先导 …………………………（47）

第二节　周秦文化底蕴的地缘渊源 …………………………（50）

第三节　汉唐文化因子的地缘潜质 …………………………（58）

第四节　延安文艺新质的地缘延伸 …………………………（67）

第三章　陕西地缘文学的整体景观 ……………………………（71）

第一节　文学与地缘:整体构合特征 …………………………（71）

第二节　文学与时代:史线构合特征 …………………………（76）

第三节　文学整体景观的价值确认 …………………………（81）

第四章　陕西地缘文学的价值体系 ……………………………（86）

第一节　文学生态:价值取向的地缘特征 ……………………（86）

第二节 前代作家:主流意识的价值执守 ……………………(98)

第三节 后代作家:多义与超越的选择 ………………………(105)

第五章 陕西地缘文学的主流意识 …………………………(114)

第一节 时代精神的艺术共构 ………………………………(114)

第二节 主流意识:显性与隐性的转换 ……………………(121)

第三节 作家心态:地缘心理与文学精神的涵融 ……………(129)

第六章 陕西地缘文学的人生样态 …………………………(139)

第一节 人生样态的地缘学界定 ……………………………(139)

第二节 地缘样态与民族精神的呈现 ………………………(147)

第三节 地缘样态与时代风尚的多元 ………………………(155)

第七章 陕西地缘文学的人文关怀 …………………………(162)

第一节 人文关怀的渊源史线 ………………………………(162)

第二节 地缘个案形态:人文关怀的传承 …………………(170)

第三节 地缘个案形态:人文关怀的拓展 …………………(180)

第八章 陕西地缘文学的审美风格 …………………………(195)

第一节 地缘特性与文学观的生成 …………………………(195)

第二节 地缘文学的风格审视 ………………………………(198)

第三节 地缘文学审美视域的缺失 …………………………(210)

第九章 陕西地缘文学的作家传承 …………………………(221)

第一节 "柳青经验"的后世烛照 …………………………(221)

第二节 "路遥范式"的精神承载 …………………………(226)

第三节 "贾平凹现象"的文学意义 ………………………(235)

第四节 "陈忠实视野"的艺术之髓 ………………………(260)

第十章 陕西地缘文学的格局建构 …………………………(271)

第一节 得天优势与后续嬗变 ………………………………(271)

第二节 乡土叙事与农民人权 ……………………………（276）

第三节 病象把脉与未来格局 ……………………………（283）

第四节 劲旅换代与强势消长 ……………………………（291）

参考文献 ……………………………………………………（298）

后记 …………………………………………………………（304）

导　论

陕西地缘文学的学科构图

　　本章以"陕西地缘文学的学科构图"为题，旨在论述三个层面的问题。第一，陕西的版图、文化艺术和呈现出的人文精神在中华民族发展史上的应有位置，昭示着普泛意义上的秦人和职业意义上的代际学人之"陕西意识"、人文精神的织入与承续。第二，提出"地缘文学"通观大视域概念，融合陕西特有的地缘生态根脉，将区域表层的物质文化形态伸展到深层的精神文化形态，以发掘陕西地缘文学资源，集纳民族智慧，倡扬民族精神。第三，界定20世纪陕西地缘文学的历史分期，对相互胶裹又形态各异的四个段界内的文学特质，作历时性史线描述，并从学科构成的角度予以学理的观照。

第一节　版图、文化、精神的鼎立

　　正如人类社会有许多举重若轻之事理一样，问题的提出，仅出于教与学的不经意之中。随着中国教育体制的改革，大学生的传统择业理念在逐一解构。一批在父母抚养下习惯于守土供职的陕西的"乖乖娃""小棉袄"们，背起行装离乡他去，赴任建业。这一行为，从表象看属于个体皮囊在动移，即肉身的流动，然而实质却是本土文化流向的携带者。既为文化，就必然有本土文化与他乡文化在许多事象认识上的冲撞与涵融。问题的存在，使身处异地文化氛围中的陕西学子，甚感短缺本土学识的尴尬与窘迫，进而无以言对两种文化何以融通的茫然与苦恼。近年来，学子中仍存念想者，时有电函垂询关于陕西文学方面的资讯。学子们的目的显然功利，但很实际。试想，一个来自文学重镇的陕西学子（非陕西农人、商人、匠人、闲人），对本土文学却胸无点墨，其汗颜之难堪岂不悲矣。于是，出于师者的授业解惑之责，不仅有了表层意义上给陕西学子补课的话题，更产生了从深层意义上思考陕西地缘文学本身的生命特质、审美形态、价值体系、历史生成和盛衰因由等复杂生动的精神形成史的过程。以便诸多秦人和学子们能织入陕西意识，承续文学精神，以此为生命之脉源，使其在社会化过程中的基本潜质更为深厚，更好地具有参与和谐社会构建的陕西人独有的良好素养与学养。

一　陕西：中华版图之重

不知何时何地因何人，绘制了酷似"金鸡晨啼"状的中华版图疆域线。这个蕴涵着巨大历史质涵的问题，远非笔者之微力所能考详。这里只是说，在版图内镶嵌着的数省辖区，陕西的位置尤为重要，如雄鸡之"腹"。故有"世界地心在新疆，中国地心在陕西"之说。地理学之谜无须溯究，现实位置的序次须得看重。因为缺了它，犹如版图开了窗，怎么得了？即使女娲降世，也无可奈何。的确，陕西之于中华，有太多的话题。历史根系源远，文明血脉流长，笔墨实难尽显。但是，若择其要，可否以"五个位置"来解释陕西于中国版图之"重"呢？这就是地理学位置，历史学位置，政治学位置，文化学位置和经济学位置。而地理学位置有着中华族类土地生根的意义，当为其要。

作为地理学位置的陕西，凸显着奠定中华版图基石的显在意义和潜在价值。除上述地心之说外，国人惯称为"中华民族和华夏文化的发祥地"。那么何为发祥地，它意味着什么呢？意味着创世、起源、兴起、生发、扩展这样的开元基质。也就是说，黄皮肤、黑头发的中华族人，从这里——陕西版图的草蒿绿水、乡土山野间繁衍成众，屹立于世界的东方。这一华夏族类的创世神话，文明史迹的生发演绎，竟是那样不可思议地从你的脚下发源，延伸……当你面对肃穆的轩辕始祖，当你驻足常羊山，聆听着神农炎帝"金剑劈石"，"尝百草而身亡"的撼天惊地的悲壮历史回声时，你可曾感到这就是我们神勇而又惜民的先人，聪颖而又智慧的先祖？他们是那样的遥远而无以膜拜其伟力，却又仿佛近在眼前能触摸到其伟岸身躯。一切华夏文明的血脉由此散开，向四面渍渗，向八方融通，织入到中华版图的每一根神经。

先祖的创世，缔造了五千年的文明，为后人的生命承续提供了最佳生存的物质与精神依凭。于是，才有了 2100 年前华夏族类最早的"改革开放"（丝绸之路）的构想与实施，才有了历时 1180 年的"秦州自古帝王都"的 13 个王朝的盛世演迹，才有了当下被国人视为农业重镇、国防重镇、能源重镇、经济重镇、旅游重镇、文化重镇以及科技教育重镇的多资源、多利用、多效益的综合性内陆要地。如此说来，后世的辉煌，无不得益于先世智慧的馈赠，得益于这块神奇土地的暗佑。作为中华西部的陕西，纳藏着华夏国运的诸多机巧和灵气。有资料曾这样描述，西北在奇门遁甲秘术中居为"天门"，西部为"乾部"，属于八门中的两个"吉门"之一。"天门"为正，"乾部"居中，集吉、祥、瑞、仙之灵气为一体，统帅他部，合为天体。《周礼·大司徒》曰："天不足西北，无有阴阳，西北为天门。"是说"天"的概念不能没有天门这个西北。《神异经·西北荒经》中更描述了西部的仙灵之源："西北荒中有二金阙，高百丈，上有明月珠，经三丈，光照千里。"于是，荒漠之中，金阙矗立，明珠光焰，凭西东照，顿辉千里，瑞祥之灵气，使国运气脉灿然不衰。就陕西地貌而言也不乏诡谲，国人向来视高为"吉祥"，低为"阴晦"。位于西北的陕西地貌总体上西高东低，在客观上形成了山川凭西东俯，宛如人之骨骼以贯肌体，河流亦西源东泻，犹如人之血液以润经脉，华夏国运气脉也由之昌盛兴崛。因此，这些描述虽然富有美好象征意味，但事实上，中华之强盛王朝莫不围于"乾部"西北，择都于陕西长安。这说明，作为内陆腹地的陕西的确有着中华版图之重的道理。

二 陕西：民族文化之魂

以汉民族为主体的华夏文化，因炎、黄二帝在陕西的出生与活动，昭示着中华文明五千年历史的源头。从此，民族文化之魂在陕西已成定论，陕西也因此博得了历史文化高台之谓。这一涵指，我视为姜炎、周秦、汉唐文化精神的启承和延安文艺新质的内化转合，一条源远流长的民族文化之魂的逻辑传承史线，这是他地域不可比争的历史馈赠，蕴涵着民族的许多历史辉煌和文明神话。如蓝田猿人、半坡遗址、农耕文明、西周青铜、周公礼制、丝绸之路及汉唐艺术等无法言尽的文化事象与物象。所谓"三千年历史看陕西，一千年历史看北京"正是简约的概括。

　　首先，姜炎文化作为民族文明的创世，对于后世文化的融通至少有三种源头：文化与人类生息的休戚关系；农耕文明制导的重农文化意识；书写农事关注农人的初元心理定势。早先居住在渭河姜水（宝鸡）一带，代表姜炎文化的始祖首领神农炎帝，以"咒鸟识谷"、"百草医用"、"日中为市"、"斫木为耜"、"削桐为琴"等一系列教民劳作的体现生命延续意义的作为，使早期逸散流动族类的渔猎游牧生存方式，逐步定型为以农耕为主的理念。并在渭水和黄河中下游区域形成了中国早期的粟作文化圈。这一壮举从根本上确立了农耕为本的民族生存观，给后世的延续提供了诸多发展机缘。如大禹治水的开创，井田制的施行，都江堰的修筑，丝绸之路的开拓，大运河的贯通，郦道元《水经注》的科考，贾思勰《农业百科全书》的撰著，王小波"均贫富"的提出，毕昇印刷术的应用，张衡地动仪的发明，沈括《梦溪笔谈》科学史的问世，以及数学奇才祖冲之、水利学家郭守敬、纺织能手黄道婆、药王孙思邈、名医扁鹊等各类科技人才的辈出。尤其是当代的南水北调，西气东输，三峡大坝，"三农"意识等等源自农耕文明的历史新开元均令人瞩目。有道是"自从盘古开天地，三皇五帝到如今"。发生在陕西版图上的姜炎文化之魂，已为历史所铸定。

　　其次，如果说姜炎文化传承的是先祖深邃的人文精神，那么周秦文化便呈现出民族的进取精神和开拓精神。生活在陕西关中渭北高原上的弱小周人部落，凭借自身的顽强进取，推翻了殷商王朝，完成了西周大业，使炎帝草创的农耕文明再显光彩。尤其是周人的礼乐文化，对民族性情的陶冶，社会秩序的规范，其治国之法、教民之道、理家之范的作用，于当世和后世都显示了应有价值。这就是说，周人之强盛，是仰仗外显行为的进取与内在文化的渗透之合力所致。而秦人的开拓精神似乎更胜一筹，摆脱了受制于他族的困境，而"灭国十三，开地千里，遂霸西域"，于荒蛮之地迅速崛起。秦始皇时代则显示了"秦王扫六合，虎视何雄哉"的帝王霸业气概。作为一代开拓君主，秦始皇既敬重先祖的功德，又不畏怯于此，大有超越先人之能。因此，自封为"始皇帝"。这种观人论世的务实思维，典型地体现了秦文化中重实效的功利性价值取向，使得秦人脚踏实地一举成为中国历史上第一帝国。历史的延续本就如此。周人的进取精神和秦人的开拓精神，无疑在后世文化中衍生出了许多诸如历史使命感、社会责任感、忧患意识、民族意识等概念，这是先世与后世文化的烛照与回应。

再次，灿烂的汉唐文化，其精髓在于创造了有史以来的中西多元艺术的融通。汉武帝远见卓识，力主文治，以其超前的文化观建立太学，聚拢太学教授于关中著书立说。其中韩城博士司马迁，扶风教授班彪、班固、班昭，城固使者（外交官）张骞尤为众里显尊。加之万里丝绸之路的开拓，贯通了中亚，给古老中国传统文化注入了许多粹质。而唐代更为活跃的艺术氛围使地域间、民族间均以长安为中心，形成了中国历史上文化交汇的峰巅。这里人才荟萃，艺苑似锦，风格体式各尽其妙。不但有一代浪漫诗仙李白，现实诗圣杜甫，而且有田园诗人王维，民间取向诗人白居易；不仅有"秦府十八学士"、"大历十才子"、"唐宋八大家"这样的民族文化饱学高士，而且有兼收异族异国之长的音乐舞蹈、绘画雕塑，等等。如此，博大精深、多元并存的汉唐文化，与前朝的辉煌一起，又一次提升了伟大民族文化精魂的基质。

最后，发生在陕西境内的延安文艺是民族文化的新史再造。它承续了苏区文艺、左翼文艺的品格，合成了以工农兵为主导，以革命文学的战斗性为指质，以激进的知识分子为主体的文艺特征。毛泽东《在延安文艺座谈会上的讲话》所阐述的文艺新方向命题，确立了中国化的马克思主义文艺新体系。延安文艺，产生于民族非常时期，决定了它必须保持与中国传统文化的密切关系，并从本民族历史文化中汲取重振民族精神的动力，以抵御外来侵略。所以，民族精神的凝聚力、向心力是延安文艺的核心，并由此制导着中国 20 世纪文化中许多关于时代本质、主流意识的新理念。综上可见，姜炎、周秦、汉唐文化精神的启承与延安文艺新质的内化转合，的确构成了民族文化之魂的逻辑传承史线。其荣光属于陕西，陕西亦无愧于中华。

三　陕西：共和国精神之脉

共和国时代脉搏与陕西文学，如同母子连脐不可分割，是娘胎孕育。早在 20 世纪 40 年代，陕西学界的第一代作家就沐浴在延安文艺的氛围中。有的甚至还未成年，如 12 岁的"红小鬼"李若冰，17 岁的杜鹏程，貌似成人的21岁的王汶石，22岁的柳青。他们在民族解放的时代战火中淬砺，革命、奋斗、奉献是他们的人生目标，贴近时代，为之鼓呼，从革命到文学是他们的创作追求。在倾力于文学新方向的实践上，确立了以延安文艺新的民族文化圈为主导的文学家身份。诚如领军人物柳青所坦言："先革命，后文学，当你身在其中了，创作的动机也就来到了。"① 杜鹏程则觉得："要说我有一点长处，那就是不忘本，这个本就是革命与精神。"② 王汶石"要把笔墨献给新生活，复制出无产阶级新人物"③。李若冰深深感到"手中的这支笔，就是人民发给自己的一支枪"④。这些掷地有声的话语，似乎都在阐述着同一问题：即使时代转换，共和国精神之脉在陕西依然跳动，文学使命在陕西依然神圣，主流意识在陕西依然高扬。他们与时代同步，高擎着陕西文学的别样旗帜，用并不十分强健的肩膀分担着共和国大业的哀乐。

这里有恋着秦地黄土的文学"愚人"柳青，50年代放着文化前台北京的优厚生活条件不享，却执著地由京而秦，再长安，再皇甫，14年如一日。演绎着一位地道的关中明理"老汉"的生命史线，书写着社会主义初期艰难的"创业史"迹，毫无保留地倾注着他的一腔热血。记得有位单干户宋志让，因一时糊涂未入社，家人受不了单干的孤独而一齐攻击他，老汉低头叹气，大滴眼泪掉在地上。柳青目睹此状在文章中深情地写道："哭吧，宋志让，用你的眼泪送私有制的终吧！"⑤ 字里行间，透露出对宋老汉未入社而苦恼的惋惜之情。就是这位"愚人"，于50年代末期，拒不领受在别人眼中视为巨款的《创业史》稿费16065元，而毅然决定全部充公。这位大气但并不富裕的人，心里装着万众，唯独少了他一个。究竟是什么力量驱使着他如是做，是时代的奉献精神。这里还有"苦才子"——一位来自司马迁故里的、少小离家寻求革命的文学家杜鹏程。一生苦苦寻觅文学何以融通时代精神之脉的方略。当解放战争的硝烟还未散去，他便以紧迫的使命感描绘着"保

---

① 柳青：《生活是创作的基础》，《延河》1978年第5期。
② 杜鹏程：《保卫延安·后记》，人民文学出版社1984年版，第522页。
③ 王汶石：《风雪之夜》，人民文学出版社1984年版，第382页。
④ 李若冰：《高原雨丝》，陕西人民出版社1994年版，第4页。
⑤ 《柳青小说散文集》，陕西人民出版社1983年版，第45页。

卫延安"的一场场历史决战；当中国革命发生转折时，他又以敏锐的
目力，拴挽住时代的潮头，没做过多的间歇和停留，闪显在共和国的建
设工地，并以"皱着眉头看生活"的冷峻思考提出了"在和平的日子
里"所面临着的种种问题。涉及战争和建设两种生活，也就是说在夺
取政权和巩固政权的两大时代命题上，杜鹏程是连接两个时代精神的忠
实实践者，与共和国同脉。不可忘记那年北京人民大会堂一次会议的间
隙，周恩来总理接见了陕西作家李若冰。见面后，总理一愣说："噢，
你很年轻啊。"① 总理怎能想到，眼前这位写尽共和国初年西北拓荒者
足迹的大漠骄子李若冰，竟是这般年轻有为，与他那苍劲、老辣而又饱
和着深情的文笔很难印合。是的，当时年仅 30 岁的李若冰，取名"沙
驼铃"。新婚过后便出玉门、过昆仑、走沙漠、进戈壁，六进柴达木，
心系大西北，从风华正茂到年岁花甲情未了。共和国精神之脉，就这样
从柳青到鹏程，再若冰，再路遥……辈辈相传，代代不绝，以至于愿为
文学殉身，甘为精神殉道。"只有永远不丧失普通劳动者的感觉，才有
可能把握历史进程的主流"，"像牛一样的，像土地一样的贡献"②，路
遥如是说，更如此做。这位生长在陕北一个贫困农家的孩子，一位从偏
僻小城的 16 开《山花》小报起步的文学青年，以满腔热情应和着共和
国精神之脉，最终走上了中国文学最高荣誉的领奖台。可是，他却为此
身心憔悴，心血耗尽，42 岁英年早逝，给文坛留下了几多悲怆。正是
从这个意义上说，陕西版图，流淌着共和国精神的涓涓血脉，或时间或
暴力无以冲刷，它依然鲜活着！

第二节　地缘文学与通观视域

　　之所以提出"地缘文学"这一学科新概念，并非因近年地域文化
热的缘诱，而是陕西文学的研究，一直以来在单一的平面视角维度，单
纯的线性空间维度和单个的作家作品阐释维度中悬置与裹足，使其应有
的地缘维度与精神维度之张力难以扩展，研究呈"悬置状"。从这个意

---

① 《永远的诗人——李若冰论集》，太白文艺出版社 2004 年版，第 212 页。
② 《路遥中短篇小说·随笔卷》，陕西人民出版社 1995 年版，第 429 页。

义上说，构建"地缘文学"，不仅是寻求走出悬置状这一瓶颈的关键性技术策略，更是融陕西特有的地缘生态根脉，将表层的物质文化形态伸展到深层的精神文化形态，以汲取 20 世纪陕西文学精神维度之气脉。因此，文学的地缘性，或地缘的文学性思考，便成为发掘 20 世纪陕西文学地缘资源，优化文学生态环境，倡扬民族精神的智慧性空间课题，其学科价值是显在的。

那么地缘与地域是一个什么样的关系呢？我以为是两个不同指质的概念，前者指因地质地貌而生发缘起的某些相关事象物象，其特征均与特有的地质地貌相关；后者则指客观存在的一块地方，或一块很大的地方，不具备特有的生发属性。所谓"地缘文学"，就是缘于陕西特有的地质地貌而形成的鲜明的具有地域特色的学科。它的衍发过程，是在深广的历史文化背景下，在西部广袤的地缘生态的秦风韵味中孕育生发，源远流长，演绎变化，终成体系。从文化审美意识的高度来建构 20 世纪陕西地缘文学，这是所论题旨的逻辑起点和基本理路。从学科分类看，地缘学属于区域学研究范畴。近年来，区域学研究在世界范围内方兴未艾。中国的区域学研究也出现了多元纷呈的状态，如"敦煌学"、"西部学"、"海南学"、"香港学"，等等。与此相比，"秦中自古帝王都"的陕西，历史积淀厚重，文化渊源很深，人文地貌独具，物产丰饶充裕。司马迁在《史记·货殖列传》中曾说"关中之地于天下三分之一，而人众不过什三，然量其富什居其六"，这就佐证了关中陕西之地的富裕程度。这些蕴涵着人文物态的古代文明和今之开发呈示的现代文明，赋予了"地缘文学"特定的内涵。如果依延这一理路，其中的研究空间极为广阔，很值得追寻。仅就陕西地理位置而言，它位于内陆腹地欧亚区带，东连中原，南凭川鄂，西俯西北五省，是中国东西贯通的要冲，其地理中枢位置十分重要。千年来自然地貌的天成，使陕西的地缘特色渐成系脉，给古今学科的生发形成附着了十分浓厚的地缘色彩。比如地缘政治中秦皇、汉武、延安圣地之雄风的生发，地缘经济中农耕、蚕桑、水利、农技的文明演进，地缘文化中的诗文、曲舞、工雕、书法、石刻的异彩纷呈，地缘科技中的冶炼、建筑、医术、造纸技术的推广使用，等等，无不具有独特地缘特色的学科优长，既生于本土，用于本土，又推动本土成为古代中国政治经济文化的中心。

我们知道，学科的产生是该地域一切人类活动感知经验的结晶，浓厚的地缘特质聚含着许多推动该地区进步的有益因素和滞后因素。因此，研究学科领域内诸多地缘优长和地缘弊端，可有针对性地纳利革弊，倡扬激进的人文精神。倘若将陕西文学纳入地缘系列考察，那么就有诸如地缘历史、地缘风貌、地缘政治、地缘经济、地缘文化、地缘伦理、地缘民俗、地缘教育等研究领域。譬如：地缘历史——陕西历史是一部悠久的文明进步史，从人类初元的文明萌动，到西周风采、秦汉雄风、隋唐气象及延安精神，其中凝聚了整个人类文明进取的全部理想和追求，构成了"地缘历史"的核心，汲取其有益因素，有利于传承精神，振奋心智，改善和再塑区域形象。地缘风貌——陕西古为出塞入川的必经要地，今又联结欧亚，是开发中国西部资源的国家性重要后备基地。地貌的山、川、原地质结构的合理分布，工、农、种植业的类征俱全，给产业结构的调整、资源的合理配置、自然生态保护等持续性发展战略提供了可操作性的充裕的物质基础。地缘政治——千年古都的择地，13 个朝代的兴衰，政治制度的沿革，个中必然有其治国经略，同时一批政治家的雄才韬略，均带有浓厚的地缘特征，如毛泽东转战陕北而盛世等。这些资讯之重要足可借鉴。地缘经济——陕西古今因地缘产生的农耕文明，如蚕桑果林、畜牧养殖、丝绸工贸、地矿冶炼等经济学科内的种种地缘优势，为区域特色经济的外向型输出和内向型发展提供了诸多商机和出路。依凭地缘特色门类，做独家特色商贸，是理性的选择。地缘文化——区域的整体发展，其文化因素不宜忽略。陕西文学、艺术、哲学、宗教等文化门类的地缘优长，是造就秦地帝王都的重要有益的因素，它奠定了新一轮陕西高校集中、科技强省的良好基础，同时因地缘也沉积了不少区域发展的滞后因素。对此地缘大文化的定向分解研究，可调整文化因子的有机组合，改善不良文化结构。地缘伦理——陕西伦理的地缘特色厚重，形成了特有的秦地式的厚重务实、人伦谦乐、耿直义气及谨守憨滞等完整的伦理观念、道德观念和价值观念。研究此领域，可分辨优劣，扬长避短，改善区域民众理念，整合区域新形象。地缘民俗——因陕西"三分天下"，南、北、中三地民俗各异，其饮食、服饰、器具、工艺品等民俗资源均富有鲜明的地缘特色，成为其他区域无法比肩的稀珍。研究开发地缘饮食、服饰、艺术文化资源，可带动区域旅游等相关产业，以达到发展地缘民俗文化经济，"靠山吃山，靠水吃水"的自供自养的战略目的。地缘教育——陕西自古以来是儒家思想因袭的重要地带，教育也因陕西地缘文化、伦理观念的洇渍而重教、尚德、崇礼、知书，其良好规范延至今日，形成了敬业、师道、守恒以及内守封闭、不好张扬的地缘教育特点。对形成上述"地缘文学"各领域重要精髓题旨的勾勒描绘，仅是立足于地缘大视域考虑。如果对地缘各层面深入追寻，就有诸如"陕西地缘文化资源应用研究"、"陕西地缘政治价值重构研究"、"陕西地缘可潜经济开发研究"、"陕西地缘历史转型再生研究"、"陕西地缘民俗外向输出研究"、"陕西地缘教育产业结构研究"、"陕西地缘伦理利弊消长研究"、"陕西地缘地貌整合利用研究"等相关研究空间。

　　"地缘文学"就其学科性质而言，具有基础理论研究和实际应用研究两重性。所谓基础理论研究，是对陕西地缘形态特征客观实体的理性认识，以此建构科学的区域地缘文学新框架；所谓实际应用研究，是对地缘形态中人文经济、教育伦理等资源的再生利用和优化配置，以产生社会效益和经济利益。对此类区域性多学科综合交叉研究，仅陕西境内而言，近年虽已有诸如陕西地域文化、经济和民俗等相应研究，但其研究思维的单一，疏离学科赖以生发共存的地缘形态特性的缺陷不言而喻，因而地缘之优长和弊端挖掘不详，理论建构及实践指导乏力，自然也就无从着手于可持续的学科构建。综观当今世界，学科渗透，多元发展，其资源的共同体享用已成趋势。因此，建构20世纪陕西地缘文学新学科，其价值在于给学界提供了方法论意义上的启示。

第三节　史线边界与学科涵旨

一　史线边界的描述

　　文学的演变与时代的政治、经济和社会的民情风俗等因素密切相关，正如刘勰在《文心雕龙·时序》中的描述："文变染乎世情，兴衰系于时序"，"歌谣文理，与世推移"。从这一规律看，20世纪陕西地缘文学于源远流长的世情和时序的转换中，不断汲取历史文化精神和谋求自身的创新而渐成特色。倘若从文学本身的生命特质，审美形态及时序交替转换看，就有理由将 20 世纪陕西地缘文学作这样狭义的历史段界，即：发生期——延安文学 10 年（1939—1949）；发展期——新中国成立后 30 年（1949—1979）；转型期——80 年代 10 年（1980—1989）；蜕变期——90 年代 10 年（1990—1999）。如此界定，不仅仅是考虑文学形态层面的历时性特点，更是涵盖了与不同历史时期社会形态相承辅的特定文学内容及应有质涵，因此，其历时性史线指质是鲜明的，体现出文学系于时序，与世推移，又相互作用，且形态各异的四个板块结构特征。

其一，延安文学 10 年，是 20 世纪陕西地缘文学被赋予新质的重要阶段。从文学精神的现实烛照，作家介入的数量比例及实践延安文艺方向的努力程度看，都具有得天独厚的历史性铺垫意义。可以说，没有延安文学 10 年的底蕴与制导，就很难有 20 世纪陕西地缘文学的新格局。作为 20 世纪陕西地缘文学发生期的延安文学，一直是陕西老、中、青三代作家丰富而宝贵的精神财富和光荣的文学传统，是作家们得天独厚的营养源及文学的主要血脉所在。这种优厚的文化资源和传统，主要精髓是文学精神和方向的贯注。首先表现为文艺为什么人的问题。延安文学的倡导者明确提出文艺的服务对象应该是工人、农民、人民武装、城市知识分子四部分人，应为全民族中百分之九十以上的工农劳苦民众服务，并逐渐成为他们的文化，这是一个根本问题，原则问题。文艺工农兵方向的新命题，不仅拨开了中国现代文学史上的迷雾，更给予较早跻身于延安文学圈的陕西作家从事文学活动的定格思维和新文学思想的熏陶，给尔后陕西文学创作的主流意识形成提供了理论上的保证。为什么人的另一层面是怎样为的问题，这是新文艺工作者必须面对和选择的。毛泽东认为途径只有两个，即作家思想感情的转移和深入社会生活，到工农民众中去。他号召"中国的革命的文学家艺术家，有出息的文学家艺术家，必须到群众中去，必须长期地无条件地全心全意地到工农群众中去，到火热的斗争中去，到唯一的最广大最丰富的源泉中去……然后才有可能进入创作过程"①。对此，陕西作家表现出极大的热情和义无反顾的忠诚态度。参加革命本就很早的柳青（12 岁）、杜鹏程（16

---

① 《毛泽东选集》第 3 卷，人民出版社 1991 年版，第 860—861 页。

岁）、王汶石（15 岁）、李若冰（13 岁），以文学为其远大理想，怀着激动心情和执著信念，较早离开延安奔赴各地火热的斗争生活。李若冰融入青海柴达木地质勘探工地；王汶石置身于渭北农村；杜鹏程随军西进；柳青深入米脂乡间。陕西作家这一具有历史性的重大举措，从创作理论上、行为规范上、心理意识上基本奠定了 20 世纪陕西地缘文学的现实主义创作方法和现实主义创作道路。这种无条件的、无怨无悔的实践理念进而生发出许多指导后人创作的有价值的理论，如"一切归根于实践，对于作家，一切归根于生活"，"要想塑造英雄人物，必先塑造自己"（柳青语）等。可以说，20 世纪陕西地缘文学的许多根梢末节，作家的认命文学、痴于事业、坚执现实、忧患意识、使命感、社会责任等都能在延安文学营养中找到答案。

其二，在新中国成立后 30 年的发展中，20 世纪陕西地缘文学经历了曲折的两难境地。前 20 年，文学在历史文化渊源的堆积中而厚发，其辉煌可见，文学创作取得了突出的成就，在中国文学格局中占有重要地位。许多有影响的在文学史产生价值的作品都出现在这个时期，比如"三红一创"中的《创业史》，当为"英雄史诗第一部"的《保卫延安》等。前 20 年，一批早先聚集在延安文学圈的作家郑伯奇、柯仲平、马健翎、胡采、柳青、杜鹏程、王汶石、李若冰、魏钢焰、胡征、戈壁舟等，以其卓越的艺术创造，特别是对新时代、新生活的敏锐捕捉和反映，推出了一批在中国文坛具有文学史地位和重要影响的优秀作品，如柳青的《创业史》、杜鹏程的《保卫延安》、王汶石的《风雪之夜》、胡采的《从生活到艺术》、李若冰的《柴达木手记》、魏钢焰的《船夫曲》等。这些大手笔、高起点、高水准的代表作，使陕西当之无愧地被誉为"中国文学的重镇"，且在小说、散文、报告文学、诗歌、戏剧等几大体裁领域内同时进入了中国当代文学史的书写行列。柳青、杜鹏程的小说，李若冰、魏钢焰的散文，柯仲平、戈壁舟的诗歌，马健翎的戏剧，均成为冰山一角，为文界首肯。这是一支优秀的团队，第一代作家非凡的艺术创造和卓越的艺术成就，以及执著于文学的精神，无不缘于陕西深厚的历史文化渊源，作家们各自能找到适合自己的较好的契合点。比如柳青从北京到长安安家落户，14 年如一日；杜鹏程从新疆到宝成铁路，摸爬滚打几十年；李若冰几进柴达木盆地，留下了拓荒者的足迹；王汶石选准渭北农村，抒写着新农村的牧歌，等等。他们吸吮着远传统和近传统的营养，关注民族文化，继承革命文学传统，营造着文学的现实主义主流意识，塑造了鲜明的富有时代特色的新人形象。由于客观上陕西历史文化积淀的地缘因由，使作家们形成了普遍的社会责任感、人生使命感和道德正义感等许多共同特征，创作上也出现了不尽相同的丰富多彩、鲜明的艺术风格，体现着政治方向的一致性与创作个性多样性的美学风范，成功地将陕西文学创作推向全国，形成并达到具有全国文学水准的首次高峰。十年动乱中，陕西文学也在劫难逃，成为重灾区。震惊全国的围剿《保卫延安》的大案，使杜鹏程及其作品濒临绝境，株连之广，竟达万人。柳青的遭遇更是悲惨无比，身陷囹圄，病魔缠身，妻子马葳含冤而去。虽然文学辉煌暂逝，然而老辈作家抗暴斗恶的无畏精神，保持了陕西文学的高贵品格和高洁气节。从反向思维看，这同样是本时期一笔不可多得的、弥足珍贵的财富，它对后辈学人文学精神的潜移默化不可估量。

其三，80年代的转型期是20世纪陕西地缘文学创作获得更大新机的时期。初期的文学创作随着全国范围内思想解放、实事求是风尚的形成，出现了相当活跃的态势。第二代作家崭露头角，迅速走向全国文坛，以贾平凹、路遥、陈忠实、京夫、邹志安、赵熙、莫伸、李天芳、王蓬、李小巴、王宝成等为主干。一批具有全国影响的作品《人生》、《腊月·正月》、《窗口》、《哦，小公马》、《初夏》等多次摘取全国优秀中短篇小说奖，出现了多元并进的创作新格局。80年代中后期，长篇小说创作方兴未艾，佳作渐多，持续发展。不但有荣获第三届茅盾文学奖的《平凡的世界》（路遥）及《浮躁》（贾平凹）这样具有深厚功力、扎实生活和独特艺术表现的重头力作，而且出现了产生广泛影响的《女儿河》（赵熙）、《爱情心理探索系列》（邹志安）、《月亮的环形山》（李天芳、晓雷）、《水葬》（王蓬）、《远山几道弯》（莫伸）、《梦幻与世界》（王宝成）、《文化层》（京夫）、《最后那个父亲》（蒋金彦）等。长篇小说的勃兴，不但标志着陕西作家在写作规模和艺术形式方面的突破，而且标志着陕西作家对大气魄、大境界的追求。80年代转型期的陕西文学，全方位、立体化的优势较为突出。不仅以小说创作为龙头，而且在散文、诗歌、报告文学、儿童文学、文艺批评方面队伍可观，作品影响广泛。比如和谷、李佩芝、刘成章的散文创作，晓雷、闻频、谷溪、商子秦、渭水等的诗歌创作，王愚、肖云儒、畅广元、李星、刘建军等的关于陕西文学研究的理论建树成为学界公认的"思想库"。至此，80 年代的陕西文学，可以说完成了创作主题从主流到非主流，题材从单一到多元，创作方法从守恒到多变，创作风格从庄重到鲜活这样一个新的转换过程，其意义久远深长。

其四，90 年代蜕变期是 20 世纪陕西地缘文学既发生重要蜕变，又以更迅猛势头再创新高的时期。标志是初期以陈忠实《白鹿原》、贾平凹《废都》、京夫《八里情仇》、高建群《最后一个匈奴》、莫伸《尘缘》、程海《热爱命运》六部作品形成一个系列板块，在全国产生强劲的冲击波和震撼力。一时间出现了不同人群，在不同的地方，争购同一本书的"洛阳纸贵"现象。如此冲击波的热卖景观近年来文学界少有，尤其在商品风潮席卷纯文学领域，严肃文学前景茫然的背景下，令人深思。评论界称之"陕军东征"，尽管这种概括是多么的主观臆断，但它证明了陕军创作的崛起之势，恰与 50 年代的《创业史》、《保卫延安》，80 年代的《浮躁》、《平凡的世界》的两次崛起构成犄角态势。这说明陕西作家师承有继，代代不绝，陕西文学大气高扬，标示全国，已不再有囿于陕西本土围圈之低迷。再加之第三代作家程海、杨争光、红柯、叶广芩、王观胜、冯积岐、白描、爱琴海、冷梦、文兰，以较高的文化视野，较强的创新欲望和颇有力度和质感的作品，多次获得了庄重文学奖（高建群、杨争光）、冯牧文学奖（白描、红柯）、鲁迅文学奖（红柯、冷梦、刘成章）诸多荣誉。至此，90 年代的陕西文学创作，随着社会生活的丰富多彩，文学全球化的推进，作家们的艺术视野大为开拓，在许多方面常有出新，比如较早具有文化反思意识的《人生》、《腊月·正月》，涉及少数民族后裔的《最后一个匈奴》，专注于农民爱情世界的《眼角眉梢都是恨》、《迷人的少妇》、《骚动》系列，城乡交叉地带的《平凡的世界》等等新作的出现。特别是更新观念，借鉴和吸收现代主义文学创作新法，在人性、人道主义、生态环境、生命意识等创作领域出现的《白鹿原》、《高老庄》、《美丽奴羊》这些有突出成就的作品。可以说，陕西地缘文学在 90 年代更开放的地域文化大背景下，引发的关于民族文化、人类意识、生存状态，情感世界的多层次探索和揭示更为深刻、丰富，更接近文学内涵和艺术规律，从而营造了一个全新文学意识和创作理念的新变氛围。

二 学科涵旨的理论界定

纵观 20 世纪陕西地缘文学，其发生与发展不仅缘于秦地特有的皇天后土中，而且在时序推移中日渐形成了较为稳定成型、守恒的现实主义文学格局。作为区域学门类，考察其动态流程的构成因素，我以为文学范式的完整性、文学本体的独立性、把握现实的同步性三方面是其基本因素。

首先，文学范式的完整性是 20 世纪陕西地缘文学构成的基本框架。一般认为，文学是社会生活的反映，从陕西文学发展的地缘历时性看，早在姜炎文化中就产生了诸如人定胜天、农耕文化、英雄史观等与人类生存相关的初元文学意识，这一意识可以说是陕西古代地缘文学早期的雏形。到了青铜文化时代，铸造术、手工业、交通、农牧、服饰、娱乐等百业俱兴，推动了社会的前行，也引发了诸子百家文学竞争局面的形成。至于周秦文化中祖先崇拜、孝悌伦理、君权与民本互补思想、人与自然的整体观、中庸价值观以及择取异族文化、敢为天下先的强人意识，汉唐文化中万里丝绸之路，印度佛教入境，开疆和睦的民族政策，文化艺术科技空前盛世的到来，孕育了孙思邈的医学，吴道子的绘画，杨惠之的雕塑，诗坛双星李白、杜甫等这样成熟的艺术大师。他们的创作无不体现了一种文学范式的日趋完善，昭示着古代陕西地缘文学早年的辉煌。当历史步入 20 世纪后，以苏区文艺、延安文艺为中心的新文化运动，又一次接替了陕西古有的文化辉煌。这个衍发于陕西延安的又一文化新高，无可替代地成为指导中国文化革命、政治革命的策源地。新中国成立后，20 世纪陕西地缘文学范式从作家队伍构成、创作实绩的整体水平、产生社会效应的覆盖面到创作主体风格的形成，都已具备了团队性、地域性的特征。柳青、杜鹏程、胡采等一大批来自革命策源地的"延安文艺派"作家，掀起了新一轮文学创作的波澜，打造出了体现新的时代风貌的陕西地缘文学品牌，并激发和带出了新时期陕西第二代文学新军，如路遥、贾平凹、陈忠实等。他们的创作再度高潮迭起，传承了陕西文学的传统。从文学渊源传承关系上讲，我以为姜炎文化、周秦文化、汉唐文化、延安文艺，正是陕西古今文学因缘链一脉相承的延续，从而构筑起本体完整、稳定成型的20世纪陕西地缘文学独特范式的基本框架。

其次，文学本体的独立性，是20世纪陕西地缘文学构成的基本质核。区域文学的发生、消长，从文学史角度看，并非处在一个永恒的静态平衡水准上，而有其动态特征。独立性取决于区域传统文化的影响大小，区域文学本体的独特指质，作家们从文意识和倡扬人文精神的努力程度，以及地域风貌的广泛涉猎等因素。20世纪陕西地缘文学本体的独立性就是上述层面的标示。它不同于岭南文学的娟秀和清丽，有别于白洋淀文学的平朴与超脱，与相邻的山药蛋文学之幽默明快也迥然不同。它恰似厚重的黄土地，有浑朴恢弘的质地，宛如逶迤延绵的秦岭山麓，具备史诗般的独立品格，又仿佛宽坦坚实的八百里秦川，透视着博大敞亮的生活写真风格。作家们无论涉笔巴山蜀水，还是塞上荒寒，抑或是渭河两岸，其缘于三秦风貌情态无不尽显，囊括笔底。柳青笔下蛤蟆滩稻田里的梁三老汉，贾平凹笔下商洛山中的韩玄子，陈忠实笔下因袭着儒家思想重负的关中农人白嘉轩等，这一个个典型，都无疑成为20世纪陕西地缘文学独特的重要标志性人物。更值得提及的是，现实主义创作道路的坚执在陕西文学中有其典型性、标志性。作家们从文意识之强烈，人文精神之执著，苦于文学，路遥、邹志安、蒙万夫等以身殉文，英年早逝现象，更增添了陕西文学之独立性内在品格。所以说，20世纪陕西地缘文学就其内涵和外延而言，其独特内容的学科门类是为明显。

最后，把握现实的同步性，是20世纪陕西地缘文学构成的基本轨迹。陕西地缘文学从它发生的那一天起，就与现实生活相粘连，具有秦地特性的草根意味，充当着生活"书记官"的职能。比如姜炎文化中"火文化"的产生，择草选谷农耕之法的尝试，日中为市商贸活动的确立，神农尝百草的医用之法，等等；秦汉文化中的耕战政策，关中开渠，农业区域的开辟以及开通西域、中外互通，等等。这些早期生活中的生存观，是20世纪陕西地缘文学不竭的发展源泉。在延安文艺思想体系中，毛泽东明确提出了文艺的工农兵方向，指出实现这一方向的根本途径是作家思想感情的转变和深入社会生活两个关键问题，并以此衡量作家是否有"出息"，第一次历史性地解决了千百年来文艺为什么人的重大问题。于是，20世纪陕西文学的第一代作家柳青、杜鹏程、李若冰、王汶石等成为这一方向较早的忠实实践者，写出了展示新中国成立初期农村社会主义革命的《创业史》和表现火热建设工地的《在和平的日子里》等作品。作家们躬身实践，与生活同步、融于现实的强烈使命感，潜移默化地影响着后辈学人。贾平凹的《浮躁》、《正月·腊月》，路遥的《平凡的世界》、《人生》等，莫不是前辈倡扬的文学与现实生活同步意识的继续和延伸。正因为这种良好的文学创作精神的传递与接替，才使得20世纪陕西地缘文学创作高潮迭起，出现了50年代和80年代两次冲出潼关，走向全国的壮丽景观。由此可见，把握现实的同步性，不仅完成了20世纪陕西地缘文学的基本形态，更与其他区域文学形态鲜明地区别开来。

　　如前所述，20世纪陕西地缘文学，其地域性质决定了它在空间上必须以本土区域自然景观和人文事象为其涉猎范围，以生息在这块土地上的人民及其所创造的物质和精神文化为描写对象，这就有必要将陕西地缘文学的过去和现在视为一个结构性整体予以审美观照，尽可能展示出它在中国大文学视域中的史学价值。众所周知，中国幅员辽阔，民族众多，区域间风俗习尚不同，文化构成空间差异较大。虽然中华民族文化在整体上有着一定的共性，但不同区域的文化有自身的区域性特征。只有将众多区域文化、历史、社会、人生现象予以整合研究，才能反映出整体性的民族大文化、大文学。从这个意义上讲，区域文化是全局文化的缩影，20世纪陕西地缘文学则自然是中国大文学的折射，其质体共构不言而喻。

　　第一，彰显在中国文学史观上的价值，其意义不容忽视。正如一部中国文学史不能没有"唐代文学"一样，20世纪陕西地缘文学源远流长，以它固有的独具魅力的历史文化内容，在中国文学史上不可或缺。远久以来，发生于陕西本土的姜炎文化、周秦文化、汉唐文化不仅是地域的，更是民族的。在20世纪文学史中，延安文艺同样不仅生发于本土，而且辐射至全国。而新中国成立后的陕西地缘文学及新时期文学，以其深厚的底蕴、突出的成就，生发于本土进而走向全国，在20世纪中国文学史上浓墨重彩地标示了辉煌的一页，更在当代世界文学宝库中为中国文学增添了历史性的一笔。作为区域性的 20 世纪陕西地缘文学，实际上浓缩了中国文学的许多方面，特别是 20 世纪中国文学的诸多因素，它为中国文学史的构成起到了弥足珍贵的板块作用。

第二，主流意识是 20 世纪陕西地缘文学的灵魂，它与共和国初年文学的澎湃激情、大气高扬、高歌猛进的时代精神一脉相承。那时，创造、奉献、奋斗成为 50 年代社会生活的群体意识。从延安走出来的陕西一代作家杜鹏程、柳青等，以其气势磅礴的政治激情卓立于当代文坛。《创业史》、《保卫延安》等小说，以宏大的构思和飞扬的笔墨复原了中国革命斗争的历史，成为当代文学不可多得的精品。他们发出的时代强音，代表并体现了新中国文学的主旋律，这种主流意识的导向和示范作用，不但奠定了 20 世纪陕西地缘文学的开端、发展和未来的基本格局，而且牵引当代中国文学主流意识的形成。可以说，在同类题材中，柳青的小说《创业史》在紧扣时代脉搏、高屋建瓴、深刻地展示中国农村社会主义革命创业过程的精细描绘方面当属前列。1954 年，杜鹏程的长篇小说《保卫延安》问世，诚如冯雪峰评价时所说，它的出版，"从我们文学工作上说或从人民的文艺生活上说，都是有重要意义的"。在当时已经出现的许多反映人民革命战争的文学作品中，"真正可以称得上英雄史诗的，这还是第一部"①。像这样倡扬时代主旋律，与时俱进，讴歌社会主义革命和建设，且取得了为世人所瞩目的主流效应的作品和作家何止上述两人。李若冰的柴达木专题散文，王汶石的新农村新风貌小说，魏钢焰的纺织劳模的报告文学，无一不体现着积极向上的时代本质和洋溢着共和国昂扬奋进的战斗豪情。主流意识、时代精神、生活本质、作家的历史使命感、社会责任感，这一连串体现五六十年代生活的关键词，始终规范着陕西几代作家及其创作。时至 90 年代末，陕西作家的创作虽出现了由新中国初期的一元化转向多元纷呈的态势，但其基本的主流文学底蕴终未改移，反而愈加显示出对社会转型、改革大潮过程中人们的情感心理、生存状态轨迹的关注，极少有远离现实的奇闻轶事的无聊搜寻。

第三，坚持现实主义的创作方法，遵循现实主义的创作道路，几乎

---

① 冯雪峰：《论〈保卫延安〉》，《文学报》1954 年第 14 期。

是 20 世纪陕西地缘文学的永恒。评论界说 20 世纪陕西地缘文学创作特点是两个字：写实。这个概括十分准确到位。的确，以柳青、杜鹏程为代表的陕西当代现实主义文学创作在多年的创作实践中，汲取了中国古典现实主义文学、19 世纪欧洲批判现实主义文学、苏联社会主义现实主义文学三大理论的精髓，摸索总结出适宜于陕西本土作家普遍操作的一系列创作理论和技巧方法，带出了一支称作"渭河文学流派"的富有特色的作家队伍。柳青"三个学校"，典型塑造的"对象化手法"，"一切归根于实践"的理论曾影响了几代人。在现实主义文学道路上，柳青、杜鹏程都是从革命到文学。柳青从 40 年代初就同中国农民结下了不解之缘，延续至落户长安 14 年，完成了《创业史》；杜鹏程从 40 年代起，同中国人民子弟兵和脱下军装的工人们结下了不解之缘，在与其长期生活和感情交流中写下了《保卫延安》、《在和平的日子里》。在他们的创作中，柳青主要采用革命现实主义方法，杜鹏程在此基础上又多了点儿革命浪漫主义韵味。虽然各自的取材不同，所描写的人物性格风貌各异，但现实主义审美理想的大方向始终是相同的，与人民群众的血肉关系、深情厚谊，同生死、共患难，水乳交融的生存状态是一致的。作为当代陕西文坛的两位大师，就这样在血与火、苦与乐、生与死的时代风云和创作实践中走出了一条坚定的现实主义文学道路，构建了 20 世纪陕西地缘文学的基本格局。一个时代文学风尚的形成，有赖于时代生活客体和作家心灵主体的有机碰撞和融合。坚持社会主义创作方法，遵循现实主义创作道路，正是陕西当代作家的心灵主体与时代生活碰撞和融合的结果，其区域性与时代性的同步，20 世纪陕西地缘文学与中国当代文学的同构是显而易见的。

第一章

陕西地缘文学的本体形态

20世纪陕西地缘文学，作为区域性学科，其应有的地缘形态特征十分鲜明。本章着眼于宏观本体形态特质的论评——微观区域形态异质的分析——文学样态的地缘审美三个层面予以通观描述，提出本体形态所标示的"文学构体"、"题材领域"、"文本范式"、"作家梯队"、"风格样态"五大维度，陕北、关中、陕南各区域形态的地缘异质以及呈现在风格样态上的"悲壮情怀"、"崇高情怀"、"苦难情怀"这样的基本界定，以此来诠释20世纪陕西地缘文学的本体特质。

第一节　本体形态特质通观论

英国著名学者丹纳在《英国文学史·引言》中提出，自然环境、民族和时代是决定文学的三大要素，尤其是地域的自然环境对其文学风格的影响更为重要。正因为如此，《诗经》中便有了"十五国风"，《离骚》中孕育着湘楚风韵，以及域外产生了"西部小说"（美国）、"西西里岛小说"（意大利）、"顿河小说"（苏联）等等缘于地域的本体性文学。20世纪陕西地缘文学就是以其三秦独特的醇厚、凝重、娴熟的语言艺术反映区域久远的和时近的生活样态，具有迥然异趣的艺术美感，使地域文学达到了特有的审美效果。一般认为，文学是以语言为工具的艺术，20世纪陕西地缘文学就是以地域性话语体系为介质，扩展在文学构体、题材领域、文本范式、作家梯队、风格样态诸层面的本体形态学。

一　文学构体："三分天下"的格局

陕西版图南北放宽，东西看窄，其既定区域格局为依北面南的陕北、关中、陕南排列而"三分天下"。从地缘因素和空间上说，20世纪陕西地缘文学毫无疑问地源于巴山蜀水、渭河两岸、塞上荒寒之民间厚土，又反作用于这青山绿水，形成了源流环复，始末循缀的全息文学流程。

20世纪陕西地缘文学的本体特征，基本表现为以关中为轴，牵引两翼（陕北、陕南）的发展总趋向。所谓关中，行政辖区涵盖宝鸡、咸阳、西安、渭南、铜川，俗称东府西府，地广人众。如果不依作家的出生地看其寓居地，关中的作家显然居多，如柳青、杜鹏程、王汶石、李若冰、陈忠实、贾平凹、赵熙等。人多气壮，氛围浓郁，其创作实绩势必丰盈，冲向新高的合力就强，产生社会效应的影响就大，因而，便责无旁贷地统领并昭示着20世纪陕西地缘文学的主要实绩和基本创作流向。不难理解，关中西安是陕西的政治、经济、文化的枢纽，集现代文明景观于一地，以宝鸡、咸阳、西安、渭南、铜川为一线，东进西出，交通畅便，八百里秦川，目极千里，是现代文化科技交会、学术信息传播、高校学子荟萃以及与文学有密切关系的出版业的策源地，这些因素之合力莫不使20世纪陕西地缘文学创作达到了相当的高度。加之关中地带古为帝王都，是中国古代建都朝代最多、时间最长的区域，且均为历史上强盛王朝，被传统历史文化整理、浸染过的关中，其文学氛围无处不在。正如有人这样描述，进了西安城，随意一片瓦，都是秦汉之遗风；随便一小吃，都散发着某朝文化的芳香。从这个意义上讲，关中古今多才子，举凡司马迁（韩城人）、白居易（渭南人）、杜牧（西安人）、班固（咸阳人）、张载（眉县人）及杜鹏程（韩城人）、陈忠实（西安人）等不在少数，形成了关中作家代代不绝，痴迷文学，一分天下定乾坤的主导文学格局。

作为两翼之一，再分天下的陕北文学，其现行辖区涵盖榆林、延安两区二十余县。这里地处塞上，荒寒闭塞，历史上长期处于边关战事的拉锯之间，成为历朝囚犯、京畿贬官发配的遣散地。一统关中的儒家思想也很难浸染，留下了"圣人布道此处偏遗漏"的空白。正因为在未经儒家思想整理过的这块净土上，20世纪毛泽东和中国的一批精英在这里完成了史无前例的中国新一轮政治革命和文化革命的伟大构想，产生了举世瞩目的延安文艺和解放区文艺运动，涌现了一大批中国现代文化巨子，创造了中国现代文学史上恢宏的、体现民族奋进的主流文学。同时，也带动了陕北的边缘文学和民俗艺术的勃兴，从而奠定了陕北文学在中国革命史上的神圣地位。随着中国革命中心的转移、作家的有序流动，虽然陕北文学在当代有所低迷，但由于延安精神的深厚底蕴，文学在陕北依然神圣。这里聚集着一批陕北作家，如高建群、曹谷溪、牧笛、倪泓、塞北等。可以说，苍凉博大、严峻遒劲、酣畅不羁的陕北黄土地文学，是对关中厚重、理性文学的极好补充，并以其塞上独特个性为一分天下。

陕南文学如山中闺秀，蕴于商洛、汉中、安康的青山碧水中。从人文大环境讲，陕南地处秦巴山区，属于古时秦巴文化、中原文化和楚文化交融地带。陕南人以传统古俗古礼为行为规范，在秀山丽水滋润下陶冶着中和、淡然、柔婉的性情。典型的巴蜀文化形成了陕南作家娟秀、灵气、清朗、柔韧的创作个性，使陕南文学宛如轻纱幔帐般的飘逸美丽。如今已走向全国的贾平凹、王蓬的小说，刁永泉的诗歌，沈奇的散文，以其娟秀、柔婉、清朗、灵逸的陕南文学风貌及丰富多彩、浓郁鲜活的民俗文化同样作为关中厚重、理性文学的极好补充而自为一分天下。

总之，陕北、关中、陕南"三分天下"的区域格局，是20世纪陕西地缘文学独特的形态结构，其中既有各自间的地缘个性，又有现实主义一脉互通的向心性。有论者说关中是文化"高位"，陕北、陕南是文化"边缘区"，此提法大致不差，而实质上的有序分合聚散，才是陕西地缘文学的真正合力及实力所在。

二　题材领域："城乡军工"的涉指

20世纪陕西地缘文学的题材范围，比之北京作家群仍有逊色，不甚广泛。其素材来源地基本上是陕西本土和域外他乡，取材范围大致为"城乡军工"，即以城镇、乡村、军旅、工业生活为主。这说明陕西作家生活范围的相对稳定与守恒，与北京作家群生活范围之宽阔，上海作家群之见多识广，有着起点上的不同和终点上的落差。陕西作家寓居地大部分在本土，即陕籍秦居，小部分在外地，即陕籍异居。陕西第一代作家基本上为陕籍（王汶石、魏钢焰为山西籍），如吴堡柳青、韩城杜鹏程、米脂马健翎、泾阳李若冰等。第二、三代作家几乎陕籍一色，如丹凤贾平凹，西安陈忠实，清涧路遥，礼泉邹志安、蒲城赵熙、王宝成，岐山李凤杰、红柯，汉中蒋金彦，临潼高建群，咸阳杨争光等。据统计，陕西当代作家中百分之八十生于陕西，长于秦地，陕北黄土高原、关中渭河两岸、陕南秀山丽水给了他们永恒的生命意识和顽强的生存理念。陕西作家生地和住地的相对稳定划一，从创作的积极意义上看，首先表现为现实主义传统的代代传承沿袭和热爱文学、痴于此道，甘做"愚人"的文学精神，这是支撑 20 世纪陕西地缘文学一路看好的内驱力。其次表现为为生我养我的父老乡亲写作的心理共识，这几乎成为陕西作家创作的主旋律。陈忠实把他的《乡村》作为礼物"献给乡村，献给自幼至今不曾拔脚的乡村土地，献给祖祖辈辈耕耘着乡村土地的农民"，这是第二代人的共鸣。那么第一代柳青便更为典型了。这位身在共和国首都北京这个颇具魅力的中国文化前台的陕籍京人作家，一而再、再而三地离京西去，落户长安 14 年，其典型性独树一帜。正因为作家们陕籍秦居数量如此之高，才集中地展现了陕西地域文学特色之优长而卓立于中国当代文苑。

　　全面展示农村、精细描写农民是陕西文学的优势。从沙家店支前英雄石得富（《铜墙铁壁》）到皇甫村合作化带头人梁生宝（《创业史》），从旧式族长白嘉轩（《白鹿原》）到新旧过渡的梁三老汉（《创业史》），以及最后那个承载传统的旧农民"父亲"（《最后那个父亲》），从韩玄子到王才（《腊月·正月》）、金狗（《浮躁》）等处在保守与改革两难冲撞中的农民，从孙少安到孙少平、高加林一代于艰难生存中拼搏的农民，以及"农村爱情心理探索系列小说"中痴情的男女农民，作家们合力勾画出了一系列生活在黄土地上的观念不同、生存方式迥异的秦式农民组像。全面展示农村，关注农民，形成了诸如路遥陕北黄土地情结、贾平凹商州情结、陈忠实关中情结、柳青长安情结、王汶石渭北情结、王蓬汉水情结等创作现象。作为具有久远农耕历史，面朝黄土的世代秦地农民，其生存状态被作家们高度关注。贾平凹这样描述说："作为他们的作家，要写出他们的苦、乐在哪里；我的责任是为了他们，也是为了我自己。"

一般认为，具备社会责任感的作家，其创作道路与社会主流趋向相一致，思想感情与人民群众相通，他们的创作必然是以体现时代本质意义的题材为前提的。从这个意义上说，陕西文学在"城乡军工"题材上的把握正反映了紧扣时代的群体审美意识，从而形成了主流文学的大气风范。李若冰从50年代起与石油勘探结下了不解之缘，过长城，出嘉峪，爬祁连，登昆仑，走戈壁，入沙漠，创作了著名的《柴达木手记》、《高原语丝》、《塔里木书简》等散文佳作，记录了共和国石油勘探者拓荒的足迹。杜鹏程关于宝成铁路建设工地的热情书写，提出了在和平的日子里接受严峻考验的人生课题。魏钢焰以《船夫曲》、《红桃是怎么开的?》涉足共和国劳模与时代关系的主题，给人以启迪。不难看出，陕西作家以共同托起的工业题材也相继昭示文界。而《保卫延安》、《铜墙铁壁》、《长城魂》、《黄河两岸的群山》、《兵车行》、《西去的骑手》等军事题材创作也颇为厚重。由于中国社会改革的深入，城乡结合、城市化进程加快，在第二、三代作家中，都市题材的作品，如《废都》、《白昼》、《土门》、《月亮环形山》、《城市"姑娘"》等逐步呈上升之势。可以说，"城乡军工"四大支柱题材完整体现了20世纪陕西地缘文学题材领域的全部含义。

三　文本范式："三体并立"的标识

文体范式是文学作品形成的要素之一，也是区域文学创作特征的重要标志。从大处说，是人类长期文学实践活动的产物，与一定历史时代和社会生活的发展紧密相连。从小处说，是某一区域文学实践发展的产物，与区域文学传统、文学现象、文学与生活相适应状况有紧密关系，是区域作家审美理念的体现。因此，一区域文体类别的大致确立，有其历史的共时性和现实的审美体认性。那么20世纪陕西地缘文学并立文体范式类别有何特点呢? 这里姑且称作"三体并立"的卓立态势。所谓"三体并立"，即指小说、散文（包括报告文学）、影视三种文体类别。从文体形成的理论界定看，陕西的社会、经济、文化、教育的现状发展较为吻合这种文体类别的内在要素特征。比如，小说不受时空限制，能多方面多角度表现复杂错综的矛盾，充分展示社会生活，鲁迅称之为"巍峨灿烂的、巨大的、纪念碑式的文学"。散文（包括报告文学）取材广泛，反映社会生活自由便捷，写人、记事、绘景、状物，不拘一格，歌颂暴露，抒怀针砭，极能贴近生活。报告文学又兼有新闻特点，报道生活、发表议论、树立典型，常常带有鲜明的政治色彩。而影视文学则是拉长了的小说，放大了的散文，艺术化了的报告文学，其直观可视性能复原激越的、严峻的、奋进的、平庸的、悲壮的、哀婉的、休闲的、娱乐的种种社会生活世相，使人明目醒世。如果将这三种文体特点加以概括，那就是"大"（指小说大文本对应大生活）、"快"（指散文、报告文学时效快，对应生活节奏快）、"鲜"（指影视文学可视感强，对应逼真生活现状），所以，陕西文学在反映特有的地缘性区域生活上，选择了小说、散文（报告文学）和影视文学文体，以全面展示陕西这个农业重镇、国防工业重镇、能源重镇、科技教育重镇、生态经济重镇、旅游重镇、历史文化重镇的整体地缘景观。由此可见，立于历史时代和社会生活发展的大背景高度，反观 20 世纪陕西地缘文学三种文体范式的并立态势，就不会将其表面地视为简单的小说、散文和影视文学了，而是时代生活、作家审美理念、地缘特性以及文体特征的有机结合使然。

小说文体一直是陕西作家所青睐的，老、中、青三代作家莫不对此倾其全力。如柳青从较早的《牺牲者》、《地雷》到《狠透铁》、《种谷记》、《铜墙铁壁》，直至"史诗"《创业史》，贯穿了生命的全过程，灌注了满腔热情，使他成为文界的小说大家。杜鹏程同样倾其一生心血，执著于小说创作，留下了铁路工人奋斗史的中篇系列和人民解放战争的"英雄史诗"《保卫延安》。"微笑着看生活"的王汶石，被誉为"短篇小说家"，安心守业，写好短篇，融渭河两岸风情于一体，集幽默清新风格于一家。像王汶石这样将短篇小说写得如此精细美妙者并不多见，他的作品堪称短篇小说园地之一绝。粗略说来，陕西当代文坛三位大家之小说文体的营造，奠定了小说文体范式在 20 世纪陕西地缘文学中的文体意识。于是便有了第二代的贾平凹、路遥、陈忠实、莫伸、邹志安、王蓬这样的小说家，于是便又涌现出《浮躁》、《平凡的世界》、《白鹿原》、《八里情仇》、《爱情心理探索系列》、《最后那个父亲》这样一些力作。两代作家从事小说文体创作的成功范例，并非简单的模仿，其内在的文学精神我以为有二：一是小说文体意识的自然传承与更新，二是文体与时代、社会生活的互动。从柳青紧扣长安皇甫农村社会主义革命风云，杜鹏程着眼于秦岭深山火热的建设工地，王汶石把握渭北旱原农村新貌，到贾平凹初涉商州农村改革，路遥透视陕北城乡交叉地带历史转型时期社会发展的轨迹，陈忠实揭示关中平原人类生存状态之根本，再一次佐证了时代生活、作家审美理念、地缘特性及文体特征相融合的道理。于是便又有了第三代作家不可逆转的更具现代小说文体意味的创作趋势，如高建群、杨争光、红柯、程海、叶广芩、王观胜等，以及《美丽奴羊》、《最后一个匈奴》、《越活越明白》、《热爱生命》、《西去的骑手》等有影响之作。可见，小说文体的一体标识，是陕西地缘文学的守命文体范式，缺了它，便文学失色，文坛减辉。

散文（包括报告文学）文体范式，在陕西地缘文学中与小说同为绝代双璧，已为文学史家所首肯。如李若冰、贺抒玉、戈壁舟、魏钢焰、贾平凹、王蓬，以及杨莹、冷梦、杜文娟等的创作。可以说，他们高质量的散文和报告文学创作初创了陕西文学散文之辉煌。"拓荒者的足迹"、"创业者的赞歌"已成为文界概括李若冰、魏钢焰散文的专用词。李若冰散文的诗意美与杨朔齐名，魏钢焰散文饱满的激情可与刘白羽媲美。后辈学人贾平凹、穆涛、和谷等的散文，再造了陕西当代散文文体的文质辉煌，出现了诸如《爱的踪迹》（贾平凹，全国优秀散文奖）、《无忧树》（和谷，全国优秀散文奖）、《一颗散落在黄土高原的种子》（白描，全国优秀报告文学奖）、《黄河大移民》（冷梦，首届鲁迅文学单项奖）等佳作。由此可见，散文文体的二体标识是陕西地缘文学的又一范式。

影视文学范式的后发，完成了三体并立的最后卓立态势。影视文学崛起于 80 年代中后期，是现代社会发展，文学媒介丰富多样的产物。这一文体对于陕西文学而言，主要成就在第二、三代作家中，如誉满全国的杨争光、张子良，产生重要影响的白描、延艺云、王宝成等作家，特别是被称作小说影视两栖作家的杨争光、王宝成。《黄土地》、《神禾塬》、《庄稼汉》、《遭遇昨天》、《半边楼》、《西安事变》、《秦川情》、

《汉水情》以及近期的《一路有你》、《关中女人》、《关中义事》等优秀作品，产生了较大影响。《半边楼》较早描写市场经济对高等学府的冲击，展示了知识分子在商品大潮中执著事业与被商品风潮挤压的艰难历程，开陕西影视文学的先河。稍后描写"文化大革命"岁月中知青生活的《遭遇昨天》也不乏深度。总之，《半边楼》、《黄土地》、《神禾塬》、《庄稼汉》、《遭遇昨天》、《西安事变》几部力作奠定了陕西影视文学的基础，并使后世呈崛起之势。《人生》获中国电视"百花奖"最佳影片奖、"金鸡奖"最佳音乐奖，《黄土地》获"金鸡奖"最佳摄影奖、瑞士第 38 届国际电影节"银豹奖"、英国第 29 届国际电影节"萨特兰"杯导演奖、法国第 7 届三大电影节摄影奖、美国第 5 届夏威夷国际电视节优秀制片技术奖等殊荣。陕西影视文学走红，一举形成了文体范式的三体并立趋势。

四　作家梯队："三代支撑"的组合

作家之于文学，是一种精神传播性的崇高事业。而高质量的文学，取决于高素质作家。从这个意义上说，20 世纪陕西地缘文学之辉煌，根本在于有"三代支撑"的作家队伍及其共同为之的向心力、凝聚力和创造力。三代作家的代际划分并不严格以年龄而论，主要取决于其创作起点、影响及文学成就等。

从比较的角度，三代作家许多同异互补特征尤为明显。首先是经历不同，时代的熏陶不同。第一代作家成长于民族革命斗争和争取民族解放的时代环境中，革命、奋斗、奉献成为他们人生的目标，贴近时代，为之呼号成为他们创作的追求，从革命到文学的历程成为第一代作家的普遍从文模式。第二代作家成长于"文化大革命"的废墟上，理想的破灭，精神的无依，从心灵与现实背反的重负中，从"一无所有"走向了历史的春天。然而，他们并未一头扎进波及全国的"伤痕文学"去哭哭泣泣，戚戚哀哀，而是迅速投入改革大潮的文学书写，标示了一种成熟的文学意识。第三代作家成长于 90 年代经济大潮中，面对的是物欲横流、名利诱惑之极的时代，一切于位移、转型中发生着质的变化，然而他们守命的仍是文学。一般认为文学是时代、社会生活的反映与折射，不同时代具有不同的文学观、审美观和价值观。第一代作家视文学为社会、政治的武器，形成了色彩浓厚的"政治现实"的文学观，产生了《创业史》、《风雪之夜》、《在和平的日子里》这样的作品。第二代作家视文学为记录社会生活的载体，因而形成了"生活现实"的文学观，产生了《远山野情》、《白鹿原》、《人生》等作品。第三代作家视文学为张扬个性、表现自我、诠释客观世界的本我体认，因而形成了"自我现实"的文学观，创作了《美丽奴羊》、《人格粉碎》、《棺材铺》等作品。三代作家的不同还表现在文学风格上。第一代作家风格主尚庄严崇高，激越豪迈，大气高扬，是五六十年代的时代旋律。第二代作家风格崇尚平实，人性意识，是 80 年代转型的风尚。第三代作家风格是逼近凡俗人生，生存意识浓厚，个性理念强烈，无序手法多样，是 90 年代的风尚。三代作家梯队的连缀组合，以各尽其妙的不同，展现了不同时代的历史风貌，显示出 20 世纪陕西地缘文学的真正实力。

五　风格样态："各显性情"的文质

　　20 世纪陕西地缘文学的本体特征，其风格样态之多彩是一重要标志。我们常常提出"荷花淀文学流派"、"山药蛋文学流派"、"茶子花文学流派"、"岭南文学流派"，并不全指这些文学所蕴涵的内容，在很大程度上是指表现在形式、手法、技巧层面上的独特的地域风格、情态和民间气派。理解一种文学，或一个地域的文学风格，至少包括这样三个层面，即地域风格、作家风格、作品风格。这是一种体系性的风格组合关系，是多样性与一致性相统一的概念。因此，风格作为一个大概念，是识别因地缘特征所形成的地域内作家作品独特性的重要依据。具有独特风格的文学作品，即使隐去作者姓名，也能使读者判断出其地域和谁为作家。所以，风格之于地域、作家、作品其意义之重要不言而喻。从这个理论界定看，20 世纪陕西地缘文学在全国文学界乃至当代世界文学中能独显冰山一角，就在于"黄土地"风格之标志。评论界称之为"土"、"实"。《黄土地》、《秋菊打官司》之国内外殊荣的获取无不得益于黄土地，黄土地上的人，黄土地上的事，黄土地上的情，黄土地上的自然景观、民风物态之独特使然。这是一个地域性大前提。从这个意义上说，陕西文学和民歌中的高原风情，原始生命意识的张扬，《信天游》、《走西口》、《绣荷包》、《兰花花》中一曲曲率真情欲的冲动，典型地体现了陕北地域苍劲、深幽、豪放、高远的高原文学风格。关中文学则呈现出浑厚质朴、深邃庄重、严谨理性的风骨气派。而陕南文学之似山似水，似藤似竹，娟秀作家，灵逸作品又别具一格。这就是说陕北、关中、陕南三地文学风格不同，构成流派尚未成熟，但综合以窥，其"土"其"实"风格却是一致的，其现实主义风貌之统领是一致的。其中也不乏贾平凹、杨争光、红柯、寇挥等人创作中的现代主义文学因素，这更充分体现了20世纪陕西地缘文学"各显性情"的多彩特质。

第二节　区域形态异质特色论

在中国文学格局中，20世纪陕西文学的地缘特色是明显的。从整体观之，陕西作家普遍看重自然之物及地域的自然情态。在他们看来，自然及地理因素对文学的影响是不容忽视的，这两者之间存在着许多中介环节。简单来说，首先是自然地理因素和气候特征决定了人们对其环境的适应和行为方式，然后逐渐形成具有地域特色的语言和文化特征，从而影响到文学特色、文学风格的形成。陕西地域的"三大板块"无论是地形地貌、气候条件还是生态植被都有着明显的差异，民俗风情也各有不同。对此，作家贾平凹在写给王蓬的一篇文章中作过这样的解释："陕西地分三块，北部高原，中部平原，有山则秃，有川则空，人皆性强，俗皆情旷，唱昂扬之秦腔，食牛羊之泡馍。何也，黄河所致也。岭南之地，山高而不险，水壮却不浊，鱼虫花鸟，种类繁多，修竹茂林，风光宜人，山川脉势，复杂却存条理，云霭雾霏，迷丽却有分明，何也，长江流域也。"① 在这段文字里，仅从字数上看，贾平凹写陕南的文字显然要比写陕北、关中的字数多，贾平凹无疑对陕南的风光有所偏爱。这是有道理的。其一是贾平凹在文章中要赞扬的是他的朋友、陕南作家王蓬，爱屋及乌，实属情理之事；其二，贾平凹本人就是从秦岭山中走出来的，对于生长于秦岭山地商州的他来说，汉中和商州同属陕南，陕南是亲切和温馨的故乡之所在，对家乡的热爱之情会随时

---

① 王蓬：《山河岁月——文坛一奇贾平凹》，太白文艺出版社1999年版，第359页。

在笔下流露。应该说，贾平凹对于陕西三地特点的概括是准确的，真实的，没有丝毫的夸饰意味。关于陕西三地的文学艺术特点，贾平凹同样有着深刻的见地："陕北，山原为黄土堆积，大块结构，起伏连绵，给人以粗犷、古拙之感觉，这一点，单从山川河流所致而产生的风土人情，又以此折射反映出的山曲民歌来看，陕北民歌的旋律起伏不大而舒缓悠远。相反，陕南山岭拔地而起，湾湾有奇崖，崖崖有清流，春夏秋冬之分明，朝夕阴晴之变化，使其山歌便忽起忽落，委婉幻变。而关中呢，一马平川，褐黄凝重，地间划一的渭河，亘于天边的地平线，其产生的秦腔必是慷慨激昂之律了。于是，势必产生了以路遥为代表的陕北作家特色，以陈忠实为代表的关中作家特色，以王蓬为代表的陕南作家特色。"① 从学术的角度来看，贾平凹的论述所提出的文学与地缘环境的关系问题，值得我们仔细玩味和探究，从中领悟其不同的地缘形态与文学的互印关系。

陕北，又称陕西黄土高原。这里的面积占到了陕西全省总面积的42%。高原总体上呈西北高东南低的倾斜地势。黄土地貌是陕北黄土高原最主要的地貌类型，由黄土塬、黄土梁、黄土峁和沟壑组成，其特点是地面破碎、地势起伏频率高、地面斜度大。气候干燥，常年雨水偏少。这样的地形地貌和气候条件，人的生活必然俭朴、艰辛，也养成了这里的人坚韧、厚道、多情、仗义等性格特点。民俗简约，民风淳朴。从这片黄土地上走出的作家如路遥、高建群、刘成章、曹谷溪、牧笛等，他们笔下的陕北，既是历史的，又是现实的；既是政治的，又是文化的；既是沉重的，又是诙谐的；既是单调的，又是多彩的。他们用艺术之笔，尽情地勾画着陕北的一草一木，书写着陕北人的酸甜苦辣和人生况味。路遥，作为土生土长的陕北作家，从文学创作初始，就把自己的命运同陕北紧紧连在了一起，他的视线一刻未曾离开过这片养育了他的黄土高原。路遥显然不注重陕北风土人情的描绘，他所关注的是陕北人苦难的生活状态和他们的命运沉浮。无论是《人生》还是《平凡的世界》，他着力展现的，是陕北人的艰辛生活和他们与命运抗争的精神。即使是写陕北女子的多情善良，其中也有着令人感叹欷歔的苦涩和

---

① 贾平凹：《朋友——王蓬》，重庆出版社 2005 年版，第 131 页。

无奈，生活和命运的悲剧意味甚为浓厚。与路遥有些不同，高建群的小说却是重在描绘陕北农村的风俗民情（如长篇小说《六六镇》），书写发生在陕北的并不遥远的历史事件和社会变迁（如长篇小说《最后一个匈奴》）。刘成章等写陕北生活的散文如"信天游"般体现出悠扬而浪漫的色彩。他的散文饱含强烈的时代精神，被称为"描绘陕北的第一小提琴手"，"是无韵之信天游"。关中区域形态位于陕西中部，一般指潼关以西，大散关以东即以渭河平原为主体的地区。这里南北窄，东西长。渭河自西而东横贯其中，是陕西的三大地形区之一。因盆地海拔较低，地形平坦，故称"关中平原"。又因平原主要是在渭河干支流冲积作用下形成，亦称"渭河平原"。从地形地貌结构来看，这一地区基底构造复杂，具有南深北浅，东西两端浅，中部深，呈阶梯式不对称的块状断陷。整体上是西高东低，南北高低悬殊。关中盆地地处温带，气候温和，雨水较多。从100万年前的远古时代起，蓝田猿人就劳动、生息、繁衍在灞河流域。而距今约7000年前，半坡原始氏族村落即栖息于黄土台塬上，刀耕火种，狩猎捕鱼，成为中国农业的最早发祥地。在历史上曾有周、秦、汉、隋、唐等王朝在西安建都，历史文化尤为深厚。关中人生性耿直憨厚，民俗民风淳朴古拙。西安作为陕西的省会所在地，都市历史较长。关中文学的影响一直是在乡村文学的书写方面，柳青、王汶石、陈忠实等作家的创作写尽了关中农村的民俗风情，也深刻地展现了关中农村的历史与现实变革，而成为陕西文学的领军人物。进入90年代后，经过寓居在关中的贾平凹及一批年轻作者，特别是年轻女作者的共同努力，陕西文学中反映都市生活的有力度、有深度的作品逐渐增多，都市文学首次呈现出了良好的发展势头。独有特质的陕南区域形态地处秦岭腹地，又称陕南秦巴山地，位于陕西南部。秦巴山地主要包括秦岭、大巴山及陇山余脉和夹于其间的汉江谷地，主要山脉皆东西向展开，从整体上看，峰岭陡峭，河谷纵横，盆地及宽谷坝子星罗棋布镶嵌于群峰之间，地形崎岖，姿态万千。特殊的地形地貌，使这里的人形成勤劳、智慧、负重的性格特点，民风民俗亦具有细腻、亮丽、平和之特点。作为20世纪陕西地缘文学的重要组成部分，陕南文学颇具特色和实力。贾平凹、京夫、王蓬、寇挥、刁永泉、沈奇、孙见喜、方英文、张虹、李春平、杜文娟、王晓云等组成的文学阵营使创作成就日渐丰厚。他们文学创作的共同特点是对生活的感悟性强，思维灵秀，情调清丽。简洁中蕴涵优美，物景情相融合而韵味绵长。

　　俗话说，一方水土养一方人。陕西境内的三大板块地理形态，形成了三大不同的民俗风情，也形成了三种不同地缘色彩的文学地图。但是，这种以区域划分的文学地图，并没有形成明显的文学流派，过去如此，现在仍然如此。长期以来，在众多研究陕西文学的论著中，人们的共同感受是陕西文学厚重、大气，具有史诗性。但这显然不是从研究文学流派的角度作出的批评判断。20 世纪陕西地缘文学没有或难以形成某种文学流派，这并不是一件坏事。当然，我们任何时候都在期待文学流派的出现。但应该明白，文学流派的形成不是偶然的，它是文学在一定阶段，为适应政治经济的需要，并受一定思想潮流的影响出现的。20世纪陕西地缘文学没有形成文学流派，并不影响陕西作家的知名度和作品的传播，反倒从一个侧面说明陕西作家的创作个性之明显，个性化风格之突出。当然，陕西作家也有他们共同的东西，其中最为显著的，我以为是他们近乎神圣的文学追求和自甘苦作的创作精神。综观陕西当代作家的创作实践，我们会感觉到，陕西作家普遍具有一种恒定的文学信念，他们对文学的神圣坚信不疑。他们有远大的文学抱负，有超越于世俗利益的审美追求，一切庸常的现实价值体系，自然而然地成为他们的抗拒目标和消解对象。这种文学信念，支撑着他们甘于清贫和寂寞，以顽强的意志和勤奋努力在文学的园地中笔耕不辍。柳青的那种近乎"愚人"式的体验生活的方式，杜鹏程在铁路建设工地频繁流动的身影，路遥玩命式的写作姿态，陈忠实、贾平凹、王蓬等对乡村生活的执著探求，都在诠释着陕西作家的文学精神。他们的创作视野开阔，艺术胸襟高远，具有现实批判精神。陕西作家所坚守的文学信念，直接制约和促进了他们的创作不断向新的精神高度抵达，也直接影响到作品的艺术力度与价值。

一　陕北文学的基本形态

　　在 20 世纪陕西地缘文学壮观景象中，我们看到作家们的创作风格却大相异趣。在陕北作家中，路遥恪守现实主义创作原则，深入开掘生活中的人生底蕴，探询人的生存价值。人的命运与价值，始终是路遥关注的焦点和创作的重心所在。路遥的心理负荷是沉重的，他对社会、人生问题的思考探察，使他多有忧虑少有欢乐。他的小说的氛围是压抑的、沉重的，基调是苦涩的。从中体现出作家对陕北父老乡亲的悲悯情怀。苦难意识与悲剧意识是路遥创作思想的核心内容。同样是反映陕北生活题材的作家，高建群将自己的目光投射到了陕北的历史与当地的风俗民情当中并乐此不疲。也许高建群不是一个地道的陕北人，他才对生活了若干年的陕北充满好奇，对陕北的民俗风情情趣盎然。读他的小说，我们不时会为其中的诙谐语言和民俗场景而忍俊不禁。即使是很严肃的历史事件，高建群也会从中发现有趣的细节和画面。当然，在看似轻松幽默的叙述中，也有陕北人的痛苦和眼泪，无奈和悲伤。史诗性和民俗风情的有机结合，这就是高建群的小说特色。

二　关中文学的基本形态

如果从群体人数上看，陕西作家中生活在关中地区的无疑是最多的。在国内外有影响的作家亦不在少数。在这些作家中，杜鹏程的军事题材小说《保卫延安》气势恢弘，颇具艺术张力，他的反映铁路建设生活的中、短篇小说艺术功力深厚，深受读者喜爱。柳青，亦是陕西文学的骄傲，他的小说现实感极强。作为从延安解放区一直写到关中的作家，柳青的小说充满亮色，这也许与他所处的时代有关。作为他的标志性作品，经数年呕心沥血写成的长篇小说《创业史》留给人们诸多的启示与思考。王汶石的小说也是以清新明快见长，有如一幕幕轻喜剧。要说史诗性和厚重感，陈忠实的长篇小说《白鹿原》堪称大手笔，大制作。内蕴丰厚，手法老道，艺术精湛，是这部小说的基本特点。特别是现实感和神秘性的结合，使小说更增强了咀嚼的味道和联想的魅力。关中风情在这部作品中得到了形象的展现，关中人的性格特征也被陈忠实刻画得真实而富于个性。在这里把贾平凹归于关中作家群的范围，似乎并不明智。众所周知，贾平凹的大量作品是写自己的家乡商州生活的，把他归于陕南作家的范围理所应当。然而，在贾平凹的作品中，有不少是写都市生活的，特别是 1993 年他的长篇小说《废都》的出版，使人们看到了另一个贾平凹。应该说，《废都》的出现，是陕西都市文学的一个新景观。不论对《废都》作何评价，贾平凹对陕西都市文学的贡献是不容置疑的。关中作家中叶广芩、红柯等的创作亦是各有风格。仅从他们各自完全不同的题材选择和对异地生活的反映就不难发现其创作的别具一格。土匪活动的频繁猖獗是关中地缘历史中的一个现象。关中历来是陕西的富庶之地，在兵荒马乱的年月这一地区常有土匪打家劫舍，引起骚乱。这其中的一个地理原因就是，关中地区川、塬、山南北相连，这样的地理环境非常便于土匪的出没和藏身。20世纪90年代初以来，陕西文学中反映关中匪事的作品逐渐增多，作家中有较大影响的是杨争光。杨争光的匪事小说，故事情节丰富，人物性格粗犷、鲜明而生动，其风俗描写显得土得掉渣又画面苍凉。杨争光关注的是乡村农民在动荡年月里的困苦和与土匪打交道的无助、无奈。他的小说时代背景大都不明晰。在艺术手法上表现出的是在沉重中透出些许调侃和荒唐。小说《黑风景》中村民无可奈何地选送少女、供奉钱粮，以免土匪洗劫村庄，但是人们后来竟发现这一切都不过是土匪头子和他们开的一个无聊的玩笑。村民的恐惧与不幸即刻显得荒唐可笑。小说《老旦是一棵树》里向赵镇复仇的老旦其言行不无夸张，他的举动时有滑稽可笑之处。小说《棺材铺》里的李胡两家械斗火拼的起因竟然是胡家女佣一不小心弄脏了李家男孩贵贵的"牛牛"。杨争光似乎是在不经意间在小说中填入了荒唐的笑料，把土匪与农民的敌对与恐惧稍作释然，颇有一种"黑色幽默"的味道。而对于他笔下的人物，杨争光写出的性格有如那些人物的生活目的那样简单而透明，直来直去，撞到南墙也不回头。如作家在《赌徒》中写甘草、骆驼、八墩三人之间爱与恨、生与死的关系，就极简单。脚夫骆驼艰难地活着，就是为了心上人甘草。他累死累活，挣了钱养活着甘草和她的儿子，可从没有能够得到她，最后还心甘情愿地为甘草送了自己的性命。甘草的活着，又完全是为了赌徒八墩，不管八墩多么野蛮、粗暴、嗜赌如命，她就是喜欢他。而八墩生活的唯一目的就是赌，赌到最终落得个输得精光的下场。这就是这三个人的命运情态和性格，简单率直得近乎愚顽。杨争光的匪事小说填补了陕西小说题材上的一个空缺。近年来，反映关中匪事题材的，还有贺绪林的中篇小说《关中匪事》，小说被改编成电视连续剧后有较大反响。贾平凹的《匪事》、孙见喜的《山匪》等对土匪的传统概念有所颠覆。

三　陕南文学的基本形态

在陕南的作家中，贾平凹独树一帜。他的小说和散文，商州的自然风光蕴涵在古韵十足的语言描绘中，令人神往。贾平凹的创作个性极其鲜明。在西安城里居住了多年之后，他仍然坦言"我是农民"，旨在直言不讳地表明自己的农家出身，同时也使不了解他的人自然而然地通过这一口头禅产生对其心理、性格等的想象。贾平凹的作品基本上未离开家乡的人、事、情、风光和民俗。他拥有着丰厚的农村经验，熟悉农民的心理并在此基础上构成了自己的农村想象。从《小月前本》、《腊月·正月》，到《浮躁》，到《高老庄》，到《怀念狼》，再到《秦腔》、《高兴》，贾平凹沿着家乡的山野小道一路走来，用自己的声音传达出了父老乡亲的喜怒哀乐，写出了家乡的现实景象和在改革开放的潮流中缓慢前行的足迹。他用自己的艺术之笔勾画出了一幅幅家乡的山水风光图。被贾平凹所称道的陕南作家王蓬，在20世纪80年代初就崭露文坛。小说《银秀嫂》、《油菜花开的夜晚》等一经问世，即好评如潮。此后，他又陆续出版了《山祭》、《水葬》两部长篇小说，由此奠定了他在陕南乃至陕西文坛的先锋地位。王蓬的小说空灵而不空浮，语言细腻生动，地域风情浓郁。《山祭》作为他的第一部长篇小说，内容涉及的时间跨度长，作者对秦巴山地民俗风情的真实描绘，显示出驾驭小说艺术的突出才能。这部小说通过民办教师宋土改与山民姚子怀及其女儿冬花之间的感情纠葛，从一个侧面表现了20世纪60年代初至70年代末近二十年的社会生活。作家王汶石当年对此书给予了高度赞赏，认为作品"不仅描绘出一幅幅秦岭山区的风景画，而且又描绘出了山区的一幅幅风俗画，与风景画融为一体的山野风俗画"[①]。在《水葬》中，这种风情描绘更为丰厚。作家在现实与超现实的变幻交替叙写中，展示出的是一幅幅丰赡而神秘的杜宇风景风俗图，具有强烈的象征意味。王蓬的独特还在于，从80年代末开始他用了近十年的时间，潜心研究古老的蜀道，并亲身全程走完了汉唐褒斜道、陈仓道、金牛道、子午道等

---

① 韩梅村：《王蓬的艺术世界》，陕西人民教育出版社1996年版，第11页。

多条古道,对古道的功用、沿途民众的生存状态、风土人情详尽考察,以探古道兴衰、究历史成败为主旨,写出了两百多篇计六十余万字的作品,分上、下卷以《山河岁月——蜀道文化散文》为题于20世纪末出版,其工程之浩大、内容之丰富令人赞叹。陕南作家寇挥不仅在陕南,而且在陕西作家中也是一个"另类"。他的小说让人们看到了陕西作家的另一面,即在厚重、史诗性、神秘性之外还有着怪诞性、荒诞性。我们仅从寇挥小说的选材和叙述角度上就能看到这种"另类"景象。在小说《黑夜孩魂》中,作者用一个六个月大的胎儿的感觉来感知和描述中国社会一个特殊年代的社会生活,而且演绎的是作家柳青《创业史》中的人物故事。小说《灵魂自述》写的是"深秋的一个夜晚,我值班时被秦俑抓住拖走了"的故事。今人古人混在一起,亦真亦幻,扑朔迷离。在长篇小说《想象:一个部落的湮灭》中,作家讲述的仍是一个荒诞的故事:与世隔绝的狗部落在缺少女性和食物的双重困境中艰难生活。为了解决人口不旺的问题,狗祖宣布在部落里实行群婚制。这时,一个以在大地上永恒漂泊、寻找"人间乐园"为命运的部落——舌部落像蝗灾一样突然来到狗部落的生存地,他们人强马壮使狗部落的缺粮境况雪上加霜。最后他们背信弃义劫掠了狗部落的全部食物逃之夭夭,而狗部落的人则因为无粮全部饿死。多年后狗部落生存过的地方已完全变成了茂密的森林……寇挥的小说就是以这些荒诞不经的故事表达自己对生活和人生的感悟,其情其景颇具现代主义色彩。陕南的本土作家李春平是新世纪以来陕南作家中创作势头强劲的青年作家。特别是他于2005年1月出版的长篇小说《步步高》社会反响强烈,该书于2005年底又一次印行,其影响之广可见一斑。这部小说被誉为"中国第一部关注执政智慧和领导艺术的长篇小说"。杜文娟在陕南女作家中亦属后来居上。她于2005年11月出版了小说集《有梦相约》。她的小说题材视野开阔,对生活的观察细致,具有自觉的女性意识。方英文、孙见喜两位作家在长篇小说的创作上也颇有建树。方英文的《落红》以平实的风格深刻剖析时代生活,生动体现人文姿态,富于特色。孙见喜的《山匪》一经出版就受到文学界和读者的关注。小说以反映生活的厚重和飘逸的山野情趣而极具艺术真实感和情感的震撼力。

　　我们在这里是从地缘与文学的互文性角度来评价20世纪陕西文学和陕西作家的，试图从中窥探体察出陕西作家的个体形态的异质特色。实际上，陕西作家也不完全是将自己的视线囿于陕西这块土地上，他们中就有一些人既关注本土上的人与事，也把眼光扩展到了自己一度熟悉的其他地域的生活和历史，创作视野极其开阔。如高建群创作了不少反映中俄边界历史状况的小说和散文，引起了人们的广泛注意。叶广芩在创作反映关中周至县生活题材的作品如《老县城》、《老虎大福》等的同时，还创作出了不少以老北京皇室家族生活为内容的系列小说，且获得广泛好评。杜文娟写出了一批以西藏生活为内容的小说、散文等。由此看出，陕西作家的创作观念是随着生活的发展而变化的，他们的生活天地相当广阔，这也许是他们的创作个性鲜明、风格独异的一个重要原因吧。

第三节　文学样态地缘审美论

　　20世纪陕西地缘文学在长期的发展过程中其审美形态发生着明显的流变。20世纪前半叶陕西作家的创作呈现出的是悲壮情怀。从40年代开始，追求崇高成为陕西作家的创作主旨，塑造人物注重于形象和精神方面的高大完美。在新的历史时期里，叙写人生苦难成为陕西作家创作的基本内容之一。这种人生苦难，主要体现在生活罹难、情感（爱情）煎熬、精神苦痛三个层面。90年代以来，陕西作家对传统文化和乡村文化加以审视，其创作流露出文化困惑与批判意味，文化悲剧成为这一时期许多作品主要的审美特征。在中国现当代文学的发展格局中，陕西既是一方文学热土，又是一处文学重镇。历代的陕西作家们承袭了先秦、汉唐时期的文化因子，用文学智慧不断创造着属于自己的地缘文学的辉煌，使其在发展过程中形成了鲜明的地缘特色，在审美形态上亦表现出明显的流变状态。

一　悲壮情怀的审美表现

　　如果从时间和空间上来大致分段，那么，20世纪前半叶的陕西地缘文学在审美形态上总体呈现出悲壮的情怀。这其中的原因一方面是陕西作家继承了陕西地缘文学的优良传统，一方面是当时的社会现实使然。就前者而言，早在汉代的司马迁那里，我们就能看到他为实现自己的抱负而忍辱负重的悲壮情怀。作为一代文学大家，司马迁在身心受到严重摧残的情况下，坚持写作，秉笔直书，完成了旷世杰作——《史记》。在唐代，李白"行路难！行路难！多歧路，今安在？长风破浪会有时，直挂云帆济沧海"的抒怀，其中蕴涵着令人慨叹的悲壮。而杜甫的那些忧国忧民的沉郁之诗，悲愤之中饱含悲壮之情。如此等等。可以说，悲壮情怀是陕西缘于独特的地缘风貌而形成的文学传统。20世纪前半叶，民族救亡和社会革命是摆在中国人民面前的两大任务。为此，中国人民付出了极大的牺牲和代价。这一阶段的民族历史，是血和泪的历史。陕西作家在这一时期的创作，无不体现出悲壮的情怀，显示出文学与社会的紧密联系。作家柳青早期创作的短篇小说，主要反映的是抗日战争生活。短篇小说《牺牲者》写的是青年战士马银贵为抗日不惜牺牲自己一切的高贵品质。在一次战斗中，他半截腿被炸去，但为了不被敌人俘虏，他忍着剧痛爬行到河里自尽，表现出了抗日战士的英勇不屈和顽强。在另一个短篇《废物》中，作家叙述了一个自称"废物"的老汉王德中坚持跟着抗日队伍打日寇，后因行军时跟不上部队，被日军赶上，他不甘屈服，拉响了手榴弹，与三个日本鬼子同归于尽。其壮烈的举动令人钦佩。柳青的这种悲壮情怀，在他写于50年代中期的长篇小说《铜墙铁壁》中也有体现。在这部小说中，作家塑造的石得富这一形象，在带领干部群众与敌人展开粮食斗争被敌人俘虏后，受尽了严刑拷打，但他表现出的是坚贞不屈。即使是在反映新中国农村生活的作品中，我们仍然能看到悲壮情景。比如柳青的中篇小说《狠透铁》中的老检察，面对人们对他的误解、冷淡、讽刺，他并不在意，体现出共产党人应有的开阔胸怀和宏大气量。老检察的这种暂时的孤独情状，透出的是浓郁的悲壮意味。这样的描写，在当时是需要胆识和勇气的。20世纪三四十年代的陕北解放区文学，在歌颂新生活的文学合唱声中，也有作家叙写生活中的悲，这种悲，主要体现在所写人物的孤独处境方面。如丁玲的小说《在医院中》、《贞贞》等，其中的主要人物都处在与周围环境的不协调、不适应之中，孤独、误解成为他们的主要生活内容，在他们身上，更多的是一种悲壮色彩。这种悲壮的审美情致，一直延续到了 21 世纪。2005 年，陕西当代著名作家陈忠实在《人民文学》第 5 期上发表了短篇小说《娃的心娃的胆》，小说反映的是抗日战争时期的一个生活片段，整篇小说被一种悲壮气氛所笼罩。请看下面这样的场景描写：

> 军旗旗杆的钢质尖头，从一个日本鬼子的胸膛刺进去，从背脊处穿出；那个日本鬼子紧紧抱住中国旗手的后腰，中国旗手的双手死扣着日本鬼子的脖子；两个国籍的士兵面对着面，中国旗手把一个日本鬼子用旗杆的尖头捅穿胸膛，直压到黄河水底；旗杆上的中国西北军的军旗已经撕裂，暮色里看不出颜色。

这是士兵们从黄河里打捞上来的几具尸体。那种经过激烈搏斗的情景在尸体上定了格，中国旗手的英勇，举动中透出的仇恨，令人为之动容，极具悲壮色彩。陈忠实把陕西文学悲壮的审美形态由此推向了极致。

二 崇高情怀的审美追求

陕西地缘文学的审美形态在 20 世纪第一次明显的变化，应该是从 40 年代中期开始的。这一变化的特征是从悲壮转向了崇高。陕西作家们开始以崇高作为自己的审美追求，塑造人物注重于形象和精神上的高大完美。柳青写于 40 年代的长篇小说《铜墙铁壁》就体现了他审美追求的转变，这也可以看作是陕西作家和陕西地缘文学在审美形态上的转变。在这部小说中，柳青的文学创举，是在中国文学中第一次成功地塑造了革命领袖毛泽东的形象。以下的场面描绘，曾被不少评论者所引用：

> 毛主席过来了。河滩上群众让开一条大巷，可是毛主席并不快走。他不骑他的铁青马，所有牲口都跟在稍远的后边，他在周恩来同志和任弼时同志中间走着，带着他特有的慈祥的笑容，用他那圣哲的炯炯目光，兴奋地望着两边一片无边的农民群众的淳朴的脸庞；是他们的力量可靠地支持解放军的胜利。

用这样简洁的笔墨描写革命领袖，在我们今天看来实在是没有什么特别的过人之处，或许还会感觉到太过简略和概念化。但是，就这部作品产生的年代看，就当时人民群众对革命领袖的那种近乎狂热崇拜的情感而言，这样的描写是真实的，也是难能可贵的。起码，在作家的眼里，领袖是伟大的，是崇高的。这样的描写也是作家发自内心的崇敬情感所致。与柳青的这种艺术创举异曲同工的是，杜鹏程的《保卫延安》直接涉笔于解放战争中延安保卫战的真实历史，在中国当代文学史上是第一次以长篇体式表现军事题材的成功尝试，也是第一次在文学作品中成功地塑造了我军将领彭德怀形象的崇高风范。

追求崇高，应该说是这一时期陕西作家的共同志向。这种对于崇高美的倚重，不仅体现于描写伟人或将军等人物方面，而且也体现在以塑造普通老百姓形象为主的作品中。《创业史》就是描写和歌颂普通人创业精神和崇高品质的典范之作。在梁生宝身上，既有大公无私、为群众的事业勇于献身的精神，又有着淳朴敦厚、多情善感的悠悠情怀，体现着柳青追求崇高的艺术精神。王汶石致力于挖掘和展现人物美好的品质，笔下女性人物形象都是心灵美的代表。张腊月，是一个"从土改到现在""已经闯惯了"的"闯将"，她待人直爽、热情、赤诚；吴淑兰，一个"好女人"、"好媳妇"，外表娴静寡言、温顺贤惠，嘴角永远挂着宁静的微笑。在这两个性格迥异的女性人物形象身上，都体现着美好人性的光辉。陕西作家对崇高美的追求，明显地受到了时代潮流的影响。在文艺界都极力崇尚英雄、歌颂新生活新人物的热潮的裹胁之下，陕西作家也未能免俗，他们在创作上审美形态的这一变化，也就是十分自然的现象了。不过，需要说明的是，陕西 90 年代出现的新锐作家中仍有视崇高为创作己任的作家，如红柯的创作。他极力挖掘的是人性与自然的美好，显现的是执著的奋争精神与人格力量。这应该看作是作家坚守的艺术观念使然，也是庄重、质朴、浑厚的地缘风俗民情的使然。

三　苦难情怀的审美流变

进入新时期以后，20 世纪陕西地缘文学开始了它另一个辉煌时期。

在审美形态上，陕西文学又一次发生了变化。从 80 年代开始，描写人生苦难成为陕西作家创作的基本内容之一。他们对人生苦难的叙写，大致体现在三个层面，即生活罹难、情感（爱情）煎熬、精神苦痛。

生活罹难，直接涉及人的生存与生命活动。在我国，由于生活方式、地理交通和历史文化等方面的限制，广大农村凝结着更多的苦难，天灾人祸频仍，农民的生活负重远远大于其他社会群体。陕西作为我国的内陆省份，陕北的黄土高原、关中平原、陕南的秦巴山地，构成了陕西独特的地理环境。城市发展的迟缓，使陕西长期以来处于封闭、落后的状况。陕西的农村和广大农民的生活贫困而艰难。柳青、王汶石以及在新时期涌现出的陈忠实、路遥、贾平凹、高建群、赵熙、王蓬等实力派作家，他们的视野所及，他们关注的对象，主要是农村和农民。农民的生活困苦和艰难情状，就自然成为他们艺术描写的重心所在。读者在《创业史》"题叙"中看到的，是旧的社会制度下梁家三代充满血与泪的悲欢离合的命运遭际。在描写解放后农民的生活时，柳青没有忌讳农村的落后和农民的困苦。因为作家无法回避看到的现实情景，这种情景就是农村的贫穷和落后。在小说中，柳青多次写到了农民的生存窘相，如他写梁生宝赴外县买稻种，在县城一家小饭馆吃饭的情形：

> 他要了五分钱的一碗汤面，喝了两碗面汤，吃了他妈给他烙的馍。他打着饱嗝，取开棉袄口袋上的锁针用嘴唇夹住，掏出一个红布小包来。他在饭桌上很仔细地打开红布小包，又打开他妹子秀兰写过大字的一层纸，才取出那些七凑八凑起来的，用指头捅鸡屁股、锥鞋底子挣来的人民币来。拣出最破的一张五分票，付了汤面钱。

过去的评论都认为这样的描写，"传达出了质朴的农民气质和鲜明的个性"①，是农民苦难生活的一个缩影。尽管柳青的描写显得小心翼翼，但仅有的描写还是能使细心的读者不难发现作家对农民困顿生活的深层

---

① 严家炎：《关于梁生宝形象》，见《中国当代文学研究资料·柳青专集》，福建人民出版社 1982 年版，第 271 页。

忧虑。

　　路遥的创作初始就是以苦难为伴，以悲剧为生。中篇小说《在困难的日子里》一方面是写政治生活的苦难，一方面是写日常生活的苦难；中篇小说《人生》既写人生的大苦难，也写农村生活的困苦。高加林千方百计想挣脱出农村，固然与他无法正视苦难的思想意识有关，但也与农村现实生活对人的生存的严酷威胁不无关系。被陈忠实看作是"可以死后当枕头"的中国20世纪长篇小说扛鼎之作之一的《白鹿原》，是关中农村苦难生活的全景展现。作家以浓郁的悲剧意识写农村，写农民，其景可叹，其情可悲。如在小说中作家写儿时的黑娃吃冰糖的情景：

　　　　黑娃把冰糖丢进嘴里，呆呆地站住连动也不敢动了，那是怎样美妙的一种感觉啊！无可比拟的甜滋滋的味道使他浑身颤抖起来，竟然哇地一声哭了。

一个孩子由于吃了一块冰糖竟然"幸福"得哭了起来，这样的情景实在让人心酸。这是从反面来写农民的生活苦难，具有极大的情感冲击力。不仅如此，陈忠实还正面写到了白鹿原上百年不遇的大饥馑和瘟疫的流行对这里的人民的毁灭性打击。在贾平凹的大量作品中，他对自己家乡贫困生活的叙写，蕴涵着作家极其深重的苦难意识。读贾平凹这一时期的小说，我们时常可以感受到弥漫其间的那种生活和精神上的苦痛，那种面对世事及人的命运的无奈，或那种无可摆脱的被现实煎熬着的忧虑。如《大漠祭》中，老顺朴实憨厚的儿子憨头，忍受了难以想象的肉体和精神的折磨，因无钱医治而死去。农民生活状态之艰难，由此可见一斑。在高建群的长篇小说《最后一个匈奴》中，作家对陕北农民苦难生活的描写亦可谓触目惊心。如作家写大年馑：

　　　　从一九二七到一九二九年，整个北中国赤地千里，连年大旱，这就是中国现代史上那场至今令人谈而色变的大年馑，民间管这次年馑叫"民国十八年大旱"。……民间歌谣中："人吃人，狗吃狗，舅舅锅里熬外甥，丈人锅里煮女婿"，就是对那场悲惨图景的真实写照。

而在写 70 年代末的生活景象时，苦难的阴影似乎还弥漫于人们的头顶之上。作家通过下乡知青丹华的眼看到了令人惊悸的一幕，那就是小女孩由于太过饥饿一下子吃得太饱而撑死的悲惨画面。

　　情感（爱情）的煎熬是人生苦难的内容之一。陕西作家在叙写生活苦难的同时，也写到了笔下人物所经历的情感（爱情）折磨。梁生宝与徐改霞的爱情悲剧使梁生宝的情感饱受煎熬；高加林与刘巧珍，孙少平与田晓霞、孙少安与田润叶等的爱情纠葛和情感遭遇使他们经受着极大的相思之痛，相爱之悲……这些人物的爱情大都以悲剧结局，充满着无限的惆怅与感伤。这种情感悲剧无疑增加了作品的悲剧艺术感染力。精神苦痛是人生苦难的最高境界。精神苦痛给人的摧毁力是巨大的。在陕西作家的小说中，精神苦痛的承担者往往是那些不甘寂寞、苦苦追寻理想境界而受挫的精明能干之人。他们所塑造的人物，如高加林、孙少平、金狗、白嘉轩、子路等，身上背负着厚重的精神枷锁，经历坎坷，道路曲折，艰难地在人生道路上负重前行，承受着巨大的精神压力，苦恼、焦虑、愤懑、忧愁、痛苦，是他们常见的精神状态。

　　从整体上看，陕西作家在这一时期的农村题材的小说作品中，为人们展现的是三秦大地农民人生苦难的艺术画卷。陕西作家不约而同地书写人生苦难，是基于他们对家乡、对这块土地的热爱。作家陈忠实的一番话，我以为代表了陕西作家们的心声："我曾经在不少的话题里言说过对关中这块土地的热爱和理解，用一句话或者一个词概括我的直接感受，这就是：沉重。既是背负的沉重，更是心灵的沉重。"① 陕西作家坚守自己的民间立场和底层体验，这决定了他们小说的叙事场景和人物——贫穷的土地和苦难的农民。他们对父老乡亲们的生活环境和生活情状的关切，是一种真正的情感关怀。所以，他们的小说最主要的精神诉求是悲剧精神和忧患意识。苦难和悲剧是文学上的姐妹。贫穷和愚昧是它们的表征。贾平凹的《高老庄》中村里人的贫穷，以及面对生活的变化人们表现出的浮躁和盲目心态，体现了作家的忧患和焦虑，颇具

① 陈忠实：《我的关中》，《新民晚报》2004 年 12 月 11 日。

悲剧意味。

苦难，在艺术作品中具有悲剧审美价值。陕西作家的这种苦难情结，是他们自己身临其境的切身感受，是苦难生活浸淫的结果。这并不是某种外力所致或潮流的影响，更不是有意的夸张。可以说，农民是他们的父母兄弟。在艺术创作方面，特别是从20世纪80年代以来，陕西作家秉持着现实主义精神，以强烈的社会责任感书写农村，塑造农民形象。农村苦难的生活情景他们历历在目，难以去除。苦难情结积淀成为一种悲剧意识，在作品中人生苦难也就显现出它的悲剧价值。

四　文化悲剧的审美批判

20世纪90年代以来，陕西作家在描写苦难的同时，开始对传统文化和鲜明地域性的乡村文化加以审视，其创作流露出文化困惑和批判的意味。文化悲剧成为这一时期许多作品的主要审美倾向。

贾平凹在走上文学创作道路之初，对家乡商州的风俗民情和自然风光发出了由衷的赞叹，其作品充满着诗情画意，体现出清新、优美、淳朴的风格。他之所以被认为是"寻根文学"的先锋，表明他与古朴的商州有着心灵内在的契合。"商州系列"是他闯入文坛的最初的标签和名片。而从80年代中期开始，也就是从1986年发表的《古堡》开始，这种状况就发生了变化。最初的那种对家乡风土人情的赞美讴歌逐渐在他的作品中隐退，代之而起的是对农村的贫穷和农民的愚昧的揶揄和批判。他的以商州为题材的作品，尤其是他揭示现代文明与乡村民俗文化冲突的作品，大多呈现出悲剧性结局。在他的叙写中，农民及他们所代表的乡村文化总是处在尴尬的境地，总是受到伤害。《古堡》的现实悲剧在商州悲剧的映衬下更显悲凉；《九叶树》中的兰兰、《西北口》中的安安和他们的父兄恋人都被城里人所欺骗侮辱。这些无不蕴涵着贾平凹的文化自恋与自虐心态，也反映了作家此时的文化困惑。

对于生于斯、长于斯的陕西作家们来说，父老乡亲的贫穷苦难和乡村文化的保守愚昧是他们无法抹去的心灵之痛。贾平凹的短篇小说《下棋》、《上任》、《年关夜景》等就对乡村文化中的落后性和麻木性作了揭示批判。他小说中的人物，从《商州》里的刘成、《浮躁》里的金狗和雷大空，到《高老庄》里的子路、《怀念狼》里的傅山等，他们虽然身份不同，性格各异，但都或者在现实生活中无路可走，或者经过一番奋斗后又归于失败，或者受到历史和现实的捉弄，走到了自己的对立面，或者怀着许多的希冀最终却又无望地返回。他们都属于悲剧性人物。这样的结局既是个体的，又是族群的，更是文化的。贾平凹在长篇小说《高老庄》的后记中说，在传统文化中浸淫愈久，"愈知传统文化带给我的痛苦，愈对其的种种弊害深恶痛绝"①。在《高老庄》中，那一块块断碑残砖和虚无缥缈无法靠近的白云湫，充满着悲凉之气。在这里，贾平凹表露了对乡村文化的一种幻灭感，呈现出的是一种文化诅咒和失望。在谈到这部小说时，贾平凹说："我感兴趣的是中国传统文化怎么消失掉的，人格精神是怎么萎缩的，性是怎么萎缩的。……'高老庄'是个象征的东西，子路为了更换人种，为了一种新的生活，离开了这个地方，但等他重返故地，旧的文化、旧的环境、旧的人群使他一下子又恢复了种种旧的毛病，如保守、自私、龌龊、窝里斗和不讲卫生。'高老庄'是一个烛，照出了旧的文化的衰败和人种的退化。"② 这里还要特别提到贾平凹于 2005 年出版的长篇小说《秦腔》。在这部小说中，秦腔的戏曲唱段充盈其间。秦腔作为一种民间文化载体，也是传统文化的表征，显然在这里它的寓意已经超越了戏曲本身。尽管清风街的人对它如痴如醉，可它仍宿命般走向了衰败。如同这片土地上的挽歌，蔓延成一曲令人心痛的文化绝响。诚如作家自己所说："作为戏曲的秦腔，它的衰败是注定的。……这一种衰败中的挣扎，是生命透着凉气。"③ 有读者认为《秦腔》读起来很吃力，"对于普通读者而言，硬着头皮充满惊恐满怀沉重地阅读这样的作品实在不是一件值得庆幸的事情"④。在我看来，这种阅读的滞涩感，恰恰是作家所追求的效果。贾平凹说他在这部小说中写的"是一堆鸡零狗碎的泼烦日子，它只能是这一种写法"（《秦腔·后记》）。这说明农村混沌、杂糅、苦涩的生活客观上决定了作家的写作方法。这种写法，直逼生活，使作品褪去了浮华和造作。贾平凹坦言："正是因为农村文化形态就表现在日常琐碎生

---

① 贾平凹：《高老庄·后记》，太白文艺出版社 1998 年版，第 414 页。
② 张英：《文学的力量——当代著名作家访谈录》，民族出版社 2001 年版，第 155 页。
③ 贾平凹、王彪：《有关〈秦腔〉的几个问题访谈录》，《文艺报》2005 年 1 月 15 日。
④ 董宝刚：《硬着头皮读〈秦腔〉》，《光明日报》2005 年 5 月 23 日。

活之中，所以坚持这种写法。以往许多写农村的作品，写得太干净，如一种说法，把树拔起来，跟须上的土都在水里涮干净了。建立在血缘、伦理根基上的土性文化，它是黏糊的，混沌的。"① 其实，早在《秦腔》之前，贾平凹就有了这样的艺术主张。他说："我的创作视角更接近了生活的原汁原味。我不主张特意去追寻什么，也不提倡刻意去营构什么……我只注意原生态的自然流动和反映生活本真的东西，如果去有意写成这样那样，不就成了人为的雕龙画凤？"②

　　陈忠实在《白鹿原》中对传统乡村文化有留恋，而更多的是批判。小说从一开始的年轻有为、血气方刚的青年白嘉轩到结尾佝偻腰背、一只眼睛、对世事无能为力的老年白嘉轩，通过他在艰难困苦、世事动荡、战乱频仍、灾难不断的一生中的遭遇奋争，揭示了宗法文化在他身上造成的悲剧命运。尽管他受尽煎熬，倾尽全力，仍然没能阻挡住他所信奉的文化被淘汰出历史的失败结局。《白鹿原》把叙事的注意力始终放在白鹿原上的文化状态和文化冲突上，小说中众多人物的性格和生命在传统礼教压抑下被扭曲、荼毒、萎谢，展示出一片惨烈的文化景象，如田小娥的死亡，白孝文的堕落，黑娃的出走等。无论是描绘白、鹿两姓的宗法关系和冲突，还是叙述白、鹿两家年轻一代的生死、爱情、出走、回归，作家都着力于揭示生活形态后面所隐藏的文化因素，展示的是乡村文化的悲剧，这里，杨争光的小说更突出了一种特有的地缘意蕴。他的历史题材小说（土匪系列）在当代文坛有相当大的影响。他的小说特点在于独特的文化内涵，无论是《黑风景》、《老旦是一棵树》，还是《棺材铺》、《赌徒》，作家在带有血腥味的场面之后，是对起源于血缘关系的家族伦理文化的批判和对乡村文化落后的深刻反思。

---

① 贾平凹、王彪：《有关〈秦腔〉的几个问题访谈录》，《文艺报》2005 年 1 月 15 日。
② 张英：《文学的力量——当代著名作家访谈录》，民族出版社 2001 年版，第 155 页。

第二章

陕西地缘文学的历史生成

20 世纪陕西地缘文学，其本质是现实主义的。从文学传承规律看，它的形成有其深厚的历史文化渊源。姜炎文化、周秦文化、汉唐文化是 20 世纪陕西地缘文学构成的生成起点，而延安文艺的新史再造，则完成了其新质的内化转合。从这个意义上说，20 世纪陕西地缘文学总是处在潮头和巅峰，从古到今，源远流长，这是一种传统的惠泽与烛照，一种他地域不可比争的荣幸。于是，老百姓从比较的角度说：江南才子江北将，陕西的皇帝埋两行。这一帝一坟，文化的载体，朝朝相因，代代相袭，正是由于这一历史文化的源远生成，20 世纪陕西地缘文学自然堆积厚重了许多。

第一节　姜炎文化文明的地缘先导

发生在古陈仓（陕西宝鸡）的姜炎文化，距今已有五千余年的历史，它不仅是中华民族文化的始兴，同时也是 20 世纪陕西地缘文学的文明先导。文化的民族性特点，大都以否定自己愚昧的方式形成新的民族文化类型，这种类型的形成，具有顽强的承袭性。姜炎文化所产生的文明，用摩尔根的理论说，就是从蒙昧到野蛮，从野蛮到文明的过程中不断发生、发展的人类社会的文明。其主要表征是以陕西宝鸡为中心，以神农炎帝为代表，以农耕文明为特质的中华民族史前转折时期的人类文明，它对华夏以后的文化发生着深远的影响。

姜炎文化，作为当时华夏农耕文明发展的高峰，与黄帝氏族的游牧文化融合形成了"炎黄文化"的社会意识结构，而姜炎农耕文化对后世文明起着定格作用，有其自身的特征。比如"火文化"，使用火以至于刀耕火种，先人终于有了安居乐业生活的开始；制陶、纺织、交易、音乐等伴随着农耕文明的出现，改变了早先原始族类的蒙昧状态，激发了人脑、肢体、思维及智慧的开发与提升；特别是炎帝族团所遵循的"公耕而食，妇织而衣"，"不贪天下之财，不贵难得之物，不器无用之物"，"不以其智或力而贵于人"，"不独亲其亲，不独事其事"等等一系列反映在族团成员间的义务、平等、民风、婚姻、公选等方面平朴简约的习俗规制，给后世文明的发展起到了不可估量的先导作用。从这个意义上讲，姜炎文化作为民族文化的文明起点，规定了民族文化后续发展的基本方向。其农业立国的民族观念，自强不息的民族精神，合和大同的民族意识，质朴端悫的民族性格，崇拜英雄的民族心理在先夏，尤其周秦文化中有着厚重的奠基作用。

由此，姜炎文化的文明先导对 20 世纪陕西地缘文学来说至少提供三种源头：一是文学与人类生息的休戚关系；二是农耕文明制导的重农文学意识；三是抒写农村、关注农民的初元心理定势。这一切皆集于农耕文明之质核。比如炎帝何以称"神农"？《增补资治通鉴》中记载："古之人民皆食禽兽，至于神农，人民众多，禽兽不足，于是神农因天之时，分地之利，教民农作，神而化之，使民宜之，故谓之神农也。"这说明史前文化与人类生息的休戚关系。炎帝的"斫木为耜，揉木为耒，耒耜之利以教天下，日中为市致天下之民"（《淮南子·修务训》）的一系列行为，创造了农具制作、谷物培育、栽种技术、物品交易等等以农耕为中心，以生息为目的的早先文化。使渔猎游牧社会形态逐步转化为较为稳定的农业社会形态，形成了中国早期的以渭水、黄河中下游为轴心的高度发达的北方粟作文化圈。史书记载的"神农尝百草"之医用，"咒鸟识谷"之选种，"削桐为琴，绳丝为弦"之娱乐，"斫木为耜"作农耕之具，"日中为市"作物贸之时，等等，都证明文学之于人类生息的关系。炎帝于姜水（宝鸡一带）地域和黄帝于姬水地域（陕北一带）向农耕文明的过渡，完成了中国古代文明由采集、游牧到农耕的基本范式，这对夏、商代以后的文化产生了深远影响。因之，中国文明的后续发展莫不尊周，礼制文明大体袭秦，反映了姜炎文化在中华文明史上承前启后的重要地位。于是说，姜炎文化的农业文明奠定了中国以农业为本的民族观念和深层乡土文化心理积淀。于是，文学与人类生存的关系，重农文学意识，农业文明的发展、农民命运的演变便成为整个中国文学，特别是 20 世纪陕西地缘文学尤为重要的书写领域。当然，将这种源头与 20 世纪陕西地缘文学联结，虽然有较大的历时性空间，但这并非牵强附会之为，而是文学内在潜移默化、传承沿袭之规律使然。评论界称陕西作家为"土著"，它的深层含义我以为是作家血管里流淌着在这块土地上发生过的农业文明、农民先辈的血脉，感受着世代农民的文化心理习俗。贾平凹这样说："我一写山，似乎思路就活了，文笔也活了，我甚至觉得，我的生命，我的笔命就是那山溪。"① 其原因就是笔下所表现的是对自己历史和情感的尊重，对父辈的理解，对农民精神文化的认同。路遥说："我本身就是农民的儿子，我在农村长大，所以我对像刘巧珍、德胜爷爷这样的农民有一种深厚的感情，通过他们寄托了对养育我的父亲、兄弟、姊妹的一种感情。"② 作家们这些不尽相同的表述，反映了 20 世纪陕西地缘文学农耕文明的深层意识和为之而歌的普遍创作心理。纵观陕西三代作家的整体创作面貌，绝大部分涉猎的是关于乡土农村、农民生存、农业文明的题材，对此题材的表现都不同程度地取得了巨大的成就，形成了作家自身较为稳定的生活基地、叙事方式，以及乡土农村文明伦理价值取向的选择。如柳青的"皇甫情结"等。这些源自作家内里长期形成的创作理念和书写意识，无不对姜炎文化中所积淀的民风、民情、民生、农耕、平等、义务、大同等有着千丝万缕的联系。《创业史》、《风雪之夜》、《平凡的世界》、《白鹿原》、《秦腔》、《高兴》等作品都予以淋漓尽致的表现和阐述。

　　由此，发生在陕西境内的姜炎文化之农耕文明，作为社会意识形态结构中的一种资源，在后世文明的不断沉淀和生发中，源源不断地流淌在这块古老的黄土地上，传承给一代代作家，成为其创作中不可或缺的心理定势和写什么、怎样写的方向标。反过来说，20 世纪陕西地缘文学至今仍以黄土地农事、农人为最高的创作数量，也从另一侧面印证了姜炎农耕文明之深层理念的渗透及其对创作意识影响力的难以摇撼。贾

---

① 贾平凹：《山地笔记·序》，上海文艺出版社 1979 年版。
② 路遥：《路遥中短篇小说·随笔卷》，陕西人民出版社 1995 年版，第 446 页。

平凹 2005 年仍旧认为："对于农村农民和土地，我们从小接受教育，也从生存体验中，形成了固有的观念，即我们是农业国家，土地供养了我们一切，农民善良和勤劳。"① 其理念如故、执著。随着改革的推进，城乡结构发生着变化，"国家的注意力转移到了城市，农民又怎么办呢"？"四面八方的风方向不定地吹，农民是一群鸡，羽毛翻皱，脚步趔趄，无所适从，他们无法再守住土地，他们一步一步从土地上出走，虽然他们是土命，把树和草拔起来又抖净了根须上的土栽在哪儿都是难活。""现在我为故乡写这本书，却是为了忘却的回忆。我决心以这本书为故乡树起一块碑子。"② 字里行间，钟情土地，关注民生，关注古老农耕文明的裂变之情依然可见。可见，姜炎文化之农耕文明，与 20 世纪陕西文学的地缘、血缘、人缘的铸模渊源关系是显而易见的。

第二节　周秦文化底蕴的地缘渊源

一　周文化：陕西文学地缘特征的源头

周秦文化是中国文明的源头，陕西为周秦故地，自然更是陕西文明的源头。随着时间的流逝，文明的发展，周秦文化早已是昔日的辉煌。但是，虽有变形，在陕西文学中仍能发现它的遗存——地缘特征。只有从它的源头上解释才能更进一步了解其意蕴。

周秦故地主要是关中，它南为秦岭，北有岐山、乔山，中有渭水，这是古今一致的。因为从《诗经》始，漆沮、终南、岐山、周原、渭水等就已成为诗歌中的地名意象。随着历史文明的发展，文学中的陕西地名意象或名词不断扩展，并出现了向东和向南转移。在汉代时，则有汉中、陈仓、长安、潼关等；至唐，文学中的陕西地名则扩进了商洛、蓝田等地。至现代，毋庸待言，主要是扩展了陕西的北方——延安。到了当代文学，其中的真实地名则大都隐去了，涉及地区多而散，不再有什么中心了。依此发展轨迹来看，中国古代文学中的空间的走向是以政治中心的转移为转移的，当代文学则是例外。这也不难理解，当代人政

---

① 贾平凹：《秦腔·后记》，作家出版社 2005 年版，第 561 页。
② 同上。

治活动的覆盖范围扩大了，几乎无所不在。由此，文学的地缘特征不得不考虑它的人文因素。

陕西关中的先祖，可考者当是周人和秦人。周人是后稷的后裔，至公刘后，主要活动于今天的岐山、武功一带。他们是一个农耕部族，代表了当时的文明潮流。他们敬天爱地，是后来的儒家文化的创造者。其杰出的代表人物就是周文王姬昌和周公姬旦。相传，《周易》就是姬昌被囚于羑里时推演出来的。《周易》在中国文明史上对后世的影响之巨大是无须论证的。周孔同为儒家文化的创始人，周公要早于孔子五百多年，《论语》中曾四次提到周公，其中在《述而》中说："甚矣吾衰也！久矣吾不复梦见周公！"可见孔子对周的崇拜。但后来的人似乎只知道孔子，却忘记了周公。启良先生对此评论说："中国人喜欢说自己是'炎黄子孙'、'龙的传人'，或者说自己是'儒门弟子'，即孔夫子的文化传人，可谁也没有意识到自己的真正的、名副其实的文化先祖是周公。"① 其实，炎帝的故里就在关中，即今天的陕西省宝鸡市，他对农业、畜牧和医药等都作出了贡献。而周部族的昌盛实际上也是在迁到岐山以后，也在关中西部，因而，中国的农耕文明始于关中西部的推断算不得误断，炎帝文化与周文明当属于一脉。也正是这里的农耕文明孕育出了后来的儒家文化。陈来先生评价周公的贡献说："西周前期是中国文化精神气质得以型塑的重要时期，而周公在早期中国文化发展的历史上扮演了一个决定性的克里斯玛角色。周公的历史重要性和贡献，不仅在于传统所谓'制礼作乐'，周公的贡献实在是在于他的思想，大半周书所反映的周公的思想极大影响了周人的天命信仰，使中国文化由自然宗教发展为具有伦理宗教水平的文化形态，价值理性在文化中开始确立根基。周公是一个真正的克里斯玛人物和中国历史上第一个思想家，不仅经他之手而奠定了西周的制度，而且构造了西周的政治文化。我们知道，周公的个人魅力、他所开创的事业以及他的思想，极大地影响了数百年后的另一个伟人——孔子，周公所遗留的政治、文化遗产是孔子和儒家思想的主要资源。孔子之后一千五百年间，中国文化一直是以'周孔'并称，既表明周公与孔子一脉相承的关系，又充分显示出周公

---

① 启良：《中国文明史》上册，花城出版社2001年版，第267页。

享有重要的文化地位。"① 周文明的贡献首先是对宗教的改革。即由殷人的祀鬼转为对"天"的信仰，它打破了原始的巫文化，沟通天帝旨意与人事的巫觋的作用淡化，"德"成为天神与人沟通的主要渠道。也就是说，由重天命向重人事发展，所谓顺天意实际上成了应民心，敬天也就成了修德。二是确立了宗法制、分封制、礼乐制等封建政治文化。三是《尚书》、《周礼》、《仪礼》及《诗经》等文献正是儒家政治思想、道德观念、行为准则乃至文化思想等的渊源。这一切不仅仅为山东的孔子所继承，更为后来的关中人祖祖辈辈所传承。关中人的观念、风俗民情无不渗透着周文明的因子。历代陕西作家也无不受它的影响，因为它早已成为关中人的"集体无意识"。

二 秦文化：陕西文学地缘特征的演变

秦人最早生活在今天的甘肃天水一带，那时，他们还是一个以打猎为生的落后部族。在周平王时，他们就拥有岐以西之地，进入了关中。后来不断东迁，都于咸阳。关中人的祖先中秦人当是最主要的一支。秦文化可分为秦朝文化与秦人文化两大类。我们以为，秦朝文化中虽也有关中地域特征，但它作为中国历史上第一个大一统的封建王朝，地域广阔，关中仅仅是其中的部分，因而关中地域特征也有所蜕化。相反，秦人则作为这里的长住居民，他们的种种观念则为他们的后裔所继承。因而，探究秦人文化对关中后世文化发展的影响，更能提示关中地域文化的特征。

我们先看秦人之歌《无衣》：

岂曰无衣？与子同袍。王于兴师，修我戈矛。与子同仇！
岂曰无衣？与子同泽。王于兴师，修我矛戟。与子偕作！
岂曰无衣？与子同裳。王于兴师，修我甲兵。与子偕行！

朱熹曰："秦人之俗，大抵尚气槩，先勇力，忘生轻死，故其见于诗如此。然本其初而论之，岐丰之地，文王用之以兴二南之化，如彼其忠且

---

① 陈来：《古代宗教与伦理——儒家思想的根源》，三联书店1996年版，第195—196页。

厚也。秦人用之未几，而一变其俗。至于如此，则已悍然有招八州而朝同列之气矣！何哉？雍州土厚水深，其民重厚质直，无郑卫骄堕浮靡之习，以善导之则易以兴起而笃于仁义；以猛驱之，则其强毅果敢之资亦足以强兵力农而成富强之业，非山东诸国所及。穆公称伯，以河为竟。"[1] 他关注到同一地域——关中的文化，不仅发现了它的变化，还探讨了其原因。同处岐丰之地，之所以文化不同，是主人不同，其民风不同。晁氏曰："晋之俭，秦之好车马，郑卫之音，宛丘之婆娑，以诗所记，行四方察其风俗，无不近者，当其一时上之所为，岂自知能入人如此之深耶？其渐摩使然。"[2] 李氏曰："郑风曼妙，齐风阐缓，秦风廉劲，亦由风声气俗使然。"[3] 都强调了地方"风声气俗"对文学的影响。考之秦人变迁，秦人本是颛顼之苗裔。其有业绩之祖如大费，"佐舜调驯鸟兽，鸟兽多驯服，是为柏翳。舜赐姓嬴氏"。"中潏，在西戎，保西垂。生蜚廉。蜚廉生恶来。恶来有力，蜚廉善走，父子俱以材力事殷纣。"[4] 或善于驯兽，或善于奔跑，或力能撕咒虎，都说明了秦民族是一个强悍的民族。《汉书·地理志》载："天水、陇西山多林木，民以板为室屋，及安定北地、上郡、西河皆迫近戎狄，修习战备，高上气力，以射猎为先。故《秦诗》曰'在其板屋'；又曰'王于兴师，修我甲兵，与子偕行'。及《车辚》、《四载》、《小戎》之篇，皆言车马田狩之事。"[5] 则说明秦地处边陲，秦人以射猎为生，英勇好战。秦民族的气质就是在它特殊的地理环境中培养而成的。秦不就是在战争中立国的么？由此，秦文化与战争有着密切联系，如继承制度中的"择勇者立"、政治文化中的"郡县制"、精神文化中的好战功，如此等等。

与周文化相比，秦人的道德精神观念中更多一些讲求现实的功利主义成分。《商君书》写秦人的好战、乐战、重战心态时说："民之见战

---

① 朱熹：《诗经集注》卷2，文渊阁《四库全书》。
② 晁补之：《鸡肋集》卷29，《浓邱县学记》，文渊阁《四库全书》。
③ 严虞惇：《读诗质疑》卷11，文渊阁《四库全书》。
④ 司马迁：《史记·秦本纪》，浙江古籍出版社1998年百衲本（1），第22页。
⑤ 班固：《汉书·地理志》，浙江古籍出版社1998年百衲本（1），第41页。

也，如饿狼之见肉"；"民闻战相贺也，起居饮食所歌谣者战也"①。因此，秦国才能在战国争雄中取得节节胜利，建立中国第一个大一统的封建王朝。此后，秦成为中国的中心，并在此形成都城文化。秦一直实行愚民政策，秦朝统治时间也不长，故而，秦朝留下来的文学创作很少。到了汉初，总结秦亡的教训时，对秦地理提得最多的是"秦地被山带河以为固，四塞之国也"；"秦孝公据崤函之固，拥雍州之地"分析的是在关中建都的地理优势，属于关中帝都文化。也就是说，关中帝都文化真正的开始就是秦朝。它包括了江山关塞的险要雄伟、都城建筑的壮观、行宫别院的华丽，等等；同时，也包括了政治、军事、文化等各种人文制度。"皇帝"一词不是秦朝才有的吗？后代从中央到地方的政治建制对秦代的各种设置基本上没有大的突破；它的法律所规定的赏罚制度对后来整个中国民众的文化心理的积淀和形成具有莫大的影响。后来文史中常常引以为鉴的是秦始皇的残暴——"焚书坑儒"、"修筑长城"，等等。不过其中的许多东西随着历史的普及，已经全国化了，不能算作关中地域文化的特征了。由此，我们可以看出，秦文化中具有地域文化特征的主要是秦民族文化而不是秦代文化。秦人好战彪悍、讲求实用、好功利。至于质朴厚道、保守、安土重迁等是在汉代以后，关中逐渐成为中国的腹地以后才慢慢形成的。无论如何变化，当今的关中人仍然具有秦民族的固有特征。秦民族的性格影响着陕西人，也影响着陕西文学。

三　陕西地缘文学中周秦文化因子的浮现

　　周秦文化孕育了华夏文明，这是不争的事实。陕西关中作为周秦故地，其特有的地缘因素，使当地从文化到生活风俗，尤其是 20 世纪陕西地缘文学，无不保存有丰厚的周秦文化因子。贾平凹在他的《商州初录》中评价陕西人说："陕西人，固有的风格使他们永远处于一种中不溜的地位。勤劳是他们的本分，保守是他们的性格。拙于口才，做生意总是亏本，出远门不习惯，只有小打小闹。对于河南、湖北人的大吃大喝，他们并不馋眼，看见河南、湖北人的大苦大累反倒相讥。他们是

---

① 商鞅：《商子》卷 4，文渊阁《四库全书》。

真正的安分农民，长年在土坷垃里劳作。"① 农民性格自然来自周以来的农耕文化的影响。其实，20世纪陕西地缘文学中的价值观、审美习俗等也多带有周秦文化的因子。

这些农民性格的陕西人当了作家，也对土地有着强烈的热爱。陈忠实写白鹿原上的人说："那些被厄运击倒的人宁可拉枣棍子出门讨饭也不卖地。"这是陕西人的性格，其实也是陈先生自己对土地的价值的认识。他的作品多与土地有关，单就题目来说有《土地诗篇》，细目中有《土地——母亲》；《陈忠实文集》中，明确使用土地一词多达58次。路遥在他的《姐姐》中赞颂土地的博大说："土地是不会嫌我们的。是的，我们将在这亲爱的土地上，用劳动和汗水创造我们自己的幸福。"在《人生》中他借德顺爷爷之口说："就是这山，这水，这土地，一代一代养活了我们。没有这土地，世界上就什么也不会有！是的，不会有！"其结尾写高加林从城里回到家乡后，"两只手紧紧抓着两把黄土，沉痛地呻吟着，喊叫了一声：'我的亲人哪……'"陕西籍的文学巨匠的笔下，无论是实物的土地，还是抽象具有象征意义的土地，是那样的博大、无私，他们是主人公的根所在，是他们生命存活的依赖，也是他们生存的栖居地。同样，也是当代陕西籍作家们对土地情感的体现，是他们刻意抒写、弘扬的主旋律之一。总之，热恋、赞美土地，成为当代陕西作家的共同特征，而这一特征又不能不说与深厚的周秦农耕文明在它的故地的几千年积淀相关。

又如尚德尚俭。《周易》否卦《象》云："君子以俭德辟难，不可荣以禄。"《周书·周官第二十二》云："恭俭惟德，无载尔伪。作德，心逸日休；作伪，心劳日拙。"尚德尚俭为周文化所提倡，也是周人的价值观。在当代20世纪陕西地缘文学中，作者无意中对德与俭渗透了激赏。这在陈忠实的作品中表现最为突出。如《白鹿原》中，白家老二的发家史是：他搜罗到一块槐木板，借来了木匠的锯子、刨子和凿子，割制成一只小小的木匣儿，上头刻凿下一道筷头儿宽的缝口，整个匣子的六面全都用木卯嵌死了。他每天晚上回来，把打土坯挣下的铜子麻钱塞进缝口，然后枕着匣子睡觉。三年以后，他用凿子拆下匣底，把

---

① 贾平凹：《商州初录》，《贾平凹文集》第5卷，陕西人民出版社1998年版，第76页。

一堆铜元和麻钱码齐数清，一下子就买回来一亩一分二厘水地，那是一块天字地。这就是白嘉轩的祖先往那只有进口而无出口的木匣里塞着一枚铜元或两个麻钱的故事。

鹿家的发家史则是祖先在城里学厨师，经历中饱含屈辱——为了学艺而屈事炉头，以至"走后门"。可以说辱没了自己的人格。两家相较，白家以勤劳俭朴起家，令人敬佩；鹿家的故事虽然有些心酸，却有些无耻和暴发的味道。白嘉轩说："咱们祖先一个铜子一个麻钱攒钱哩！人家凭卖尻子一夜就发财了嘛！"无论是轻薄还是恶毒，对自己的祖先在敬意之余，还有自豪；对鹿家在鄙薄之外，还有一种不屑。作者对人物的命名也体现了这一点，白嘉轩的父亲叫做白秉德，不正是说，白家人秉承品德吗？冷先生称赞白嘉轩说："我在这镇子上几十年，没听谁说你老弟一句闲话，这……太难了！"正是对白氏品德的肯定。对白嘉轩这类人的肯定不仅仅是小说人物的人格价值观的体现，也展示了作者所代表的陕西作家群道德为先的传统人格道德价值观。

忠厚老实、尚勤尚俭更是常见。在陈忠实笔下，《舔碗》中的黄掌柜、《四妹子》中的四妹子、《徐园三老汉》中的徐长林和黑山、《康家大院》中的康勤娃父子等都是品德与勤俭兼备的人物形象。贾平凹的《小月前本》中，反映了改革初期，商品经济对传统的农业经济的冲击。他虽然把门门的精明能干与才才的老实厚道相对比，其实并非对人物的道德评判，而是对两种经济观念下的生活方式的对比。正是因为如此，所以，才才的口碑很好，主人公小月也叹息道："唉，世上的事难道就没有十全十美的吗？如果门门和才才能合成一个人，那该是多好啊！"他的《鸡窝洼人家》同样是对"我只说咱当农民的把庄稼做好，有了粮什么也都有了"的观念的批判，并非对回回与麦绒的勤劳节俭的否定。这些人物，不仅仅在小说中有较好的口碑，也是陕西作家们挚爱与呵护的对象。这种人格价值观的根源不正是来自陕西的地理环境和自周以来的儒家文化的长期积淀么。

《商君书》中说的秦人闻战而喜，已表现出了强烈的功利色彩。陕西人继承了乃祖的性格，为了生存，为了那些细小的利益而常常玩命。好斗成为陕西人的性格特征之一。贾平凹的作品中有《匪事》，其中《美地穴》、《五魁》、《白朗》、《天狗》等篇中的土匪的凶狠、残暴虽有秦人的彪悍，却不代表陕西人的精神。在路遥的《平凡的世界》中，双水村在旱灾面前，面对生存问题，他们去抢水的情形是：

> 做这种事谁也不再提平常他们最看重的工分问题，更没有人偷懒耍滑；而且也不再分田家、金家或孙家；所有的人都为解救他们共同生活的双水村的灾难，而团结了一面旗帜之下。在这种时候，大家感到村里所有的人都是亲切的，可爱的，甚至一些过去闹过别扭的人，现在也亲热得像兄弟一样并肩战斗了……天完全黑严以后，双水村顿时乱得像一座兵营。

这段文字中，双水村的村民们表现出的不分彼此、团结一致的集体上阵情形与《诗经》中《无衣》的同仇敌忾何其相似！"陕西愣娃"性格中所谓的"生、愣、倔、蹭"包含的冷面孔、鲁莽蛮硬、倔强及好搞小摩擦等，也说的是其好斗的性格。陈忠实在《石头记》中写河湾东村与西村为了抢副业，对峙起来：

> 广生却看见，河滩里，一伙一伙人往东村的沙滩奔去。村子里也骚动了，社员们下了场垴，涌下河滩来。河湾东村的沙滩上，停着五辆汽车，围着装车的社员。隐隐传来装车时，石头碰撞的声音，那声音听来格外刺耳，似乎对人有一种无法压抑的挑衅性质。一溜一串的社员，从刚刚显绿的玉米地里和稻田垴坎上，朝沙滩奔走，夹杂着恶声恶气的咒骂……不祥的预感骤然闯进心中，可怖的殴斗厮打的景象闪现在眼前。本来这相邻的两个村庄关系就不合卯窍啊！历史上为争水争地界而打得头破血流以至闹出人命的事，不是没有发生过……

他们没有谁组织，自己聚集在一起，目的就是闹事。它揭示出的也正是陕西人好功利并好斗的本性。这一地域性的民众性格不能不追溯到他们的秦人祖先秉性。从汉代以后，陕西就处于内地，因而，他们距离战争也就远了。因而，他们虽没有了其先祖开疆拓土的魄力，在日常生活中却时而暴露出其骁勇好斗的基因。因而，陕西当代作品中都不同程度地表现出了这一地域民众的性格特征。

如此等等，我们可以看出，20世纪陕西地缘文学中常常浮现出周、秦文化的各种因子。它与中国古代陕西作家、学者的作品、著作相衔接，显示了几千年来，绵绵不断的文化地缘脉络。因此，要揭示20世纪陕西地缘文学的深层文化底蕴必须上溯这一地域的文化源头——周秦文化。

第三节 汉唐文化因子的地缘潜质

20世纪陕西地缘文学所体现出的强劲的发展势头和壮观景象，从历史文化影响的角度看，汉唐文化对陕西作家的影响最大。陕西作家身上所秉承的汉唐文化因子使他们的创作有着相同的文化传承现象。汉唐文化因子在陕西作家作品中的影响体现在三个方面：史诗性追求是汉唐文化雄浑、博大气象的当代再现；神秘的文本氛围是汉唐文化神秘色彩的当代折射；朴实的艺术风貌是汉唐文化古拙艺术风格的当代流变。

如果把20世纪以来的中国文学发展史仍然分为现代和当代两个时期，那么，中国当代文学已经走过了半个多世纪的历程。在这一历史的进程中，无论从全国的格局进行检视，还是从地域文学发展的角度观察，20世纪陕西地缘文学所体现出的强劲的发展势头和壮观景象，是不能小视甚至无法忽略的一道文学风景。应该说，陕西为我国当代文学发展作出了重要贡献。陕西是一块文学厚土，这里知名作家众多，文学成就巨大。《保卫延安》、《创业史》、《平凡的世界》、《白鹿原》、《浮躁》、《最后一个匈奴》、《西去的骑手》等名篇巨制以及柳青、杜鹏程、王汶石、李若冰、路遥、陈忠实、贾平凹、京夫、叶广芩、红柯等作家的名字是为人们所熟知和喜爱的。正是这些作家和他们的创作支撑起了20世纪陕西地缘文学的大厦，创造和刷新着陕西地缘文学的辉煌，提升着我国当代文学的新高度。在研究探讨20世纪陕西地缘文学现象时，人们几乎不约而同地将目光集中在了陕西这块神奇的黄土地和悠久的历史文化上，这是很有见地的。从历史文化因素的角度上，我们完全可以把20世纪陕西地缘文学发展辉煌的原因追溯到周秦文化的影响上去。

但笔者认为，就历史文化的影响而言，汉唐文化对陕西作家的影响最为巨大，即是说，陕西作家身上，秉承了汉唐文化的因子，在他们的作品中，我们能明显感受到汉唐文化对他们的潜在影响，这种影响的具体表现就是在他们的创作中有着相同的文化承传现象。陕西作家贾平凹说过这样的话："现在许多人讲传统，其实讲的是明清以前的传统，而明清以后并不能代表真正的中华民族传统，真正的传统在明清以前，尤其汉唐。"① 对于陕西的作家们来说，贾平凹的这番话是有代表性的。众所周知，陕西作为汉唐时期中国政治、经济和文化的中心，历史遗存丰富，文化积淀极为深厚，这成为历代陕西人难以割断的文化基因，长期生活在陕西的知识分子特别是作家们有意无意地会受到这种历史文化的深重熏染。之所以说有意或无意，是因为在文化的传承上，有两种方式在起作用，一种是外在的明显的传承，即人们有意识的教育传授，一种是由客观的历史遗存和传统的民间风俗习惯对人的潜移默化的感染、影响，而往往是后者对于作家来说作用巨大。因此，陕西作家身上所秉承的汉唐文化因子对他们的文学创作起着不可忽视的作用。汉唐文化因子深深地渗透于陕西作家的血脉中，这种文化因子与他们的现代艺术观念相融合，从而升华为一种新的艺术生命之魂，在文学创作中闪现出夺目的光彩。

一 史诗性追求：汉唐气象的当代再现

一直以来，20 世纪陕西地缘文学的发展有一个明显特点，就是作家们在作品中所呈现出的史诗性品格。无论是杜鹏程的《保卫延安》、柳青的《创业史》、路遥的《平凡的世界》、陈忠实的《白鹿原》、贾平凹的《浮躁》、高建群的《最后一个匈奴》，还是叶广芩、红柯的小说，在整体上都具有大家风范的史诗性品格，这种现象与我国汉唐文化所体现出的雄浑、博大气象有着一脉相承的关系。

在文学体式上，汉赋是我国汉代最为繁荣的文学样式。汉赋的宏大制作，是汉代文化博大气势的一个缩影。"赋体物而浏亮"，《子虚赋》、《上林赋》等作品场景极其繁复宏阔，作者状貌写景，铺陈百事，极力

---

① 张英：《文学的力量——当代著名作家访谈录》，民族出版社 2001 年版，第 160 页。

夸张，尽情描绘。历来有不少研究者对汉赋这种繁缛的无节制的铺张描绘多有微词，甚至于把汉赋的消亡归咎于这种铺陈无度的"胎里疾"。然而，从另外的角度看，汉赋并非一无是处，尤其是在描写上无画面限制，使壮丽的山川、巍峨的宫殿、广袤的土地，都进入了作者的视野和笔下，"尽管是那样堆砌、重复、拙笨、呆板，但是，江山的宏伟、城市的繁盛、商业的发达、物产的丰饶、宫殿的巍峨、服饰的奢侈、鸟兽的奇异、人物的气派、狩猎的惊险、歌舞的欢快……在汉赋中无不刻意描写，着意夸张"①。汉赋的博大、雄沉可见一斑。同样是汉代的文化成就，司马迁的《史记》，因其巨制宏大，文字优美，叙述生动，形象鲜明，在我国文学史上占据着重要地位，被鲁迅称为"史家之绝唱，无韵之《离骚》"。汉代艺术代表作之一的铜奔马"马踏飞雀（燕）"，作者捕捉的是奔马三足腾空，一足超掠飞鸟的一瞬。奔马昂首嘶鸣，逸足奔腾，足下的飞鸟则回首惊顾，更增强了疾速飞驰的气势。汉代的绘画在布局上同样具有飞动拓展的气势。汉代的画像石、画像砖尽管在题材上趋于单一，但许多画面中展示了极为宏大的场景。汉代的石雕艺术也表现出气势的博大，如被誉为"国粹"、"国宝"的汉武帝墓茂陵陵区霍去病墓前的大型石雕，其造型巨大而又简括，表现出汉代艺术深沉雄大的气派。在唐代，涌现出了一大批中国历史上最优秀的诗人群体，他们的作品热情洋溢，豪迈奔放，慷慨激昂，气派非凡。唐代诗人们用大境界、大手笔表现生活，抒发才情。坐上行舟，他们感受到的是"潮平两岸阔，风正一帆悬"，看到的是"山随平野尽，江入大荒流"的广阔；登上高楼，他们生出的是"欲穷千里目，更上一层楼"的遐思。杜甫的书写忧愁之作体现出的是忧国忧民的大忧愁，即使是恬静闲适之作，也是生气弥漫，光彩熠熠。唐诗的宏大境界和气派，被誉为"盛唐之音"或"盛唐气象"。同样，盛唐时的石雕艺术也具有气势雄浑的特点。如永康陵李虎墓前的蹲狮，形体高大，头颅高昂，胸肌突起，前腿强劲有力如两根柱石斜顶着全身，加之那仰天大吼的神态和屹立不拔的雄姿，都给人以气吞山河之感；闻名中外的昭陵六骏，其生龙活虎的英姿充盈着跃动的生命力；甚至于身负墓志匍匐在地的兽龟，也

---

① 李泽厚：《美的历程》，中国社会科学出版社 1984 年版，第 99 页。

翘首仰面，龇牙张目，神志昂然，气势逼人。

　　作为一种潜在的文化影响，汉唐文化的雄浑、博大之气象无疑浸润着陕西作家，他们秉承着汉唐文化之灵气，再度书写当代文学的辉煌。检视陕西作家的作品就会发现，构架宏大、概括力强、笔力遒劲，追求史诗性品格是作家们的共同特点。杜鹏程的长篇小说《保卫延安》以其宏伟的结构、磅礴的气势被誉为我国第一部正面描写人民解放战争的"英雄史诗"。柳青的《创业史》是我国反映农业合作化运动的第一部具有史诗规模、史诗意味和史诗性美学追求的长篇小说。小说题名"创业史"，本身就显露出作品内容的史诗性。从其题材选择看，小说写的是中国农村社会主义革命的重大题材，这种题材本身亦具有史诗性质。不管人们现在如何看待和评价合作化运动，但在当时，整个中国社会和包括作家本人在内的人民群众都是怀着极大的热情和美好的愿望亲身经历并参与了这场波澜壮阔的运动。这场运动从政治到经济，到伦理道德，到价值观念，影响和震撼了社会生活的各个方面，无论就其规模还是壮观程度上看，这样的生活本身就是史诗。《平凡的世界》，是一部反映当代青年人生奋斗与追求的小说。作品的时间跨度长达10年，作家力图全景式地反映中国10年间城乡生活的巨大历史性变迁。作家以三部100万字的宏大篇章描写人生的苦难和苦难中的精神与奋斗，充满着昂扬进取的人生姿态，也可称之为当代农村青年的精神奋斗史。被列为中国20世纪优秀长篇小说之一的陈忠实的《白鹿原》，是陈忠实立志写出的一部"可以死后当枕头"的大书。小说以陕西关中大地上一块沉积着丰厚民族文化内涵的白鹿原为特定时空，从文化视角切入，将半个世纪的政治斗争、民族矛盾放到浓厚的文化氛围特别是民间、民族的宗法文化氛围中加以表现，显示了作家力图把已经被绝对化了的"阶级斗争"还原为文化冲突的努力。作为一部具有史诗品格的长篇小说，它与以往传统历史小说的最大不同就是叙事立场和态度上的这种文化性和民间性。正是这种文化性和民间性，使《白鹿原》获得了"民族秘史"和"民族心灵史"的品格。贾平凹是陕西作家中创作数量最多、也最受争议的作家。他的长篇小说《浮躁》是写20世纪80年代中国农村变革的作品。作家把现实变革放在一个大的农村文化场中去表现，对变革中的农村现实进行了全息的文化观照。《浮躁》以流贯商州的州河为纽带，描写了中国农民进入历史新时期以来为摆脱贫困、封建残余和自身旧意识的束缚，所经历的经济、政治、文化、道德心理的复杂矛盾和曲折斗争。作家站在时代、历史和文化的高度，整体性地表现了中国农业宗法文化氛围中的农村现实，使小说具有史诗性的艺术效果。诚如贾平凹自己所说的："《浮躁》是我自己比较喜欢的一部描写商州生活的作品，我试图表现中国当代社会的现实，在高层次的文化审视下概括中国当代社会的时代情绪，力图写出历史阵痛的悲哀与信念。"① 具有诗人兼史家气质的作家高建群，其长篇小说《最后一个匈奴》有着史诗般的建构，是一部黄土高原的生命冲动史诗和革命的史诗。这部小说正像高建群自己所说的，"旨在描述中国一块特殊地域的世纪史。因为具有史诗性质，所以它力图尊重历史事实并使笔下脉络清晰"②。陕西青年作家红柯的长篇小说《西去的骑手》在对历史事件和历史人物的把握上艺术功力老道，笔力纵横捭阖，诗意盎然，颇具史诗意味。在传统观念中，人们总以为女性作家大都创作视野狭窄，缺乏大手笔，难有大制作。尽管陕西当代女性文学远未形成大气候，女性作家人数不多，但是，在创作层次上，陕西的女性作家仍然出手不凡。叶广芩，作为陕西当代女性作家的杰出代表，其创作的大气、力度和深刻，无不令人瞩目。她的那些反映清末医学世家生活的小说，具有极大的内在艺术张力，堪称大家之作。其长篇小说《采桑子》描写的是清末皇族后裔在20 世纪的人生际遇，在较大的历史背景上展示了他们的命运归宿，小说具有深沉的历史感和高度的艺术概括力。

　　在散文创作方面，陕西作家的散文作品同样体现出博大的气象。李若冰的《柴达木手记》以饱满的激情，歌颂大西北的创业者，着力挖掘他们身上所蕴涵的人生价值和意义，全方位展示了新中国成立初期开发大西北的壮阔画面和历史。贾平凹的散文作品几与小说等量。他在写作散文的同时，一直致力于散文理念的创新。他倡导的"大散文"理念，引起了海内外的广泛关注和讨论。他要"呼唤一种大的气象，使

①　张英：《文学的力量——当代著名作家访谈录》，民族出版社 2001 年版，第 153 页。
②　高建群：《最后一个匈奴·后记》，作家出版社 1993 年版，第 580 页。

散文生动起来"①。他所创作的《老西安》、《西路上》等作品，内容丰厚，构架宏大，情感深沉。作家站在整个人类文明发展历史的高度，从多方面深入阐释了曾经在中国社会与文化发展进程中发挥过重要作用的古城西安的历史沿革和西行路上的文化变迁，笔触所至不仅涉及政治、经济等重大事件，而且涉及军事、文化等逸闻趣事，同时还涉及对于影响这样一个大的时段的历史沿革与文化变迁的民众文化心理和社会意识以及多民族文化交流共融的分析与扫描。陈忠实的散文作品大气而不俗，历史感强烈。他发表于2004年的《原下的日子》，获得了较高的评价。在这篇散文作品中，作家满怀深情地描绘了故乡的自然人文景观。笔力大开大合，挥洒自如。曾以长篇小说《最后一个匈奴》、《六六镇》、《古道天机》构成文学上的"大陕北三部曲"的高建群，近年来又创作了大量的散文作品，其中《成吉思汗的上帝之鞭》在2004年获得了中国散文随笔最高奖——首届郭沫若文学奖。高建群的散文作品，其内容触及中国西北部生活的政治、经济、历史、文化、教育、交通、能源等许多方面，比如从历史文化和民族流变角度切入的《胡马北风大漠传》，从人与自然等角度创作的《穿越绝地》及以当代现实生活为主要内容的《惊鸿一瞥》、《西地平线》等散文著作，具有宏阔的文化视野和艺术审美空间，堪称中国大西北全景式的艺术画卷。

二　文本氛围：汉唐神秘文化的当代折射

凡对20世纪陕西地缘文学比较了解的人，都会对陕西作家作品中的神秘氛围感到好奇。的确，陕西作家似乎长于在作品中营造神秘氛围，陈忠实、贾平凹、红柯等作家的小说，都指涉到神秘意象，他们对神秘意象的运用，显然与汉唐文化中的神秘主义的深厚积淀有关。

我国汉代艺术在走向上明显有两个极端：一是古拙，一是神秘。古拙体现在艺术造型的粗犷和不事修饰上，而神秘则体现在艺术变形和画像石、画像砖所描绘的神仙鬼怪的画面中。汉代艺术题材中充斥的蛇身人首以及各种奇禽怪兽，赤兔金鸟，狮虎猛龙，大象巨龟，猪

____

① 贾平凹：《雪窗答问——与海外人士谈大散文》，《散文研究》，河北大学出版社2001年版，第14页。

头鱼尾……都有其深层的意蕴和神秘的象征，其中充满了幻想、巫术观念，包含了种种神秘的符号，带有极浓厚的主观愿望色彩。到了唐代，佛学渐盛，玄思成风。人们对人世间种种难以释怀的际遇往往会从宗教意识中寻求答案或解脱，神秘文化也就在人们的生活中有了一定的市场。

　　按理说，古代神秘文化的出现，是人们对不可知事物或现象的一种不得已的精神寄托，在现代社会，随着科学技术日新月异的发展，人们对自然和人自身的认识不断深化，过去许多难以解释的现象得到了科学解释，那么，为什么文学中还会出现神秘意象呢？在笔者看来，这并不奇怪。依照唯物主义的观点，人对自然的认识是无穷尽的，包括人对自身的认识，也还没有穷尽，而且也不会穷尽。文学中的神秘意象是宽泛的不可言说的，它既可以指称某种现象，也可以是某种感觉和体验，既可以是一种文化、思想或精神，也可以是某种不证自明的超验性存在。它的核心内容就是具有理性无法理解、语言无法表达的虚幻性，强调的都是不可知论和人的有限性。陕西当代作家善于思考生活、生命，他们对生命的顿悟常常使他们陷入一种不可言说的玄思境地。这种感悟以神秘意象表现在作品中，是一种透彻、澄明、大悟之后的神秘。陈忠实的小说《白鹿原》中的朱先生、贾平凹的小说《废都》中的会说话的老牛等，无疑是作家们自觉在文化哲学层面上创造出的智慧出众的文学形象，贾平凹的小说《怀念狼》中的狼具有远比人类强悍的生命力，红柯的小说《美丽奴羊》中，人面对羊作出了深深的自责和忏悔。作家们在所塑造的形象身上赋予了未卜先知的超人智慧。小说《浮躁》中韩文举的"二犬对言"梦被七老汉破译为牢狱之灾，果然有雷大空、金狗被抓进监狱；小水担心着金狗的命运，跑到百神洞卜问吉凶，阴阳师竟借助"三老神"的一番表演，给了小水以满意的答复。另外，还有平浪宫里的种种图腾崇拜，和尚的谈玄讲空等，都为小说制造了神秘的气氛。当然，这些神秘意象在小说中还具有渲染气氛的作用。其实，贾平凹有不少小说，如《龙卷风》、《瘘家沟》、《太白山记》、《白朗》、《烟》，等等，都是直接取材于民间传说。这些小说或写得亦真亦幻，或写得荒诞不经，作家的意图都是在展示神秘文化心态的深不可测，寄寓着高深玄奥的禅机、佛理。《白鹿原》中的白鹿在白鹿原上神出鬼没，像幽灵般飘荡，有时使人惊喜，有时使人惊疑恐惧，令人难以捉摸。《废都》中月夜城墙上频频传来的呜咽般的埙声，给小说平添了诸多的生命力和历史沧桑感。高建群的中篇小说《遥远的白房子》中描绘的女巫式人物萨丽哈颇具神秘色彩。作家在作品中以一个当代边防军人的口，明白无误地告诉读者，他曾与萨丽哈这个神秘者有过一次真切的接触，亲眼见"她还是那样年轻，漫长的岁月没有给她身上留下丝毫痕迹"，从而印证了许多年来草原上关于这个女人的传说。这样的描写，有一种魔幻色彩。小说通过萨丽哈传奇的具有神秘色彩的身世，表现了一种苍凉的人世莫测的审美意味。

关于在小说中营造神秘意象，贾平凹曾直言不讳地表示，他是得到了中国传统文化的启发和影响。他说："我就爱关注这些神秘异常现象……这也是一种文化，在传统文学中有不少这类现象存在着。"① 陈忠实虽然未曾直接说到神秘意象的运用，但他的这段话也可以使我们从另一个层面了解他的态度："优秀、完美、成功的长篇小说主要是作家自身的生命体验，对世界的认识，对人的感知和自身才华、知识面的积累所决定的，取决于作家能否把这种体验表达成这样的艺术形态和艺术追求。"② 显然，陕西作家对神秘意象的运用，并不是刻意而为和故弄玄虚，而完全是他们的生命体验和艺术追求的自然结果。

三　艺术风貌：汉唐文化韵致的当代流变

20世纪陕西地缘文学在艺术风格上呈现出朴实的艺术风貌。这种特点与汉唐文化的古拙风格极为相似。汉代艺术整体上给人一种古拙憨厚和稚气的感受，而其中却充满着厚重的力量和旺盛的生命力。汉代的石雕外形粗糙、稚拙，而汉代绘画的特点是画面雍实，铺天盖地，几乎不留空白，缺乏细节，少有修饰，显得厚重、粗实、笨拙。但恰恰是这些因素，突出了夸张的形体姿态和异常单纯简洁的整体形象，使汉代艺术有一种丰满朴实的意境。20世纪陕西地缘文学在艺术风格上对汉唐文化这种古拙风格的继承，表现出的是朴实无华。无论是在对三秦大地

---

① 张英：《文学的力量——当代著名作家访谈录》，民族出版社2001年版，第140页。
② 同上。

上风土人情的描绘方面，还是人物性格的刻画，以及语言特别是陕西方言的灵活运用上，都显示出作家们深厚的生活底蕴和驾轻就熟的艺术功力。以贾平凹为例。贾平凹在艺术上崇尚质朴自然，他所喜欢的是那些看似粗笨，实则意趣无穷的古文化，而他在写小说时所采用的近乎古语的叙述语言，使他的小说具有极朴实的味道。贾平凹所使用的小说语言，句式中常见文言俚语，文白相间，以拙见巧。由这种语言形成的叙述语调，与古老的商州山地和作家的艺术追求和谐统一。在谈到自己对艺术风格的追求时，贾平凹这样说："古老的中国的味道如何写出，中国人的感受怎样表达出来，恐怕不仅是看作纯粹的形式的既定，诚然也是中国思维下的形式，就是马尔克斯和那个川端先生，他们成功，直指大世界，追逐全世界的先进的趋向而浪花飞扬，河床却坚实地建造在本民族的土地上。"① 立足于深厚的民族文化土壤，寻找适合自己的表达方式，这也是陕西作家共同的艺术风格追求。陈忠实小说的朴实风格，既体现在作家对于乡村和农民用自己赤诚的感情感受和体验那份古老深厚的生活，而且也体现在他对民间传说和民情风俗的描绘上。就民情风俗而言，在《白鹿原》中有大量的陕西风情的描绘。如大年正月初一白嘉轩一家过春节的场面：点蜡烛、燃香火、放鞭炮、拜祖宗、吃饺子等，十足的陕西地方风俗。小说中还有许多场面，如修复祠堂、祭祀祖宗、学堂读书、求神祈雨、婚丧嫁娶、娃娃满月等，均被作家铺染得色彩斑斓、趣味盎然，真实地展现了陕西关中地域的人文景观与自然景观。

20 世纪陕西地缘文学的朴实风格，可以从作家们的创作态度上得到印证。这些作家的共同特点是对文学的近乎冥顽的痴迷情态。为此，他们付出的是全部心血或生命的代价。所以，柳青感言："文学是愚人的事业。"陈忠实曾对陕西作家的创作有过这样的概括，他说："陕西作家大都来自农村，他们生活坎坷，阅历丰厚，一旦与文学结缘，就能笔耕不辍，追求不止，矢志不渝。他们几乎都是在大葱就蒸馍的生活状态下进行创作的。"② 这样的概括应该说是符合作家们的实际的。20 世

---

① 贾平凹：《人极》，长江文艺出版社 1992 年版，第 339 页。
② 陈忠实：《文学依然神圣》，《陕西日报》1994 年 6 月 12 日第 3 版。

纪陕西地缘文学的朴实风格，还可以从陕西作家的"土气"作风上得到说明。柳青当年在省作协的院子里，纯粹一个农民形象；路遥整日惦念的是陕北高原；贾平凹一说普通话就断了思维，结果还是以家乡话与天南海北的人交流；高建群念念不忘的是陕西面条和秦腔……陕西作家们的这种"土"相，与汉唐文化的古拙遗韵相融合，其艺术风格的朴实色彩也就成为很自然的现象。综上所述，我们不难看出，20 世纪陕西地缘文学中所蕴涵的汉唐文化因子是明显的。

第四节　延安文艺新质的地缘延伸

自五四新文化运动后，中国文学进入了一个质变期。旧时期圣贤文学、道统文学、庙堂文学的结束，大众文学、人本文学的开始，给中国新文学提供了无限的创作空间。也就从那个时候起，新文学革命完成了一个从内容到形式的转化，而延安文艺的形成使新文学在理论和实践上以更全面、更充实、更新鲜的内容具有了新质。这是中国现代文学史极为壮观的一次辉煌，它不仅是 20 世纪陕西地缘文学实现内化转合的起点，而且对全国文学的发展是一个极大的推进。

发生在陕西境内（陕北）的延安文艺，也叫陕北解放区文艺，它的形成，就其史线而言，是苏区文艺、左翼文艺的继续和发展，在本质上三者的价值取向是一脉相承的。在苏区，应苏维埃政权革命斗争的需要所产生的红色歌谣、红军剧社、墙报文学、快板剧等多种形式文学，及一大批优秀的作品《放下你的鞭子》、《亡国恨》、《阿 Q 正传》等剧目体现了极大的革命功利性、战斗性，使苏区无产阶级文艺运动得以蓬勃发展。美国友人斯诺这样赞美说，在共产主义运动中，没有比红军剧社更有力的宣传武器了，也没有更巧妙的武器了。而以上海为阵地的左翼文艺，自 1935 年后，一部分作家奔赴延安参与了延安文艺的建设，给延安文艺注入了左翼文学的新血液，使左翼文艺在延安文艺中发扬光大。从这一传承关系上说，延安文艺接替了苏区文艺、左翼文艺并生发了许多新质。工农兵为主导的文学思潮，革命的功利性、战斗性特点，激进的知识分子为主体的作家队伍三方面是三地文艺的共同特征。三地文艺汇聚，共创了全国文化革命的中心，陕西文学因其地缘近水楼台先得月，感受着得天独厚的新的文化氛围。延安文艺的史线大致指1931—1947年间，起于1931年陕北原有革命根据地文学，中经1935年红军长征到达陕北、1937年陕甘宁边区政权的建立，到1947年中央撤离延安的整个历史阶段的文学活动过程。它所产生的作用是立足陕北，辐射全国。它的存在形式是以数以百计的文学社团、文学协会、文艺剧社、文艺工作团、文学报社、文学院校、作家团体等组成，如"陕甘宁边区文化界联合会"、"鲁迅艺术学院"和"草叶社"、"谷雨社"等著名社团，及周扬、丁玲、柯仲平等众多作家。延安文艺的内涵，是以毛泽东等人提出的文艺的服务对象，马克思主义与中国革命实际相结合，"五四"文化传统的继承，文学的民族形式等重大问题为基本内容，以毛泽东《在延安文艺座谈会上的讲话》为核心，科学地阐述了有史以来的许多重大文艺问题，如文艺的工农兵方向及实践这一方向的根本途径、文学与政治的关系、文艺批评的原则、文艺界的统一战线、文艺的普及与提高的关系等，构造了自无产阶级文艺运动以来的中国化的马克思主义文艺理论规范体系。延安文艺诞生于民族矛盾上升、血与火斗争的非常时期，这一时代决定了延安文艺必须保持和中国传统文化的密切关系，并从本民族历史文化中汲取重振民族精神的动力，以抵御外来侵略，所以民族精神构成了延安文艺的内在质核。《黄河大合唱》、《军民进行曲》、"街头诗运动"、《岳飞》戏、《秋瑾》剧、屈原精神座谈会、杜甫诗歌朗诵会等活动有力地体现了这一内容，使延安文艺高昂的文学旋律，渴望英雄，渴望文学形式新突破，文学观念新嬗变的特有品格十分鲜明。涌现出许多至今仍产生广泛影响的作品，如《白毛女》、《绣金匾》、《翻身道情》、《兄妹开荒》、《夫妻识字》、《十二把镰刀》、《血泪仇》及《暴风骤雨》、《种谷记》、《太阳照在桑干河上》、《小二黑结婚》等。其中，陕西作家作品不在少数。柳青、杜鹏程、王汶石、李若冰、马健翎、胡采、柯仲平等一大批青年置身其间，全身心投入到工作、学习、创作中，聆听领袖们的教诲，创作出了诸如《铜墙铁壁》、《地雷》、《牺牲者》等作品，他们与陕北人民一道为民族解放事业和民族文化事业作出了巨大贡献。从土地革命到解放战争，据资料统计，陕北每户平均付出了一个亲人的代价。革命造成了多少个寡妇村，"自从哥哥当红军，多下一个枕头少下一个人"的凄凉歌声，哪一夜不是泪湿枕头？反过来说，延安文艺无疑直接对 20 世纪陕西地缘文学起了渗透铸模作用。如文学现实主义根基的固化，文学时代本质的内化，文学写实格调的定型，作家重文意识的形成，使命感、忧患感加深，创作深入生活与人民群众关系的密切，先工作后创作，先革命后文学从文路子的制导，视作品为社会财富，为人民群众写作动机的确立等等根本性理论问题和实际操作问题，这些无不在延安文艺新质的内化中得以完成。所以说，20 世纪陕西地缘文学的许多本体性特征，得益于延安文艺的新史再造，作家的诸多文质莫不与此渊源有着密不可分的内在关系。至此一窥，姜炎文化、周秦文化、汉唐文化三史文学精神的启承，延安文艺新质的转化，是 20 世纪陕西地缘文学的逻辑传承史线。

综上所述，我们承认"三史"（姜炎文化、周秦文化、汉唐文化）文化渊源的烛照给予陕西学人以健康的文学心态和良好的文学精神，它所带来的文化裨益是显而易见的。但是，任何事情都有它的两面性。一区域历史文化积淀使人受益的同时，也潜在着不易剔去的受阻因素。比如有学者从政治、经济、伦理等角度概括出很多滞碍陕西发展的受阻因素："知足常乐、小富则安和安于贫道、安分守己的生活准则"；"铲平主义，均产相安的基本心态"；"老实、厚道、忠孝节义，勤勉善德，力求一样的做人态度"；"注重人际关系，恋家"的伦理操守；"伦理至上，强调对家的义务和作用"；"信奉富贵在天，看重命运，缺乏自救意识"；"信服经验，喜欢向老年人和历史请教，注重纵向思维"；"惧怕风险，求稳，安分"的见识；"谈'商'色变，惧'商'，贬'商'的旧有成见"①。这些来自社会学、经济学、伦理学范畴的弊症也不失为事实存在，姑且不论。那么文学创作方面的受阻弊症又是什么呢？笔者认为有这么几种利弊结伴的表现特征：（1）传统文化的厚重与现行创作中负重与沉重的问题；（2）传统文化的优越与现行创作中压抑和难以超越的问题；（3）历史文化帝都之誉与现行创作中守长护短的排外心理问题；（4）传统文化中的农耕文明与现行创作中单一农村题材视域问题；（5）恋家守土意识与现行创作中狭隘的黄土地情结问题；

---

① 王磊：《无形的网》，《宝鸡文理学院学报》1995 年第 6 期。

（6）传统文化经验的堆积与现行创作中缺乏求新猎异手法的问题；（7）传统文化求实务实风尚与现行创作中现实主义独守的问题；（8）传统文化的道统观念与现行创作中过重的使命感、忧患意识问题；（9）传统文化的中和思想与现行文学批评中云遮雾罩、不痛不痒问题。这九大问题，形成了陕西传统文化与当代文学创作中利弊沉浮的微妙关系。客观地、科学地分析把握，冷静地对待每一种关系，因势利导，辨别利弊，以扭转现行创作中过分的沉重感和使命感、过多的农村题材偏向、一味的黄土地情结、少变的现实主义手法等倾向，使20世纪陕西地缘文学的后世创作日趋成熟，以满足读者群的更高期盼。

第三章

陕西地缘文学的整体景观

从人文地理学角度看，陕西的山川地貌，水文气候，自然环境的独特性给予了陕西文学以综合性的深远影响，构成了具有地缘特性的人文环境和文学景观。本章着眼于三个层面：第一，文学与地缘构合的整体特征，论述陕北、关中、陕南三个区域文学的独有风貌和整体特征。第二，文学与时代构合的史线特征，论述文学不仅仅是地缘诸因素的吸纳，更是时代精神的构合，勾勒出从20世纪40年代至90年代地缘文学演绎的史线风貌。第三，文学整体景观的价值确认，论述20世纪陕西地缘文学应有的本土的、民族的、世界的文学位置，以及尚存的诸多落差。

第一节 文学与地缘：整体构合特征

"景观"一词，在西方称为风景画，而地理学中却赋予了特有的学术含义。地理学中的景观，大致指自然景观和人文景观两种现象，所谓自然景观，就是自然现象的综合体，人文景观亦称文化景观，是该地域人群为满足自身需要，利用自然景观所再创造的文化产品，这是人地关系的一种再整合再生产。从这个意义上讲，一个时代有一个时代的文学，一个时代的文学是社会、历史的形象记录。同样，一地域有一地域的文学，一地域文学是风俗人情、万物事象的情感反映。20世纪陕西地缘文学，其文学构架、文本样态的丰富多彩都无疑具有整体性文学景观和结构特点，并以独具的地域色彩与他区域文学区别开来。

一 三种文学因子的共生整合性

所谓20世纪陕西地缘文学整体景观，大致涵指文学创作、文学批评和作家状况三个层面，这是体现一地域文学的基本要素和标志。地域的政治、经济、文化、伦理等形态表征和风土人情、民俗习惯等具体物象的折射莫不融于其间。从这个角度上说，地域是文化的地域，人情物态是文化的人情物态，呈示着文化的特有属性。那么，20世纪陕西地缘文学的整体现状又怎样呢，这得两分来看。第一阶段50年代的陕西文学，史有定论。它的高起点、高水准、主流意识、文学的使命感及时代感、现实主义方法等已为史家和学界所首肯，同时创作中过重的政治化痕迹、过密地贴近时势之缺陷也一并被指出，当不再赘言。第二阶段80年代以来的文学，正如评论家白烨所说："给外地人的印象总的来说是好的，这不仅在于文学新人茁壮成长，新老作家济济一堂，而且还在于这个队伍的中坚力量——'文化大革命'后新起的作者，以他们扎实的生活功底，严谨的创作态度，先后写出了不少有影响的作品，显示出巨大的创作活力和潜力。""大都注意人物、环境的真实可信的故事、情节的具体可感，写法上稳健、持重，以质朴、明丽见长。"① 这个说法在当时的学界具有普遍性，基本概括出了第二阶段的整体文学景观。总体看来，50年代文学已显辉煌，80年代文学新高再续，这无疑是喜人的。但是，前景仍不容乐观，如同50年代文学创作中受政治牵引的弊端一样，新时期文学创作仍潜在着诸多缺陷。譬如："一些作品力求反映客观真实而与生活中的人和事贴得过于紧密，逼真中似乎含有过多的拘谨，缺乏复线发展（政治的、经济的、文化的、历史的、民族的、地方的）的广博精深；不少作者在艺术上追求不雕琢的素雅诚朴，而变化嫌少，持重中时而显露出刻板，缺乏表现形式和手法上的纵横恣肆。"② 这些缺陷直接影响到区域文学整体景观的品位和层次。从批评的角度，有论者将文学作品内涵的思想深度及价值分为五个层次：（1）单纯的、赤裸裸的政治说教。（2）单纯娱乐、消遣的思想。（3）接触人的人生观、世界观问题。（4）接触范围更广泛的民族心理和国民性问题。（5）接触到人性和人的心理的基本特质。用此尺度衡量，陕西文学"处于第三个层次的作品居多"，"真正接触到后两个层次的也是

---

① 白烨：《文学新潮与文学新人》，陕西人民出版社1994年版，第153页。
② 同上书，第154页。

少数"①。尽管90年代以来已出现了第五个层次的《白鹿原》、《美丽奴羊》、《奔马》及21世纪的《怀念狼》、《秦腔》、《西去的骑手》等作品，但这仅是"个案"，并未形成整体文学景观。所以说，既要看到整体文学景观的优差对比，更要意识到高品质、高规格、高水准整体文学景观形成的历时性、艰难性。

纵观20世纪陕西地缘文学整体景观，三种文学因子的共生整合是其基本特征。所谓"三种文学因子"，即陕北、关中、陕南三个地域的深层文化渊源，以及由此所生发制导形成的三种文学样态，这是20世纪陕西地缘文学整体景观的内在品质。我们知道，从地缘之于文学而言，陕北属于黄河文化与游牧文化相融的文化地带，"流"与"游"是基本动态特征。这种文化所具有的极大游动性，折射在古老陕北人的生存方式上，便表现为动的牧羊，动的流漠，动的黄河，动的风沙，动的驼队，动的走西口情歌等生命事象。于是陕北人以民歌作为排遣赶脚、熬长工之苦的情感释放，其跌宕辽阔，变化自由，流畅的音韵动律，便缭绕在荒漠旷野之中。"信天游，不断头，断了头，穷人就无法解忧愁。"一种生动的文化写照。尤其是最能体现动律的陕北秧歌、腰鼓，以"扭、摆、走、跳"的旋律呈现出鲜明的"流动"与"游动"的文化特性。评论家肖云儒将其概括为陕北的"游变"文化与关中的"守成"文化，或者"在路上"与"在家里"的两种文化的对应。这种深层次的文化因子，直接影响陕北文学的粗犷、剽悍、豪放不羁的风韵，孕育出高建群、路遥、刘成章、塞北、牧笛、曹谷溪等高原作家。而关中文学恰恰相反，它是处在历史悠久的以农耕文明为主的中原文化的腹地，优越的地理环境，和谐的自然条件，使关中人世代守业守土，自守自足，重情恋乡，形成了一系列"守"与"稳"的文化价值取向，如同永恒的渭河久远流长，屹然的秦岭终年不易。从而孕育了柳青、王汶石、陈忠实等守恒守家、根基深重的关中渭河作家。陕南位于汉水长江文化带，集秦、蜀、楚文化为一地，成为中华东西南北文化圈的交汇中心。"隔离、开放、并存的互激型文化"或"本体深厚的多维交汇性文

---

① 白烨：《文学新潮与文学新人》，陕西人民出版社1994年版，第386页。

化"特点极为浓厚①，长江和汉水承载着千年多源文化的因子冲撞穿越而过，又留下了多种喧嚣文化因子过后的静谧与和谐。于是在这块土地上日渐形成了陕南多源文化冲洗过的纯净、睿智与灵逸，构成了别有风味的清新婉约、纤细明丽的文学风格，孕育出灵逸的贾平凹、清丽的王蓬等作家。这正应了亚里士多德谈论人与环境的关系时所说的话，北方寒冷地区民族性格是"精力充足"，"富于热忱"，但"大都拙于机巧而缺少理解"；亚洲民族"多擅长机巧，深于理解，但精神卑弱，热忱不足"②。环境的差异、地域的不同，决定了文学的风格和作家的气质。如此看来，所谓20世纪陕西地缘文学的整体景观并不"整体"，它委实是陕北、关中、陕南的黄河文化、关中文化、汉水文化三种因子的共生整合，是以关中文化为主的"三维组合文学景观"。它犹如终年负载运行的铁路，关中文化为路基，陕北、陕南文化为铁轨两翼，三维组合不可或缺，其内在多异性使得20世纪陕西地缘文学六十年来未能形成学界公认的"山药蛋"、"白洋淀"、"茶子花"那样典型的文学流派（当然其中还有个民间文化立场认同问题）。虽然也有论者曾倡扬过"渭河文学流派"，但终未被学界、文学史家所能共识。笔者认为所谓"渭河文学"既涵盖不了黄河文化因子，又囊括不住汉水文化因子，故"三种文化因子"或"三维文化组合"称谓客观些。这一点作家们都意识到了。如贾平凹说："陕西为三块地形组成，北是陕北黄土高原，中是关中八百里秦川，南是陕南群山众岭。大凡文学艺术的产生和形成，虽是时代、社会的产物，其风格、流派又必受地理环境所影响。"于是，"陕北民歌的旋律起伏不大而舒缓悠远"，"陕南山歌便忽起忽落，委婉幻变"，"关中产生的秦腔必是慷慨激昂之律了"。"于是，势必产生了以路遥为代表的陕北作家特色，以陈忠实为代表的关中作家特色，以王蓬为代表的陕南作家的特色。"③ 这就是说地域是文化的地域，作家自然也是文化的作家，"人是一切社会关系的总和"，而社会关系的总和，也就是文化的总和。这里的"同源"是指现实主义精神在作家

---

①　肖云儒：《对视西部文化》，陕西人民出版社2000年版，第456页。

②　转引自袁华言《西方社会思想史》，南开大学出版社1998年版，第48—49页。

③　贾平凹：《平凹文论集》，青海人民出版社1985年版，第133、134页。

中的普遍体现，"源"即生活真实和艺术真实，这是 20 世纪陕西地缘
文学的命脉。

二　前代文学批评的独秀与后世的勃发

文学批评作为整体文学观的重要组成部分，也呈现出前代批评的独
秀与后世勃发的创作流变状态。20 世纪陕西地缘文学整体景观，文学
批评自然是其重要一脉，是促进创作、点拨作家、匡正偏失的必要环
节，与文学之长足发展密切相关。然而，纵观六十年来的文学批评历
程，创作与批评并非同步前进，互为作用，而且出现了前后两个时期的
不等式跛脚现象。比如说，50 年代陕西文学批评落后于创作，颇有影
响力的批评家胡采独秀支撑，力不从心，尽管为陕西文学创作释放了巨
大的能量，对柳青、杜鹏程等的创作现象都一一做出过精辟的评论，但
毕竟是一秀曲寡，难以适应 50 年代陕西文坛作家众秀之事实，显得规
模性、系统性、学理性批评的建树远远不够，使许多经典理论，成功经
验，以及创作思想和现象未能一一推出，批评与创作未能同步俱进，这
反映出 50 年代陕西文学批评的薄弱和批评队伍的弱小。当然，这一历
史的缺憾，好在那时学界风气健康纯正，创作少有时下的媚俗，不以批
评指向而存在，批评也不顺乎创作去迎奉。优秀作品凭借文本自身的品
质而名扬，优秀作家不借批评家的推力而自然蜚声。所以，陕西文学创
作就是在这样一个良好严谨的环境里得以冲出潼关，走向全国，以自身
的实绩赢得了在全国学界的地位。可见，相对薄弱的文学批评并未影响
后续文学创作的勃兴，这是时代的幸运。

历史的缺憾是相对的，而文学的发展有其规律性，对于陕西学界来
说尤其如此。学人代代相传，绵绵不断。新时期以来，陕西文学批评群
体的出现，是百年来从未有过的强胜之势。陕籍秦居和陕籍异居的两大
批评群体合力为之，密切关注，深情关怀，严谨点拨陕西文学创作。作
为"思想库"的阎纲、何西来、白烨、王愚、肖云儒、李星、畅广元、
刘建军、蒙万夫、王仲生等为此倾力不小。全方位、准确及时地介绍推
出陕西文学新人，总结陕西文学创作中的许多重要现象和理论问题，使
之与创作同源、同步。尤其是在学理性研究方向的加强，创作与批评空
间感的剥离，避免了那种掠影式、时评式、广告式的肤浅之论。比如白

烨陕西文学新人的系列评论，肖云儒"长安文化"、"西部文学"理论的建树，李星陕西作家论的理论深度等都具有相当的界定性权威。可以说，这不仅是陕西作家的荣幸，更是陕西文学批评事业的升华与深化。从这个意义上说，陕西文学创作不仅后继有人，其文学批评也同样走出了昔日的独秀缺憾，一个齐整的第二、三代批评梯队已具规模。

第二节　文学与时代:史线构合特征

一　40年代至60年代文学创作史线

考察区域文学不仅要考察其整体性宏观特征，还应看其文学史意义上的史线结构特征。20世纪陕西地缘文学的缘起就标示着一条脉络分明的创作史线推进式的发展走向。20世纪陕西地缘文学源于40年代的延安文艺，其现实主义创作理论和方法问题，为什么人和怎样为的问题，作家接受马克思主义文学理论的问题，作家队伍的初步形成和培养问题等都由此生发。作为史的源头走向，历经了五六十年代文学的辉煌，70年代文学的滑落，推进至80年代的文学新变和90年代文学的多元。其间所包含的文学创作、文学理论、文学批评、文学鉴赏诸部分无不呈现于史线的轨迹中。这里仅择取陕西当代文学最具代表性的柳青、杜鹏程、王汶石、李若冰、魏钢焰五位作家，就他们合着时代气息推进的创作实绩作以分项考察。

柳青——守土创作的地缘心理积淀。1938年5月柳青来到延安，在延安文艺圈浓厚的氛围中，精神面貌为之一新。他身着八路军灰军装，腰束牛皮带，帽檐下那双炯炯有神的眼睛平添了几分干练与英俊，被同伴称为"陕北的契诃夫"，开始了他文学创作的新生涯。从初期短篇小说《牺牲者》、《待车》、《地雷》、《土地的儿子》及长篇《种谷记》、《铜墙铁壁》和中篇《狠透铁》，至晚年的奠基力作《创业史》第一部、第二部，通贯了40年代至70年代陕西地缘文学发展史的全过程。柳青始终关注解放区农村生活和社会主义新农村的深刻变化，躬身实践和展示着自我完善的创作过程。他几度放弃安逸，从延安到米脂，从北京到西安，从西安到长安，从长安再皇甫，甘于苦作苦为，演绎着大写的人生。可以说，先辈柳青的这种守土创作的地域心理积淀看似寻常却奇崛，看似容易却艰难，其间蕴涵了莫大的自我超越的人生选择，从而奠定了 20 世纪陕西地缘文学的黄土地精神史线，对后辈的潜移默化是巨大和深远的。

杜鹏程——情洒军旅的关中豪气。1938 年的延安，这位来自关中韩城的杜鹏程，经历了"抗大"、"鲁艺"文学艺术的熏陶，开始了他随军记者的新生涯。从那时起王震将军的三五九旅和战斗英雄王老虎的事迹，使他更深地理解了战士的忠诚和胸怀。于是从《在和平的日子里》到战火纷飞的《保卫延安》，从延安保卫战役到西进剿匪，从新疆军营到宝成铁路建设工地，从穿军装的战士到脱下军装的筑路工人，杜鹏程历经着地域环境的迁转、生活内容的变化和身份转换的多变过程。但其挚爱军人，情洒军旅，赞美英雄的永恒意识创作史线终未改观，其豪放、激昂、粗犷的关中英气终未改变，成为这一创作领域内独有的标志。

王汶石——渭河两岸的乡土意识。王汶石，15 岁的"儿童救亡会"会员，在红军东渡黄河时遇到了贺龙将军。1942 年到延安上的第一课就是《在延安文艺座谈会上的讲话》，懂得了我们的文艺是革命的文艺，是革命工作的一部分。随后从延安到西北前线，从抗日战争到解放战争、朝鲜战场。革命胜利后作为作家一头扎进陕西渭北民间村舍，一位外籍人从此对渭河两岸的乡土意识日渐浓厚。他以"微笑着看生活"的审美观，创作了《风雪之夜》、《严重时刻》、《大木匠》等名篇佳作，给 20 世纪陕西地缘文学平添了几分黄土的芬香。他的新农村新气象的执著创作，勾画着共和国新农村新风尚的历史史线。

李若冰——笔洒拓荒的秦人气魄。13 岁参加革命的"红小鬼"李若冰，孤儿身世使他体会到部队和人民给予的温暖，所以自取名"若冰"，勉励自己做一个为人民的纯洁的人。在文学创作的道路上，他以满腔热忱的文字，记录着大西北勘探拓荒者的足迹。从《征途集》到《红色的道路》，从《山·湖·草原》到《神泉日出》，从《戈壁风情》到《沙漠之夜》，从《塔里木书简》到《高原语丝》、《未完的旅途》，贯穿了"沙驼铃"李若冰追踪拓荒者足迹，六进柴达木，情系高原的人文关怀史线。守恒拓荒，无不呈现出陕西作家、陕西文学的秦人气魄和秦风韵味。

魏钢焰——写尽秦人创业者的风范。魏钢焰是唱着《船夫曲》、《绿叶赞》来到文坛的，对创业者和创业精神的神往，使他越过《赤泥岭》，吹起《灯海曲》，写了《宝地·宝人·宝事》这样的商洛地区人民改天换地变良田的创业者新篇，尤其是倡扬《红桃是怎么开的?》的创业精神，追寻《忆铁人》的英雄往事，在陕西散文领域里成为描写创业英雄的一枝独秀，透露出秦人开拓进取的风范渊源。

以上可见，文学五前辈的创作，莫不始于40年代，成就于50年代，其创作史线的推进模式十分明显，并在各自领域里独有建树，共构了一曲20世纪陕西地缘文学的精神颂歌。

二 80年代文学新变创作史线

进入80年代后，由于时代的变革引发了文学的裂变，其裂变的主体主要表现在第二代作家创作中，如贾平凹、路遥、陈忠实、邹志安、莫伸、京夫、赵熙等。他们的变化，其继承与革新的史线推进和个性色彩特征极为明显。如冲破拘谨、持重、刻板、趋时的观念框束，艺术视角超脱具体生活事象等。在揭示变革时期人们的心理过程、内在精神变化方面，贾平凹创作颇具代表性，具有穿透力。譬如他由早期单纯的短篇小说《满月儿》，到中期描写改革所带给人们心理感情变化的长篇小说《浮躁》，以及在改革大潮中知识分子面对传统与现代观念冲突的尴尬处境的长篇小说《废都》，寻找精神家园的长篇小说《白夜》、《高老庄》，以及近年关注生态、生命意识的《怀念狼》和晚近的《秦腔》，都具有史线推进的文学史意义。在人物塑造上，出现了改革者、平凡人、土匪等多系列人物世相的较大变化。贾平凹创作中的悄然裂变，将50年代以来的20世纪陕西地缘文学提高到一个新层次。路遥由初期的《在困难的日子里》、《惊心动魄的一幕》到《人生》是一大裂变，开创了当代中国文学"城乡交叉"生活的创作视域，具有原创意义。特别是长篇小说《平凡的世界》的出现，强化了人物生存状态和生命意识的描写力度。路遥笔下没有英雄，少有成功，只有人类世界永恒不变的艰难旅程。路遥以"无榜样意识"冲破框束，超越自己，超越他人取得了巨大成功。而陈忠实更是从《蓝袍先生》人性压抑命题的引发，在后来《白鹿原》中笔力延伸至人性意识、生命意识、生存本能的高度，提供了中国文学走向世界文学的真实思路及经验，并以"第三种真实观"彻底摆脱了当代文学长期以来受制于政治、阶级的框束，彻底摆脱了阶级文学、政党文学的桎梏。这个裂变是重大的，是典型的，具有改变文学观念的价值和意义。一向擅长"父老歌"的邹志安，却另辟路径，专注于农民情感世界领域的深情关注，他的《眼角眉梢都是恨》、《迷人的少妇》、《骚动》等"爱情心理探索系列"小说，揭示了农人情感世界的悲欢离合、情长恨短，其鲜活灵动的新视域、新人物不失为一大开拓。同时，莫伸知识分子题材的作品《生命在凝聚》中的人生坎坷、生命消失的凝重描写都系于人的情感坐标上展开情节，其深沉是显而易见的。

总之，80年代的陕西地缘文学创作，有着较大的冲破框束的变异性，形成了几次裂变冲击波。以初期的短篇小说《满月儿》、《哦，小公马》、《窗口》等荣获全国短篇优秀小说奖为一次标志。其次，以《惊心动魄的一幕》、《人生》、《在困难的日子里》、《腊月·正月》、《小月前本》、《远山野情》、《蓝袍先生》等中篇小说为二次标志。1985年，在"陕西长篇小说创作促进会"和"太白长篇小说研讨会"之后，以《平凡的世界》、《浮躁》、《眼角眉梢都是恨》、《迷人的少妇》、《骚动》、《山祭》、《月亮环形山》等长篇小说为三次标志。三次冲击，三次裂变，整体文学景观初步形成。同时作家主体创作观念、视域的开拓在一些方面已达到全国前列，具有独创意义。譬如路遥"城乡交叉"领域、贾平凹"商洛视域"、陈忠实"关中视域"、邹志安父老兄妹"爱情心理探索"领域等，都可视为新质裂变的实质性内容。

三　90年代文学多元创作史线

90年代以来，文学"全球化"意识是重要现象，中国知识界、思想界对西方文化的价值认同，对中国现代化建设与西方经济文化参照与同构的理解有了进一步的深化。反映在文学上，不同的文化形态和文化立场公开呈现，以主流文学、精英文学、通俗文学为主导的诸多流派并存局面业已形成。多主题自由文学格局的多维走向，影响并驱动着90年代的陕西文学创作。面对"雅"与"俗"、"纯"与"俗"的冲突，主流文学与大众文学的对抗，陕西作家走出了适合自己个性特点的创作路子。既没有媚合俗文学使其商品化，也未扮作严肃的面孔去传教化，而是本着自己对所依凭生活的独特感知体认，集某一领域的长期积淀而作情感书写。这个特点主要以第二、三代作家为主。

陈忠实《白鹿原》的出现，典型地体现着自由文学格局和个性化审美意识的新走向。在中篇小说《蓝袍先生》中，主人公徐慎行六十余年来，真正人的日子只过了二十天，人性的久滞压抑引起陈忠实对民族命运的深沉思考。小说《白鹿原》中提供的许多新问题，如厚重深邃的思想内容，复杂多变的人物性格，跌宕曲折的故事情节，绚丽多彩的风土人情，冷静的语言叙述，综合性地体现出令人震撼的真实感和雄浑悲壮的大气之势。尤其可贵的是，小说在一个全新的层次上，理性地把握党派、政治斗争、各种政治角色人物，以及只知生存意识的农人们的心理、行为的规范方式，其思考是相当成熟和富有哲理性的。小说中的朱先生和白嘉轩不以党派、政治而存活，只知勤劳本分做事，乐土为业。鹿三与白嘉轩的关系背离了过去常见的地主和长工剥削与被剥削的关系程式，如此真实的描写，既非主流一类文学，也非通俗一类文学，很难装进一个模套。正是这种不同，才使得《白鹿原》综合性地展现出中国近代社会以来的悲怆的民族史、悲凄的心灵史、畸形的情感史，成为一部揭示民族秘史的大书。这个创新点作者是清楚的，有意为之的，"一个在艺术亦步亦趋地跟着别人走的人永远走不出自己的风姿，永远不能形成独立的艺术个性，永远走不出被崇拜者的巨大阴影……必须尽早甩开被崇拜者那只无形的手，去走自己的路"①。《白鹿原》的成功，证明了只有寻找适合自己自由发展的创作空间，才能保证实现自我文学格局的可能。

红柯的创作同样属于此类。如果说陈忠实关注着关中农人命运的变迁及变迁中人性必然的扭曲压抑的种种秘史的话，那么红柯的创作，则关注边塞旷野中人的生命意识、个性的高扬与挖掘。虽然，两人取材不一，地域有别，但人类意识、民族性的创作视域却是一致的。实际上，陈杨二人做着两种不同文化的描写，即草原文化与关中文化的展示。在红柯看来，关中与新疆完全是两种不同的文化。关中汉民族是"牛文化"，牛看人很大，所以温顺，驯服；草原民族是"马文化"，马看人

---

① 陈忠实：《关于〈白鹿原〉的答问》，《小说评论》1993年第3期。

很小，贵族的马很傲慢，很神气。汉民族的对象物是"庄稼"，不动的、守土的；草原民族的对象物是"动物"，流动的。所以在一个新的辽阔广袤的异域生活了十年，一种新的感觉如同冰山一样悄然浮出时，对红柯产生的震撼是极大的。因而红柯一改过去 13 部中篇小说中关中事象的描写，肯定和赞扬这种生命力、生命意志的终极大美。他认为这是一种创世精神，是西部生活中最本质的东西。"大漠几乎没有弱者的地位，乌孙人、匈奴人、回鹘人、汉人、唐人、蒙古人，满洲铁骑，民族和种族之外，又是佛教、儒教、伊斯兰教、古希腊文化的交汇点，毁灭与生存，在这里显得更醒目。西域大地从本质上选择的是强悍的生命。"① 红柯以独特的话语方式来审判和观照新疆的马、鹰、车、狼、石头、山，以及历史中曾显赫的马仲英、盛世才这样体现生命力的强悍枭雄，以其力的美感先声夺人。所以说，穿越物化世界，透过物欲的挤压，关注人类生命意志，倡扬人类原本的精神神性之美，使红柯的创作与流行一时的"先锋文学"、"新新人类"、"新生代"小说鲜明地区别开来，构成了适合自己自由发展的个性格局。像这种自由文学格局的多维走向还表现在高建群、杨争光、程海、王宝成等许多第三代作家的创作中。

第三节　文学整体景观的价值确认

对 20 世纪陕西地缘文学价值的确认，是文学整体观的最终落脚点。这不仅因为它有着辉煌的过去，殷实富有的现状和充满希望的未来，更因为其潜在的落差仍不容乐观，这一问题当深思之。因此，以清醒的意识，予以理性的认识，方是提高本区域文学价值的唯一明智之举。

一　价位：本土、民族与世界

应该说 20 世纪陕西地域文学的整体价值既是本土的，又是民族的，更是世界的。人类文化的发展，本就具有多民族并存的特征。民族是对人类而言，中国是对世界而言，区域是对整体而言。20 世纪陕西地缘

---

① 红柯：《跃马天山》，长江文艺出版社 2001 年版，第 395 页。

文学，从这个角度上说，无疑既是本土的，又是民族的，更是世界人类文化范畴中的因子。

首先作为本土的文学。俗话说"一方水土养一方人"。陕西三代作家大部分世代生息在这块土地上，深受地域传统文化的熏陶，形成了区域性的独特的精神心性和外在的行为规范，有着浓厚的乡土情结，感观着三秦大地上日复一日的柴米油盐的生命体验过程。当他们与文学发生关系后，其笔端势必涌现出与他们休戚相关、厮磨不断的诸种情感释放。于是本土人文风貌、万物情态，无不形象地尽显笔端。这种源于地缘又作用于本土的地缘文学，首先以其文学精神感染、映照着本土人民，推动本土实现新的观念的超越。可见，所谓"乡土文学"就是这一意义上的本土文学或地缘文学，因此，它首先是本土的。

其次又是民族的。众所周知，从人类社会学看，人类的生存是以群落为基本单位的。所谓"人类"，实指人的"类聚"。一个区域的人群为群类，无数个区域的人群才谓之人类。无数个本土区域的组合就是民族，于是无数个本土文化也就自然是民族的文化了。从这个意义上说，陕西本土文学的民族属性是显而易见的，它承载着三秦大地厚重的群类生命的演绎和人生感受，承担着诠释民族区域文化的历史使命，传递着秦地人民的情感经历。从40年代起，陕西作家的文学创作带着秦地风韵和乡音走向全国，汇入民族文化的大海。中国当代文学中的许多名著如"三红一创"中的《创业史》，"青山保林"中的《保卫延安》等，新时期贾平凹、路遥、陈忠实、莫伸、邹志安、杨争光、红柯、高建群的许多作品无不以地域独具的个性特色，和着本土浑厚的质味冲出潼关，走向全国，在共和国文学中，占有一席之地。尤其是标志中国文学最高奖项的"茅盾文学奖"以《平凡的世界》、《白鹿原》两届花落陕西文坛，随之"冯牧文学奖"、"鲁迅文学奖"、"庄重文文学奖"等大奖再次蝉联，这些都标示着20世纪陕西地缘文学的区域特性与民族性融合的成功。

再次更是世界的。当今世界文学作为一种软科学，以其特有的文化触角渗入到经济领域中，反过来说，经济的全球化又加快了文学全球化进程。一个打破国界的文化艺术兼收并蓄、相互融汇趋势悄然兴起，激活了20世纪陕西地缘文学走向世界的觉醒意识。其实，早在50年代

《创业史》、《保卫延安》等作品就被译为英、日、法、西班牙等多国文字推向世界文坛，受到国外读者的称赞。这些作品背负着区域的、民族的文化特性进入了世界文学之园。在这方面，新时期以贾平凹、路遥、陈忠实的创作最为典型。仅以贾平凹为例，其作品海外版就有英文版、日文版、法文版、韩国版、香港版及台湾版等多种版本并发行于多个国家和地区。曾获美国"美孚飞马文学奖"、美国"无比柏枷索斯奖"等多个奖项，产生了广泛影响。同时，优秀影视作品，如《黄土地》、《秋菊打官司》、《我的父亲母亲》等誉满国外，一品获多奖，使陕西"黄土地文学"成为民族文学中独帜的地域品牌。仅 2000 年以来，就先后有独联体国家文学代表团、日本东京书籍株式会社文化代表团、南斯拉夫塞尔维亚文学代表团、印度文学院代表团、台湾高雄市文学代表团等多个国家和地区的文学艺术团体来西安与作家进行文学交流。

以上概之，20 世纪陕西地缘文学具有本土、民族、世界三位一体的文学价值。其过去的辉煌已成历史，现状优势显而易见，而落差也不可忽略，当有清醒的认识。相比"晋军""湘军"之成熟完善的风格流派尚有差距，与北京、上海作家群之杂博纷呈仍嫌单调。因此，客观确认其应有价值和落差就显得十分重要了。

二　认知：观念与创作的双残缺

理性地考察秦地文学，与相邻文学的地缘特色之落差是明显的。所谓落差，就是对 20 世纪陕西地缘文学在观念和创作上双残缺的理性认识。整体文学景观是随着时代的变化而不断变化的，美国地理学家惠特莱西把文化景观在一地区的变迁，称为文化史层。那么我们可以通过该地区文化史层的研究，了解该地区文化集团的变化及其对该地区文化发展的不适应状况和影响。一般认为，文学创作是观念形态的，是个人情感的。观念直接制约着作家对生活的采集、判断、把握，对艺术方法、技巧、文学形式的选择、吸纳。具有开放性、兼容性观念的作家，其创作必然是鲜活的、多样的，反之，则是刻板、少变的。那么，陕西文学观念与创作其落差是什么呢？笔者认为"双残缺"现象滞碍着文学整体景观的长足发展。

一是观念上普遍缺乏"无榜样意识"，导致创作上的题材扎堆现象。"无榜样意识"出自路遥的创作理论，只是这位极有见地的大气作家英年早逝，这一观点未能得以展开与倡扬。所谓无榜样意识就是不依凭成型经验，在荒芜处敢为天下先。路遥在 80 年代初现代派文学冲击文坛、"现实主义过时论"的背景下，仍以深邃的现实主义笔法完成了百万言的长篇小说《平凡的世界》，对峙现代主义文学思潮，成为无榜样的现实主义精品大著。而陕西多数作家缺乏的正是这一精神和勇气，依附在柳青、王汶石农村题材创作的成功榜样上进行着续写，穷尽所能地做着所谓的有限度的"突破"和"创新"。陕西本来是基础雄厚的工业城市，有着数百万工人生活的创作基础，但却为什么就无人另辟路径，写出工业题材之大著力作呢？原因是无此榜样。既然无榜样，便不冒败笔败名之险。还有，小说文体形式扎堆，因为有成功榜样可依凭，而诗歌无榜样，于是创作无形中散落，从事者寥寥。煌煌唐诗之都，诗歌创作之巅峰的陕西竟断裂于当代，令人深思，究其因是榜样意识价值取向的现代遗传所致。所以，缺乏"无榜样意识"，依赖成功榜样成为文学创作的隐形杀手。于是在创作上出了《最后一个匈奴》，便有了《最后那个父亲》；出了《神禾塬》，便来了《黄土地》；有了王汶石，紧跟了邹志安。工业题材、知识分子、现代科技描写等竟无大作而成为空泛，陕西作家真是困守"土"根难断吗？

二是观念上谨守自谦，不善技传他人，作家们往来甚少，导致创作上"三五人代表天下"的数寡独持现象，直接影响着整体文学景观的量变。没有数量，很难有质量。陕西作家的这种心理，看起来似乎为不好张扬的美德，但实质上是虚伪，文人相轻，老大意识作祟。三人行，不是必有我师，而是彼此彼此，以"不行""不行"之虚掩，阻隔了正常的技巧切磋。由于传统文化观念中"出头的椽子先烂"妨碍着陕西作家间轻松无介的交流往来，小圈子过密，大圈子应付。就陕西几位卓有成就和造诣的作家看，有几人能躬身无怨无悔走出小圈，自愿传教芸芸学人，像前辈柳青那样？号称中国文学重镇的陕西，作协组织一行名人于各地召开了文学界从未有过的一次大会，竟使各地芸芸学子们激动万分，如久旱逢雨，以仰名家点石为金之妙语，学人的期待与名人的惰缓现象不令人深思么？

三是观念上由于"精英意识"的自诩，导致创作和批评上的诸多精英事象。陕西地域古之以来精英意识颇为浓厚，比如由于政治上"皇帝埋两行"的史实，造就了皇城子民精英华贵的意识。经济上以古长安为中心四方通汇，百业发达。文化上秦汉隋唐诗章绝伦天下，加之地理上土肥物美、气候适宜等先天优势，使已有的老大、尊贵意识演变为当今的"精英意识"，覆盖和控束着陕西文学界。形成了如精英作家、精英评论家，精英区域（西安）、精英刊物、精英文章、精英会议，直至精英话语和宝塔状精英文学局面，而贯穿宝塔状中枢经纬的是精英话语。于是，精英区域（西安）开精英会议（少数），精英刊物发精英文章（少数），文学现象精英定位，文学评奖精英圈定，有一种很在乎谁说了算的意味。久而久之，精英者自以为精英，乾坤方圆自在"我"勾画之中。非精英者力图使自己跻身于精英，于是浮躁急功近利之心理便浮出水面，严重伤害了文学创作和文学批评的群体宏观协同的良性发展。其实文学之见本无绝对真理，只不过是可否接近所论对象的客观性、科学性而已。从这个意思上说，一味地培植"精英意识"，只能强化权力话语、武断行为，诱致陕西后辈学人更浮躁、更急功成名的心理，其弊端后患无穷，当深思之。

四是观念上的守规不渝思想，导致创作上不敢越雷池一步。这种循规蹈矩，不敢开辟他人未能涉及之领域的氛围尚浓厚。如贾平凹小说《废都》面世后，其压力何其之大足以可见。那么从小说文本实际看，委实是"所写的内容都是日常琐事，既然对吃、喝、玩、乐逐一细写，写性是难以避免的，性实在是为了人物的描写的需要"（《废都·后记》）。如此看来作者在寻找一种描写角度，试图从男男女女之中、之后去获得社会的、人生的东西，揭示出经济大潮到来后知识分子负面的心理状态。然而只因为越了轨，烦扰之苦势在必然。评论家李建军直谏陕西文学创作之利弊，其遭际亦然。如此为之，给20世纪陕西地缘文学整体景观的构建所带来的后续之弊尚在持续之中。

第四章

陕西地缘文学的价值体系

价值取向，作为体现文学道德层面的重要一脉，是不可或缺的。20世纪陕西地缘文学就其整体价值取向和作家个案的价值选择而言，呈现出一种文学生态的优化状态。本章从价值取向的地缘特性、前代作家的主流价值观、后代作家的多义与超越三个层面切入，论述表现在政治层面、道德层面、功能层面和审美层面的价值观，以及柳青等前代作家、路遥等后代作家文学价值取向的流变。

第一节　文学生态：价值取向的地缘特征

20世纪陕西地缘文学，前人多以"黄土地文学"来概括其具有的地方特色，从严格意义上讲所谓地方特色就是地缘特色。文学的地缘化，就涵盖了该地域的自然气候、地理环境、风俗习惯、文化传统等因素，尤其是马克思主义所看重的社会和历史的因素。从这个意义上说，地缘文学以其地域的物质环境和地域的社会结构，凝聚着该地域的文化精神价值体系，形成了具有地缘优化特性的文学生态。

陕西地域物质环境，以其山俊、水美、土地肥沃而著称，山、川、塬的分布相间，南北水文气候的和谐分明，呈现出一种厚朴、柔婉、刚毅的人化景观，而姜炎、周秦、汉唐文化的博大深邃、源远流长的社会历史的精神烛照，更使陕西地缘文学具有志向高远、宏阔壮美的民族之气象，诸因素的相互胶合，形成了20世纪陕西地缘文学宏观价值取向的地缘优化特性。古今中外的成功范例告诉我们，文学创作的价值观念、价值尺度和价值取向，决定其创作的成败。价值追求与价值导向的正确与否，又决定着作家的创作道路和作品的优劣得失。作为涵载意识、思想、道德并进行美的创造的文学艺术，须具有正确的、积极的价值导向，以体现时代的特征、本质、风采和精神，体现江泽民所指出的"文艺是民族精神的火炬，是人民奋进的号角"的指向。从这一指向看，20世纪陕西地缘文学以其现实主义本质形态，追踪时代步伐，形成了自40年代以来的社会主流文学意识和紧扣时代精神的积极向上的总体价值取向。概言之，反映在四个层面，即政治层面、道德层面、功能层面和审美层面。

一　政治层面：阶级文学与时代文学价值观

文学，作为意识形态之一，毫无疑问有其阶级属性，是执政党思想、意志的艺术体现和有机传达。毛泽东认为："革命文化，对于人民大众，是革命的有力武器。革命文化，在革命前，是革命的思想准备；在革命中，是革命总路线中的一条必要和重要的战线。"① 这就是说，阶级、政党的一切意识观念，无不以文学这个中介潜移默化地融入社会形态中，贯注于人们的日常行为规范中。展现时代风云，描摹历史画卷，赞美社会精神风尚，勾勒人民群众与时俱进的奋斗足迹、文学的民族火炬，列宁所说的整个革命机器中的"齿轮和螺丝钉"的作用是显而易见的。这一理念在20世纪陕西地缘文学中得到了较好的印证，在陕西作家的创作观念中有其深厚的渊源底蕴。

众所周知，陕西当代作家和与时俱进的文学缘起几乎是同步的。他们从青少年时代就毫无保留地、义无反顾地与党的事业捆绑在一起，其行为模式，几乎都是从革命到文学。这不仅是陕西地域特有的物质环境的天成，更是地域社会历史之革命洪流的必然，培植了作家主体意识的自觉选择和视革命与文学为一体的价值取向。自40年代中后期至60年代以来，陕西文学在总体价值观上，标示着民族解放斗争和社会主义革命与建设的总趋向。那时，陕西的几位前代作家虽然在40年代前期初涉文学，还未形成明显的整体特色，但是，拥抱时代之大气已露端倪。例如，杜鹏程1941年从延安"抗大"毕业后就做调查研究，写了许多关于老红军和八路军战士的小传、报告文学、散文和秧歌剧。1947年

---

① 《毛泽东选集》第2卷，人民出版社1991年版，第708页。

随军转战西北，伴随着硝烟弥漫的战火，经历着、体验着、关注着阶级的前行与胜利，完成了《保卫延安》，50 年代又落笔于建设风云的《在和平的日子里》。这两类作品，典型地概括了人民解放战争的历史进程和共和国建设事业的壮丽景观，所以其顺应时代的主流文学价值取向十分鲜明。这些描写，从不同角度抒写着无产阶级解放事业的胜利和巩固这种胜利的阶级愿望和时代要求。杜鹏程说："塑造为人民造福，使大地生辉的一代英雄的形象，不正是革命文艺工作者的起码的职责吗？"① 这个愿望是与时代合拍的。柳青的创作其政治倾向更是体现着阶级前行的愿望和意志，突出地反映在两个方面：一是作家主体与人民群众的紧密结合，革命工作与文学创作的胶着相伴；二是作品展现的阶级意识、愿望和情感贯穿始终，从未改变，决定了他一个无产阶级作家高度的党性原则。"我们要以文学的马克思列宁主义党性原则和文学原理把自己自始至终巩固在毛泽东文艺思想的轨道上。要有这样坚持的劲头，除了革命自信心还得有决心。"② 可以看出柳青执著的坚定的信念。柳青、杜鹏程作为 20 世纪陕西地缘文学的两面旗帜，其文学创作的价值取向，无论对民主革命时期生活风云的描写，还是对社会主义建设进程的勾画，都洋溢着阶级的意志和愿望，体现着阶级的文学精神风貌，这从根本上奠定了 20 世纪陕西地缘文学政治层面上的总体价值观。陕西作家坚持深入生活和贴近时代，坚持主旋律与多样化的统一，坚持倡扬民族精神和时代精神，不懈追求和创造具有时代内涵和明确指向的真、善、美的文学作品，真正起到了江泽民指出的"文艺是民族精神的火炬，是人民奋进的号角"的导向作用，这是十分珍贵和具有时代价值的。新时期以来，陕西地缘文学的价值取向随着时代的转型也悄然地发生着嬗变，50 年代以昂扬奋进、主流意识、阶级意志为其主要内容的显性价值观日渐放阔。社会的转型必然制导着意识形态的多元，文学观念也因原有的主流、本质之品位泛化为大众和平民意识。然而正是这种主流意识的放阔与多元，文学更以其潜移默化的规律和特点，形象化、艺术化地再现了社会改革大业的精神风

---

① 杜鹏程：《保卫延安·后记》，人民文学出版社 1984 年版，第 318 页。
② 《柳青纪念文集》，《人文杂志丛刊》第 1 辑，1983 年，第 295 页。

貌，更具凝重深邃，逼近生活，触及人的心理情感层面的文学穿透力。这就是说，陕西文学之政治层面的主流价值取向，在第二、三代作家中更呈现出一种多元壮阔的艺术视野，使其更加艺术化、形象化、生活化和大众化了。路遥的《人生》、《平凡的世界》，贾平凹的《浮躁》、《怀念狼》，陈忠实的《蓝袍先生》、《白鹿原》，高建群的《最后一个匈奴》，赵熙的《狼狈》、《女儿河》，邹志安的"爱情心理探索"系列，莫伸的《远山几道弯》，王蓬的《水葬》，杨争光的《越活越明白》，红柯的《美丽奴羊》、《西去的骑手》等业已定论的作品莫不是从人生道路、民族秘史、人性深度、生命演绎、改革大潮、伦理道德等角度展示人类社会大景观，倡扬人文精神，始终成为"革命总路线中的一条必要和主要的战线"，成为"民族精神的火炬"、"人民奋进的号角"，应和着不同时代文学的主脉和流向。

二　道德层面：扬善抑恶与人性完善价值观

纵观古今文坛，文学、思想、道德三位一体，有着不可分割的粘连关系。在本质意义上，一切文学创作从来就是思想和道德的美学载体，是以艺术的方式和美的形态对思想和道德的集萃、铸炼与升华。"诗言志"、"文以载道"现象，在人类社会的历史进程中相伴而至，形成一个不可须臾分离的生命胼体。从古今中外文学史看，好的作品之所以得到社会认可和人们的青睐，并能存留于世，就因为它自身所具有的道德蕴涵和文明品质，对推动社会所起到的升华作用，对人类自身所带来的健康、高尚、纯洁和完美的愉悦作用。所以，狄德罗说，文艺是"移风易俗的手段"[1]；但丁说，文艺的任务，只在于以它自己的方式引人向"善"向"美"[2]；车尔尼雪夫斯基说，只要是真正的文艺，只要是优秀的作品，就都应当具有"促进道德的性质"，就都应当起到"提高

---

① 狄德罗：《论戏剧艺术》，《文艺理论译丛》1958 年第 2 期。
② 但丁：《筵席》，转引自朱老潜《西方美学史》上卷，人民文学出版社 1979 年版，第140 页。

人的精神的作用"①；恩格斯也有表述，文艺的一项带有根本性的重要使命，就是能够极为有致地"培养人的道德感"②。由此可见，道德文章为一体，这是文学创作的至理。

20世纪陕西地缘文学就其总体价值而言，道德文章为一体的特色是鲜明的。作家们不论写什么，怎样写，在道德层面上基本以倡扬人性完善为价值取向。柳青在1941年曾写过一篇题为《被污辱了的女人》的短篇小说，说的是一位妇女遭受日本强盗的蹂躏和欺侮，控诉日军的暴行，是同情受难的中国女性的故事。本来字里行间，其道德取向是分明的。然而柳青却羞于提起此事，原因是他觉得自己创作的立足点与描写对象有感情上的隔膜，是以一个旁观者的身份陈其事，状其态的，认为是败笔，羞于启齿。这种苛求，分明标示了陕西作家尽力达到道德文章一体化境界的较高追求。倡扬人性善美的道德观，艺术地进入陕西文学画廊中，体现在感人肺腑、令人荡气回肠的诸多人物形象中。如《创业史》中的梁生宝为大伙之事竟与老子闹翻，引发了"草棚院里"的诸多矛盾，一个明明白白不顾家，地地道道为事业的正直身影感染着蛤蟆滩穷庄稼人，相反，"恶人"姚士杰的恶行恶德，白占魁的小人作为、报复心理之善恶背向却分明可见；《白鹿原》中白嘉轩勤劳正直的仁义人格与鹿子霖的狡诈阴险、卑鄙人格的善恶背向，黑娃、田小娥争取人性自由的美好向往，与田秀才、鹿三扼杀人性的残酷比照；《浮躁》中金狗的立志改革，深沉坚韧，与雷大空的急功近利、浅薄狭隘的价值取向形成对比；《平凡的世界》中孙少安、孙少平的人生追求，坚韧不拔的自强信念；《人生》中高加林摆脱传统，渴望新生活，不断超越自己的人生愿望；张腊月、吴淑兰的劳动竞赛，新型妇女的时代风貌（《新结识的伙伴》）；周大勇、王老虎英雄群像的忠贞赤胆（《保卫延安》），等等。这些众多人物形象的塑造和不同领域题材的开掘，都渗透着陕西作家在善恶观上的鲜明的价值指向。

1957年，一位来华的欧洲作家与柳青谈话时说，他只写他看到的，

① 车尔尼雪夫斯基：《论亚里士多德〈诗学〉》，《美学论文选》，上海文艺出版社1978年版，第96页。

② 《马克思恩格斯论艺术》第1卷，人民文学出版社1978年版，第401页。

不管正确与否。只想写得越感人越好，至于有人看了后是否自杀，他不负责任，只能说明自己的作品写得成功。对此观点柳青予以否定："请看这是多么令人发呕的资产阶级腐朽透顶的文艺思想！我们革命作家写作时，永远不要忘记认真地考虑三个问题——我看见的是什么？我看得正确吗？我写出来对人民有利无利？一个革命作家，在这三点上要经常检查自己……在决定采取一种措施以前要考虑到这种措施的效果，难道我们写文章可以不考虑文章发表后的影响吗？我们要努力观察得更深刻，表现得更准确，使我们的作品对人民的教育意义更大一些。"[①]柳青的这个观点，可以说代表着陕西文学的共识，他常常情不自禁地介入故事中，作着善恶观的价值判断。例如《创业史》第五章，梁生宝买稻种来到秦岭脚下的郭县，沥沥春雨夹杂着纷纷扬扬的雪花，使光着脚板在泥泞中奔走的生宝打了个寒战。他等不及雨停，舍不得住店，顾不上下馆子吃一碗热乎面，披着麻袋径直朝汤河对岸的村庄走去。春雨的旷野里，天气是凉的，可生宝的心是热的。作者写到："他胸中燃烧着熊熊烈火——不是恋爱的热火，而是理想的热火。年轻的庄稼人啊，一旦燃起了这种内心的热火，他们就成为不顾一切的入迷人物。除了他们的理想，他们觉得人类其他生活简直没有趣味。为了理想，他们忘记吃饭，没有瞌睡，对女性的温存淡漠，失掉吃苦的感觉，和娘老子闹翻，甚至生命本身，也不是那么值得吝啬了。"[②]字里行间，赞美事业，赞美理想，洋溢着关中地缘上朴实汉子特有的积极向上的执著奉献精神，其情感取向，荧荧可见。这一点在陕西文学中是普遍的。

新时期以来，陕西文学普遍追求人类大爱、人性大美的创作价值选择且呈上升趋势，这是改革开放后新道德观在文学上的体现。红柯小说中人性大爱、生命大美的诗意化倾向产生了较大的社会反响，标示着陕西文学新的道德价值观的形成。《狼嗥》中作者以遒劲之笔，描绘着这样一幅图画：旷野深处那齐茬茬直起的秋草；悠长而迅猛的狼嗥；男人血液轰轰在女人身体里豪迈地转动的神力；女人白亮的胸和脖子被雄性十足的狼狼吮着，"与狼的生命融化到一种神圣的境界"，"让她感受到

① 柳青：《谈谈生活和创作的态度》，《文艺报》1960年第13、14期合刊。
② 柳青：《创业史》，陕西人民出版社1987年版，第10页。

强悍的荒原之美"。这里，作者笔下那坚硬的秋草，雄性的狼种，神力的男人，与狼共识的激荡的女人是那样的壮观，令人神往而惊心动魄；这里，骏马、奴羊、雄鹰、雪鸟，甚至树、靴、火炉等都人格化、人性化、诗意化了，附着了无限的生命之美、人性之美，体现着更深意境上的善美道德价值观。可以看出这种善恶道德观，已不再是阶级、政党文学中常见的功利善恶观，而是关于人性生命意志的终极美善追求，一种创世精神。正如红柯所言："对我们所处的这个时代来说，浪漫主义、梦想、神话等这些大生命气象越来越重要了，尤其对实用主义传统极为深厚的中国读者。当下世界，多关注一些万古不变的东西可能更有意义。"① 此类创作迹象，已经普遍延伸到陕西许多作家中，例如高建群《遥远的白房子》、《最后一个匈奴》，程海《人格粉碎》，杨争光《老旦是一棵树》，王蓬《山祭》、《水祭》，叶广芩《流浪家族》，晓雷《苦恋三部曲》，等等。从人性视域，从生命大爱的角度，开掘真善美，揭示人类社会的演进，倡扬积极向上的前行精神，改观人性缺陷，追求人性完美，已初步构成了20世纪陕西地缘文学价值体系的道德新趋向。

三　功能层面：忧患意识与使命意识价值观

一般认为，文学除美育和娱乐属性外，它的正视生活对人的潜移默化的教育作用是显而易见的。诚如高尔基所讲，漠不关心的艺术是没有的。"艺术的目的是夸张美好的东西，使它更加美好；夸大坏的——仇视人和丑化人的东西，使它引起厌恶，激发人的决心，来消灭那些庸俗贪婪的小市民习气所造成的生活中可耻的卑鄙龌龊。艺术的本质是赞成或反对的斗争，漠不关心的艺术是没有的，而且是不可能的，因为人不是照相机，他不是'摄照'现实，他或是确定现实，或是改变现实，毁灭现实。"② 文学的这一属性决定着作家反映生活的情感关怀，决定着文学的价值取向和基本思想倾向。

20世纪陕西地缘文学就其功能层面的取向，较为集中地体现在忧患意识和使命意识上。绝大部分作家明确地将文学视为时代的风雨表，

---

① 红柯：《跃马天山》，长江文艺出版社2001年版，第401页。
② 高尔基：《文学论文集》，人民文学出版社1958年版，第414页。

前进的手足，因而在如何搞好文学、搞好什么样的文学上，过多地承载了深重的忧患感和使命感。贾平凹说"把文学当事业干"，李若冰说"人民需要的就是我应写的"，柳青说"文学事业是'愚人'的事业"，等等，几乎没有什么异议。因此，在他们的作品中多方面展现出对人文精神的呼唤，对时代风尚的赞美，对假恶丑的鞭挞，对生存状况的关怀，对革命意志衰退现象的叹息与忧伤，等等。总之，急人民之所急，想人民之所想的忧患情怀极为鲜明，使文学的应有功能得到极大的扩张。例如柳青的拳拳之情，忧患愁肠显示着阶级的指向和主体人格的本色，全然系于对人民群众的一个"情"字上。他为民情哭："庄稼人啊！在那个年头遇到灾荒，犹如百草遇到黑霜一样，哪里有一点抵抗的能力呢？"（《创业史》）他为民情喊："家业使兄弟们分裂，劳动把一村人团结起来。"（《创业史》）从职业角度看，柳青作为作家，从社会化过程看，更多的身份是王家斌互助组的一名成员，组里一有事，便搁下笔就走。他初到皇甫，看到人们用镜框子把土地证装起来挂在毛主席像下，心中却打着自己的小算盘，焦急万分。当另一个重点组组长思想退坡时，柳青连夜前往，直说得他悔泪满面。董炳汉这位王家斌互助组的副组长，一个三十多岁讨不起老婆而去邻村做上门女婿的生产能手，柳青为没能把他挽留在互助组里而深感不安，觉得这是 1953 年里最难过的一件事。1954 年，有 13 个社员因麦子长势良好，私欲杂念顿生要退社。正在患病的柳青让孟维岗（区委书记）背着他连夜过河去劝阻，趟至河中，孟维岗说："柳书记，你怎么这么轻？"柳青说："我只有 85 斤重。"孟维岗一阵难过、心酸。一个身体如此瘦弱的病人，在互助合作化头几年里，以超越常人的精力工作、写作，为之呕心沥血的依恋情怀，远远超出了一个作家的职业范围。然而，正是这沉重的使命感、忧患意识，才赋予了他创作的旺盛生命。杜鹏程笔下的梁建，在和平年代里丧失了前进的勇气，为个人主义私利所纠缠，患得患失。如此堕落使同事阎兴、刘子青十分惋惜和痛心。这种洋溢在同志间昔日的战友之情，为党的事业的忧患之情，实际上也是作者杜鹏程的思想感情。阎兴是梁建的老战友，梁建又是刘子青的老上级。三人间有着特殊的情感联系。当刘子青和梁建谈话决裂后，他忍不住暗暗地哭了。尽管这样，他不愿意别人议论他的老上级。刘子青在听到韦珍说梁建"很浅薄"的话后，他恼怒地说："你怎么可以这样对待他！你无论如何对他了解不深。……任凭谁这样议论他，我却不愿意，我都……"刘子青转过身去肩膀在抽动，脊背在起伏，难过地哭着（《在和平的日子里》）。这是什么呢？是对战友、同志的爱和尊敬的感情，是对党、对革命事业造成损失的痛心痛苦之情，它不仅是刘子青的，更是作者杜鹏程强烈忧患意识的袒露。李若冰更是钟情于野外勘探者的拓荒精神，在他看来，野外生活能尝受到无穷的乐趣，体会到人生极为可贵的价值。他认为："野外勘探者具有人类最美的素质，民族最优秀的品质，他们才是我所敬重的，所爱所恋的。我曾经用笨拙的笔写过他们，今后还要继续写下去。我渴望做文学骆驼，一如既往追随野外勘探者的足迹，一步一个脚窝，在大沙漠里跋涉。我命里注定是跑野外的，而且早都跑野了。这些年跑得少了，心里就觉得窝得慌。即使我想跑而不得跑的时候，那颗心也是在野外的。"① 心系野外，情系拓荒者，典型的使命意识。贾平凹近年来，深邃地关注着人类赖以生存的自然环境，陷入了深深的忧虑。《高老庄》中寻求精神家园的描写，现代文明对人种退化的挤压，由此所带来的生命力的弱化，使他在子路身上寄托了返璞归真，再滋人种神力的深切希望。雄耳川人为地灭绝了狼，生态失衡，人性变异，猎人们丧失了昔日与狼共舞的剽悍神力，村人们没有了抵卸狼群骚扰的防范意识而松懈斗志，退化了人气、元气。商州的施德主任"竟然拿着一张报纸上两层楼就要坐歇二十分钟，上七层楼整整爬了近两小时。他衰弱成这样令我惊骇"（《怀念狼》）。于是，"我"声嘶力竭地呐喊："我需要狼！我需要狼——！"这是渴望生态和谐，重建家园的更为深广的忧患意识和使命感的呼声。在中国社会转型的前夜，老百姓的生存观念还停留在旧有的地步上，贫困仍然笼罩着中国的乡村，吞噬着每一位农人。路遥以高加林、孙少安、孙少平、刘巧珍等形象塑造勾勒了他们在艰难生存环境中的奋斗、挣扎与拼搏，成功、失败以及痛苦与欢乐，描绘了他们渴望走出黄土地，向往现代文明的强烈愿望。高加林人生目标的重新确定，孙少平沉重忧伤的人生经历，孙少安失败中的崛起，刘巧珍情感的一波三折。作者不是从整体，而是在一个个个体生命的悲歌中倾注

---

① 李若冰：《柴达木手记》，人民文学出版社 1987 年版，第 265 页。

了深切的忧患情怀，给予了充满希望的情感寄托。上述体现在文学功能层面上的作家们的殊途同源，正是 20 世纪陕西地缘文学价值体系的高度凸显。路遥在《需要什么》一文中这样说："作为一个当代作家是幸福的。因为我们的创作天地无疑比过去年代的作家们宽阔得多。但同时，我们的工作更加困难，因为我们面前是一个更加复杂而又正在发生变化的社会。深刻而有力地反映我们时代的生活面貌，要求当代作家具有更先进的思想水平和认识能力，更宽阔的眼界和深厚的艺术修养。""我们首先觉得和自己的浅薄作斗争"，更"需要热情、严肃的文学批评"。① 这个认识概括了 20 世纪陕西地缘文学在道德层面上关注生活的基本价值取向。

四　审美层面：求真写实与史诗意识价值观

史诗意识是 20 世纪陕西地缘文学在审美层面上的一个显著特点，也是陕西作家所追求的普遍愿望。那么，什么是史诗，作家为什么要追求史诗特点呢？一般认为，文学作品的史的特点通常也叫"史诗"特点，是指文学作品所蕴涵的现实生活的历史容量，也即莎士比亚所说的"深刻的内容"和"意识到的情节的丰富性"。这是衡量文学创作和某个作品是否达到史诗特点的重要标志。

史诗特点，向来为许多作家所重视，之所以重视，是因为它反映社会生活有一定的深度和广度，能揭示出某些历史发展的基本规律，具有历史纵深感。比如唐代诗人杜甫的诗作，被称为"诗史"，他的诗真实地记录了唐代社会由极盛走向大衰的演变过程；托尔斯泰的创作，列宁称为"俄国革命的一面镜子"；巴尔扎克自称为法国上流社会的"书记"，在《人间喜剧》前言中，说自己写的是"许多历史家忘了写的那部历史，就是风俗史"。从古今中外文学家的追求可以看出，史诗意识是文学创作的较高境界，是有志于此项事业者终生追求的愿望。20 世纪陕西地缘文学创作就其审美层面而言，史诗意识的形成有客观原因和主客原因。从客观因素看，50 年代社会主义革命和建设事业的蓬勃发展，人民群众意气风发的精神，本身就构成了具有史诗性质的现实生活

---

① 《路遥中短篇小说·随笔卷》，陕西人民出版社 1995 年版，第 458 页。

景观。一个崭新的社会制度，一个开天辟地的历史新时期的出现，其中诸多领域的巨变无不带有神话般的奇迹。这种生活进入到作家的创作视野，极大地丰富和提供了产生史诗作品的足够资源。从主观因素看，陕西作家在经历了战火纷飞的血与火的考验，对艰苦卓绝斗争所得来的新的生活一往情深，倍加珍惜。他们以战争时期的拼搏精神和永不倦惰的心理状态，受新时代激流的激励，从内心深处极尽笔墨对所处领域的生活，从时代高度予以审美观照，尽力勾画出从新民主主义革命到社会主义革命的历史全过程，展示出中国共产党夺取革命胜利的历史长卷。正如柳青所言："我们这个制度是人类历史上最先进的社会制度。没有任何时代能比得上我们这个时代……我们这个社会主义制度的产生不是很容易的，人类历史有这么长的阶级斗争，然后才有这个社会主义制度，这是件了不起的事。""《创业史》就是写这个制度的诞生的。"① 这个认识代表着陕西作家的主体意识。描写这个优越的社会制度，描写这个制度下各领域的新生活成了作家们各自的责任和义务。

　　20世纪陕西地缘文学史诗内容的涉猎与形成是多领域的。比如，柳青展示中国农村社会主义革命的艰难沉重的过程；杜鹏程展示人民解放战争的辉煌画卷和胜利后社会主义建设的推进进程；王汶石展示翻身后的中国农民精神风貌的历史性变迁；李若冰展示共和国一代拓荒者的历史足迹和心灵史；路遥展示中国社会转型前夜的农村和农民的命运沉浮、人生追求史；贾平凹展示新的经济时代传统与现代冲撞中人的心灵嬗变史；陈忠实展示中华民族百年来的政治、经济、社会的演变史，民族文化及人的心灵蜕变史；高建群展示诸多人类谜史，等等。这些展示多领域生活的史诗大著，其审美价值是多重多元的。首先，从题材领域看，无不是独特的、前沿的，在同类作品中趋于领先。其次，从史诗构架看，又是恢宏的、壮阔的，为文学界所公认的，如民族秘史《白鹿原》、英雄史诗《保卫延安》、农村社会主义革命史诗《创业史》、普通人命运沉浮史《平凡的世界》、乡村精神的追寻与终结《秦腔》等。再次，从开掘生活的高度看，是严谨深邃的，具有历史纵深感。还有从小说的人物塑造看，莫不堪称概括时代典型的"这一个"，如梁生宝、梁

---

① 《柳青专集》，福建人民出版社1982年版，第34页。

三老汉、白嘉轩、孙少安、周大勇、金狗、大木匠、夏天仁、白雪，等等。最后，从艺术风格看，达到了史诗所要求的整体美感，或激情洋溢、雄壮粗犷如《保卫延安》，或画面宏阔、细腻描绘如《创业史》，或现实主义的严实勾勒、现代主义的象征隐喻如《浮躁》、《怀念狼》、《秦腔》，或宏微观兼备、全景式画卷、蕴涵深刻、荡气回肠如《平凡的世界》，或构架恢宏严谨、着笔绚丽多姿如《白鹿原》，都达到了完全意义上史诗意识的整体景观。

　　可以看出，作家们的这种努力是有意为之的。比如柳青在创作《创业史》时，以四部为总体构架，并且将原确定的具有小说意味的《稻地风波》书名更改为庄严、严正的现名《创业史》，而且在扉页上开宗明义地写上"社会主义这样一个新事物"的创业史，其意义是深刻的，显示了作者的一种创作追求。杜鹏程构架《保卫延安》时说："这一场战争，太伟大、太壮烈了。随便写一点东西来记述它，我觉得对不起烈士和战争中流血流汗的人们。"于是以近二百万字、足足有十几斤重的初稿，经九易其稿，终成现在三十多万字的史诗巨制。路遥在构架《平凡的世界》之前，经历了"无数个焦虑而失眠的夜晚，我为此而痛苦不已"。"记得在小县城河边对悠悠流水静思默想时，曾有一个念头，这一生如果要写一本自己感到规模最大的书，或者于一生中最重要的一件事，那一定是在四十岁之前。"于是"我决定要写一部规模很大的书。在我的想象中，未来的这部书如果不是此生我最满意的作品，也起码应该是规模最大的作品"。"三部，六卷，一百万字"，"全景式反映中国近十年间城乡社会生活的巨大历史性变迁，人物可能要近百人左右"。① 贾平凹写《浮躁》是体察"民族的兴衰变化"、"民族经历了种种磨难之后的新变革"，"试图表现中国当代社会的现实"，"力图写出历史沉痛的悲哀与信念"②，写《秦腔》是为古老乡村竖一块碑，挽歌一种文化的逝去。陈忠实构架《白鹿原》，准备写一部死了能当"枕头"的探索民族近代史迹的大书。高建群说《最后一个匈奴》旨在描述中国一块特殊地域的世纪史。这些体认都是陕西作家史诗意识价值

---

① 《路遥中短篇小说·随笔卷》，陕西人民出版社 1995 年版，第 259、261 页。
② 孙见喜：《鬼才贾平凹》第 1 部，北岳文艺出版社 1994 年版，第 406 页。

观的自觉选择和高度体现。

第二节 前代作家：主流意识的价值执守

承前所述，陕西当代文学是以现实主义为质核，以作家个性追求的多样性为经纬的地缘文学体系。在这个体系中，作家对社会生活的体认，对文学的感知，都有着各自不同的价值取向。他们痴命文学，一旦与之有染，便莫不神使鬼差地去从事它，从而使自己的社会化过程也充满着格外的意义。恩格斯在《致敏·考茨基》一文中讲过这样一段话："悲剧之父埃斯库罗斯和喜剧之父阿里斯托芬都是有强烈倾向的诗人，但丁和塞万提斯也不逊色；而席勒的《阴谋与爱情》的主要价值就在于它是德国第一部有政治倾向的戏剧。现代的那些写出优秀小说的俄国人和挪威人全是有倾向的作家。"① 这就是说，阶级社会的一切作家，其创作的价值判断无不具有倾向性，陕西当代作家自然概莫能外。

一 先革命后文学："愚人"柳青主流意识的诸多理论建树

柳青的文学道路，在20世纪文学中有其典型性。说典型首先在于其富有独特个性的主流文学观和先革命后文学的社会化过程。柳青有许多理论建树是值得称赞的，标志着他独特的文学价值取向。关于作家思想及艺术的修养问题，他认为："一个修养完备的作家是在实际生活、马列主义和文学修养各方面都很成熟的。这样的作家可以写出光芒四射的作品。但是一个作家虽然二者暂时较差，只要他时刻考虑自己与劳动人民的联系，他就有可能不发生停滞和倒退的现象，而逐渐走向成熟。"② "作家是思想工作者，他不能像邮局的办事员一样按规章办事。一个人政策水平和他的马克思列宁主义理论的修养，主要是一个素养问题，要靠日常不间断的学习和一定的实践过程提高。"重视实践学习，在柳青看来是第一位的。关于作家与创作的关系问题，他认为"作家在展示人物灵魂的时候，同时展示了自己的灵魂"。"作家的世界观，

---

① 《马克思恩格斯选集》第4卷，人民出版社1972年版，第454页。
② 《柳青专集》，福建人民出版社1982年版，第18页。

他的生活态度、气质和性格都在他的作品里找得到表现。""我们要努力掌握马克思列宁主义和毛泽东思想的基本原理，做到大体上能够把导师们的个别观点放在他完整的思想体系中来理解。这样我们才能在复杂的社会问题和艺术问题面前，保持清醒的头脑。"关于生活与创作的关系问题，他提出了"三个学校"——即生活的学校、政治的学校、艺术的学校，"六十年一个单元"的理论。"文学事业是一种终生的事业，要勤勤恳恳一辈子，不能见异思迁。"并认为"基础是生活的学校"，就是"深入生活，改造思想，向社会学习。这是文学工作的基础。如果拿经济事业来和文学事业比的话，那么这个就是基本建设"。"作家的倾向，是在生活中决定的，不是在写作时决定的。作家的风格，是在生活中形成的，不是在写作时形成的。""作家在屋子里写作的时候，主要的功夫，是用在研究生活上。""在生活里，学徒可能变成大师，离开了生活，大师也可能变成匠人。"① 生活之于创作，柳青的论断有其原创性，这是他执守主流文学的思想底蕴。关于风格与人品的关系问题，柳青认为"作家的风格，实质上就是作家的人品"、"风格是一种精神、人品，是作家用以分析生活、艺术地处理生活的东西。当然，主要见诸文字，表现于语言，但它实际上不只是文字语言。要把它与党性，与革命精神联系起来。单就文字语言模仿某种风格，分析风格，往往不能说明根本的问题。"② "风格是整个人，是作者的创作个性，是作家的精神面貌，风格的独特性是在作家思想感情的基础上表现出来的那种对作品中人物和事件的观点、态度和所形成的格调。"③ 关于文学的党性原则，他认为"其核心问题是作家同人民群众的关系问题"，"是作家和某个群众相结合，和革命斗争相结合"的问题。"一切归根于实践，对于作家，一切归根于生活。"④ 总的来看，柳青多方面的理论主张，坚定了他执著文学的信念。他这样表白说："我们要以文学的马克思列宁主义党性原则和美学原理把自己自始至终巩固在毛泽东文艺思想的轨道上。要有这股坚持的劲头，除了革命自信心，还将有股决心，准

---

① 《柳青纪念文集》，《人文杂志丛刊》第 1 辑，1983 年，第 10、11、132 页。
② 蒙万夫等：《柳青传略》，陕西人民教育出版社 1988 年版，第 180 页。
③ 同上书，第 132 页。
④ 冯肖华：《柳青人格论》，陕西师范大学出版社 1995 年版，第 83 页。

备着自己一辈子终于不能得到成功，而仅仅给其他的同志和后来的同志提供失败的经验和教训。"① 痴命文学，又决定了他的人生选择——"终生和群众在一起"："我将死在农村，埋在生前和我一起的群众的坟墓里。过去有人怀疑我住在一个村子里的做法，现在许多人都走这条路子了。这是一条非常结实的路子。" 毋庸置疑，先革命后文学的从文生涯，是柳青人生观、文学观的高度体现，是一个革命作家党性原则的典型范式。

二　追求严峻："苦才子"杜鹏程的壮美文学观

严峻、崇高、悲壮的文学观和人生观是杜鹏程独特经历的再现。他青年时代就置身于军旅生活，伴随着严峻而又残酷的战争。生活的艰辛，培植了杜鹏程苦中为乐、苦中寻美、苦中求善、苦中奋进的独特审美观。他曾目睹了一个小通讯员战士夜间行军因疲劳掉于崖下未死而困睡不醒的艰辛事实；他看到了一位女同志夜间行军时用棉衣裹着孩子使其头部倒置竟然不知，天亮后发现已窒息的艰难事实；他更经历了王震将军部下著名战斗英雄王老虎，在攻打榆林岔湾战斗中牺牲在自己面前的动魄惊魂之事。这些感人肺腑的英雄们深深震撼着年轻的"杜干事"。对此，杜鹏程这样认识说："这一场艰苦卓绝的斗争以及无数英雄人物所表现的自我牺牲精神，给予我的教育是永世难忘的。"要记载"战士们在旧世界的苦难和创造新时代的英雄气概，以及他们惊天地而泣鬼神的丰功伟绩"。"我一定要把那忠诚、质朴、视死如归的人民战士的令人永远难忘的精神传达出来，使同时代人和后来者永远怀念他们，把他们当作自己做人的楷模。这不仅是创作的需要，也是我内心波涛汹涌般的思想感情的需要。"可以看出，阶级情怀，阶级意识是杜鹏程执守主流文学的根本。他常常用彭德怀将军在战争中的一句话激励自己："我这个人没什么事业，要说有一点长处的话，那就是不忘本。"依照杜鹏程的理解："这个'本'，'就是革命事业'，这个'本'，就是人民群众的利益。是的，如果忘了这个本，我们活在世界上干什么呢？如果忘了这个本，地位再高，权势再大，于人民何益？与粪土何

---

① 冯肖华：《柳青人格论》，陕西师范大学出版社1995年版，第83页。

异?"这是支撑杜鹏程从事文学的精神力量。后来当《保卫延安》横遭"四人帮"围剿时,杜鹏程十分愤然:"我想,塑造为人民造福、使大地生辉的一代英雄的形象,不正是革命文艺工作者的起码的职责吗?作者在这方面作各种尝试和探索,有什么不好呢?……难道把中国人民精神上优美的东西摧残殆尽,才甘心吗?"①维护主流文学事业之执著俨然可见。

随着历史的转折,共和国建设高潮的到来极大地吸引着杜鹏程,表现建设者风采的文学愿望再次腾升。在《英雄事业》、《年轻的朋友》、《工地之夜》、《在和平的日子里》、《夜走灵官峡》等一组作品中,作者所展示的大气高扬的时代气息极为浓厚。对此巨大的历史变迁,杜鹏程说:"人类是按照自己的经历走路的。比如说,文艺工作者深入生活的过程同时也是改造和提高的过程,使他认识生活,理解文学的思想、感情和体会更深,写作更为深沉和富有激情。""难道这些积压在我心里的东西,不说出来,我能过得下去吗?有人说,因为想当作家才提起笔写东西,世上真有这样的事吗?"②生活激发着文学,产生着文学,这是杜鹏程一贯确认并实践的价值取向。青年时期,杜鹏程在接触左翼文学的过程中,十分倾心于鲁迅的创作,他认为在自己的心目中,鲁迅先生不仅著作是中国作家与中国气派,是中华民族文化的杰出代表,他的思想、性格、品德、作风以及坚韧不拔、奋斗不息的精神,也是值得骄傲的。这位中国人民的伟大文学先贤,不仅是我们的文学师表,也是我们做人的榜样。这一点杜鹏程与柳青有共识,形成了他对文学、生活、事业和理想的严峻崇高悲壮的审美观。那种晓风残月式的浅吟低唱,那种缠绵悱恻的迷惘情调与杜鹏程主流意识的创作无缘。

三　新时代的幽默:王汶石的善美文学观

说王汶石是幽默者,在于他文学创作的审美价值观。他"要把笔

---

① 杜鹏程:《保卫延安·后记》,人民文学出版社1984年版,第514、522页。
② 杜鹏程:《战斗生活怎样检验我的心灵》,见汪名凡《杜鹏程作品欣赏》,广西人民出版社1983年版,第171、173页。

墨献给新生活，献给新人物"。"要把英雄人物描写得像现实中的现实人物那样丰满，就要想法子点染描绘出我们这个时代的风景画、风俗画，描写各种各样生活场景、生活情趣，描写人的多方面生活活动和生活兴趣。"这段话是构成王汶石作为新时代幽默者的基本注脚。理论上的价值体认，奠定了作家涉足生活情趣与生活兴趣视野的自觉意识。于是也就有了王汶石笔下大木匠的迷恋新农具革新的幽默行为（《大木匠》）；有了王云河老汉卖菜经营行为上的唯利巧取而失算的可笑与可叹（《卖菜者》）；有了张腊月、吴淑兰姐妹成为劳动竞赛对手的快乐（《新结识的伙伴》）；有了"肩膀还嫩"的年轻生产大队长陈大年积极进取而又不乏失误的曲折（《沙滩上》）；有了赵承绪与大姐娃夫妻纠纷的幽默性冲突（《春节前后》）；有了亚米与铁蛋老八侄叔间既隔阂又富有幽默性格的转化，等等。王汶石作品的幽默所产生的价值导向，展示出了社会主义新农村中农民新与旧、传统与革新、进步与落后、大气与小气的行为转化过程；展示出生产劳动与人际关系，家庭矛盾与邻里纠纷，伦理道德与婚姻感情，物质利益与精神文明方面的种种生活世相，从而赞美了积极向上的社会风尚，善意地针砭了保守落后、自私愚昧的旧习气，帮助人们摆脱传统观念，在幽默的笑声中认识自身的可笑和无知，以尽快适应新时代。这个愿望无疑是良好的。王汶石在谈到自己过去写小说的"指导思想"和今后写作的"主导思想"时说："我们这时代的劳动者，是在毛泽东思想光辉的照耀下翻天覆地、创造新世界的巨人，他们的精神世界和感情的海洋，比起前人来，不知要深邃广大多少倍！他们的形象，应该在文学作品中得到十分充分的描写。""这正是我们的任务。"所以在开始写作时，王汶石表示有一点是明确的："这就是，要把笔墨献给新生活献给新人物；要以现实生活为基础，以革命理想为指导，在本质伟大、貌似平凡的生活现象中，概括复制无产阶级新人物的形象，展示他们崭新的思想感情。"① 这是王汶石多年来执守现实主义主流意识的准则，体现了展示共和国新时代社会本质的创作趋向。

　　评论家胡采对王汶石的创作曾作过三方面的评价：一是界定了王

---

① 王汶石：《风雪之夜·后记》，人民文学出版社 1984 年版，第 382、383 页。

汶石小说所体现的时代特色。"我以为，汶石小说中的时代特色，主要在于他深刻地写出了：在中国农村的社会主义大变革时期，农民生活的深刻变化，精神世界的变化，新的思想的矛盾斗争，以及在这种矛盾斗争中，新人的不断涌现和不断成长。"这个概括是准确的，是王汶石准确把握生活的价值观在作品中的映现。二是确证了王汶石作为一个什么样的作家的基本定位。"汶石是这样一个作家：善于思考、善于发现新的东西，对新事物满怀情趣，不断地在艺术创造上作新的追求，一方面表现出在汶石的创作中，还存在一些不成熟的东西，但同时，也显示出他的刻苦钻研，他在创作方面的青春活力。"这是一位共同经历风雨的同龄者的肺腑之言。三是界定了王汶石创作的社会价值。"我认为，汶石不但是一个善于讲故事，善于作精细描绘的小说家，而且是一位对我们的时代生活充满了内在激情的诗人。他的小说，是对于我们新时代新生活的赞歌，是对于我们祖国大地上不断涌现着和成长着的新人的赞歌。内在的激情和精细的艺术描写相结合，就产生了汶石作品中那种深刻的感人力量。"① 所以说，王汶石的人生观，决定了他的文学观，规定着作品所富有的现实幽默的基调，这个文学足迹是清晰的。

四　情满戈壁：大漠骄子李若冰的主流文学价值观

献身文坛，执著一生，李若冰的创作更是显现出时代的光华。从学界对他的一系列评价中可以看出其人格与文品的重望。如"情满戈壁"、"勘探者的歌手"、"不倦的驼铃"、"跋涉者的心迹，耕耘者的智光"、"人格的力量"、"大漠骄子"、"永远的诗人"、"大自然之子"、"延安文艺精神的典范"、"霜叶红于二月花"、"文思长伴漠风行"、"精神到处文章老"，等等，其情感倾向溢于言表。

李若冰在陕西前代作家中经历独特，孤儿时就进入革命队伍，沐浴着革命大家庭的阳光，后逐步成长为一名无产阶级的文艺战士。因此，在对待文学和革命工作的态度上，他似乎比柳青、杜鹏程更富有激情和

---

① 胡采：《论王汶石的短篇小说——序〈风雪之夜〉》，转引自《〈风雪之夜〉评论集》，东风文艺出版社 1969 年版，第 58 页。

理想，笔端喷吐着诗人般的锦绣华章。"在延安这十年，我从一个孤儿成为一名战士，我的身心经受了锻炼，获得了人类崇高的信仰，使我懂得了生命的意义在于创造，于是开始了自己艰难跋涉的路程。"① 对延安的感情李若冰是刻骨铭心的。"我从这里爱上文学，从这里开始起步。我的思维和每一根大脑神经，我身上的血液和每一条筋骨，我已写的和将要继续写的每一行文字，都是和延安的一山一花不可割离的。是和延安亲爱的母亲的河流融合在一起的。我是这样判断自己的：我是一个文学追求者，也是一个无产阶级战士。如果我不是一个战士，也不可能成为一个作家。我是先走入革命队伍，尔后走向文学的。我把自己手中拿的这支笔，看作是人民发给的一支枪，她赋予我的使命，是要我去战斗的。无论在顺风的时候，或者在逆境的时候，我灵魂里都闪亮着这一点，没有忘记这一点。"② 可以看出，在李若冰的价值观中，文学和革命，作家和战士，创作和战斗，笔和枪是一体的。作家、文学、创作、笔都是革命、战斗、战士、枪的载体，这一认识，从理论上奠定了李若冰的基本人生价值取向。作家必须和时代、人民相结合，这是辨别一个作家成败、文学成就高与低的标志。作家本是时代的产儿，生活对于作家的重要性，典型地体现在他的创作中。当年李若冰因一个偶然机会，接触了地质勘探工作，之后一种对勘探者的神往之情难以抑制，从此奠定了他的人生选择，且义无反顾，愈到老来情更浓。在《我的精神家园》一文中，他深情地说："我自己也弄不明白，为什么老爱往中国西部那些偏僻荒凉的地方跑，从五十年代跑到今天，从年少跑到年老，约摸已有四十余载了，而且还没跑够，即使在睡梦中也非常向往那些地方。"③ 李若冰将西部称为自己的"精神家园"，这其中的吸引力皆源于那拓荒者的忘我奉献精神。

在李若冰的笔下，写尽了大西北的荒寒与贫瘠，宝藏与丰饶，山川河流，奇峰孤岭，积雪落日和湖泊沙漠。比如陕北高原、酒泉风貌、戈壁沙滩、柴达木盆地、祁连山麓、青藏古道、塔里木河、库尔勒雪、昆

---

① 《永远的诗人——李若冰论文集》，太白文艺出版社2000年版，第196页。
② 李若冰：《高原语丝》，陕西人民教育出版社1992年版，第4页。
③ 《永远的诗人——李若冰论文集》，太白文艺出版社2000年版，第451页。

仑飞瀑、塔克拉玛干沙漠、依吞布拉克山、尕斯库勒湖等壮丽景观,作者都赋予了无比美妙的主观色彩和人格化的情态。不仅如此,更重要的还在于展示了景中之魂的大西北人。李若冰以饱满的激情,以洋溢着理想主义的生花妙笔,塑造了各类拓荒者的英雄形象,展示了他们情系荒原、志在大漠的奉献精神与高尚情怀。这其中有地质学家、物理学家、勘探队员、石油工人、民族兄弟及戈壁姑娘,等等。荒漠中那被唤醒的油矿、铁矿、稀有矿,被开发的盐湖、石棉资源和高原大路,金子、银子和一包包火碱、大黄、滑石粉,以及一捆捆第一次在柴达木出生的麦穗,"都无不包含着一段艰苦卓绝的经历,无不凝结着勘探者的智慧,无不渗透着他们的血珠"!"我每走过一个地方,都舍不得离开,离开了就想得不行。"这片神奇的大地和英雄的人们给予了李若冰创作的灵感,离开了它,便失去了创作的激情。而这一切又无不源于李若冰"人民所需要的就是我应该写的"这样一种价值取向。在《我从这里起步》、《生活的召唤》、《站在时代的最前列》、《作家——战士》、《和新的时代相结合》、《倾听人民的心声》、《作家的信念和职责》、《在丰腴的土壤中栽培文学的花朵》、《面向新的文学高度》等文章中,他系统地阐述了自己的文学选择和价值观。在漫长的大漠历程中,李若冰悟出了一个道理:"人民所需要的就是我应该写的。我以为,作品一问世,就不仅是个人的,而变成社会的了。社会的反响和评论,是作品生命力的所在。"[①] 这就是大漠骄子李若冰的文学追求,真可谓"精神到处文章老"。一言以蔽之,李若冰等前代作家执守文学的主流意识价值取向给后代作家的影响是深远的。

第三节 后代作家:多义与超越的选择

时代的变革,使缘于黄土地成长的新一代作家文学观发生了较大的嬗变。他们依然执守着前代作家价值取向的主脉,在文学多元化、多极化的现世,实现着自我和他我的超越选择。

---

① 李若冰:《高原语丝》,陕西人民教育出版社 1992 年版,第 11 页。

一　不丧失普通人的感觉：路遥的现实主义文学观

　　路遥的作品所产生的社会震撼力和感染力是极大的。据调查，青睐路遥及其作品者是一个广泛的不分年龄层次的群体，尤其在大学生和中学生中反响强烈，这说明路遥的作品触及了人们的感情，并与之共鸣，而共鸣点就是普通人的艰难生存与情感经历，以及为之奋斗、拼搏的生命体验。当立足于新世纪的文坛，回观这一创作视域，我们不能不说路遥的视界既有原创意义，又有超前意义。说原创就在于他的文学视角紧扣着普通人的生存现状和生命演绎，从而折射出社会、历史的前行进程；说超前是与90年代末的所谓池莉等"新写实文学"比照，其深邃的目力、文质理路超前了十余年，是真正意义上的黄土地写实文学。至此可见，路遥是这样一位作家：来自生活深处的农夫；对生活怀有深切感知的智者；不尚浮华，有着黄土般淳朴浑厚的品质；痴爱文学难以割舍的殉道者。路遥以身殉文，是烙在人们心上不易抹去的隐痛。人们对这位有着独特见识的作家的眷恋，还在于他的许多关于文学、生活、荣誉的价值观是启迪后人的重要思想资源。在关于何为文学创作的命题上，路遥认为，"作家的创作是劳动"，"如何正确认识和对待文学创作这种劳动"，"是一个重要的问题"。"我觉得，作品在某种意义上，不完全是智慧的产物，更主要的是毅力和艰苦劳动的结果。从工作特点说，作家永远是个劳动者。""是一种创造性劳动，任何简单的创造都要比复杂的模仿困难得多。平庸的作家会反复制造出一堆又一堆被同样平庸的评论家所表扬的文学废品，而任何一个严肃认真的作家，为寻找一行富有创造性的文字，往往就像在沙子里面淘金一般不容易。"这"需要一种实实在在的精神"，"像牛一样"。① 在路遥看来，搞文学并非一件轻松的事，不是在酒店堂馆里的神吹胡侃，只有像前辈柳青一样，以"愚人"精神沙里淘金，才不至于出现平庸的作品。可以说，《创业史》是那个时期的精品，《平凡的世界》是这个时代的精品，梁生宝的创业和孙少平、孙少安的创业，殊途同归，都在演绎着不同时代普通人的生命奋斗史。两位作家对文学创作的认识、文学精神的相通与

---

　　① 《路遥中短篇小说·随笔卷》，陕西人民出版社1995年版，第429页。

传递可谓文坛佳话。路遥的创作高峰是在 80 年代初期和中期，那时创作环境依然艰苦贫困，但他守住了、耐住了。他敬佩前辈柳青在生活环境之苦、病魔折磨之痛的境况中"创造着这些奇迹"；他赞赏杜鹏程"自我折磨式的伟大劳动精神，曾强烈地影响了我"。前辈痴命文学的精神滋润着路遥的文学理念，使他背负着沉重的艰难，拖着并不强健的病体，穿梭在城乡之间。他的以身殉文，是又一个柳青、杜鹏程痴命文学的延续，愈加增添了陕西文界的沉重与悲壮色彩。

　　路遥文学创作的成熟期，正是中国社会发生转型的 80 年代。转型期的当代中国政治、经济、文化等形态的变化，给作家提出了新的课题。路遥的认识是敏锐的、深层次的，这取决于他对生活巨细长期观察思考的基本功力。他认为："我国当代社会如同北京新建的立体交叉桥，层层叠叠，复杂万端。而农村和城市可以说是主体交叉桥上的主体交叉桥。""城市与农村之间相互交往日渐广泛，加之全社会文化水平的提高，尤其是农村的初级教育的普及以及由于大量初、高中毕业生插队和返乡加入农民行列，城乡之间在各个方面相互渗透的现象非常普遍。""现代生活方式和古老生活方式的冲突，文明与落后，现代思想意识和传统道德观念的冲突等等，构成了当代生活的一些极其重要的方面。"① 这种深层次体会，首先是从中国社会城乡二元结构的视域中关注这一悄然变化，其高度在当时的确是超前的，具有史学家的认识水准。有了这种认识，于是就有了作者笔下交叉的城乡社会生活，交叉的人物意识情态，交叉的富有戏剧性的矛盾冲突，等等，构成了他在这个领域内这个特殊的时段内现实主义文学范式的先河。路遥是在继承曹雪芹、鲁迅、柳青、托尔斯泰、肖洛霍夫、巴尔扎克、泰戈尔等文学先驱的现实主义的基础上形成他创作上的宏大气度。他认为："现实主义在文学中的表现，决不仅仅是一个创作方法问题，而主要应该是一种精神。"因而他决定以现实主义精神观照城乡交叉生活的历史变迁。尤其是以现实主义手法结构的《平凡的世界》的推出，在当时"现实主义过时论"的喧嚣声中，以榜样的昭示力，标志了现实主义文学的依然辉煌。

①　《路遥中短篇小说·随笔卷》，陕西人民出版社 1995 年版，第 429 页。

文学上的成功和所带来的荣誉给了路遥什么呢？不是风光与荣耀，而是"我恨不能让地上裂出一条缝来赶快钻进去"的困惑。"我深深地感到，尽管创造的过程无比艰辛，而成功的结果无比荣耀；尽管一切艰辛都是为了成功；但是，人生最大的幸福也许在于创造的过程，而不在于那个结果。"① 冷静、清醒、不躁动的心态是他价值观中的重要一翼。路遥在茅盾文学奖颁奖仪式的致词中说："我们的责任不是为自己或少数人写作，而是应该全心全意满足广大人民群众的精神需要"，"只有不丧失普通劳动者的感觉，我们才有可能把握社会历史进程的主流，才有可能创造出真正有价值的艺术品"②。在路遥看来，荣誉就是责任，因而将自身自觉地、本能地定位在普通人的感觉上，并始终坚信文学创作中"任何花言巧语和花样翻新都是枉费心机"。"任何虚假的声音，读者的耳朵都能听得见。无病的呻吟骗不来眼泪，只能提取讽刺的微笑；而用塑料花朵装扮贫乏的园地以显示自己的荣耀，这比一无所有更为糟糕。艺术劳动这项从事虚构的工作，其实最容不得虚情假意。""这就是我们永远不丧失一个普通人的感觉，这样我们所说出的一切，才能引起无数心灵的共鸣。"③"永远不丧失一个普通人的感觉"是路遥作品产生如此大震撼力、拥有如此多读者群的深层内在动力源，是他创作价值取向的核心质点。

二　多领域探索：贾平凹富有创新探险的文学追求

在陕西文坛，贾平凹人称"怪才"，其含义是指他创作的多变与才华的多样。比如在小说、散文领域，在绘画、书法领域，在佛、道文化研究领域，在文物鉴赏领域，在民间习俗关注领域都颇有成就。视文学为神圣、严肃的事业，这种价值观使他形成了平心静气、放阔豁达、置身物外的超然气度。纵观贾平凹的创作，前后期变化较大，后期逐步摆脱了前期作品中较多关注社会改革的功利性特点，进而向人类生存、生命演绎、人性深度的大领域推进，这反映了贾平凹文学创作观念的新取

---

① 《路遥文集》1、2合卷本，陕西人民出版社1993年版，第258页。
② 同上书，第427、457页。
③ 同上。

向，他认为："作家写作应该完全是作家个人内心的需要，抒发个人感情的东西，而且文学和艺术起源时都只是为玩耍的，慢慢地时间长了就引起文学样式的独立，然后注入了各种功能，最后形成了文以载道的思想。……实际上写作是作家为解决个体生命遇到的问题的一种行为方式，文学和哲学是两回事，文学和政治又是两回事，各是各路数，不能扯到一块儿硬绑着。"① 这个认识使他摆脱和走出了文学依附于政治，直接承载政治之道的观念围圈，体现了贾平凹视文学为阐释人类生命的新思路。比如《废都》阐释社会转型中，知识分子在传统与现代观念夹缝里无所适从的尴尬生存处境问题；《白夜》阐释由现代文明带来的新的社会危机及人的心理焦虑无奈的情绪浮躁问题；《高老庄》阐释传统文化的失落、人性弱化、人种萎退的问题；《怀念狼》阐述人与自然物态的失衡、人为制患成灾的问题，等等。这些描写使贾平凹的创作显示出独特个性。这类创作，从表层看，似乎远离了《浮躁》、《腊月·正月》中那种紧扣时代脉搏的大气息，但实质上更为深广地展示了人类社会发展中带有根本性的永恒话题。

面对中国社会的大转折，贾平凹认为"现在时代的特点比任何时候都表现得充分、深刻、明显"。"在社会生活中，作家不应该只是写作时才意识到自己是作家，而是在每时每刻都要明白自己的工作，应该随时随地进行观察，要有意识训练无意识下笔的表达习惯。""作为面对更大世界的人，应该重新认识社会，重新认识人本身。"如何正确把握时代与创作的关系，作家与生活的关系，贾平凹是清醒的，在这一点上，他与路遥、柳青、杜鹏程的历史观、社会观、文学观是一致的，莫不体现出现实主义的精神指向，他的创作，正是不断认识社会，认识人自身的过程，因而才有诸如人种退化、生态失衡、情感焦虑、心态浮躁等的新思考。中西文化的渗透，使很多中国作家迷失了方向，忘了自我，贾平凹却是冷静的。"如今中国文坛是个热闹场，尤其在我们身处的这个时代，供我们生存的时空是越来越小"，但是"古今中外的大智慧家的著作言论，可以使我们寻找到落脚的经纬点"。"作为一个好作家，作品写得漂亮，就是表达出自己对社会人生的一种态度。这个态度

---

① 张英：《文学的力量——当代著名作家访谈录》，民族出版社 2001 年版，第 143 页。

不仅仅是从心灵出发的，而且能够表达出更多的人乃至人类共同的东西。""世界于我们是平和而博大的，万事万物皆是那么和谐又充满着生命活力"，"所以从这个意义上讲，我并不拒绝新理论、新观念……接受外来文化首先必须是以坚守本土文化为基础的，否则像一阵风来了又去了什么也没留下，这就不应该了"。① 坚持守土文化与吸纳外来文化的结合、传统现实主义与现代主义艺术手法的相间，在贾平凹作品中处处可见。《我是农民》中传统的诠释，《怀念狼》在"写法上也有改变"，如意象性新颖手段，这些正是当今热闹的中国文坛中贾平凹既新又旧、既多样又坚执的审美观的映现。多样中有责任、有理想，守恒中有真诚、有热情，这一切都归咎于贾平凹把"文学当事业干"的价值取向，其忧患意识、使命感可谓强烈。

三　守住自己心灵：陈忠实深邃冷峻的现实文学观

陈忠实曾写过一篇题为《我信服柳青三个学校的主张》的文章（《陕西日报》1980 年 4 月 23 日）。这是他承续前辈柳青现实主义文学观的确认，也是自身现实主义创作的起点。他的作品在创作方法上、小说结构上及故事叙述上明显深受柳青的影响，字里行间流贯着热情高亢的理想主义情怀和对现实社会的冷静思考。

陈忠实从事文学是十分忠实认真的。这里的忠实有两层意思，即创作态度上的平稳持重，处理历史生活事象上的真实忠诚。作为长期置身于农民行列中的一位作家，他有着深厚农民文化、农民意识和农民理想的心理积淀。他生于西安农村，长在白鹿原下，曾较长时间担任农村基层干部，又在乡村学校做过教员。在他的周围不论同事、朋友，抑或是亲戚、街坊都在同一文化的熏陶下经历着各种不尽相同的生命体验。中国的农民有一种约定俗成的人生价值观，那就是"忠实"、"实在"。做人处事戒浮华，守住心，憋住气，鼓足劲干成一件事，这种体现中国农人生命意识的人生观，毫无疑问映现在陈忠实的创作中，形成了他"守住自己心灵"、完成既定文学理想的坚定信念。在当今文学创作样态纷繁呈示的时代，如有论者所讲，作家从精神类型上也分化为两种：

---

① 张英：《文学的力量——当代著名作家访谈录》，民族出版社 2001 年版，第 143、151 页。

一种是真正在饥寒交迫中写作，视文学为生命，为了文学理想置生死于不顾，以身殉文，如路遥；另一种是视文学为生存的手段，当作谋取功名利益的桥梁，应利而作，为名而文，对方要什么样的文字便写什么样的作品。对此，陈忠实不敢苟同。他认为："作家应该守住自己的心灵，'从心到心'，首先是一个优秀、正直、健康的人之后才是一个作家。服从内心的召唤和体验，不要强求自己，中篇、短篇、长篇，怎样的体裁更接近作家的内心愿望就采用哪一种体裁写作。""而任何非艺术、非文学的因素只能损害文学本身，人为的操作帮不上任何忙。""处在我们的现在，充斥文坛的非文学因素太多了，这就需要作家能够守住自己。"作家"为什么会浮躁，从根本上讲大多是作家的自身原因。对文学这项劳动的理解差异太大"。"如果作家自己对创作的理解深刻，没有文学外的因素影响，他就不会受非文学的干扰而苦恼，能够静下心来搞创作。""忠实于自己的内心，表现自己作为一个人对这个时代的爱和恨等等。"① 这些表述，今天看来无不有其永恒的参照价值。正如柳青守住心灵，落户皇甫 14 年；杜鹏程守住心灵，从严酷战争到和平年代；路遥守住心灵，辗转于城乡交叉之间；贾平凹守住心灵，多转移多成就地推进一样：陈忠实的创作同样印证了这一深刻的文学创作的至理。作品失败的原因在于"作家丧失了一种精神"。创作是个人内心的一种需要，体验观察都是个人化的，没有真正地体验社会，提供再好的环境，也写不出好作品。这种来自现实创作中的生命体认，不仅是陈忠实的文学观，更是陕西地缘文学中的同仁们的共识。

四　寄托民族善良祝愿：高建群倡扬民族生命力的文学观

社会生活的广阔决定了作家创作视域、价值取向的多元。陕西当代作家众多，涉猎生活领域自然广泛，对文学的认识和理解也无疑是多方位的。然而奇怪的是陕西作家却无一人猎取惊险诡谲、奇闻异趣和不着边际的荒诞、魔幻之事。这反映出他们对待文学之正、之纯、之真、之实的严谨态度和价值取向，是一群真正活跃在文坛上的痴者和守望者。

① 张英：《文学的力量——当代著名作家访谈录》，民族出版社 2001 年版，第 197、198、199 页。

柳青、路遥、高建群的创作，莫不展现出一种大气高扬、关乎民族命运、关乎人类生存状态的良好文学思维走向。

高建群在《最后一个匈奴》的后记中说："作者对高原斑斓的历史和大文化现象，表现出极大的热情。""作者还以主要的精力，为你提供了一系列行走在黄土地山路上的命运各异的人物，他在这些人物身上，尤其吴儿堡家族人物身上，寄托了自己的梦想和对陕北，以至对我们这个民族善良的祝愿。"① 这个表述是清晰的，可视为作者对文学是什么和如何从事文学的基本看法。不可否认，高建群从《最后一个匈奴》到《雕塑》、《遥远的白房子》、《六六镇》、《愁容骑士》的先后推出，都在阐述着各类人物的命运归宿，寄托着自己对善良人民、善良民族的美好祝愿，在更高层面上高扬着人类理想精神的风帆。由最后一个匈奴人种繁衍的黄土高原民族，虽然经历着荒寒贫穷的无望困惑，接受着荒蛮蒙昧文化，但奋斗、拼搏和求生的强烈愿望在一代代人前行的足迹中发生着质变。由蒙昧到文明，由无知到已知，吴儿堡家族的后代终于扬起了新的生命风帆，作者的良好祝愿和梦想也随之有了理想的归宿。在《遥远的白房子》和《雕塑》中，高建群准确把握了人类大爱和革命英烈的理想主义精神之光。马镰刀与两个民族几十名士兵的集体自杀，折射出民族仇恨的狭隘和人类融合之艰难与悲哀，给作者的人类之爱、人性之美的理想和梦想蒙上了悲剧色彩。而《雕塑》中的革命英烈兰贞子，以雕塑的形象矗立于雄浑的苍苍莽莽的高原，完成了作者爱国主义和理想主义的艺术构想。英雄与高原的相映生辉，更显现了英雄的伟岸身躯。她那农妇式的粗壮腰身，那六曾当过母亲、未哺育过孩子的平坦的胸，那一只手拎双枪、一只手仿佛采摘地上黄花的浪漫神态，使人透过重重历史硝烟雾霭，依稀看到了一种闪光的英雄主义精神，一种高扬的"战地黄花分外香"的浪漫主义人格力量。陕北是一块神秘而又神圣的地方，古之英雄与今之英雄的代代辈出，堆积了这块神秘土地上的诸多悲壮凄哀的英雄故事，造就了放阔、豪迈、粗犷、大气高扬的大漠群像，形成了坚毅、深沉、背负民族灾难的漠北荒寒硬汉子气质。这样一种幽深广远的历史，精神充溢的环境，天然地给予了高

---

① 高建群：《最后一个匈奴·后记》，作家出版社1993年版，第580页。

建群施展理想抱负、揭示民族命运、倡扬民族精神的深厚渊源。加之他长期陕北生活的感同身受、军旅边关的独有体验，这种以文学为载体，"寄托对这个民族善良祝愿"的创作理念也就自然天成。这说明高建群的文学价值取向，既富有个性特点，又具有陕西作家的共性特征。

据此，以现实主义创作原则为质核，以作家多元个性价值取向为标本，构成了20世纪陕西地缘文学的总体价值体系。

第五章

陕西地缘文学的主流意识

主流意识是 20 世纪陕西地缘文学的重要一脉，既与共和国主流文学相通，又呈现出特有的地缘因素之质涵。本章从三方面论述 20 世纪陕西地缘文学的主流意识：时代精神的艺术共构；"显性"与"隐性"的转换流变；作家地缘心态与文学精神的稳定成型。

第一节　时代精神的艺术共构

主流意识是时代精神的体现，是社会所呈现的一种积极向上的群体思潮，它蕴涵着时代进步的本质力量和意志愿望。主流意识体现的是时代风韵、时代脉搏和时代灵魂。文学创作从本质上说，就是艺术的具象化的表现这一风韵、脉搏和灵魂。从这个意义上讲，任何时代的作家无疑要真诚地以富于激情与魅力的精品文学、时代史诗来体现社会的主流意识。20 世纪陕西地缘文学的主流意识正是共和国时代精神的艺术再现，二者同构共筑形成了具有陕西个案特征的地缘文学精神体系。

一　共和国文学主流意识的一般特征

共和国文学是中华五千年文明的延续，是体现这个民族文学发展新水平的重要标志，它昭示着我国文学发展的未来和希望，艺术地再现了当代中国政治、经济、文化各个领域的辉煌业绩和进步流向，在意识形态领域内代表着广大人民群众的意志和愿望。毛泽东"文艺为工农兵服务"方向的确立，结束了旧文学中"道统"文学、"君主"文学、"圣贤"文学的一统天下，形成了具有社会主义性质的主流文学意识形态。于是，通过形象化的手段，再现社会主义政治文明和人民群众的精神面貌是共和国文学的光荣使命。半个多世纪以来，先进的社会主义制度的实践，从根本上解放了文艺生产力，劳动人民主人公地位的取得，为文学新质的滋生和发展，文学市场的繁荣和形成提供了一定的基础。随着共和国建设步伐的推进，人民勃发出的战天斗地、可歌可泣的英雄事迹，又给共和国文学的创作提供了取之不尽的源泉，注入了题材上的新的依凭资源。新时期以来，改革开放，社会转型，经济的迅速发展，人民群众适应新形势心态的日益成熟，又给共和国文学增添了表现上的深度和广度，使其更与时代精神紧密结合，从而构成如下主流意识的鲜明特色。

第一，热忱表现人民群众火热的斗争生活、思想感情和心理变化过程。由于历史的沿革，共和国文学毕竟不同于新民主主义时期的文学，去较多地关注病态社会人们的诸多不幸。时代的变迁，社会制度的变革，决定着作家关注现实视角的必然转移，去着力表现劳动人民新的生活风貌，表现他们积极向上的昂扬情绪成为此时文学的一大亮点。于是，从农村到工厂，从部队到学校，从边陲到都市，一切新的社会风尚都纳入作家描写的视野之中。多样的题材，多彩的人生反映着社会主义革命和建设事业的无限风光。从创作角度看，这是对旧时文学题材空缺的填补；从时代精神看，又是人民同心同德、共创英雄业绩的群体主流意识的折射。

第二，着力描写劳动人民的英雄事迹，塑造劳动人民形象，成为共和国文学的首要任务。人民历来是创造历史、推进社会前进的真正动力。共和国当代文学以此为己任，不仅真实地反映半个世纪以来的历史轨迹，而且根据生活实际创造出各种各样的人物形象，以展示人民群众推动历史前进的新趋向，体现文艺源于生活，又反作用于生活的基本规律。在这一丰富多彩的人物画廊中，既有体现时代前进的先进典型，又有处于转折期的中间人物，更有阻碍时代进步的落后人物。而劳动人民的英雄形象，始终成为主流，占据着共和国当代文学的主要位置。比如，合作化运动的带头人梁生宝（《创业史》）、先进工人代表秦德贵（《百炼成钢》）、革命的知识分子林道静（《青春之歌》）、从农民中走出来的革命者朱老忠（《红旗谱》）、英雄战士周大勇（《保卫延安》）、新时期改革者乔光朴（《乔厂长上任记》）等系列群像。这些人物凝聚了劳动人民的优秀品质，体现着时代的新风尚，是社会主流意识的倡导者、先行者，是人们效法的榜样。共和国文学的这一描写点，使其主流意识特点更为鲜明。

第三，文学创作和人民群众的结合，专业作家和普通劳动者的结合，形成了共和国文学史上最深刻的革命。邓小平《在中国文学艺术工作者第四次代表大会上的祝词》中说："人民需要艺术，艺术更需要人民。"这一点不仅体现在社会正常发展条件下，人民与艺术的紧密结合，同时也体现在"四人帮"统治时期不正常的条件下人民与艺术的紧密联系上。比如天安门"四五"运动，人民用诗歌和花圈埋葬了"四人帮"便证明了这一点。所以说，毛泽东提出的"文艺的工农兵方向"，正是验证了二者关系的科学性。半个世纪的文学，从新中国成立初期创作的专业化、作家化，逐步向创作的群众化、普泛化过渡。作家队伍愈来愈显示出群体性、大众性特点，文学创作不再是作家的专利。从1976年"四五"运动后无数非专业诗人的参与，到90年代以来的更多劳动人民的普遍参与，形成了共和国文学有史以来的群众性、大众性、全员参与创作的最深刻革命。由此涌现出了一大批知名作家，如舒婷、蒋子龙、毕淑敏、刘索拉、邓刚、王朔、池莉、王安忆，等等。工人、医生、教师、知识青年从不同的岗位参与创作，以各自亲身经历，感同身受地抒写着各个领域的生活事象，这种结合的确体现出共和国文学以劳动人民为描写主体的鲜明主流趋向。诚如丁玲在80年代初对国外友人所描述的我国作家队伍的"四世同堂"现状一样，其实，至90年代以来，当代作家早已构成了"七代共构"的宏伟格局。比如第一代的"鲁、郭、茅、巴、老、曹"；第二代的赵树理、周立波、柳青；第三代的王蒙、高晓声、邓友梅；第四代的路遥、贾平凹、梁晓声；以及"70后""80后"作家等。这是一个令人振奋的事实。

第四，现实主义创作方法的主导特征。现实主义创作方法实际上是作家的一种艺术思想，是作家认知生活并予以审美观照的一种思想方法。自从五四新文化运动后，马克思主义科学理论进入中国，影响着中国作家对创作方法的重新认识。1942年，毛泽东以《在延安文艺座谈会上的讲话》全面论述了文学创作的诸多问题，从此产生了适合中国国情的马克思主义文艺理论思想体系。现实主义创作方法在40年代的解放区生根开花，出现了具有现实主义深度的力作《太阳照在桑干河上》、《暴风骤雨》、《王贵与李香香》等。新中国成立后，由于社会主义文学事业的发展，尤其是"文化大革命"结束后，人们对某些理论问题的重新认识，再次加深了对现实主义创作方法的思考，这对于社会主义文学创作方法的进一步成熟与完善，无疑有着重要意义。现实主义创作方法就是真实地再现现实生活，真实地描写社会主义社会各种生活事象，并给予审美的观照。从这个意义上说，现实主义创作方法和时代的关系是密不可分的。五六十年代许多作品充满着革命英雄主义精神和革命乐观主义精神，这种描写是和人民当家做主的历史现实及社会主义时期的环境、气氛相一致的。比如《创业史》、《红旗谱》、《山乡巨变》、《三里湾》、《百炼成钢》、《上海的早晨》、《平凡的世界》、《浮躁》、《沉重的翅膀》、《开拓者》、《抉择》等莫不如此。正是这种对现实生活的坚执描写，对体现社会进步意义的人物形象的塑造，才使共和国文学主流意识得以完整体现。

第五，共和国文学在创作风格上，同样体现了主流意识风格，那就是新鲜活泼的，为中国老百姓所喜闻乐见的中国作风和中国气派。一般认为，风格的形成既受时代、地域、环境和民族传统文化的影响，更受作家生活经验、艺术修养以及个性、兴趣、才能上的差异等条件的制约。风格的形成，是作家长期实践的结果。中国当代作家风格的形成，体现了政治方向的一致性和个性特点多样性的美学风范，其民族的、地域的风格特点十分鲜明。比如山西作家的"山药蛋"风格、河北作家的"白洋淀"风格、湖南作家的"茶子花"风格、"两广"作家的"岭南"风格、陕西作家的"黄土地"风格、新疆作家的"边塞"风格、浙江作家的灵秀风格，等等。可以说，这些风情物态就是民族风貌的散化，它既是地域的，更是民族的。虽然80年代后，西方现代派文学的入侵一度使现实主义创作方法移位，并受到极大的冲击。但当各种主义、思潮轮番叫阵过后，沉淀下来的仍是坚实的现实主义创作方法。从《创业史》到《平凡的世界》、《白鹿原》，从"伤痕文学"到"寻根文学"、"写实文学"，从柳青到路遥、陈忠实，从刘心武到余华、池莉，共和国文学和作家创作风格之演变，其底蕴仍是现实主义，并有了"新现实主义"的新发展。这说明，越是民族的，越是世界的，而民族的正是涵盖了时代的主流意识。

综上一窥，表现时代群体意识、塑造劳动人民英雄形象、文学创作群众化、现实主义创作方法的主导地位及体现民族、地域、风情五方面，构成了共和国文学主流意识的一般特征。

二　20 世纪陕西地缘文学主流意识的两个质点

20 世纪陕西地缘文学主流意识较于其他地区文学是十分鲜明的。早在共和国文学诞生前的延安文艺时期，陕西一批作家以其自觉的革命意识，置身其间，开始了解放区新天地新生活的文学书写。从那个时候起，20 世纪陕西地缘文学得天独厚地沐浴着时代的精神，感受着使命感、忧患感和诸多主流思想的熏陶。共和国的礼炮使中国当代文学诞生，也同时使陕西文学以独立的姿态矗立于当代中国文坛，并建构着自己鲜明的地缘文学精神和主流意识品格。那么，何为 20 世纪陕西地缘文学主流意识品格呢？笔者认为体现在追踪时代精神，予以深切的情感抒写和现实主义创作方法的坚执固守两方面。它犹如两条主线，贯穿于 20 世纪陕西地缘文学的始终，镶嵌在陕西每一个作家的创作思维中，渗透在每一部作品的字里行间，成为共和国文学重要的标志性品质。它与共和国文学主流意识相呼应，推动着五六十年代中国文学的高潮迭起，展示着从农村社会主义革命到对资本主义工商业的改造，从战争废墟到重整家园，从奴隶到主人的巨大历史变迁，抒发了陕西作家无限深情的社会关怀和良好的从文意识。

其一，追踪时代精神，予以深切的情感抒写。一个时代，一个社会，一个民族，支撑它的是一种精神，无论在什么情况下，都不可能没有精神，没有表现这一精神的文学。正是在这个意义上，高尔基以十分警惕的态度告诫道："文学家以为文学是他的私事。聪明的浅学之徒和傻瓜有时也帮助他这样想。不久以前，有一个这样的人对作家说：'写作是你个人的事情，与我无关。'这是最有害的胡说。文学从来就不是司汤达或列夫·托尔斯泰个人的事业，它永远是时代、国家、阶级的事业。"① 这位文学大师的至理名言，概括了有史以来文学与社会时代的基本关系。鲁迅、茅盾、丁玲、闻一多、赵树理、周立波、柳青、杜鹏程等的创作实践足以证明这一点。《阿Q正传》、《子夜》、《太阳照在桑干河上》、《死水》、《三里湾》、《暴风骤雨》、《创业史》、《保卫延安》等的出现也莫不如此。这一理念在陕西作家中有着深厚的根基。比如，从革命到文学，以人民革命利益为出发点，将文学和革命融为一体的做法具有普遍性。陕西作家在青少年时期，因时代环境的影响，都较早地走进了革命队伍。当革命需要他们从事文学的时候，便把文学工作视为革命工作的一种，作为为无产阶级解放事业出力报效的手段。于是，他们从民主革命时期走到了社会主义革命时期。从《种谷记》、《铜墙铁壁》到《创业史》，从《保卫延安》到《在和平的日子里》、《年轻的朋友》以及《风雪之夜》等作品，我们看到了从民主革命到社会主义革命时期许多重大的历史记录，看到了作家的创作怎样追随着时代的脚步而前进，其中时代的旋律、作家的足迹清晰可见。当战争硝烟还未散去时，杜鹏程就已经写出了百万言的《保卫延安》。战争结束，建设的序幕拉开。杜鹏程《在和平的日子里》又敲响了太平年代里的警钟，作家的独特发现和独到的见解，给予人们的现实感和历史感，以及由此所产生的感染力量，大大超过了当时许多同类题材的作品。对于石油勘探者的深切关注，李若冰是十分钟情的，一往情深地描绘着拓荒者足迹的美好图画，其作品内涵的一枝独秀堪与石油诗人李季比肩。追踪时代风云，革命家和文学家、革命工作和文学创作在柳青身上有机地融为一体，你无法辨别哪是革命，哪是文学。1953年，当农村合作化高潮到来后，他即刻放弃了已有二十余万字的一部小说的写作，开始了社会主义新农村合作化运动的书写。新生活的吸引就这样常常使陕西作家处在时代的前列，进行着深切的创作转换与情感抒写。

可以说，追踪时代的步伐，适应时代精神，反映社会主流意识，力图传达出时代的最强音，是陕西作家一直追求的目标，是他们的创作取得成功的主要秘诀。陕西作家集时代精神、社会主流意识于笔端的描写

---

① 高尔基：《论文学及其他》，《文学论文集》，人民文学出版社1958年版，第109页。

从未中止，视文学永远是时代、国家、阶级的事业，这一本色奠定了
20世纪陕西地缘文学主流意识的大气高扬之雄风。

其二，坚执革命现实主义创作原则，追求更高生活真实的描写。陕
西当代作家所遵循的基本创作原则，应该说是革命现实主义的。柳青、
杜鹏程、王汶石、李若冰的革命现实主义创作原则已为学界所共识，即
使浪漫主义较浓厚的魏钢焰，他的许多散文创作的主导方面也仍然是革
命现实主义。陕西作家革命现实主义的创作史线，从民主革命时期一直
持续到五六十年代，形成了一条坚执革命现实主义创作原则的激情饱满
的情感走向。这首先表现在庄严的文学观上。杜鹏程认为"一部文学
史昭示，把文学艺术当作无聊玩物或图谋个人名利工具的人，无法作出
重大贡献"，"任何一个伟大诗人之所以伟大，就在于他的痛苦和幸福，
深深地根植于社会舆论和历史之中"。王汶石说有两点决定了他的一
生："在中国共产党诞生后五个月来到这个世界，在延安文艺座谈会后
两个月参加文艺工作，这两点就决定了我日后从事文学创作的生活观和
文艺观。"基于这种认识，杜鹏程视文学为生命，苦苦追求，写出了富
有深厚生活历史感的英雄史诗《保卫延安》。同样基于这种认识，王汶
石的创作写出了中国农民坚决跟共产党走的骨气和忠诚及坚决走社会主
义道路的积极性。身为孤儿走进革命队伍的李若冰悟出了："人民所需
要的，就是我应该写的，我以为，作品一问世就不仅是个人的，而变成
社会的了。"对文学的理解和认识，李若冰与柳青何其相似："奢侈生
活，必然断送作家，败坏作家的感情和情绪，使作家成为言行不一的家
伙，写出矫揉造作的虚伪作品，只有技巧而无真情。"① 可以看出，坚
持革命的现实主义文学观，这一点他们是相通的，并达成了更多意义上
的共识。"我和我的同辈朋友是在激烈的枪炮声中热血沸腾地走上文学
岗位的，从这条道上走过来的人，纵然有种种长处，但对文学的理解，
要不断突破狭窄的观念。"（杜鹏程语）如此自我苛求使他们在诸如生
活真实与艺术真实、典型化、"理想人物"塑造、内容和形式、艺术表
现手法、作家的才能气质和风格等问题上积累并形成了一系列重要的现
实主义美学理论，这就是严格遵循马克思主义基本原理，从社会历史发

---

① 蒙万夫等：《柳青传略》，陕西人民教育出版社1988年版，第112页。

展规律出发，从文学创作实际出发，在二者相联系又相区别的辩证关系中，把握现实主义问题的质的规定性，使现实主义理论既带有哲学深度，又带有强烈的实践色彩。

第二节　主流意识:显性与隐性的转换

20 世纪陕西地缘文学，在共和国历史发展的此起彼伏的变迁中，呈现出其主流意识的高扬、弱化与退潮的显性和隐性演变状态，有其内在规律可循。

一　主流意识高扬与高潮的显性状态

新中国成立初期至 60 年代中期，是共和国政治、经济、文化全面推进并取得辉煌成就的时期。恢复战争创伤，重整家园，改变祖国一穷二白的面貌成为时代的共识。以郭小川、贺敬之、赵树理、周立波、艾芜、李准等创作的《放声歌唱》、《向困难进军》、《三里湾》、《山乡巨变》、《百炼成钢》、《不能走那条路》等作品为主旋律，构成了当代中国的主流文学。一个全面反映社会主义革命和建设，描写翻身的广大劳动人民艰苦创业、无私奉献的文学创作热潮蔚然成风。陕西作家，这个早已实践文艺工农兵方向的训练有素的优秀团队，则义无反顾地投入到有史以来的体现社会主流趋向的创作洪流中。柳青、杜鹏程、王汶石、李若冰、魏钢焰等以其各自的创作个性，执守一域，从事着具有原创意义的文学领域开拓，并取得了突破性的成就，使陕西具有地缘特性文学的主流意识得以高扬并达到高潮。

柳青作为中国农村社会主义革命创业史诗的勾画者。当 1953 年社会主义农业合作化这一新事物席卷中国农村时，柳青却坐不住了。"我想把我正写着的一章写完再参加，可是我的思想已经拢不住了。""人真有无法控制自己的时候，我不说写完一章，就是一页也写不下去。正如外面是暴风雨，我在屋里不能工作一样。"① 于是，他置身于长安县皇甫村王家斌的互助组，从此 14 年如一日，事无巨细地经历着、感受

---

① 《柳青小说散文集》，陕西人民出版社 1980 年版，第 7 页。

着社会主义农业合作社运动的巨变过程。与互助组长王家斌的相濡以沫、患难与共，使他刻画出了共和国初期合作化的带头人、年轻的中共预备党员梁生宝这一新人形象。柳青十分激动，他在《灯塔照耀着我们吧！》一文中这样描述道：

> ……这时候，我才意识到竟有四个月的时光在外面奔跑中过去了。现在在我住的地方，自然界已经发生了变化。……自然界的景象按照季节的更迭，年年总是循环着变化，而人世的变化在我们祖国这个伟大的时代，却是一年一个样。我在村外麦田里的小径上散步，在我目力所及的地方，到处是一长排、一长排合作社和互助组的人，在绿茸茸的麦田里锄草。……偶尔有少数单干的人，孤身只影地在田野里闷着头锄草，看起来真像有些人说的那样——怪裂裂的。去年我初到这里时，只看见有少数互助组夹在遍地乱杂杂的单干的人们中间锄草，我真想不到今年这时会出现这样令人鼓舞的景象。两个局面，两种景象——在我国人民奔向社会主义的道路上，我们很难在头一年里想到第二年的样子。①

这种感受是真实的。反映社会主流意识，勾画新时代英雄人物，一直是柳青创作的中心课题。几十年来，他先后塑造出马银贵、王加扶、石得富、梁生宝、高增福等不同历史时期的英雄人物形象，并从历史和美学角度探索杰出人物的思想、愿望同社会经济发展的关系及革命乐观主义和革命理想主义的辩证关系。

如果说，柳青侧重于创业艰难史迹的勾画，那么王汶石则侧重于歌颂创业途中的新人新风尚。杜鹏程曾说，他和王汶石的经历，使他们没有办法不以主要笔墨去描绘劳动人民中的英雄人物，他们这个主张是不能改变的。1979年9月，王汶石在一次全国高校教师文学理论座谈会上，讲他对创业英雄的理解时说："我深深尊敬他们，描绘他们的形象，展现他们的心灵，讲述他们的生活和故事，更易于激起我的创作冲动，更易于使我想象活跃，左右逢源。"王汶石的这一认识是基于体现

---

① 《柳青小说散文集》，陕西人民出版社1980年版，第7页。

社会主流意识的各种农村新人形象的塑造。由此他意识到"文学的任务是帮助人们摆脱旧意识，培育共产主义的新思想，深刻地展示出劳动者精神世界的全部宝藏和无限的美"。"描写新的无产阶级的英雄人物，永远是我们无产阶级文学的中心和首要的任务。"① 在中国当代文学约占百分之七十的农村题材创作中，陕西的柳青、王汶石追踪时代精神，倡扬社会主流意识，既有题材意义上的先导作用，又有主流意识上的高扬昭示性，这是 20 世纪陕西地缘文学主流意识的重要特征。

杜鹏程更是连接两个时代精神的忠实实践者。其可贵就在于极其敏锐地趋于时代的潮头，没有过多的间隙和停顿，闪现在共和国建设工地上，亲身经历了宝成铁路的建设。宝成铁路的建设举世罕见，要穿过 20 多条河，16 次跨越嘉陵江，架设大小桥梁 900 多座，280 条隧道，6000 万立方土石，如果按高宽各 1 公尺算，可绕赤道 1.8 周。工程之艰巨，中国空前，世界罕见。这是一桩宏伟的大业。杜鹏程感同身受，激动不能自制，他这样写道：

> 任何人，第一次乘坐奔驰在宝成铁路上的火车都是一次不平凡的经历。火车从平地陡然开至云雾缭绕的山巅，你就不能不惊叹人的神奇的力量。……当你看到一个又一个站场时，也许想不到：人们为了开辟这一小块地方，曾经搬走了一座又一座的大山……谁能忘记：刚修完成渝铁路的英雄喘息未定，又抬着铁锹、炸药，进入大巴山区。……谁能忘记：那些从朝鲜铁路运输线上回来的铁路工人，身上的硝烟还没有消失，便来到积雪三尺的秦岭山区。虽然，这世界罕有的铁路工程甚为艰巨……可是既然把建设的担子放在他们肩上，他们就以无比的英雄气概，挑起这副担子，坚定地向前迈进！②

作者感情激越，字里行间蕴涵着对英雄筑路者的热切赞美之情。正是诸如此类的对建设者的时代精神、主流意识的竭力歌颂与赞美，使 20 世

---

① 王汶石：《风雪之夜》，人民文学出版社 1984 年版，第 382 页。
② 杜鹏程：《英雄的事业》，广西人民出版社 1984 年版，第 162 页。

纪陕西地缘文学的主流意识更加厚重。

二　主流意识弱化与退潮的隐性状态

进入 20 世纪 80 年代，文学已不再是主潮更迭，而是越来越呈现出多维发展、多样并存、多元探索的新格局，作为地域性的陕西文学也概莫能外。

（一）80 年代的延续与弱化

80 年代的文学，其主流意识之内涵也在悄悄地发生着变化。五六十年代那种过多的政治的、阶级的意识形态日渐淡化，一个更为广泛的非主流意识文学进入社会和作家的视野中。于是关乎普通人爱情、婚姻、家庭的情感范畴，柴米油盐、衣食住行、生老病死的生活范畴，工作、就业、物质的生存范畴，环保、生态自然范畴等非主流意识的创作视域，与原有的主流意识并存抗衡。这一现象学界概括为"主流文学"与"非主流文学"，或"精英文学"与"民间文学"，或"纯文学"与"俗文学"的对立。改革所带来的文学新变，使原有的主流意识（我称为传统主流意识）理念被颠覆，被弱化。文学关注弱势群体的生存状况、芸芸众生的艰难境遇，以及他们的情感世界构成了 80 年代以来的文学热点。从这个意义上说，时代的变革，使陕西老辈作家笔下那种惯常的单一主流意识视角已成昨日圣典而不再复现，一种新的关乎普通人生命意识的普泛文学理念进入了陕西第二、三代作家的描写视域。路遥、贾平凹、邹志安、陈忠实等的创作在悄然发生着裂变。

陕西文学主流意识的这种悄然变化，贾平凹的创作史线最为典型。70 年代以来，他的创作可概括为：1975—1980 年的传统观念初创期；1981—1983 年的寻求自我超越期；1984—1987 年的主流延续推进期；1988—1990 年后的主流蜕变弱化期。这说明贾平凹创作的多变求异性。初期出版的四本书《兵娃》、《姊妹本记》、《早晨的歌》、《山地笔记》，清新、单纯、质朴的风格和对生活、事业、理想的热切向往，突出地体现了作者传统观念意义上的处世特点。那时，二十有余的贾平凹有着孩童般清澈的目光，生活的具象表现于他的笔端是真挚、美好、和谐的，值得信赖的。《山地笔记》中 37 个短篇，蕴涵着一个青年初入文坛对生活的真诚感受和情感抒写，作品中所表现的纯真的感情、朴素的理想、鲜明的是非、动情的追求，都浓缩于对特定环境田园牧歌式的明丽画卷里。山水人物的壮美，青年男女追求感情、事业为之献身的精神，都产生了强烈的社会共鸣，从而奠定了贾平凹初创时的现实主义创作原则。在当时大多数作家还尚未从伤痕噩梦中苏醒过来时，贾平凹却以鲜活的人物形象给文坛送来了清新之美。然而很快，当他 29 岁时，也就是从 1981 年开始，其创作出现了寻求超越、背离传统主流意识的孤独苦闷的裂变性沉思。这一迹象反映在《亡夫》、《晚唱》、《二月杏》、《生活》、《年关夜景》、《好了歌》、《沙地》等一批作品中。初期作品那种美好向上的精神消隐了，代之而来的是与命运抗争的无助；生活陷阱的恐怖，归隐山林和回到自然心态的出现；与蝼蚁为伍，以死解脱；美的破碎，丑的完整；人的异化，等级森严等出世思想和美丑失衡倾向开始弥漫。这种一味地钟情于个人悲观和伤残灵魂的宣泄，使贾平凹此时的创作时代气息渐少，主流意识弱化，作品基调之冷奇色彩加重，与初期创作恰恰构成了一种悖反逆转式，即当文坛倾心于"伤痕文学"时，他却钟情于诗意的欢悦美愉的描写（1978），当文坛热衷于倡扬改革热潮时，他却沉溺于归隐遁世。反映出贾平凹寻求超越中的矛盾心理，在美与丑、善与恶两难中的痛苦抉择之情绪。诚如他所说："我太爱这个世界了，太爱这个民族了，因为我爱得深，我神经质似的敏感，容不得眼里有一粒沙子，见不得生活里有一点污秽，而变态成炽热的冷静，惊喜的慌恐，迫切的嫉恨，眼睛充满了泪水和忧郁。"① 可以看出，这是陕西第二代作家突破前辈传统主流意识创作窠臼，着眼于非主流意识的可贵艺术追求。对此贾平凹认为自创作以来，他经历着三个阶段，三种境界：一是单纯入世，批评太浅；二是复杂处世，却又尚在改革之时；三是单纯处世，与第一境界不同，是真正的艺术境界，能否达到，这需要修养、经历才能进入，但是把文学当事业干的，总是要探索的。于是在延续中探索，在探索中蜕变，贾平凹进入了第三次裂变期。

80 年代中期，贾平凹创作出现了大有接通前辈作家倡扬时代精神的主流意识之势。以《商州初录》为契机，以《腊月·正月》、《鸡窝

---

① 孙见喜：《鬼才贾平凹》第 1 部，北岳文艺出版社 1994 年版，第 136 页。

洼人家》、《小月前本》为中枢，以长篇《浮躁》为扛鼎，推出了描写商州农村改革的系列佳篇。这不仅是贾平凹创作成熟的标志，更是陕西第二代作家追踪时代风云、倡扬改革意识的重要标志。作者怀着希冀家乡变迁和感叹旧日如故的复杂痛苦感情，讲述着一个个商州的凄美故事，批判着才才、回回（《鸡窝洼人家》）的随遇安分的古朴心理，支持、赞美着门门、禾禾（《腊月·正月》）们富有锐气活力的生活勇气，以深情之笔唤醒和改变他们愚昧、重负的灵魂，使他们走出深山，投入改革怀抱。可以说，贾平凹的这一愿望蕴涵着强烈的忧患意识和悲剧意识。他笔下的兰兰、小月、白秀、黑氏、小梅、烟峰、麦绒等人物，都有着坎坷的经历和人生追求，如香香的出淤泥而不染，师娘对天狗的爱（《天狗》）。作者追求的是这些人物在改革浪潮冲击下人性的觉醒，对未来的向往，寄托着美好的情感关怀。作者创作的自我超越，使贾平凹贴近了时代，从整体上把握了时代情绪，并能从社会文化心理深层着眼，展示当代中国改革的主流趋势，这是对前辈作家创作精神的传承。1987年，长篇小说《浮躁》问世，更使34岁的贾平凹创作走到了反映中国改革文学的前列。这部气度恢宏的作品集中国人性的重构、社会心理的探索为一炉，取名"浮躁"，如作者所言是主体精神的高扬与低层次文明水平之间的矛盾的震荡和躁动，这一点是深刻的，是前辈主流文学不及的。事实上，中国的改革并不在经济和物化层面上，而在于生产力的发展，其最终目的是达到人性的完善和人的素质的全面提升。《浮躁》中改革者金狗形象，面对改革大潮所展现出的心灵的蜕变是复杂真实的，善良正直、两肋插刀而又缺乏理性、狭隘报复。金狗形象的复杂性，揭示并还原了人性的生命本相，这一点决然不同于前辈作家笔下梁生宝类的单一纯净、过多理性规范的人物叙写，这正是后辈作家对主流意识文学创作的突破和深刻独特处。同样是改革者，梁生宝理性十足，金狗却无所适从，没有灵光。其创作方法也很难以严格的现实主义圈定，自然中流露着神秘感和禅宗文化色彩，如此看来，前辈创作中的主流意识显然被逐一弱化了。

（二）90 年代的退潮与多义

90 年代以来，市场经济全面展开并在体制上获得了存在的合法性。于是面对市场经济的选择，文学观念、文学内容、文学的具体操作手段都日渐贴近生活实际，昔日文学中的理想与崇高，本质与主流，教化与训导意识逐一退潮。80 年代前期理想主义文学精神和乐观情绪与新的生活理念发生着明显的冲突，传统的主流意识文学被消解、被颠覆，文学开始剥离了政治，背离了崇高，一个"新写实"、"新体验"、"新感觉"、"新历史"、"新状态"的非主流的多义无序的文学态势浮出水面。中国当代文学长期以来所呈示的五六十年代的"一体化"，70 年代的"专制化"，80 年代的"求异化"，到了 90 年代则演化为"多元化、个体化、商业化"的文学新格局。诚如有论者认为市场经济的确立和发展也使得文学与政治的关系相对脱离成为可能。严格意义上的主流意识，宽泛意义上的主流意识，以及完全性的非主流意识，构成了 90 年代作家创作方法上的多种自由选择。陕西第二、三代作家，正是在这一文学环境和开放的背景下，出现了多元纷呈的自我创作的价值取向。

　　90 年代后贾平凹的创作，其笔力的飘忽，视野的多变，涉猎的广泛，与世俗大众生活的贴合，基本上进入了另一种非主流的创作境界。90 年代初的第一部写城市的小说《废都》，着眼于揭示知识分子在市场经济冲击下的负面精神状况和心理负荷，稍后的《高老庄》、《白夜》则更是展示了生活的非主流。"《高老庄》实际上不想写一个村庄，我感兴趣的是中国传统文化怎么消失掉的，人格精神是怎么萎缩的，性是怎么萎缩的。人到中年后却有高老庄情结、高老庄情怀。""'高老庄'是个象征的东西，子路为了更换人种，为了一种新的生活，离开了这个地方……'高老庄'是一个烛，照出了旧的文化的衰败和人种的退化。"① 这里，关于人种退化问题是典型的非主流，过去不敢触的雷区，今日在贾平凹笔下却升华了。《怀念狼》涉及了人赖以生存的环境，与狼共舞并不可怕，是生态自然的和谐，无狼为伴才是真正的人类的厄境。这些描写都说明主流意识的演绎与多义。陈忠实的《白鹿原》是一部深刻揭秘的作品，对千年来性的荒寒、压抑与变异，儒学传统的正教正风、教人向善，东家长工的亲密相融、患难与共，国共政治力量的冲突等等真实生活样态的描写，同样是主流意识文学所未及的。贾平

────────────

① 孙见喜：《鬼才贾平凹》第 1 部，北岳文艺出版社 1994 年版，第 154、155 页。

四、陈忠实从一个侧面不仅体现出陕西文学中主流意识的逐日退潮与多义，也昭示出当代中国文学主流的渐变与弱化。被称为陕西文坛"三宝"之一的杨争光，起步于诗歌，成就于小说，饮誉于影视。在杨争光的脑海里，只有生活的实、生活的真。他认为："一万个人看到的世界肯定不会相同，关键在于作家能否把自己的独特感受表现出来。"①《黑风景》、《棺材铺》、《老旦是一棵树》、《赌徒》等四十余篇小说，都是对中国农民特殊心态的着意把握，对农民那种偏执性格淋漓尽致的刻画，对中国农村贫困生活的洞察和尖锐的描写，体现出一种冷瘦的苍凉感。可以说，杨争光小说中很少有主流文化的东西。《黑风景》的内容由一系列谋杀、报复的反复残酷事件构成，作者以少见的冷峻感，极为简练的描写过程，平淡朴实的语言，对于人的自由生存和发展之艰难的认识和体悟予以思考，蕴涵着一种深沉的力量。《赌徒》表面看似乎是一个三角恋爱故事，但实际上，作者着眼于人物间的关系，以表达人在社会生存中的一种合理处境。杨争光认为，人总在寻找活着的意义，使自己活得更好一些。人的生存关系充满了矛盾和尴尬，人告诫自己不能在一棵树上吊死。人战胜不了自己，这不仅仅是惯性，而是一种固有的东西，与人的处境有关。强大的生存背景具有吞噬人的力量，人的本质力量在强大的生存环境下被削弱。作者冷峻地勾画着生存与环境及人的艰难关系，关注着人的命运的沉重，不动声色地描绘着偏僻乡野农民既是最现代又是最古老的生活秩序和日复一日发生着的故事，使人们看到了静穆秩序下各种人的生存样态和轨迹。这种文学其内涵是多义的，实非狭义上的主流意识。

据此，90 年代陕西地缘文学的主流意识因时代的变革，而逐一退潮。柳青、杜鹏程、李若冰式的主流文学消隐了，新的更为宽泛与多义的主流意识文学和非主流意识文学上升为主要内容。从五六十年代主流意识的显性张扬到 80 年代的隐性延续与弱化，再到 90 年代的退潮与多义，展示着文学不断适应社会时代的规律，适应因这块地域而生发的人、事、物的瞬息演变。

---

①　张英：《文学的力量——当代著名作家访谈录》，民族出版社 2001 年版，第 257 页。

第三节　作家心态:地缘心理与文学精神的涵融

文化人类学告诉我们,文化作为人类适应自然、改造自然、解放人类生存问题的手段,具有稳定性和变异性。在人类文化研究中,已揭示出许多文化因素的变异延续现象,如从姜炎农耕文化中的"咒鸟识谷"、"百草选种"到今日水稻专家袁隆平的新品种研发,从汉代丝绸之路到中国 APEC 会议的召开,从唐代中外文学交会到时近文学的全球化,等等,都说明文化与人类生存的关系,以及它的阶段稳定性和变异的历时性特征。一般认为,文化变异指内容与结构的变化,而促使文化变异的因素,就其主要而言,是文化人对追求的永不满足和对需要的不断追求,这是文化变迁的内在根本原因。变异是人类文化固有的特性,文化变异的机制或过程是发明、传播、再创造以及丧失的过程。文化人在文化变异中的选择、定向,是其所形成的心理积淀的价值观的体现。

一　文学梦:陕西作家的痴迷心理

从上述文化变异的理论界定看,陕西地缘文学在数千年的变异中,不是以丧失飘落而终,却是以发明创造,再推新质而成就,是在厚重的变异积淀中注入了不可估量的文学意识,这就是作家重文与济世的文学心态。诚如陕西人重文,广东人重商,湖南人重政,山东人重教,上海人重工,河南人重农,内蒙人重牧,东北人重猎的不争事实一样。从事文学或要成为文学家,在陕西作家中并未有过宣言式的群体张扬,而是来自内里心照不宣的痴迷心理之积淀。纵观古往今来,陕西作家能官不为,能商不经,有福未享,甘于寂寞走格子,清朴为业著文章,此现象为文坛所共仰。当然,这并非说陕西作家身居世外桃源,不谙物质丰盈之乐,而恰恰说明淡于诱惑,自在自为共而为之地去圆自己心目中的文学梦。梦,从某种角度讲是一种理想,是成就事业的前提和心理愿望。没有梦的人,既不能飞黄,也无法腾达。然而,生活是丰富复杂的,人们对梦的产生以及怎样去实现梦,便呈现出纷繁的不同状态,进而由梦折射出每个人不尽相同的诸多人生观。

那么形成陕西作家文学梦的共识根源何在呢?李若冰在《文学与

梦幻》一文中道出了真谛:

> 我惘然想起自己是怎么踏入文学这个门槛的。这也许是种误
> 会。也许是一场做不完的幻梦。当跋涉在干渴的戈壁滩上的时
> 候……和野外地质勘探者常年做伴,我尝受到人生难得的快乐,体
> 味着创业者的青春活力和乐于奉献的境界。我的胸中鼓满着不可遏
> 制的热浪,任怎么也压不下去。我总感到有什么呼唤着似的,不由
> 地拿起了笔。我意识到,这是心灵的召唤,是勉强不得的。于是,
> 我便爬在格格纸上一个劲地划来划去,似乎永远也划不完。①

这段话典型地概括了陕西几代作家痴迷文学的心理指质,那就是时代的
呼唤,视文学为神圣的事业,从不去"玩文学",或把文学当作发泄个
人情绪的出气筒。李若冰从 12 岁成为小八路,18 岁从事文学,自起笔
名为"沙驼铃",负重跋涉,心驰神往,西出阳关,一路写作。《在勘
探的道路上》、《柴达木手记》、《高原语丝》中记录着中国一代石油勘
探拓荒者的足迹。1953 年、1954 年、1957 年、1980 年、1987 年,心
系柴达木,情未了。生活热浪的鼓荡,时代心灵的呼唤,构成了李若冰
文学梦的质核。这种"心灵的召唤"的本根文学指质,潜移默化地传
递给第二、第三代学人。文学、事业、精神三者完整地统一在陕西作家
身上。如果说,没有指令而同干一桩事业,不为名利所惑,不为时势所
动,甘于苦作苦为,身处逆境斗争不息,顺境之时平心淡淡是陕西作家
外显型文学品质的话,那么,源远流长的历史文化积淀,文学精神传承
便是陕西作家的内隐型文学品格。综上一窥,陕西作家的这种不偏、不
倚、不歪、不谬,专注于文学之纯、之正、之真、之严、之实的健康文
学心态,完全是一种事业型的清淡学子的心态,这在全国文学大军中构
成了特殊的现象。

二　使命感:文学创作中的忧患意识

文学是时代的产物,文学创作是人民群众思想、情绪、愿望的形象

---

① 李若冰:《高原语丝》,陕西人民教育出版社 1992 年版,第 114 页。

反映。这是一个永恒的话题，似乎无须重复。然而，一旦进入具体操作时，则又常常表现出不同时代不同作家的不尽相同的价值选择。可以说，强烈的使命感，是陕西作家的普遍价值取向，它是那么的崇高伟美，那么的守恒与执著。这里，老辈作家时代精神的共筑，历史使命感的恪守，奠定了根基。比如李若冰视自己为一个无产阶级革命战士。手中的笔，看作是人民发给的一杆枪。"如果我不是一个战士，也不可能成为一个作家，我是先走入革命队伍，尔后走向文学的。"① 1984 年正月初一，一个动人的镜头：妻子贺抒玉突然发现斜靠在床头的丈夫泪流满面，什么原因？原来中央人民广播电台"空中朗诵会"节目正在播放他写于 1956 年的《冬夜情思》一文。广播员那深沉、浑厚的嗓音拨动了李若冰昔日地质勘探者沸腾生活的琴弦，他抑制不住自己的激动猛地站起来说："我还要去柴达木！"柳青在"文化大革命"中生命几度垂危，惦念的仍是陕北老家的建设，曾两次抱病写了《建议改变陕北的土地经营方针》的报告给陕西省委。临终前，念念不忘生活了十几年的皇甫乡亲。"要想写作，就先生活。要想塑造英雄人物，就先塑造自己。"② 在《一九五五年秋天在皇甫村》一文中，柳青描述了村上许多感人的事：多子女户陈恒山，地少娃多，劳力弱，他认为"世界上没有什么'主义'能把我从贫困中解放出来，除非我娃长大成人了"。然而农业合作社却使他够吃、够穿、够用了。他高兴得像个小孩子，再也看不出一点混社的态度了。那年秋后开会，又一次研究扩社问题，如果当时有人开玩笑说："你今年恐怕审查不上，入不了社吧？"被说者准会翻脸，吃睡不下，说话都带着哭，唯恐自己入不了社。像贯穿在柳青创作中的这类赞美、惋惜、喜悦、担忧、爱与恨、苦与乐的情感描写无处不在，这些躬身浸泡在合作化具体事务圈子里的实际参与事件已无法计算。当然有人会说这是五六十年代的作家，处在那个时代社会潮流中，谁都会这样写作的。

　　那么，换一个角度看，在 80 年代社会转型的商品大潮中，严肃文学迅速边缘化，文坛可谓分化多多，有着太多诱惑和冲击。如有的作家

---

① 李若冰：《高原语丝》，陕西人民教育出版社 1992 年版，第 4 页。
② 《柳青纪念文集》，《人文杂志丛刊》第 1 辑，1983 年，第 10 页。

从商致富；有的评论家以刀笔肥私；有的歌手一声豪唱价万千；有的鼓捣淫书狂敛钞，等等。于是一时间"明星"崛起，"大腕"涌出，"新秀"走红；于是卫慧、棉棉等"新新人类"作品中灯红酒绿、迪厅、大麻、酒吧、性恋充斥；于是各种主义、新潮翻云覆雨，文坛靡歌狂舞患漫，难辨伪真。而处于经济大潮中的陕西作家又何以面对呢？身为女性的陕西作家冷梦，却以长篇纪实小说《特别谍案》高扬、赞美了积极向上的壮美人格，民族的崇高精神。叶广芩别样的理性创作浸含着文学质的意蕴。还有王蓬的长篇小说《山河岁月》，程海的长篇小说《人格粉碎》，等等。这些力作无不是作家使命感、关注历史之忧患情感的写照。特值一提的是陈忠实《白鹿原》的问世和红柯《美丽牧羊》、《奔马》、《吹牛》等短、中篇小说创作。我们知道，陈忠实是一位很有影响的作家，就在他不惑之年时竟然恐慌起来，觉得"过了44岁，突然感到50岁年龄大关的恐惧，死后无一本可以当枕头的书"。于是他远离闹市，闭门谢客五年间，没有了享乐，放弃了繁华，失去了许多人前显贵的机会，再一次经历着严酷的生命体验和艺术体验。这是什么？是使命感。作品中白嘉轩力主白鹿村仁义、正气之风，朱先生修身、齐家、治国、平天下的济世思想，以及田小娥、黑娃人性渴望和被挤压的种种情感抒写，都是作家陈忠实审视历史所寄寓的情感体验。而红柯则更在当今文学过于认同物质世界的潮流中，另辟路径，以大量的具有象征意味的物象，如骏马、鹰、野狼、石头、树桩、美丽奴羊等表现对物欲社会的疏离，人被物欲挤压失去人性自由的现象。以呼唤更为美好的人性自由舒展的精神世界，高扬人的生命意识，表现人生的存在意义。红柯小说中这种注重精神含量，对物欲化、世俗化生存方式的挑战，展示出西部人于孤独环境中表现出的充满生命昂扬之力的诗意美，与当下"新新人类"的"下半身"创作，"先锋文学"的"叙事圈套"创作倾向是不同的，因而独树一帜。屠夫与美丽奴羊、人与事、物化的树泪、冬天的火炉、矫健的雄鹰都富有哲学意味，无不在寄寓着作者关注现实，痛感人文精神失落，被物欲世俗同化的忧虑之情。

概而言之，两个时代，几代作家，处在同一地域，于不同社会氛围和现状中表达着同一主题，寄托着同一感情，履行着同一责任。难道你不觉得这是陕西作家重文与济世两极同源文学梦的真实写照吗？

三　人格完善：陕西学人的自觉追求

陕西学人稳定成型的文学心态，从心理学角度讲，又内化为作家洞悉社会、剖析生活、实施创作的一种文学精神：这就是追求自身人格完善和演绎大写人生的生命过程。柳青对此十分看重，并认为"要想写作，就先生活。要想塑造英雄人物，就先塑造自己"，"作家在展示各种人物灵魂时，同时展示了自己的灵魂"①。

人格是个体人各种心理特征的综合，体现着个体人的基本精神面貌。从文化界定意义上看，是个人在特定的群体文化和民族文化中形成的心理特征和行为特征，个人的人格是群体文化或民族文化的内化物。要认知一个群体或一个区域的文化特质，只要观其区域氛围中个人生存的心理和行为模式便了然。陕西学人追求人格完善表现为一种群体自觉意识，从古到今，莫不如此，多方面呈现在政治、文化、道德诸层面。比如微言大义的司马迁，名篇传世的杜牧，诗词大家韦庄，饱览群书的李淳风，甚至医德药王孙思邈，秉书忠烈颜真卿，诗圣杜甫，以及现代狂飚诗人柯仲平，戏剧名家马健翎，大写人生的柳青，英雄史著的杜鹏程，拓荒书写的李若冰，以身殉文的路遥等。这是一种文学忠烈史线，分明透露出传统文化中"铁肩担道义，辣手著文章"的正义良知和贤士仁人的人格行为范式。

具体说来，陕西当代学人的构成可分为两部分，一是作家群体，二是评论家群体。身在学界的文人，因为所从事事业的意识形态性质，因而对自身人格完善的追求在创作中的展现尤为看重，形成了风格即人格的深层理念。"作家的风格，实质上就是作家的人品。""风格是一种精神、人品，是作者用以分析生活、艺术地处理生活的东西。当然，主要见诸文学，表现于语言，但它实际上不只是文学语言。要把它与党性，与革命精神联系起来。"② 这种视风格不仅是艺术问题，而且首先是党性原则问题的观点，在陕西两部分学人中是普遍的。人格、风格、生活、马克思主义党性修养总是四位一体的，这就奠定了其塑造英雄，首

①　蒙万夫等：《柳青传略》，陕西人民教育出版社1988年版，第107、174页。
②　《柳青纪念文集》，《人文杂志丛刊》第1辑，1983年，第109、111页。

先塑造自己，展示人物灵魂，同时也展示自己灵魂的本我与他我（人物）的前提与基础。不可否认，在当今烦嚣浮躁的文学创作现状中，有两种现象值得重视：一是视文学为生命体验，艰难中苦于写作，为此付出了生命的代价，如路遥；一是生存式的写作，视文学为谋取功名利益的手段，捉刀代笔，别人要什么就写什么。而前一种现象更多地体现在陕西作家中。陈忠实就认为，"作家应该守住自己的心灵，从心到心，首先是一个优秀、正直、健康的人，再才是一个作家。因为服从内心的召唤和体验"，也即老作家李若冰所说的"心灵的呼唤"。陈忠实非常惊喜地发现美国作家海明威的《老人与海》是将一部长篇砍掉后所形成的中篇，从而获得了诺贝尔文学奖。为什么呢？不言而喻，是服从了"内心的召唤"，而不是去受各种利益驱动的苍白的拉长。"许多作家失去了一种精神，作品失败的原因主要在于自身，创作是个人内心的一种需要"，"没有真正地体验社会，提供再好的环境也写不出好作品"。① 的确如此。在中国历史上，乾隆一生写了几千首诗，好诗无几，而杜甫在贫困饥饿中写的诗，几乎都流传至今，成为绝唱。美国作家杰克·伦敦生存极为窘困，自行车连当15次，写一篇文章只够吃一顿饭。但他坚持写作，因为他有自己的追求，有心灵的呼唤和服从内心的体验。因此，贫困的生存现状造就了作家杰克·伦敦。这是一种对社会、人生命运的深刻的生命体验，是学人追求人格完善在创作上的高度体现。

陕西作家群中，最能体现这一追求的莫过于路遥。这位至今令人难以忘怀、仍继续感染着后辈学人的作家，在饥寒交迫中，以其生命为代价去追求理想文学的彼岸。生于陕北山区一个贫困农家的路遥，青年时期就奔波于农村、县城，在上学和做临时工的人生旅途中，经历了过多的从城市到乡村漫长而复杂的生命过程。18岁起，从陕北一个偏僻小县城的一张16开《山花》小报起步，最终走到了中国文学最高奖项的颁奖台，并庄严致词说："人民是我们的母亲，生活是艺术的源泉，人民生活的大树万古长青，我们栖身于它的枝头就会情不自禁地为此而歌唱。只有不丧失普通劳动者的感觉，我们才有可能把握社会历史进程的

---

① 张英：《文学的力量——当代著名作家访谈录》，民族出版社2001年版，第197页。

主流，才有可能创造出真正有价值的艺术作品。"① 他视柳青为"教父"，继承了柳青的许多文学精神，明白了"仅仅满足于自己所认识的那个生活小圈子，或者干脆躲进自己的心灵世界去搞创作，是不会有什么出息的"。面对病危中的"教父"柳青，守候在床前的路遥，看到在这张老农似的脸上仍掩饰不住智慧的光芒，"这是无法描述的眼睛。就是在病痛的折磨中，仍放射出光彩、尖锐、精明、带着一丝审度和讽刺的意味"。此时，路遥仿佛看到了自己的将来。当《平凡的世界》第二部的写作即将结束时，他完全倒下了，"已经力不从心，抄一张稿子时，像个重危病人半躺在桌面上，斜着身子勉强用笔在写。几乎不是用体力写作，而纯粹靠一种精神力量在苟延残喘"。"我第一次严肃地想到死亡"。"我看见死亡的阴影正从天边铺过来，我从此意识到生命在这个时候就可能结束"。在中国，企图完成长卷作品的作家，往往都死不瞑目。旧时的曹雪芹是这样，当代的柳青也是这样。柳青临终前央求医生延缓他的生命，以期完成《创业史》。路遥同样以极大的勇气战胜了病魔，耗尽六年心血完成了长篇巨制《平凡的世界》。然而他却倒下了，一位 42 岁的作家英年早逝。当人们整理他的遗物时，揪心地发现，他一生积累的财富仅仅是最高文学奖奖金一万余元人民币，毫厘不动地留给年幼的女儿作为学费。然而，我们却从另一角度看到了他的五卷本著作之价值难以用数字估算，成了亿万读者共享的宝贵精神财富。"金盆打了分量在"，是路遥概括圣贤们的俗语，今天用来概括这位以身殉文、追求人格完善的作家再恰当不过了。正如路遥墓前碑文所写："平凡的世界，辉煌的人生，陕北的光荣，时代的骄傲。"路遥"永远不丧失一个普通人的感觉"的名言，正是陕西作家群人格的共同写照。

陕西学人的另一群体——评论家，被外界称为陕西文学的"思想库"，这个概括不乏确切。从成员结构看，可为"学院派"和"社会派"，即学院批评群和社会批评群，比如前者有刘建军、畅广元、蒙万夫、王仲生等。后者有王愚、肖云儒、李星等。作为学院批评群，首先表现为学高为师，在教书育人的过程中，同时也对自身人格不断地净化完善，治学严谨，不媚俗迎奉潮流而失去学者的人格尊严。如畅广元教

① 《路遥中短篇小说·随笔卷》，陕西人民出版社 1995 年版，第 427 页。

授的博大深邃、刘建军教授的平易睿智、蒙万夫教授的热情与豪放等无不成为陕西文坛一代良师楷模。他们治学、点拨陕西文学创作的共同特征是严谨、求实、精深、热忱，以学高品正的文学精神烛照着陕西几代后辈学子。作为社会批评群，其特点为敏锐、及时、阔大、切中利弊。王愚的批评眼力，肖云儒的开阔视野及对"西部文学"理论体系的构筑，李星的精深入理、准确到位等，显示出独特的批评个性和陕西文学批评在整体观上的实事求是、冷静理性的气度风范。他们中间无人趋潮跟风，成为刀笔吏；或"政界靠，跟上官员做幕僚"；或"跳了槽，帮着企业做广告"；或"入黑道，翻印淫书捞钞票"（《废都》）。他们从马克思主义文学理论的高度，严谨地点拨陕西的文学创作，在构筑精辟深邃的批评理论的同时，也展示了自己马克思主义文学观的灵魂，赢得了全国学界称誉。所以说，人格完善是陕西作家、评论家共同追求的文学目标。

四 大写人生：文学创作的情感共诉

"大写人生"对于作家来说，就是对社会历史、人生事象的一种价值观的审美观照。作品中人物的行为本质、情感表现等都是作家大写人生价值观的体现。比如《白鹿原》中陈忠实描写的朱先生形象，"负载着我对中国传统意义上的知识分子的理解"，田小娥形象"寄托着我对女性的理解和美好的希望。在田小娥的背后站着无数被历史埋葬的类似女性，她表达了我对她们的同情和关注"。"白嘉轩、鹿子霖形象的塑造显示着我对现代社会到来之前，对整个中国是什么样子的认识和感觉。""白嘉轩身上负载了这个民族最优秀的精神，也负载了封建文明的全部精粕和必须打破、消失的东西。"① 从这个意义上说，陕西作家大写人生的经历无不彰显于创作之中。

柳青在30多岁时塑造25岁年轻的中共预备党员梁生宝形象（《创业史》），倾注了全部心血。"我要把梁生宝描写为党的忠实儿子。我以为这是当代英雄最基本、最有普遍性的性格特征。"依照马克思主义文

---

① 张英：《文学的力量——当代著名作家访谈录》，民族出版社2001年版，第204、206、207页。

学的根本规律，"作家总是按照他自己的世界观水平和阶级感情组织情节和描写细节。作家用什么样性质的思想和艺术相结合，用什么样水平的思想和艺术相结合，来体现这个规律，谁也不能例外"。① 柳青给予梁生宝性格以亮色，刻画了他"公道"、"能干"两个主要特征。春荒时节，他带人进山取"宝"以解燃眉之急，百里之外买稻种为的是来年收成，请农技员来社科学管理，粮食丰收巩固了互助组，牲口合槽成立灯塔合作社等，能干之举为众人称赞。然而梁生宝的公道更使人心悦诚服。分稻种宁可少了自家也不能短了大家，惹得老子讽刺大骂；小会计欢喜爹临终迟迟合不上眼，是还未将儿子托付给他信赖的宝娃；高增福跨村过界为着梁生宝而慕名入社；更使人感动的是梁生宝不计王二直杠生前的误会和伤害，王二老汉去世后，他却如同儿子一样跳入墓坑细心踩土。梁生宝的如此作为，不正体现了作者大写人生的情怀吗？不正是柳青皇甫 14 年，融入王家斌互助组的真实写照吗？当你走进长安县或皇甫村，谁不这样说，哪个又不这样称赞呢？长安人一声"老汉"的爱称、尊称，足见一斑了。在《保卫延安》中，杜鹏程对主人公周大勇形象的描写，展示了一个普通战士怎样成为一个英雄和出色的指挥员的成长过程。周大勇 13 岁参加红军，吸吮着革命的乳汁，他的成长历史就是人民革命斗争的历史。杜鹏程在描写周大勇、王老虎、马全有、孙全厚这些英雄群像时，是"全身心地在体验、肯定和歌颂这次战争的伟大精神，他和战争的精神之间没有任何的隔离；他在创作时也仍然是在和战争同呼吸，同跳动的"。诚如冯雪峰评论说："大家可以判断，这部作品的成就，和作者对于这次战争的亲身体验分不开，同时也和作者掌握现实的精神不可分离。作者曾经比较长期地在部队里工作，曾经参加过多次战斗。在这次保卫延安战争中，作者就是在战斗部队里参加工作的。这是作者写这部作品的主要的资本。"② 因此可以认为，周大勇等的经历就是杜鹏程的经历，他们献身于革命战争，也就是杜鹏程少小离家，追随革命的大写人生的过程。同样无可置疑，《平凡的世界》中孙少平的艰难人生，农村、学校、做工、进城的城乡生活

---

① 《柳青专集》，福建人民出版社 1982 年版，第 283 页。

② 《保卫延安·序》，人民文学出版社 1984 年版，第 79、28 页。

演绎以及奋进向上、不屈不挠的人生经历，不正是路遥跋涉于文学道路上的缩影吗？不正是为理想文学坚执献身的大写人格在创作中的投影吗？贾平凹笔下的改革者孙少安形象，李若冰笔下一批拓荒者形象，魏钢焰笔下赵梦桃等劳动模范形象，以及莫伸小说中洋溢着的革命人道主义精神，爱琴海《沉默的玄武岩》、《哑地层》中农民当红军，红军变逃兵，逃兵又变土匪的畸形多变的人世沧桑和对人类主题的追求，邹志安《关中冷娃》、《冷娃新传》、《土地》等作品中深情父老歌的倾诉和"爱情心理探索系列"小说中对农民情感的热忱关注等，都足以说明陕西学人大写人生在创作中的情感共诉和鲜明折射。可贵的是，这并非个体的作为，而是群体自觉意识的追求，是20世纪陕西地缘文学源远流长的历史文化的奠基。

第六章

陕西地缘文学的人生样态

人生样态的关注，是文学创作的重要话题，它决定着作家对社会生活严谨真诚的价值取向，是作家"写什么"和"怎样写"之创作思想、艺术精神的诗学考量。陕西文学因其独有的地缘特色和作家们应合共和国文学精神的独有气质，其人生样态之内涵明显地呈示出共和国前十七年的应有风貌和新时期以来的多元时代风尚，这是陕西作家一贯严实求真的创作态度和基本原则。本章从"人生样态的地缘学界定"、"地缘样态与民族精神的呈现"、"地缘样态与时代风尚的多元"三个层面，探讨人生样态与文学、作家的关系，以及地缘样态与民族精神、时代风尚的涵融、多元和流变。

第一节　人生样态的地缘学界定

正如有学者在解释缘文化时所认为的，"缘"有源头的意思，缘就是源，是起源和本源，有一种寻根溯源的意味。而人类社会的任何事物皆始于源，又归于源，形成了寻根探源的重要特征。人们在揭示其事物的行进规律和奥秘时，又返归于本源的真朴，获得初元善美的享受，其间哲学意味的蕴藉颇有玄思。从这个角度说，作为本义的"缘"，其含义是寻根和归根，两大动力纽带，引人于本原处形成强大的向心力、凝聚力。人生样态的地缘学意义，正是这样一种人与地、情与物、动与静，因缘而聚而再生的缘文化的文学现象。

一　人生样态与文学的关系

所谓人生样态，就是人类社会在生存活动中表现出来的诸种形态特征，如精神的、物质的、心理的、感情的、道德的、伦理的，等等。人类社会的复杂性、多异性，决定了人生样态的多变性和不确定性。人类社会随着不断地认识自身，破译自身，人生样态也随之与时俱进不断更新。这就是说，人生样态伴随着人类社会的文明、进步和发展，其本质形态也在发生着质的变化。从原始社会蒙昧落后的生活样态，到封建社会帝制的生存方式，历史已被现代文明、现代科技所替代，人生样态出现了人类历史上从未有过的健康、文明、进步的现代新景观，这是人类认识自身，改善自身的必然结果。从这个意义上说，人类社会的发展是提升人生样态质变和量变的前提，而人生样态的文明程度是衡量人类社会进步的重要标志，二者的内在互动关系是密不可分的。马克思认为，人们按照自己的物质生产的发展建立相应的社会关系，正是这些人又按照自己的社会关系创造了相应的原理、观念和范畴。所以，这些观念、范畴也同它们所表现的关系一样，不是永恒的。因为生产力的增长、社会关系的破坏，思想的产生都是不断变动的。[①] 人们的意识，随着人们的生活条件，人们的社会关系，人们的社会存在的改变而改变。[②] 这里，马克思所阐述的思想的产生和社会关系、观念形态、生存存在的互动转化原理是清晰的，有其哲理性，它说明了人类社会演进与人生样态渐变的基本规律。

纵观中国社会在结束了封建专制的漫长历史后，又承受了近代半封建半殖民地的屈辱与苦难，现代三十余年的艰苦卓绝和浴血奋斗，中国人民终于迎来了民主、富强、文明的共和国新时代，谱写了一曲现代革命斗争的辉煌历史。新的社会形态的诞生，正如毛泽东所言"鸡毛真的上了天"，"中国人民从此站起来了"。于是，决绝旧日，一个崭新的体现本质意义的人生样态呈现在作家们的面前。历史的演进孕育了多少个寻求革命真理、为之呐喊的仁人志士，为之奋斗、英勇献身的英烈。从战争到和平，从边疆到内地，从城市到乡村，从工厂到学校，人民群众的凝聚力、向心力和不可战胜的精神，赋予了共和国人生样态的活的灵魂，这一壮阔绚丽的史实给作家们的创作提供了不竭的丰厚资源，使

---

① 《马克思恩格斯全集》第 4 卷，人民出版社 1963 年版，第 144 页。
② 《马克思恩格斯全集》第 1 卷，人民出版社 1963 年版，第 270 页。

人生样态与文学形成了不可须臾分割的粘连关系，正如高尔基所言："文学总是跟着生活走的，它不确证事实，用艺术手法来概括事实，做出综合的结论。"①

不错，作为涵载人生样态的文学艺术，作为体现人民群众情绪、意志和愿望的作家，其观照生活，把捏现实的清醒思路和严谨的现实主义态度，用艺术手法概括事实，做出综合的结论是至关重要的。那么如何处理好这二者的关系，笔者认为确证生活源泉的重要性和热情拥抱生活、了解生活、熟悉生活是两个基本出发点。毛泽东说："一切种类的文学艺术的源泉究竟是从何而来的呢？作为观念形态的文艺作品，都是一定的社会生活在人类头脑中的反映的产物。革命的文艺，则是人民生活在革命作家头脑中的反映的产物。人民生活中本来存在着文学艺术原料的矿藏，这是自然形态的东西，是粗糙的东西，但也是最生动、最丰富、最基本的东西；在这点上说，它们使一切文学艺术相形见绌，它们是一切文学艺术的取之不尽、用之不竭的唯一源泉。这是唯一的源泉，因为只能有这样的源泉，此外不能有第二个源泉。"② 这段典型性的论述，完整地阐明了文学与生活的关系，正是这些自然形态的、粗糙的人生样态，才最生动、最丰富地昭示着生活的本真，最大限度地提供了文学创作所必需的"源"，保证着"流"的存在性。然而，作为存在着的客观生活，又何以转化成为观念形态的文学了呢？这其中作家的能动中介作用是显而易见的。毛泽东是这样要求的，革命的、"有出息"的文学家、艺术家，"必须到群众中去，必须长期地无条件地全心全意地到工农兵群众中去，到火热的斗争中去，到唯一的最广大丰富的源泉中去，观察、体验、研究、分析一切人，一切阶级，一切群众，一切生动的生活形式和斗争形式，一切文学和艺术的原始材料，然后才有可能进入创作过程"③。毛泽东指出的这个过程是作家了解、熟悉、研究人生样态唯一的途径。其研究边界就是作家所处的独特地域的独特生活形态，来呈现这一因地缘而生的人生样态。否则，一切都是空的。由此可

---

　　① 　高尔基：《论文学及其他》，《文学论文集》，人民文学出版社 1958 年版，第 106 页。

　　② 　《在延安文艺座谈会上的讲话》，《毛泽东选集》第 3 卷，人民出版社 1991 年版，第 860 页。

　　③ 　同上书，第 861 页。

见，人生样态和文学不仅是反映与被反映的关系，从本质上说，更是"源"和"流"的关系。如柳青的创作正是这一关系的最好说明。解读一下《创业史》人物与生活原型的关系，就不难看出，作者仿佛把生活的原样搬进了作品。当你细读《皇甫村的三年》及作者的手记、随笔、体会等短文时，就会惊异地发现，其中诸多真人真事，甚至一张契约都在《创业史》中找到了着落。这些粗糙的却散发着泥土芬香的原始材料，无论是全貌俱在，或是一鳞半爪，一旦嵌入作品，必将使其具有强大的现实主义艺术魅力。

《创业史》究竟写了多少人物？据统计凡有名姓的约六十余人，堪称艺术典型的有七八人，主要人物大都有一个基本原型。譬如：梁生宝——王家斌；任老四——陈恒山；冯有万——董炳汉；高增福——刘远峰；任欢喜——陈家宽；姚士杰——高怀余；郭世富——郭公平；郭庆喜——郭远文；徐改霞——雷改改；韩培生——曹大个；卢明昌——董廷芝；梁三老汉——王三老汉；郭铁锁——董廷杰；郭振山——高梦生……甚至闪现一时的杨明山、高增荣、素芳、李翠娥等也实有其人。同时，大量的事件、各类名称亦不失其生活面目。如钻山、盖房、埋人、买稻种、统购统销；渭河、镐河、终南山；郭县、富平、潼关、宝鸡、国棉三厂；灯塔社即当时胜利社、七一联社的缩影，竹园村即当地的竹园方，等等。诚然，创作决非照搬。我们不至于幼稚地指梁生宝为王家斌，梁三即王三。然而，他们却实实在在地脱胎于这些生活原型，才使得作品达到了高度的艺术真实。为使作品具有浓厚的生活气息，不失生活之原样，柳青在创作时，弃凸平凹，采用跟踪一人的典型化方法，对人物和姓氏有意识地取同姓、同音、同字或谐音。如冯有万——董炳汉，郭振山——高梦生为谐音；郭世福——郭公平，郭庆喜——郭远文取同姓；徐改霞——雷改改，梁三——王三及竹园村——竹园方取同字。这样，人物与原型交融一体，可感可触，艺术形象之活脱脱，在浩瀚的当代文学作品中实不多见。源于生活，又高于生活虽乃文艺创作之一般规律，但不同的作家却有其独到之处，柳青正是其中的一位。

二　人生样态与作家的视域

现实生活形态是人类社会的具体化映现，是人类社会发展过程的痕迹。许多繁复的生活事象，和许多与人类生存息息相关的巨细物象，无不以其多姿多彩的面貌，以其不同的本质意义凸显在人类历史长河中。真善美与假恶丑的良莠并生，现象与本质的并行难辨，给人生样态平添了诸多迷离因素。因此，当作家在确立文学创作的正确取向时，应始终重视现实生活的价值前提和基础，而不能有须臾背向和离弃。举凡蕴涵着巨大的思想力量和艺术魅力的优秀作品，无不是现实生活的结晶与升华，又无一不对现实生活的行进过程与发展起着积极的推动作用和潜移默化的影响。从这个意义上讲，面对复杂混沌的人生样态，作家创作视域和表现倾向的选择取舍至关重要。

　　高尔基说，文学总是跟着生活走的。鲁迅认为，文学是与现实和时代有着共同的生命的脉搏的。列宁则更为强烈、更辩证地指出，作家不仅应当，而且必须参与现实、描写现实，并力求使我们的描写给运动的直接参与者和活动在现场的无产者英雄们带来更多的帮助，能够促进运动的开展①。这些论述毫无疑问，阐明和揭示了作家创作视域与人生样态的密切关系。如果依此至理来反观已逝的文学，那些对现实生活抱着淡漠叙述、零度感情，有意无意地远离现实、避开现实，过分沉溺于蓝色题材、灰色生活、个人欲望化写作，或者把笔触过多过重地投入对毫无意义的事件人物、猥琐情缘、慵懒世相描写的作家及作品，无不被社会、历史和读者所淘汰。如"先锋文学"、"身体写作"、"美女作家"等群类。相反，那些紧贴现实、准确反映现实、热情描写现实的作品，特别是触及重大现实题材和深层时代意蕴的作品，才真正体现了文学是生活的文学、时代的文学，体现了在创造中实现变革现实的美学确证。这样的作品方能诵传永久，长留于世。例如《诗经》、《离骚》、杜甫的"三吏""三别"、《红楼梦》、《母亲》、《钢铁是怎样炼成的》、《保卫延安》、《暴风骤雨》、《创业史》、《抉择》、《苍天在上》，等等，这些作品所具有的思想力量和艺术力量，足以激发人们的感情波澜并有力地促进现实的发展，因而被恩格斯称作"时代的旗帜"和生活的"镜子"。可见，面对多彩的现实生活样态，如何选择真善美，揭示现实生活的本质，使作家的创作

_____

① 列宁：《革命的日子》，《列宁全集》第 8 卷，人民出版社 1964 年版，第 86 页。

视野始终定位在跟踪时代步伐、展示美好人生精神风貌的导向上，这是每个作家不可回避的首要选择。倘若忽略了它，其创作的退萎下滑是不可避免的。如贾平凹前期以《浮躁》为代表的体现社会改革风貌的创作和稍后以《二月杏》、《天狗》为主的主流意蕴缺失的创作便是一例。当代中国现实，是民族尊严、国家富强、人民安居乐业的生活的高度体现，这就要求作家在认识、描绘这一现实时，要以热切关爱和深沉的忧患意识，满腔热忱地关注现实社会，即使针砭社会时弊，抨击人性缺点，也应取其积极的态度，以达到革除弊症，尽美且善的目的。调节好现实人生样态与创作视域的辩证关系，是实现作家自身价值，追求车尔尼雪夫斯基所说的"美是生活"①的审美观的较好途径。车氏的这一点与柳青看重生活在创作中的地位是相同的，而柳青的厚积薄发也证明了人生样态与作家视域的重要关系。柳青的创作生涯42年（1936—1978），不能说短；主要作品不过六部：散文集《皇甫村的三年》，短篇小说集《地雷》，中篇小说《狠透铁》，长篇小说《种谷记》、《铜墙铁壁》、《创业史》（其他均属短评、随笔、体会等），也不能说多。试问，这位作家究竟是以什么而取信于读者呢？每一位为文者当深思之。

革命作家的崇高愿望，是以自己的文学活动为人民群众服务。柳青认为，一切人民所需要的，都是和他日常用笔为人民服务的工作不相矛盾的，他都会满腔热情地倾其全力从事它。实践证明柳青是先革命、后文学，先生活、后创作，视工作为己任，自觉代言，毫不惜时。如40年代的《米脂县民丰区三乡领导变工队的经验》、50年代的《长安县三王区人民公社的田间生产点》、60年代的《耕畜饲养管理三字经》、70年代的《建议改变陕北的土地经营方针》等文字。这些文字虽难登艺术之殿堂，但却充分说明了柳青和党的革命事业的直接联系。数十年来，他关注互助组合作社所花费的心血是无法计算的，其价值何止一部《创业史》。也许有人会为此惋惜，殊不知，正因为如此，才使得柳青成为生活的富翁，以至产生了巨著《创业史》。使他不仅享有描写中国农村生活能手的盛名，同时又享有党的出色实际工作者的声誉。蜚声文

---

① 车尔尼雪夫斯基：《生活与美学》，人民文学出版社1957年版，第104页。

坛的柳青，可以说，不是以才华横溢为世人所称道，而是以艺术上严肃认真，踏实刻苦，不断探索和追求，逐步引起文艺界的重视的。他的写作"速度很慢，一天千把字，少则几百"，与其说写，倒不如说抠。《创业史》第一部历经六年，四次大改。仅万把字的"题叙"，所用时间整整八个月。这并非他笔拙才疏，恰恰是一个现实主义作家求新的执著之处。创作上的严谨态度，"愚人"精神，或许使柳青未能留下过多的作品，然而，他以自己成功的创作实践给我们留下了一条宝贵的经验：厚积而薄发！致力于党的事业，处理好人生样态与作家视域的关系，为人民提供优秀作品，这是柳青的终生愿望，也是他执著不移于文学的指导思想。

三　人生样态与文学精神的消长

文学精神与社会生活是人类生命过程的二重奏，文学是生活的文学，生活又被文学所表现，二者的互动作用又都缔结于"人"这一根本上，于是便有了"文学是人学"的永恒话题。所谓文学是人学，依照我的理解，那就是文学是人写的、是写人的、是让人看的。既然人写、写人、人看，这就势必蕴涵着因人而生，与现实俱来的一种内在文学精神。这就是说，文学表现现实人生必须与生活、时代、人民同步，以超前意识洞察世事，起到"补察时政，泄导人情"的作用，达到匡时济世、标立风范的效力，发挥启迪灵智、引导生活、点燃希望之火、推进历史前进的功能，成为时代生活的"感应的神经"、"攻守的手足"（鲁迅语），以体现出"文学救赎"命题。我们知道人生不能没有心灵情感的安顿之处，不能没有自己的精神家园，这是文学存在的最大根据。从人生样态与文学精神消长的规律看，需要在二者的"距离"间坚守"文学性"和"文学质"的存在，以文学精神之长抵消平庸化、欲望化、世俗化的生活样态之黑洞的吸附。这是文学所应承担的神圣使命。

千百年来，纵观古之无数智者先贤，今之多少仁人志士，以各自不同的叙写方式为普天下的民众而"哀民生之多艰"，艰难地寻找着能表现他们苦乐悲欢、人世沧桑的最佳文学范式，以达到文学应有的"感应的神经"、"攻守的手足"的作用。从爱国诗人屈原，到"究天人之际，通古今之变"的司马迁；从"穷年忧黎元，叹息肠内热"的现实主义诗人杜甫，到"樵歌生民病，但伤民病痛"的白居易；从"一身报国有万死"的陆游，到爱憎鲜明、扶助贫弱的关汉卿；从具有叛逆思想的龚自珍，到坚信中国未来"变从西法"道路的黄遵宪；从改良先驱康有为，到马克思主义学说传播者李大钊；从"救人"与"立人"的鲁迅，到为人生的叶圣陶；从赵树理到周立波对解放区新生活的叙写；从郭小川到贺敬之对共和国时代旋律的歌唱；从穆旦压抑中的倾诉到食指黑暗中的觉醒；从卢新华对伤痕的昭示，到蒋子龙对改革的呼唤；从张贤亮倡扬人的尊严与权利，到路遥展示平凡人的生存过程；从梁晓声、张承志理想主义文学的执著，到陈忠实、贾平凹对民族命运人性领域的拓展，等等——这种用生命铸成的时代的文学，深刻地反映着知识分子应着时代的变迁而激起的内在精神的需求，体现着可歌可泣的梦想史、奋斗史和血泪史，流贯着巨大的人文精神热流。所以说，凡是人生的，必是文学的；凡是文学的，必是精神的。其社会人生样态与文学精神的弥合关系显而易见。

　　一般认为，文学精神的消长，取决于作家是否忠于现实和执著文学的态度。严谨的现实主义创作、执著文学的作家，势必以其深厚的人道关怀、忧患意识和强烈的使命感去观照生活，那么其热切呼唤社会进步、人类文明的文学精神便灿然可感。反之，当前那种冷漠地涉猎低级趣味的人生描写，不断出新出奇且大肆炒作的"私语化写作"、"身体写作"，追求欲望产生、快乐原则，把"美是生活"偷换成"美是欲望的感性显现"的隐私窥探、意淫满足的写作，彻底没有了文学之精神气息，完全消解了精英文学的价值取向，便自然失去了精神的光灿和其烛照意义。对此，著名作家张贤亮指出："中国当代的中青年作家应当是社会主义四个现代化建设的改革家……都应当有一种使命感和责任感，有参与社会变革的鲜明意识，要用自己的作品为改革鸣锣开道。"①这是保证文学精神在创作中永驻的至理。那么，作为缘于黄土地生根的陕西作家，以本土的生活事象，极尽呈现出具有地缘特色的"黄土地精神"、"商州文化精神"、"漠北生存精神"和"关中农人精神"等，

---

①　张贤亮：《在中国文联一次座谈会上的发言》，《文艺情况》1984年第6期。

使人生样态与文学精神得以相益相长。

第二节　地缘样态与民族精神的呈现

20 世纪陕西地缘文学话题，实际上涉及一个文学的地理学命题。杨义先生认为，中国文学从源头上就与地理结缘，一些早期的典籍都存在或隐或显的地理情结或地理模式①。如果从这一视点观之，20 世纪陕西地缘文学就是中国大区域整体的切分，这两种区域间存在着文化、精神气候的差异和自然景观、经济景观、政治景观与人文景观的差异，这些独特的景观势必影响到作家的气质。而陕西由于具有 13 个王朝的独厚政治景观渊源，那么，文学的地缘政治气候就自然而然地演变为地缘样态中的诸多民族精神。

一　再现创业人生理想

人生理想作为人类社会的终极目标，有其特定的历史内涵和一定的阶段性。人类理想的最终目的是推动社会进步，改善人性弱点，不断认识自身，实现人类社会高度的物质文明和精神文明，这是一个漫长而艰难的前行过程，是在不同社会形态的递转蜕变中完成的，因此其历史性、阶段性特征十分鲜明。20 世纪陕西地缘文学中的创业人生理想，就是再现了共和国建设时期的诸多人生样态，有梁生宝式的走合作化道路的共同富裕理想的人生，有孙少安式的新经济体制下奋斗不息理想的人生等，作家都予以严正的概括和展示。

《创业史》是一部展示中国农民共同富裕理想的典范。柳青对共和国初期农村社会主义创业的认识是深刻的，作品扉页上的两首乡谚："创业难……""家业使兄弟们分裂，劳动把一村人团结起来"，就是对"社会主义这个新事物"的总体理解。也就是说，柳青已认识到一个民族企图以一种崭新的姿态创业立国，其艰难是自不待言的。自古以来，中国农民宛如散沙似的小农经济方式不可能实现自己创业富家的愿望。

---

① 杨义：《重绘中国文学地图与中国文学的民族学、地理学问题》，《文学评论》2005 年第 3 期。

因之，新的社会结构就势必从起点上打破这一经济方式，通过互助合作的方式来团结凝聚一切人，以达到立国富民的创业大计。从小说本具有文学性的初名"稻地风波"，到更名为严肃的《创业史》，就体现着作者对这一问题的深刻认识。在《创业史》中，我们清晰地看到社会主义创业人生理想实现的全过程，以梁生宝的互助组和灯塔合作社为代表，展示了共同富裕的合作化实施方向；以郭振山、郭世富及姚士杰为矛盾线索，展示了旧事物汪洋大海习性的严重性；以梁三老汉的转变为起点，展示了农民放弃私有制融入公有制的艰难沉重过程；以高增福、王二直杠为代表，展示了中国农民贫而不贱的人格尊严；以徐改霞、梁秀兰为代表，展示了劳动人民朴实崇高的内在精神美。诸种样态真可谓自古创业百事艰，这个人生至理被形象化了。小说中的梁三老汉，祖孙三代艰苦创业均以失败告终。老汉认定这是命运的安排，平静而又心服，认为和命运抗争是徒劳的，从此，再也不提创家立业的事了，千百年来个体农民创业的悲惨命运被演绎得淋漓尽致。20年后，继子梁生宝成为共和国第一代创业者。这个年轻的25岁的中共预备党员，此时的创业劲头比老子大百倍，全身心沉浸在互助组的事务中，做着在别人看来荒唐又可笑的愚蠢之事。然而，创立社会主义大业的理想，使梁生宝不顾爹娘老子的反对，失去了对女性的温存，团结一村庄稼人，进山"取宝"，去百里之外选购优良稻种，协调组内外的人事矛盾，终于在多打粮食的斗争中巩固了自己，赢得了群众，解决了数代庄稼人创业不成、立家不富的问题。互助组的巩固，灯塔合作社的成立，铁的事实它不长嘴巴传遍了蛤蟆滩，显示了社会主义合作化道路的强大生命力。这个过程其艰难是不言而喻的，柳青没有简单化，而是以深邃的笔触严正地予以真实描写。

从旧社会过来且几经创业失败的梁三老汉，当十几亩稻田一夜间姓梁后，几辈子的梦想成为事实，这是他万万想不到的，因此骨子里充满了对共产党的感激之情。然而创家立业、发家致富的心理积习像魔鬼一样缠绕着他，他琢磨着凭自己的力气与勤劳，怎么也能做上"三合院"长者。所以，他不愿互助合作，对此缺乏信任，与儿子梁生宝的互助组产生了心理抵制情绪，这在旧式农民中可以说是普遍的。随着互助组的发展和合作化的壮大，粮食的增产，贫雇农脸上的笑容，富农心里的泄气，以及儿子梁生宝的受人尊敬，老汉亲眼所见，感同身受。最使他感动的是，祖孙几代不曾想过的"三新"棉衣（新面子，新棉花，新里子）如今实实在在地穿在了自己身上。这位最讲实际的老汉，从心里彻底服了，由衷地对宝娃说："你们姓共的人多，胆大，能干大事。"柳青满腔热情地描写了梁三老汉痛苦的心理转变过程，真切地感受到创业富足后做人的尊严。有一次，梁三老汉去排队打油，人们认出这是灯塔社主任梁生宝的爹，于是大伙一致提议让他先打，说是上了年岁的人站久了腰酸，老汉感动得落了泪，一辈子生活的奴隶，如今终于带着主人的神气了。作者感慨地写道："人活在世上最贵重的是什么呢，还不是人的尊严吗？"是的，社会主义创业的成功，人生理想的实现，标志着民族尊严的提升。《创业史》从这个意义上，展示了阶级理想得以实现的历史过程。

《平凡的世界》同样是一部荡气回肠、内涵深刻的展示人生理想和命运的典范性作品。路遥以 70 年代到 80 年代中期中国农村生活为背景，以一群积极进取的奋斗者形象的塑造，阐述了对社会和人生的独到理解。作品对普通人在时代变迁和苦难历程中昂扬不屈的生命力的揭示，对惨淡人生、严酷现实的正视，使小说产生了沉郁、深邃、悲壮的震撼力量。孙少安、孙少平对生活有着不同的人生理想。正直善良、安分守己的孙少安，骨子里流淌着父辈农民守土守业、忍辱负重的血脉，在年复一年的苦难中支撑着贫困破衰的家。房无片瓦，入不敷出的家境，使全家人挤在仅有的两孔矮小的窑洞中。男大当婚，对他来说更无从谈起。当城里当教师的田润叶悄悄爱上了才貌很理想的孙少安后，他那"高挺的身材，黝黑而光洁的脸庞，直直的鼻梁，两条壮实而修长的腿"的英俊影子时时浮现在她眼前。一次孙少安捏着润叶递来的写有"少安哥，我愿意一辈子和你好，咱们慢慢再说这事"的纸条时，他惊呆了。是啊，少安明白，自家贫困，怎敢有此非分之想？尽管田润叶的爱是真诚的，然而现实迫使他不得不离开自己也十分相爱的润叶，只能满腹惆怅地去遥远的山西寻找一个陌生的姑娘为伴。艰难人生、贫困岁月不仅仅是物质的，连同精神也被碾碎了。面对现实，孙少安只有奋起摆脱贫困。在承包自留地遭失败受挫后，又一次在办砖厂中一起一落，几乎被置于死地。当孙少安历尽艰难，终于迎来奋斗的收获与喜悦后，然而那位山西姑娘、如今为孙家创业耗尽心血的媳妇秀莲，在苦尽甘来时却患上了癌症。作品逼真地再现了孙少安创业人生的艰辛和每前进一步所付出的沉重代价。正因为如此，孙少平不愿意像哥哥一样守着黄土过日子，在艰难沉重的窒息中苟活，于是产生了寻求现代文明的强烈愿望。孙少平离家前，母亲流着泪把被褥拆洗了一遍，少安从手头挤出 50 元钱硬塞进弟弟手里。晚上，少平和衣睡着，想着要去陌生的世界，感到一片令人心悸的渺茫。睡梦中，他感觉有人轻轻地抚摸着自己的头发，他知道是父亲的手，喷涌的泪水通过鼻管流进肚里。第二天，一家人为他送行，孙少平尽量笑着向亲人告别，然而他并不知道两颗泪珠早已从他的脸颊滑落下来。艰难的黄原打工，沉重的铜城挖矿，孙少平以超人的意志坚持着、拼搏着，当失去恋人田晓霞后，双重的痛苦使他陷入人生漫漫无尽的孤立与无助之中。创业的艰辛，人生的多难，路遥认为人生理想的追求并不在其成就感和荣誉感，而在于战胜苦难、超越苦难、把握命运的过程。这种对人生理想的深邃透视，对创业过程中顽强生命力的热情赞美，深深地启迪着人们。可以说，20 世纪陕西地缘文学中对 50 年代和 80 年代不尽相同的创业人生理想的严正概括与揭示是成功的。

二　赞美奉献人生情怀

如果说创业是人生的理想，那么，奉献无疑是人生的信仰，是人类社会达到理想彼岸的必由之路。从这个意义上说，民族的独立，阶级的胜利，国家的富强，无不是千百万人民为之奉献的结果。所以说，奉献人生是伟大、勤劳、智慧的中国人民的最高信仰准则，是共和国的时代精神。陕西作家李若冰、魏钢焰、王汶石对奉献人生信仰的高歌赞美，正是基于时代精神的高度。

展示共和国建设者的奉献人生信仰，在陕西作家中当属李若冰。他曾这样深情地说："我钟情于野外勘探者，他们的生活单调寂寞，当然是很苦的。如果没有那种吃苦的耐力、顽强的意志和强烈的使命感，在沙漠里连一天也待不住，在戈壁里过一夜也受不了。然而，勘探者内心世界却是丰富的，他们在野外生活尝到无穷的乐趣，体会到人生极为可贵的价值。""野外勘探者具有人类最高的素质，民族最优秀的品格，他们才是我所敬重的，所爱所恋的。"① 奉献人生信仰，使许多建设者们历经了从二十几岁到五六十岁的生命过程，从战争时代以枪为武器，到建设年代以钻镐为武器的战场变幻，他们把勇敢、智慧、快乐从旧战场又带到新岗位。在《青春路上的剪影》一文中，李若冰描写了这样一位将军，从翻身农民到战士，从战士到将军，从将军到大西北的建设者——青藏管理局长、筑路总指挥慕生忠。"这位披着银灰色头发的将军，谈话激情、动人。他不时站起来，高声说着，挥着手，好像在做一个重要决定，下一道命令似的。"他说："这里，个人英雄是不多的，主要是集体英雄。事，是大家办的；路，是大家修起来的！"② 朴实而坚定的话，展现着他的纯洁心灵。这位年迈的、身上印着十几处战争留下的伤疤的老将军，胸膛里有一股火热的洪流在泛滥着、奔流着。这位令人敬佩的将军，与筑路大军一样地生活，忍受严寒酷暑，蚊蠓叮咬，一样的吃干菜，嚼干馍，同甘共苦，习以为常，没有丝毫的将军待遇。这位将军也并非常人所理解的武夫，他的话语常常富有人生哲理："不要看我们是一些平凡的人，不平凡的事业，是由平凡的人创造出来的。""月夜渡昆仑，风吹雪转移；野狼双眼照，疑似有人烟。"将军的诗作蕴涵着野外工作者对严酷的环境的情有独钟和感同身受，以及昼夜无序、艰苦转战、视若等闲的战斗豪情。不难看出，支撑将军的是奉献人生的信仰。

在这个奉献人生的群体中，走出校门不久的大学生不在少数。来自清华大学的葛泰生，急工作之所急，极快适应了大西北的恶劣环境。那时柴达木盆地，一天内气温相差几十度，喝的是苦水或咸水，还得骆驼从很远的地方驮。秋夏两季是蚊虫和牛虻逞凶的季节。这里流传着大风暴把羊吹上天的故事，有大蚱蜢咬得骆驼流血号叫的故事。尽管这样，勘探者还得生活、工作。就是这位清华学生却风趣地说："要在六七月啊，蚊虫多得一巴掌可以打十几个哩！"他还经常哼着和他爱人共同喜欢唱的歌曲："你啊，我的大地，辽阔的大地……"③ 另一位大学生顾

---

① 李若冰：《高原语丝》，陕西人民教育出版社1992年版，第20页。
② 李若冰：《柴达木手记》，人民文学出版社1995年版，第141页。
③ 同上。

树松，1952年从西北大学毕业时仅18岁，23岁便成为一名地质师、一个大探区的领导者。他是进军柴达木的先行者，是十个地质勘探队中最年轻的一个队长。在1957年"反右"运动中，他即使蒙受屈辱，仍不断地质情结。当"文化大革命"结束后，顾树松又以中年之躯再次投入到石油勘探事业中去。这些奉献人生的英雄，其信仰是坚定的，似昆仑山般的永恒，似冰川般的洁净，似江水般的长流。他们的生活，有论者这样概括：搏斗！与种种不可知的工作对象搏斗，与沙暴搏斗，与无可攀缘的荒山搏斗，与无人涉足的恶水搏斗，与常人难熬的酷暑奇寒搏斗，与野兽害虫搏斗，与饥渴搏斗……是啊，无论是工人、领导者、老专家，还是年轻知识分子，无论是男还是女，他们都是生活的强者，其人生的价值、人格的力量，激励着几代人，令人为之敬仰，为之奋起。魏钢焰的《船夫曲》极尽笔墨描写了60年代塞外一批女青年志愿者的英雄颂歌，热情肯定了"船夫精神"的永恒价值。著名纺织劳模赵梦桃，正像一滴水反映出太阳的光辉那样，由一个瘦弱的小姑娘成长为英雄人物，绽开了一朵奉献人生的鲜艳"红桃"。可以说妇女参与建设事业，构成了共和国初年的壮丽景观。

三　开掘吃苦人生精神

从人类社会历程来看，吃苦本是一种精神，是人类社会战胜自然、战胜自我，得以前行的动力。由于人与自然、人与人、人与社会、人与自我所构成的互错式复杂环境，给人类的发展，给个体生命的存在布下了许多难题和无穷的坎坷，人类社会要发展，个体生命要存活，就得战胜它、超越它。活着就意味着吃苦，前行就必然有奋斗，要付出代价，这是人类社会发展的史实，任凭谁也无法跨越。文学作为对现实生活的严正开掘，其要义就是不打折扣地张扬这种吃苦精神，正视人类社会每一个前行过程中的苦作、苦为、苦行。20世纪陕西地缘文学对吃苦人生精神的严峻开掘达到了现实主义较高的审美层次。

展示吃苦人生，在陕西作家中并不是平面地描摹人物的苦行僧作为，而是着眼于洞悉、挖掘人物内在的吃苦精神，挖掘其产生的社会根源和历史根源。杜鹏程为此目的常常苦苦思索。"有时候，写着、想着，又逐渐陷入一种异常苦恼的心情中。何以如此呢？""这些作品中所写的铁路职工被洪水包围着等等，是实有其事。当时，我和被包围的同志们在一道工作，那些落在同志们头上的打击和困难，也同样落在我头上。那是一种怎样紧张的战斗和英雄事业啊！可是，我把那壮丽的生活表现出了多少？我把那斗争生活中处处闪烁的思想表现出了多少？我把那劳动人民的崇高感情表现出了多少？我把那一代英雄的形象描绘出一个轮廓了吗？当我对自己提出这一连串问题的时候，简直无地容身。"① 可以看出，杜鹏程揭示吃苦人生的作品，回响着巨大的历史精神的震撼力。他以高亢豪迈的笔触，在生活的旋涡中组织了动人心魄的一系列情节，从正面着力描绘英雄人物的优秀品质，展示他们获取力量的动力源，提出了人应该怎么活，路应该怎么走的人生哲理问题。因而使人物的精神风貌显得十分壮美，洋溢着革命英雄主义和乐观主义的豪气。

展示吃苦人生历程，挖掘英雄人物精神力源，陕西作家有共识。柳青目睹和经历了梁生宝的原型王家斌许多感人至深的事迹。那年，县上通知王家斌去学习，他却放不下社里母猪下崽的事，"我"问他：

"你怎么走不脱？"他说："社里喂的那个母猪，就在这两天下猪娃。你看天这么冷，弄不好，猪娃会连一个也捞不住，都得冻死。"叹了口气，"唉，碰这巧，这窝猪娃可把我整住了……"

我口罩上面露着两只眼，盯着他不安的神情，忍不住笑。的确，一个人对某种事业专心到入迷的程度，他的说话和行动有时真逗人笑。

他忧愁地告诉我，他研究了许多办法，都不行，譬如说，烧柴禾给猪娃烤吧，这整个冬天要烧多少柴禾，这窝猪娃要多大成本呢？

他的忧愁引起我的同情。我看着他那焦灼的神情，再也不觉得他好笑了。

我说："这样的天气，万一……"

---

① 杜鹏程：《在和平的日子里·初版后记》，陕西人民出版社 1978 年版，第 264 页。

"不敢!"家斌坚决地说:"一窝猪娃事小,你说的,政治意义大。大家会说:'胜利社好!胜利社的猪娃,一个也没活!……'"

他说着,朝着镐河北岸高原的崖壁歪着头,表示这是他绝不能让发生的事情。他对任何困难都不屈服的性格,我是知道的,我也知道他决心把这第一个农业社永远保持在全区向社会主义前进的最前头。

第二天傍晚,我碰见了家斌。他一开口,我大吃一惊,他的嗓子哑得简直像老猫叫唤,似乎喉咙里堵塞了什么东西。

"你这是怎弄的?"

"咳嗽咳的。"他沙哑地说。

"怎么咳得这么厉害呢?"

"黑夜住的地方不对劲儿。"

"你住在哪里呢?"

他告诉我,他借住在郭家的磨棚里。为的是一早一晚要过河喂母猪。他说咳嗽得厉害不完全因为天冷,他用稻糠烧起一小堆火取暖,烟呛也有大关系……

"你去看我们的猪娃不?"他带着胜利的骄傲问我。"你看,走吗!人一进去,跑得呼隆隆的,可亲人哩!"

他那口气听起来,他对猪娃有多么深厚的感情啊!难道他还一点也不知道他的小彩彩在麻疹的高烧中受着折磨吗?

实在说,我对猪娃的关心没对家斌的关心大。"同志,"我很不满意地说,"你太过分了吧?难道就没有别的办法解决这个问题吗?要爱护牲口,也要爱护人啊!"

家斌毫不为苦地笑着,沙嗓子说:"民国十八年里,那年我七岁,跟俺妈讨饭。先是睡在人家的大门道里,冻得受不住;后来睡在破庙里,还冻得不行。我们钻进人家烧砖瓦的窑里,不冻了;可是窑主人撵我们,我和俺妈在雪地里哭。……"

他见我眼里漂起泪花,不再说下去了。我承认,我的感情太脆弱,经不起这样感动人的事刺激。我这个知识分子和家斌相处了一年,从他学到的太少了;他是这样的豪迈,说着他悲惨的童年时的事，好象说着旁人的事一样！①

这就是吃苦人生精神的根源，多少个王家斌、梁生宝、阎兴、刘子青式的人物为其事业着迷！文学是时代的文学，这些壮丽的感人至深的生活事象，便成为陕西作家直接描绘吃苦人生精神的最好资源，共和精神就是这样在具有独特政治景观的陕西地域文学中得以呈现。

第三节　地缘样态与时代风尚的多元

在新近关于中国文学地理学问题的探讨中，有论者提出了"地理"之于"文学"的"价值内化"问题，即作为空间形态的实体地理和文学家主体的审美观照后所积淀、升华的精神性"地理"②，这个观点阐明了"人"与"地"、"地"与"文学"两个层面的重要关系。这对于地域特色很突出的区域作家来说提供了新的创作思路——作家如何依凭空间形态的实体地理，充分发挥其主体审美性，上升为精神性的"地理图式"，在多变、流动的地域空间中作全方位的多元化的生活观照。20世纪陕西地缘文学，就是对于流动多变的八九十年代以来的社会生活，予以具有地理图式的精神性多元审美观照。

一　展示淡泊人生灵魂

淡泊人生观在中国传统文化中是一种美德，其积极内涵指对功名利禄、荣华富贵等物质需求和索取的疏远与背离，对富有独立意识、本分守信和不趋炎附势人格的追求，因而又具有道德伦理层面的意义。这种人生观，自古以来造就了许多鲜为人知的人格典范。淡泊人生观在当代中国文化中，更是体现着阶级、民族无数英雄和创业者的高洁人格风范和积极进取的社会道德风尚。民族的独立，阶级的解放，国家的富强，正是千百万人舍小家顾大家，以无私奉献的强烈使命感和责任感，甚至以其生命的代价换取。因之，淡泊人生观不仅仅是道德、伦理层面的问

---

① 《柳青小说散文集》，陕西人民出版社1980年版，第32—39页。
② 梅林：《中国文学地理学导论》，《文艺报》2006年6月1日。

题，而且更多地体现着一个新的时代的精神风尚、一个崛起民族的崭新风貌。

淡泊人生作为一种社会人生样态，既是生活的，又是文学的，既是人的社会化过程的一种图式演示，又是文学作品中人物灵魂的映现，所以，它具有两个层面上的含义。首先，作为社会人的陕西作家，其淡泊人生的理念是十分鲜明的。多数作家与时俱进，居安思危，很少有过自己的考虑与打算，不计名利，不为富贵，不图安逸的清淡作为处处可见，为文坛传颂。柳青在50年代极为困苦的个人生活环境中将万余元稿费充公，心中唯有皇甫村的庄稼人，俨然以平静的农民的心态过着地地道道的农民生活；路遥以普通人的感觉，昭示着淡泊人生的灵魂与信念；杜鹏程从小离家将身心交给了革命，痛苦地埋葬了未能亲临尽孝的逝去的母亲，从一个侧面体现着忠孝不能两全的美好灵魂；李若冰七进柴达木，失去了多少居家的温馨；从来就不善面世的贾平凹，视铺天而来的荣誉还不如他常常摆弄着的陶俑瓦罐值钱；更为年轻的作家红柯说："对我们所处的这个时代来说，浪漫主义、梦想、神话与这些大生命气象越来越重要了，尤其对实用主义传统极为深厚的中国读者。当下世界，多关注一些万古不变的东西可能更有意义。""我自己的生活方式是：作为作家在生活中越平淡越正常越好。"① 陕西作家首先体现在思想意识上的这种淡泊人生观，决定着其创作中对淡泊人生灵魂的细腻刻画，折射出中国远传统和近传统文化中良好的人生美德。

《白鹿原》中的白嘉轩，这位体现传统美的人物，以关中农人淡泊的心理从事着终年"日出而作，日落而息"的永恒的辛勤劳作。他坚毅精明，仁义不屈，一生尊奉"耕读传家"、"学为好人"的古训，靠自力更生建立家业，靠仁义树立声望，只想做一个正经的庄稼人。白嘉轩淡泊名利，固守传统治家治族格言，希望在他的执掌下，族有族规，家有家法。在族里他整治了游手好闲、好吃懒做的赌徒、小偷，教育和感染了全村人；在家里深夜秉烛教导子女，讲授"耕读传家"匾额的含意，强令儿子孝武去山里亲戚家背粮食回来，以体验什么是苦，知道什么是粮食。这些描写，典型地体现着中国农人疏离政治，只知依靠勤

---

①　红柯：《跃马天山》，长江文艺出版社2001年版，第401页。

劳创家立业的本能的人生信条。在滋水县何县长动员白嘉轩担任白鹿村乡约时，白嘉轩婉言谢绝，放弃了这种被别人看来十分荣耀又功利的美差，却"愿自耕自种自食，不愿做官"，不放弃劳动。他常常对家人说："人行事不在旁人知道不知道，而在自家知道不知道。"白嘉轩这种良好的淡泊功利、不好张扬与浮华的心理素质，的确是远传统文化的熏染所致，陈忠实细腻而缜密地作了史实性的展示。随着时代的演进，人类文明的不断进步，当代中国这种淡泊人生、不尚功利的灵魂在共和国创业史上，在拓荒者以及绝大部分人身上更体现出时代的风采。梁生宝痴迷于庄稼人的大业，高增福坚定的集体信念，阎兴、刘子青献身建设高潮的不竭精神，"大木匠"沉迷于农具技术革新的憨朴行为，吴淑兰、张腊月舍家为公的社会风尚，无数个王铁人、赵梦桃以及千万个将身家性命置于大西北荒漠开掘宝藏的拓荒者，他们淡泊的是个人私欲奢望，看重的是国家、民族、人民的大利和希望。柳青、杜鹏程、王汶石、魏钢焰、李若冰等，浓墨重彩地、满怀深情地展现了他们这种独有的珍贵的绚丽淡泊人生样态。

二 倡扬耕读人生传统

中国社会是一个历史悠久的以农耕文明为主要形态，以源远流长的传统文化体系为价值取向的国度。长期以来，所谓"修身、齐家、治国、平天下"的儒家济世思想成为人们的社会行为规范和道德准则。"耕读传家"也就历史地形成了人们意识中的深层思想底蕴。时至今日，在中国农村和城区的许多人家的门庭上仍悬有"耕读传家"的字样，可见，耕读人生作为一种传统，不仅历史久远，而且标示着中国人重物明德的理念和"天人合一"的文明恬适的理想人生范式。

那么，何为"耕"，又何为"读"呢？从本质意义上讲，"耕"是中国社会以小农经济为主的农业文明，是立命之本，"读"是以儒家思想体系为主的一系列道德规范，为修身之源，二者合一是中国社会农人的最高生活范式。在封建社会，"耕读传家"具有浓厚的封建宗法色彩和家族特征，它是维系社会存在、凝聚人们思想和道德行为的纽带，其积极意义和维护人们道德规范的进步意义是不言而喻的。到了现代社会，"耕读传家"又被赋予了新的时代内容，成为创造物质文明和缔结精神文明的基本行为目标。正因为"耕读传家"在过去和现代所展示出来的"修身"、"齐家"、"治国"的积极济世和陶冶人们灵魂的作用，所以才形成了具有传统美德和丰富内涵的耕读人生样态，给作家提供了展示这一人生的足够资源。柳青的《创业史》展示了梁三老汉三代耕读人生的创业史；陈忠实的《蓝袍先生》展示了徐氏家族耕读人生传统的承业史；《白鹿原》展示了白氏家族耕读人生的兴衰史及鹿氏家族耕读人生的变异史。这些以家族演变为创作视域的作家，从一定程度上勾画了某一领域深广的人生样态和特定的群体心态，因而有其史诗的性质。《蓝袍先生》写了一个悲凉人物的不幸，一个普通人的坎坷。徐慎行终年身着"蓝袍"，是典型标准的"耕读传家"遵从者。父亲封建意识浓厚，试图将儿子栽培成和自己一样、也和自己的父亲一样的"蓝袍先生"，不去考虑儿子的意愿，独断地主宰了徐慎行的一切，连同他的爱情。为了使徐慎行继承父业成为"人师"，于是，父亲从小便遏抑着他的活泼天性，长大后又以配丑妻来淡泊色念，使徐慎行从此被造就成不苟言笑、古板迂腐，迈着八字步、常穿蓝袍子，小心翼翼、慎行处事的耕读传人。然而，这一耕读传统中的负面因素给徐慎行带来的内心禁锢、人性压抑、灵魂的戕害是令人心酸的。徐慎行形象引发出的人性压抑的沉重和企望人性解放的命题，反映了陈忠实对耕读人生传统的深刻思考。徐父于耕读传统中对待人性、情感的意识，与白嘉轩主张男人不溺女色，对情和爱要少或没有的认识是一致的；徐父对徐慎行的行为，白嘉轩对白孝文、白灵、侄子黑娃、侄媳田小娥的行为，共同反映了耕读文化中畸形的一面，展示了耕读人生样态的复杂性、多异性。相反，在《平凡的世界》和《创业史》中，却展示了耕读人生的积极人生态度和创业、奋斗、勤劳的传统美德。

《平凡的世界》严正地描写了孙家父子的苦难人生。作为父亲的孙玉厚，从一生下来，没有过过几天快活日子。在苦难中他之所以还活着，不是指望自己今生一世享什么福，而完全是为了自己的几个子女。只要儿女们能活得好一点，他受罪一辈子也心甘情愿。这个没有多大本事的农民父亲，不可能让孩子们在这世界上生活得更体面，他只有一个愿望，就是拼老命挣扎，让后人们像一般庄稼人那样不缺吃少穿就心满意足了。然而，在那个年头，孙玉厚在这片土地上都快把自己的血汗洒干了，家里的光景还是像筛子一样到处是窟窿眼。"孙玉厚难受地从窑里走出来，站在自家的院子里，不停地挖着旱烟袋。他佝偻着高大的身躯，无神地望着东拉河对面黑乎乎的庙坪山。山依然像他年轻时一样，没高一天，也没低一天。可他已经老了，也更无能了……"①但是，玉厚老汉在心里时常为自己的子女而骄傲，孩子们一个个都明理，长得苗苗壮壮的。这就是他生命的全部意义。这就是他活着的全部价值。孙家父子贫而不贱，苦而不哀，父辈的传教，子辈的承业奋起，正是中国社会耕读传统中积极进取人生的真实写照和千百万耕读人家创业致富的历史缩影。《创业史》中的梁生宝，一个共和国初创时的新人，之所以为事业着迷，以至于忘记吃饭，没有瞌睡，对女性的温存淡漠，失掉吃苦的感觉，和老子闹翻，甚至生命本身也不是那么值得吝惜的了，其原因是勤劳、善良、正直，做事讲求"底底"的继父的传教和新时代所激发的理想之火。

　　至此，上述两方面的阐述足以可见，陕西作家展示了耕读人生传统的丰富生活样态，其积极人生态度给人以激励，其沉重窒息的生命悲歌使人深思，其展示这一人生的文学史价值和社会价值是显而易见的。

三　表现进取人生风尚

　　有论者认为，生活就是具有各种不同思想的人的活动历史。这个说法道出了人生样态繁纷多异的特征。不管怎么说，人生必进取，进取人生无疑是人类社会发展的动力。于是便有了"莫道桑榆晚，为霞尚满天"的乐观人生；有了"老骥伏枥，志在千里"的不息人生；有了"老牛自知夕阳短，不用扬鞭自奋蹄"的奋斗人生；有了"花前自笑童心在，更伴群儿竹马戏"的不老人生；有了"三万六千日，夜夜当秉烛"的自强人生；有了"皎皎初心质天地，兢兢晚节蹈渊冰"的勤勉人生，等等。

　　由于人类社会形态的丰富性，决定了进取人生多维个案的独特性和情感的意绪性，比如精神境界的追求、人格范式的塑造、心理素养的培植、情感道德的修养、事业理想的确立、物质创造的掘取，等

①　路遥：《平凡的世界》，中国文联出版社1994年版，第38页。

等。概而言之，一个广博而又多异的进取人生样态给作家的创作提供了多方面的源泉。于是，对现实的严正叙写，或浪漫的诗意描摹，或哲理的深邃揭示便成了作家创作视界的多重审美观照。从这个角度看，陕西作家进取人生样态的表现其形态、手法是多样的。路遥以现实主义严正笔力，展示了进取人生中的诸多艰难和不幸，以及付出与收获并非均等的严酷现实。他追求的是人生进取的"过程"，是体现进取人生价值的演示。孙少平的进取人生并没有以成"正果"而衣锦还乡；田润叶的爱情追求同样以悲剧而终；孙少安的人生搏击处处以沉重的代价换取；甚至田晓霞以短暂生命结束了人生旅途。深邃的思考，严正的笔触，所展示出的悲壮人生，是那样的回肠荡气，而路遥以殉身文学的事实演示着平凡人生的悲壮哀歌。贾平凹则更多地探寻着精神层面的人生追求。《废都》、《白夜》、《高老庄》、《怀念狼》四部大书（《秦腔》则为另一种倾向），构筑了当代中国关乎人的精神追求、灵魂归宿、心理躁动、人种退化、生存环境方面的生命史线。作者以现实主义为基点，以现代主义为表现手法，以神秘文化事象为点染，穿插经纬，展示了庄之蝶、夜郎、子路、傅山在不同时期、不同环境、不同文化背景生活中的追求，以及寻觅符合人类得以生存的恬适、祥和的灵魂归宿和精神家园。庄之蝶出走"废都"，夜郎灵魂不宁，子路高老庄寻根，傅山变异为人狼，莫不是作者从精神层面展示对改善人类生存状况的积极努力的诗意化表现。可以说，在这一方面，红柯小说更具有进取人生精神的诗意化、理想化。有论者说"红柯是个彻底的'肯定性'"的作家，人的形象光辉灿烂，令你睁开双眼惊喜赞叹。的确这样，红柯自己也说："没有梦想的生活是很可怕的，文学说到底是一种浪漫，关键是这种浪漫强调的是什么？是生命意志！""西部有大美，戈壁之美、群山之美、大漠之美。我自己生命中某种潜力也不由自主被发掘出来。"① 比如《奔马》，是典型的生命意志、生命张力的大美之作。"……那是一股疾风，带着啸音在外奔驰，他不得不把车子拐到左边，给那呼啸而过的疾风让一半官道。那团混沌状态的风慢慢地显示真形，由马鬃到马头马身马蹄直

_____

① 红柯：《跃马天山》，长江文艺出版社2001年版，第396页。

到圆圆的后臀，直到它有了奔马的形态和生命……眼前一片空明，路消失了，他和他的车来到伊犁的原野上，那匹无法超越的神骏进入空气，化为一片纯净透明的光。他和他的车默默地注视这片光，他又一次败给了骏马。"① 诗意的描写，疾风似的奔马，生命力的象征，车主和车子，现代化的生命物无一能超越那神骏的富有原始生命力的奔马。美妙流水般的意象性语言，蕴涵着作者对强大、粗犷、高扬的生命的由衷赞美，这是纯粹的精神层面进取人生的诗意化表现。可以说，红柯的浪漫手法，与陕西作家既定成俗的现实主义手法其路数差异较大，因而更具独特性和鲜明性。

总之，20世纪陕西地缘文学中的人生样态是多维的，作家们从不同视角展现了不同领域的生活状态，其总体风貌的文学价值取向，反映着陕西作家准确把握生活的审美能力和对新的社会生活的多元观照。

---

① 红柯：《跃马天山》，长江文艺出版社2001年版，第53页。

第七章

陕西地缘文学的人文关怀

　　人文关怀是人类社会的精神源泉，从哲学意义上讲，是一种博大至诚的终极精神关怀，一种对人的命运、人的生存意义、人的价值、人类痛苦与解脱生存方式的深切关注。概而言之，是对人的存在和生命的终极思考。这一命题在中西方哲学、文化中都有精辟的论述。比如康德、叔本华、尼采、弗洛伊德以及海德格尔、赫尔岑、陀思妥耶夫斯基的理论和鲁迅的"救人"与"立人"的人文阐述等。人文关怀对人类社会前行和再造新机有其永恒的能源供给意义，是历史前行的内在动力，是物化世界所不能替代的。20世纪陕西地缘文学的人文关怀，作为对地域人群的存在关注、灵魂再铸、精神贯注的现实意义不言而喻。本章从素有人文关怀的地缘特性渊源、"地缘个案形态：人文关怀的传承"、"地缘个案形态：人文关怀的拓展"三个层面加以论述，以揭示出陕西地缘文学人文关怀的内在特质。

第一节　人文关怀的渊源史线

　　文学与地域关系的研究，本身就是一个具有多层次、多侧面的系统工程，相生出许多诸如地域与民俗、与政治、与经济、与文学流派、与家族等的研究空间。那么，作为素有中华民族文化发祥地之称的陕西，其姜炎文化、周秦文化、汉唐文化及延安文艺给陕西文学地缘特性以极大的资讯传承。众所周知，中华民族文化源于陕西，也就是说，从那个时候起，人文关怀就深深地蕴涵于其间，展示出源远流长代代传承的史线。从文化的历史阶段性特征看，就是不断在文明与愚昧的矛盾冲突中螺旋式前行。当人类以第一块石器作为求生存生工具时，人类的时代便开始了，文明不断否定愚昧的过程也随之开始了，此后人类逐渐从渔猎采集方式发展到农耕牧畜、自给自食的生存方式。这个过程摩尔根视为"自蒙昧到野蛮，这是人类否定自己愚昧过程中的重大一步"，城市、国家和阶级的出现，摩尔根称为"从野蛮到文明的第二步"。人类社会的这种不断从蒙昧到野蛮、从野蛮到文明、从文明到更文明的阶梯演化过程，便是人文关怀的存在过程。

一　远古炎黄文明的早期奠基

早在远古时期，以炎帝为代表的农耕文化和以黄帝为代表的游牧文化，就有关乎人类生存的一系列人文关怀，奠定了具有生发意义的人文深旨。例如，炎帝引火之物为我用，与农耕结合，才有了刀耕火种的"火文化"关怀。火的开发利用给人类的衍生提供了生存、否弃蒙昧的生命延续意义。人们用火烧荒耕种，抵御猛兽侵入，炙烤煮食以合理生息。于是，自然的火为我之物，成为人的精灵，被人格化了。祖先之于火的人文类征现象源远传承，在人类生存活动中庄严肃穆，具有神圣的宗教般的人文深旨，形成了后世人的烟花之火、灯笼之火，以及社火、红火、闹火等物质的、娱乐的、祝福的等等人文象征。在炎帝时代，神农氏的诸多作为莫不基于氏族成员的生存考虑。神农尝百草而献身；"因天之时，分地之利"的耕耨发明，五谷种植；"削桐为琴，绳丝为弦"的娱乐制器；尊重女性，开辟纺织，替代兽皮、树叶为衣的文明先河；"丈夫丁壮而不耕，天下有受其饥者，妇人当年而不织，天下有受其寒者"的公耕之法的确立；"不以其智或力而贵于人，天下共尊之"的人人平等的价值观；禁忌乱伦、对偶婚制、子女知其父母的伦理关系；"不独事其事，不独子其子"的首领推举明示制，等等——都蕴涵了先祖人文关怀的初始源头。炎帝神农的这种人文情怀使族团成员引以为豪，甘愿为之献身。在他们眼里，这些智慧和作为非神力所不及，于是神农便成了"三辰而能言，五日而能行，七朝而齿具，三岁而知于稼"的智慧先祖，唯有这样的首领才能救民于水火。在一次洪涝灾难中，天降大雨数日不断，洪水溢满了部落的沟沟道道，人畜庄稼浸于水患，难以生还。神农心急如焚，独倚尖山祈求上苍，久跪不起，为民之诚终于感动了上帝。于是丛山爆裂，向南北推移成川道之状，大水乘势倾东而泻。水退了，但因天上无太阳，阴湿使瘟灾又起，神农得高人指点，不辞万里只身前往，借太阳于东海，悬挂天空。于是日光普照，瘟灾退去，人畜生还，庄稼葱郁，和谐、安详的耕种局面复原如初。炎帝神农这一胜天壮举也成为神话，内化为氏族成员的精神力量，构成了姜炎文化人文精神的质核精髓。

二 周秦文化的人文发展

人文精神在周秦文化中有了进一步发展。姜炎文化作为远古时代中华境内的地域文化之一，因地缘关系又是周秦文化的直接渊源。从古史世系看，周、秦都是炎帝后裔进入炎帝部落旧地，继承了农耕文明而发展壮大的。从粗耕农业、牧猎结合到接受农业文明、使用铁器等生存方式的出现，无不是源于姜炎文化的演绎，因而形成了自己鲜明的文化特征。其人文关怀的厚重与扩张愈加显示出实质性的功利目的。周室后稷不仅是周之先祖，更深的意义还在于崇尚农耕文明，以岐地（今武功一带）为中心发展了中国当时最发达昌盛的农业区，被奉为农业的发明者和传播者。武功的"后稷教稼台"表明后人的尊崇。此后，周人迁至岐山、周原，请来羌人姜尚辅佐，建立"岐邑"京都，推翻殷商，完成了"周从武功起，再从岐山兴"的霸业发展过程。从周人发展史，可以看出对人的关怀更贴近了，以人为中心。《礼记·表记》中载："殷人尊神，率民以事神"，而"周人尊礼尚施，事鬼神而远之"。他们相信的神是有人格意志的神，认为芸芸众生是上帝的降民，上帝应保护降民，因而重视人事、人心、民情。周武王东征伐纣时，"白鱼跃入王舟"，有应天顺民之兆。于是武王等统治者认识到体察民情、争取人心的重要性，便安抚殷商大臣，拯救百姓。当战争结束后，即"纵马于华山之阳，放牛于桃林之虚，偃干戈，偃武修文"。修文以示文治。周人显然发展了前朝，提出了礼、法、刑、政兼举的治国术，"诚天祖，严自己，善待人"，"以法守刑"，"明法慎刑"，建立了一整套礼乐人文施政条纲。正如周公庙对联所写："制大礼作大乐并戡大乱大德大名垂宇宙，训多士诰多方兼膺多福多才多艺贯古今。"这副对联正是周公人品、学识的极高评价。诸多作为，反映了周人重文修德养性的人文关怀，它从风俗习惯、血缘传承上给陕西后人以精神气质上的深远影响。

秦人的实用功利观更典型地体现出人的生存方式的改观和发展。秦孝公任用商鞅推行变法，以改变秦人落后面貌，韩非的《五蠹》使秦始皇赞叹不已："寡人得见此人，死无恨矣。"尤其是秦人的人文关怀体现了哲学、文化思想上的朴素的唯物主义倾向，形成了一代质朴、凝重、简洁、明快的优良风尚。《商君书》、《吕氏春秋》堪为典范。这种文化特质，再造了精神性灵，奠定了秦人重实际、讲实用、看实效的利于生存的价值取向。于是勃发出了筑长城，修江堰，扩疆土，重蚕桑等等关乎人的生存状态的图强追求的秦人气质与精神。由此可见，周秦文化中许多方面诸如崇拜祖先、孝悌伦理、君民互补思想，人与自然的整体观，阴阳和谐及中庸价值观等都是基于人文的发展、民族的振兴，构成了周秦时代的人文精神景观。

三　汉唐文化的人文多彩

汉唐时代的人文关怀，则显示出了范畴更大、领域更广的多异性。从农耕技术到冶炼术的进化；从粟作、稻作食粮到胡豆、胡麻、胡萝卜、胡桃、苜蓿等食用品种的改变；从河西走廊西北大粮仓的筑建到西域丝绸之路黄金通道的打开；从以长安为中心，到集世界经济外交为一体的开放宏略；从文学辉煌勃兴，到文化艺术、宗教史地、医学交通的发达与多元：莫不展示出汉唐盛世之人文雄风气概。其中，不难看到人文思想之教化的重要，以及对人的素质的潜移默化作用。杜甫笔下"九州道路无豺虎，远行不劳吉日开"的描述，就是太平年月一派祥和恬然之景象。从这一层面看，作为意识形态之一的汉唐文学艺术，作为名噪一世的李白、杜甫、白居易、柳宗元、韩愈等文学家，其文章思想无不对社会、人生及民众的生存状况、生存痛苦与解脱作了人文关怀抒写。李白的"济苍生"、"安社稷"的抱负，杜甫的《北征》、"三吏"、"三别"等富有现实主义人文思想的诗篇，白居易的《卖炭翁》、《杜陵叟》等关注下层人民疾苦的人文感怀，是一代知识分子可贵的人文精神的现实贯注，它对于整饬民心性情之内化再造的作用是深远久长的。

四　延安文艺的人文新质

近代社会随着马克思主义科学理论的产生，从根本上改变了对社会主体构成的体认。在延安文艺中，毛泽东倡导的文艺为什么人的问题，指出了意识形态领域内确立百分之九十五以上的广大人民群众作为人文关怀对象的新理念，成为中国共产党人的终极奋斗目标。解放区广大人民翻身做主的历史事实，给作家提供了描写新生活的现实可能和宽广空间。于是《兄妹开荒》、《夫妻识字》、《白毛女》、《血泪仇》、《王老九诉苦》、《逼上梁山》、《王贵与李香香》、《李家庄的变迁》、《太阳照在桑干河上》、《暴风骤雨》、《东方红》、《绣金匾》、《翻身道情》、《新儿女英雄传》、《种谷记》等等关注劳动人民昔日之苦、今日之甜和创业之志的各种类征作品的涌现，全方位体现了当代作家的人文思想。这是千百年来完全意义上的一次新的人文理念的展示。早在19世纪40年代，恩格斯赞赏过进步作家对"下层等级"的"生活、命运、欢乐和痛苦"的描写，列宁也提出，文学要为"千千万万劳动人民服务"，这将是自由的文学，因为它不是为饱食终日的贵妇人服务，不是为百无聊赖、胖得发愁的几万上等人服务。因此，延安文艺中的人文深旨，既承继了过去，更昭示着新的历史内容的演进，是20世纪陕西地缘文学人文关怀史线的新开端。

五　共和国人文关怀的时代特色

50年代以来，20世纪陕西地缘文学的人文关怀和着时代的旋律，体现着更为鲜明的时代特色，关注人在社会变革中的心理嬗变过程，关注改变生存状态的艰苦创业的人生演进，关注向大自然讨生存、求发展的艰难拓荒历程，揭示和平年代里新的矛盾斗争的人生经验，等等。这种多元人文特征指涉，承载着社会主义初始阶段前行的本质力量和愿望，蕴涵着一代创业者奉献精神的人文深旨。柳青于长安县皇甫村14年，杜鹏程奔波于成昆、宝成、陇海、黎湛、西韩铁路线上，李若冰穿行于青藏高原、柴达木盆地、大庆油田建设工地，王汶石深入于渭北村舍，体现着两个层面上的人文关怀，即作家笔下梁生宝、高增福、阎兴、韦珍、张腊月、吴淑兰、王进喜等客体形象的人生价值、存在意义的人文审美观照和作家主体于火热斗争中感同身受的价值取向、人文精神的展示。所谓文学的风花雪月、靡靡曼歌、情绪发泄之说，无缘于20世纪陕西地缘文学。相反对时代风云、社会进步、人的精神面貌和生存状况的情感关注，构成了 50 年代陕西作家人文思想的命脉。正是这种大气高扬的人文关怀，奠定了 50 年代陕西地缘文学的血脉和风骨。

新时期二十余年文学的演进中，陕西地缘文学的人文关怀多元纷呈。对人类生存的深情关怀体现在路遥的《人生》、《平凡的世界》，贾平凹的《浮躁》、《腊月·正月》、《高老庄》、《怀念狼》，陈忠实的《蓝袍先生》、《白鹿原》以及杨争光、红柯、赵熙、莫伸、高建群等人的创作中。这时期作家的人文思想，其类征较为广泛，涉及了人类活动的诸多事象。比如人生态度问题（《人生》）、人生价值问题（《平凡的世界》）、人的观念问题（《腊月·正月》）、变革中人的心态问题（《浮躁》）、人种退化问题（《高老庄》）、人性萎缩问题（《蓝袍先生》）、人类生态问题（《怀念狼》）、人的生存意识问题（《白鹿原》）、人的生存迷失问题（《最后一个匈奴》）、古老乡村远逝情怀问题（《秦腔》），等等。这说明随着社会政治意识、观念形态的不断解构，人文理念也愈来愈呈现出宽广与多义，其人文深旨更逼近了人与社会、人与自然、人与人、人与自我的本真领域，这是新时期陕西文学人文关怀成熟的重要标志。

综上所述，20 世纪陕西地缘文学人文关怀史线，源于姜炎文化农耕文明，中经周秦文化重农拓疆、法礼施人，到汉唐文化中西思想交汇、多元艺术精神贯注，构筑了人文史线的基本框架。从延安文艺人文精神的新质，到 50 年代人文精神的高扬，至新时期人文关怀视域的拓展，完成了 20 世纪陕西地缘文学人文关怀的整体史线结构。这是一条深厚宽广的、源远流长的承载着无限深情的人文之河，蕴涵着无数知识分子人文精神的血源。

人文关怀作为人类生命、生存的共同问题，具有世界性的共同话语。西方哲学文化思潮，注重对人本体的创造性关怀，中国则重在提倡"道"对人的教化作用。这种人文关怀的本质差异，使中西方在人的建构问题上有着观念上的、行为模式上的较大差距。义利观的倾斜在中国知识分子生命过程中尤为明显。"言不及利"、"君子谋道不谋食"、"忧道不忧食"、"以身殉道"成为传统，视为荣耀。即使有对人文关怀的阐述，也不同于西方哲学家建立在自己独立意志的思想性体认上作客观、冷静的学理观照，而是更多地从情感理念出发，并与人的生存危机、利益是否解决、是否满足联系在一起。于是当生存危机解决了，获利满足了，人文关怀也就不需要了，不再考虑更深更远更广的人文精神的建构。人文关怀成为急功近利的"利益关怀"，"短视关怀"，"实用关怀"，由此所带来的人文精神失落的弊端已显后患。吴炫在他的"否定论"中，透视并确证了人文关怀的内涵定位，指出了在人文关怀上的所谓"终极关怀"的"完美局限性"、"情感局限性"、"非本我性和顶峰性局限"的缺陷，确证了"存在关怀"的"健康性"、"理解性"、"个体性与不同性"的合理性，提出了 21 世纪人类的价值关怀，不再是去追求关怀"完美"，而是去实现"完整"，再造"有杂质"、"有私利"、"有快乐欲望"，"但又不满于此，渴望实现自己独特价值，创造另一世界的""完整的人"，这种"完整人"才是当今社会"健康人"的标志。① 这一理论建构从存在主义角度看是新颖的，有见地的。它冲破了在人文关怀上的情感性和不可及性、虚幻理想性，确证了人文关怀应建立在真真实实的可感可触的存在关怀上。依此理论观点，20 世纪陕西地缘文学的人文关怀，基本上尚在"存在关怀"的基点上，或者说从早先的"终极关怀"逐步向新近的"存在关怀"过渡，体现着以人为中心的共质与异质的脉络走向。

　　所谓"共质"是指以人为本的关怀，所谓"异质"是指对与人相关的诸类事象、领域的关怀。这是一脉共体、相互粘连、互为作用的人文视域。如炎帝神农氏的以人为本，周秦汉唐的以食为天等，使人文关怀不仅从物质层面，更从精神层面上造福于人。共和国时代，人文理念的新变，使关注的视角、视域更为平民化、大众化和普泛化，百分之九十五以上的人民群众的物质生存与精神生存成为主要视点。既有互助合作发展生产的物质生存关怀，又有社会主义思想教育运动的人文精神关怀，还有更广阔层面上的人类赖以生存的环境、生态、自然等等的关注。所以说，以人为本的"共质"和与此相关的"异质"的人文关怀，无不被陕西作家以饱含情感的如椽巨笔，深情地予以抒写共诉。路遥在 1988 年 5 月 25 日完成《平凡的世界》后百感交集：

---

① 吴炫：《中国当代思想批判》，学林出版社 2001 年版，第 255—261 页。

这是一次漫长的人生孤旅。因此，曾丧失和牺牲了多少应该拥有的生活，最宝贵的青春已经一去不返。当然，可以为收获的某些果实而自慰，但也会为不再盛开的花朵而深深地悲伤。生活就是如此，有得必有失，为某种选定的目标而献身，就永远是不悔的牺牲。

无论如何，能走到这天就是幸福。

再一次想起了父亲，想起了父亲和庄稼人的劳动。从早到晚，从春到夏，从生到死，每一次将种子播入土地，一直到把每一颗粮食收回，都是一丝不苟、无怨无悔、兢兢业业，全力以赴，直到完成——用充实的劳动完成自己的生命过程。

我在稿纸上的劳动和父亲在土地上的劳动本质上是一致的。

由此，这劳动是平凡的劳动，而不应该有什么了不起的感觉。

由此，你写平凡的世界，你也就是这平凡的世界中的一员，而不高人一等。

由此，像往常的任何一天一样，开始你今天的工作！①

路遥对平凡人生存世界的关怀，是一种对生命的情感关怀，这在陕西作家中具有普遍性。

有学者认为，中国现代文化史上有三种精神，即科学精神、民主精神和人文精神。由于近代科学技术的发展，此三种精神又融合为两种精神，即科学精神和人文精神。一般认为，科学精神更具物质世界性，更具功利、效益性，因而与社会更亲密。人文精神则更注重对精神世界人性层面的关注，与当今急功近利的社会现实便疏远些。虽然，这种未能很好认识人文关怀重要性的偏颇观点已经带来了社会理性思维的萎缩和退化，导致了自然科学思维的僵滞不前，然而荣幸的是 20 世纪陕西地缘文学创作中人文精神的倡扬与持续之高点仍未消退。红柯等的关注生命意识、高扬人文精神的诗意化抒写抵御了 90 年代一片物欲的喧嚣，撑起地域文学人文关怀的一面大旗。因此，对 20 世纪陕西地缘文学人

① 《路遥中短篇小说·随笔卷》，陕西人民出版社 1995 年版，第 299 页。

文关怀的再认识，其重要性不言而喻。

第二节　地缘个案形态：人文关怀的传承

人文关怀是作家创作的根本命题，不论是否意识到这一点，一旦进入创作，便无不以关注人类生存事象的描写为其主要内容。从这个意义上说，普遍性是人文关怀的一大特征。陕西作家以柳青痴迷文学、以路遥殉身文学，构成了 20 世纪陕西地缘文学人文关怀的重要标志，为文界所共识。鉴于陕西作家众多，创作纷繁，这里仅以几位重要作家的创作为例，来探讨其具有地缘特征的人文关怀个案形态。

一　柳青的使命意识关怀

柳青从涉足文学到创作终结，展示了一个与社会同构、感同身受，具有强烈使命意识的生命演绎过程。延安时期，先进文化氛围和毛泽东文艺思想，奠定了他文艺为人民大众创作的方向；解放区如火如荼的生活，更坚定了他走与工农相结合的道路的决心。从生理到精神，柳青面貌焕然一新。如果说柳青与文学有缘，源头便在于此。他深有感触地说："作为一个革命的文艺工作者，只有过着严格的组织生活，受党的教育，才能把握现实的本质。所以，要使自己的工作绝对地服从于党的领导，要乐于做平凡的实际工作。实际工作做不好，文艺工作也做不好，至于根本不到实际工作中去那就根本写不出像样的东西。"① 这一体认使他完全实现了对人民群众的思想感情和立场的两个根本转变，其创作无不体现着关注人民群众痛苦与欢乐的人文关怀。

一个名叫虎头老二的富裕中农在丰产后就是不愿出售余粮，村代表郭振山倒尽了肚里所有关于总路线的学问也无济于事，老汉就是只出一石粮，并赌咒说要是再加一斗，他就是四条腿。能说会道的郭振山无力地退出了老汉的院庭，再进去的是脖颈上围着一条白毛巾的梁生宝。他不叫大名，却亲切地说："叔，听说你心情不畅快，侄儿看你来了！"虎头老二惭愧地低下了头，眼前站的是民国十八年来蛤蟆滩讨饭的小叫

---

① 冯肖华：《柳青人格论》，陕西师范大学出版社 1995 年版，第 8 页。

花子宝娃，如今人人尊敬、个个喜爱的社主任梁生宝。"咳，二叔没脸和你侄儿说话，想不到你侄来了，罢罢罢，五石就是了。"生宝什么也没说，笑笑，尝了老汉一袋烟，告辞走了。这是什么力量呢？是英雄的威望在震慑。柳青塑造了一个英雄的成长过程，又何尝不是在塑造自己呢？25 岁的梁生宝，30 岁的柳青，与社会同构，与时代俱进，强烈的使命感使他们克服着一个个生活的难坎，施展着对社会、对人生的深情的人文关怀，完善着自己的人格建构。

柳青的人格概括起来可称为"求异十六维"与"行为八模式"。（1）从革命到文学，融文学与革命为一体的思维；（2）"一切归根于实践，对于作家，一切归根于生活"的思维；（3）六十年一个单元，文学事业是"愚人的事业"的思维；（4）"要想写作，就先生活，要想塑造英雄人物，就先塑造自己"的思维；（5）崇尚真理，信仰马列，决不拿原则做交易的思维；（6）文学的马克思主义党性原则和美学原理的一致性思维；（7）"只求死前留一定稿，不能拿草稿向人民交卷"的精益求精的思维；（8）透视生活本质，敏锐观察事物的超前思维；（9）抓机遇，贴近生活，以保持其鲜活的血肉相连的思维；（10）提倡"刊物要多登青年来稿，这是个辽阔的大海，要到那里去淘金子"的思维；（11）宽宏坦诚与平易近人的思维；（12）"永远脚踏实地、不急躁、不骄傲"的思维；（13）持之以恒的求知欲望和贯之一生的实践修养思维；（14）一贯求实务实的思维；（15）热爱群众、与其交心、解其危难、建立深厚感情的思维；（16）生活方式的简朴淡泊与自我约束的思维。不难看出，这是一种弥散而又相因的多重思维结构，它奠定了柳青社会化过程中的良好基础，规范着他一系列人格行为模式的形成。比如模式 1，作为革命家，追随马列信仰，自信六十年一个单元的行为；模式 2，作为思想家，坚持真理，抗击邪恶的行为；模式 3，作为文学家，忠于生活，归根实践的行为；模式 4，作为中国的知识分子，崇知识重修德的行为；模式 5，作为党的干部，体恤百姓，甘于共苦的平民行为；模式 6，作为农民的儿子，不失农民之质朴本色的行为；模式 7，作为慈祥的长者，严而有则、坦中见诚、扶助后辈的行为；模式 8，作为严父慈夫，集大局与家庭、傲骨与柔情为一身的行为。柳青社会化过程的"行为八模式"，已成为一种稳定的心理定式，其社会角色已经完善了"大写人"的应有品格,反映了汲取前人人文精神的自我选择。正如萨特认为的,自由之为自由却仅仅是因为选择永远是无条件的,选择向自己规定着自己的动机,人的自由先于人的本质并使人的本质成为可能。这就是说,通过人的自由选择而实现人的本质。懦夫把自己变成懦夫,英雄把自己变成英雄。这一人生的质变哲理在柳青的人生实践中得到了最好的阐发,其人文思想所发散的忧患意识与参与意识油然可见。如从作家对生活的认识和小说的叙事视角看,柳青尽力描写了立国富民的唯一途径——社会主义合作化,尽力描写出旧事物根深蒂固的习惯性,尽力描写了教育农民的重要性,尽力描写了中国农民的尊严感和劳动人民崇高的内在精神美。有意识地选择了讴歌生活与直抒胸臆话语相和谐的叙事方法、爱憎分明与感情色彩相一致的语言、阶级意识与语调把握上的恰当分寸感。因而在整个作品中处处流露出哲理色彩,闪耀着人文思想的格言式叙述话语的光芒。比如:"人生的道路虽然漫长,但紧要处常常只有几步,特别是当人年轻的时候。""生宝感觉到:蛤蟆滩真正有势力的人,被一个新的目标吸引着,换了以他的互助组为中心,都聚集在这里。坚强的人们,来吧!梁生宝和你们同生死,共艰难!""郭振山啊!郭振山啊!有几千年历史的庄稼人没出息的那部分精神和他高大的肉体胶着在一起,难解难分。"① 这种为人物的快乐而快乐,为人物的痛苦而痛苦,为人物的焦虑而忧愁的深情的人文关怀流淌于作品的字里行间。柳青认为,接受什么政治思想的指导和接受什么阶级意识的影响,永远是每个文艺工作者最根本的一面,如果不首先从这一面看,而首先从艺术技巧的一面看,总是向托尔斯泰和巴尔扎克求援,那么无论什么时代的作家和任何文学天才,都不会写出人民所需要的作品。他非常崇尚这一点,并在长期生活实践中形成了自己特有的人文情怀和精神气质。柳青的人文情怀是两极组合式,即:"崇高极对真善美的张扬与崇尚";"正义极对假恶丑的抑制与抨击"②。由此形成敏锐、深刻、稳定的心理素质,苦作、愚行、实为的文学家气质,豪气、正气、骨气的政治家风范的独特内涵。众所周知,柳青是很少写诗的,

---

① 柳青:《创业史》,中国青年出版社1959年版,第243、229、209页。
② 冯肖华:《柳青人格论》,陕西师范大学出版社1995年版,第126页。

然而在"文化大革命"中，却出人意料地写了三首情感沛然的诗，抒发了此时此地的情感关怀，这是陕西前辈作家与社会同构，强烈的使命意识于创作中的显现。

1968年10月，被囚困在"牛棚"里的柳青，创作被中断，痛苦咀噬着他那不灭的心。几曾沉静，于悲愤中写下这样的诗：

> 落户皇甫十四载，事半人在心未灰。堆中蜷曲日如年，盼望大哥放我回。

无华的语言哪里像诗，然而字里行间却见其悲观。悲其"事半"，欢其"人在"。一个"盼"字将诗人"心未灰"振笔毫，力尽"事半"的忧忧衷心脱然道出。可见诗人盼望回归的拳拳之心以及灵魂不灭的真挚之情。

1974年，柳青第二次被"解放"，回到了故土长安县。劫后余生，哮喘病、肺心病集于一身。妻子含冤而死，年幼的孩子们似同"一群鸡娃"无人照料。然而"心未灰"善"事半"的拳拳之心油然再起，难以按捺。于是"情动而言形"，诗出一首在床头，自勉自励：

> 落户皇甫志如铁，谋事在人成在天。灾祸累累无望时，草薁还我有生机。堆中三载显节气，棚里满年试真金。儿女待翁登楼栖，晚秋精耕创业田。

这首诗言真情切，信仰彷徨两在。无顾忌，不粉饰，将胸中的隐秘全然倒出。横祸飞来，谋事不得。无期的迫害使他有过无望之时："那时，我确实要自杀，这是我唯一能采取的反抗和自卫的形式。我在触电时，心里很坦然，很从容，电把我的手心击黑了……尽管我主动采取自卫处置自己的手段，但我可以告诉你，我对自己的信仰没有动摇，我的精神支柱没有垮！"[1] 皇甫的片草抔土再次给了诗人以生机，灵魂的搏斗终于使他迅速领悟，调整了生活的态度。"堆中三载"保持了革命作家的

---

[1]　蒙万夫等：《柳青传略》，陕西人民教育出版社1988年版，第135页。

应有的气节，"棚里满年"熔铸了铁骨铮铮的人品。这正是一个革命作家既是普通人所具备的，又是普通人所不具备的可贵之处。一个"登"字入木三分地勾勒出诗人病后步履维艰，但仍神情矍铄，志气不衰，踌躇满怀，精耕晚秋的动人形象。这里诗品与人品完美统一。

1976年10月，几个历史逆贼的罪恶行径终于触怒了"上帝"。消息传至医院，柳青决然而起命笔写道：

> 遥传京中除四害，未悉曲折泪满腮。儿女拍手竞相告，病夫下床走起来。忧愤经年吉日少，欢歌一夕新春开。问讯医师期何远，创业史稿久在怀。

的确，忧愤经年的柳青，身陷囹圄，备受辛酸。一部好端端的《创业史》却要指令贯穿什么"三突出"创作原则。拒绝，迫害。其结果是迫害升级，家破人亡，哀婉凄楚，吉日皆无。然而，诗人心中的"吉日"更多的是党、国家、人民。而今，贼子一除，吉日大庆，回溯检视"泪满腮"，"病夫"自然狂喜不尽，伏枥老骥，讯医欲出，沉疴未痊即耕耘。一位不畏强暴，执著于事业的诗人形象依稀可见。诗品与人品的崇高美达到了化境。这几首小诗，既无落笔惊风之势，亦无传世之妙语佳句。给人的感觉是：不仅内容纯真雅正，情出自然，而且形式随和，构句平朴，信手天成。这一特点犹如他的人品——朴素得像终南山麓，淡泊得如涓涓的镐河。"文如其人"，一个作家固然重文品，但骨子还在人品。这人品，源于陕西地缘特征的源远长河。

二　杜鹏程的矛盾理念透视

"皱着眉头看生活"，揭示生活的艰辛和矛盾是杜鹏程创作中人文关怀的基本理念和特质。概括起来说，展示在三个层面上：一是苦难生活际遇与皱眉观世人文理念的形成；二是其人文理念在创作中的贯注；三是其人文理念的美学价值。

首先，苦难生活际遇与皱眉观世人文理念的形成。陕西文学界称杜鹏程为"苦才子"，其一苦便是他苦难的生活际遇。1921年，杜鹏程出生于陕西韩城一个贫苦的家庭，三岁亡父，母亲守寡养他成人，因而自幼过着饥寒交迫的苦日子。1937 年抗战爆发，16 岁的杜鹏程开始涉足社会工作，担任了"中华民族解放先锋队"的队长，在家乡韩城组织了宣传抗日救亡的"少年书报社"，阅读了《共产党宣言》、《大众哲学》以及列宁的关于共产主义学说的著作。在党员教师的指导下，选择了自己人生的第一理想。1938 年抗战热潮中，杜鹏程带着四块钱，含着热泪，惜别母亲，来到了中国革命的策源地——延安，开始了崭新的生活历程。苦难的生命过程，使杜鹏程体察到了人间的冷暖和生活的艰辛，幼小的心灵过早地承载着不该承载的重负。此后，在整个解放战争和共和国初期建设中，杜鹏程对这一理念有着深刻的体认。因之，"艰辛"、"困苦"、"矛盾"这种来自生活体认的理念，自然构成了他创作中皱眉观世的思维意识。"我把那壮丽的生活表现出了多少？我把那斗争生活中处处闪烁的思想表现出了多少？我把那劳动人民的崇高感情表现出了多少？我把那一代英雄的形象描绘出一个轮廓了吗？""这一切仍然是创作中极为艰苦而十分重要的新课题。"① 可以说，"苦"之体验和感同身受，构成了杜鹏程人文创作的审美观，奠定了皱眉观世、矛盾理念形态的人文关怀基调。

其次，皱眉观世人文理念在创作中的贯注。杜鹏程的创作基本上是"两线延伸推进式"，即前期以解放战争生活为主要领域，后期以建设者生活为主要领域，这是一种逻辑推进式的史线演进，体现着作者追随时代永不间歇的人文情怀。代表前期创作的《保卫延安》是第一部正面描写解放战争的优秀长篇，作者对战争的残酷予以严正、真实的关注，体现出皱眉观世的人文理念。这是一场两万余人对二十几万人，在装备上差距较大的敌我双方力量悬殊的战争，作者真实地再现了这一历史进程，展示了"一个脚印一身汗，一片土地一片血"的艰难沉重的过程，以及"战斗、困苦、血汗、死亡，什么都吓不倒我们"的英雄气概和坚强意志，使全书洋溢着巨大的革命英雄主义精神与激情。正视战争的残酷而又不悲观，体认战斗的激烈，激发出巨大的英雄气概，这就是杜鹏程于艰难困苦中求取胜利的永恒激情。有了这种激情做注脚，他笔下的人民解放军指战员，无一不闪现着光彩。例如彭德怀司令员运

---

① 杜鹏程：《在和平的日子里》，陕西人民出版社 1978 年版，第 264、266 页。

筹帷幄的卓越军事才能和劳动人民般的质朴、敦厚、慈祥、谦逊的人格
风范，连长周大勇无所畏惧，勇猛顽强，蔑视任何艰难困苦的钢铁般意
志，战斗英雄王老虎沉静腼腆的性格与作战如猛虎的豪气，还有默默奉
献的孙全厚，倔强耿直的马全有，勇敢乐观的李江国，不知疲倦，既像
严父又是慈母的政治委员李诚，以及体现边区人民英勇牺牲的李振德老
汉一家等。可以看出，作者的革命激情来源于对这场战争的深刻理解，
来源于对人民战士的深切情怀。杜鹏程每当遇到难以跨越的困难时就
"想起了那些死去的和活着的战友，抚摸着烈士的遗物，便从他们身上
汲取了力量，又鼓起勇气来。……钢笔把手指磨起硬茧，眼珠上布满血
丝，饿了啃一口冷馒头，累了头上敷上块湿毛巾……写到那些激动人心
的场景时，笔跟不上手，手跟不上心，热血冲击着胸膛，眼泪洒在稿纸
上"①。这种源于内在情感需要的人文关怀，使他在艺术上有意识地突
出了悲壮、豪放、粗犷、雄伟、排山倒海般的磅礴气势和严正、忠实、
热忱的描写风格，诚如冯雪峰所界定的"英雄史诗精神"。共和国诞生
后，从某种意义上说，巩固政权比夺取政权更艰难，这一体察在《在
和平的日子里》、《年轻的朋友》、《工地之夜》等关注建设者的作品中，
同样体现着皱眉观世、正视和平年代里新的矛盾的人文关怀。如人与大
自然，建设者崇高理想与卑琐个人主义的斗争等问题，严正地提出了在
和平时期革命者应该怎样战斗的人生新课题。这种富有哲学意义的人生
思考，使其后期创作达到了更高的审美层次。有论者解释杜鹏程"皱
着眉头看生活"的内涵是敏锐、忠实、严正、热诚。其含义是对现实
的本质及发展的感应和体认；对现实面貌的尊重和不歪曲；正面表现现
实主义的视角和方法；对现实生活中主体精神的热诚关注。这个阐述把
准了杜鹏程皱眉观世人文理念的质核。

再次，皱眉观世人文关怀的美学价值。在文学创作中，"人格即风
格"已成共识。从这个意义上说，皱眉观世不仅是他的人格，也是他
创作的风格，体现着一定的审美价值，是庄严文学观的俗说。在如何表
现生活，表现什么样的生活问题上，杜鹏程是极其敏锐的，对所经历的
战争和建设两个领域的生活观照，从未有过停顿和转换性的间歇，而是

---

① 杜鹏程：《保卫延安·后记》，人民文学出版社 1984 年版，第 515 页。

直入式推进。当战争硝烟未尽，对和平时节的思考已成于笔端，这是十分惊人的，是一种超前意识，洞察时局态势，实现着视域、题材、人物、主题的共时性人文关怀的转移，昭示着一定的创作价值和实践意义。忠于生活、追求生活的真实是他创作的基本原则，暴露与歌颂并举，展示生活的本真，极少采用虚写、虚构、虚事、虚笔之法。无论是战争还是建设，莫不是事象密集，坚实无虚，物象连缀，层层推进，折射着一个亲身经历者的实质性生命体认。正如茅盾所言，粗犷而雄壮，紧张而热烈，笔力挺拔，似刀砍斧削一般。这个概括是中肯的。在杜鹏程的创作中，最能体现皱眉观世人文理念的，要属哲理与诗情的结合与阐发。对现实的审视和在评判中阐发革命哲理，对祖国人民的情感抒怀，这一点使他的创作始终洋溢着革命的乐观主义精神和奋进的人生观。冯雪峰在评价《保卫延安》时说"作者究竟掌握了什么呢"？"掌握了这次战争的根本的和主要的精神"，即"党中央和毛主席的英明领导和指挥以及人民解放军和革命人民群众的坚苦卓绝的革命英雄主义精神"。① 胡采在评价《在和平的日子里》时说，它"是通过社会主义建设题材，通过和平劳动，通过工人形象，来表现这种高尚心灵和奉献精神"。"把人生哲理与热烈诗情相结合，从而使他的作品产生一种激动人心的力量，这是杜鹏程全部艺术特点的一个核心。"② 可见，杜鹏程皱眉观世的人文关怀，其产生的美学价值是丰富的，显而易见的。

三　李若冰的千古拓荒抒写

在 20 世纪中国文学中，鲁迅以牺牲人道文学家的代价成就了杂感家的辉煌。陕西的李若冰，同样以牺牲著述长篇小说的代价，换来了展示新中国建设者风采的散文、报告文学的辉煌。

本来，李若冰的从文经历极为丰富，且革命历史生涯较长，"许多珍贵的材料可以坐下来写长篇，写上几年也行"（李若冰语），然而他却放弃了人们普遍看好的最能体现一个作家文学价值和成就的长篇小说

---

① 冯雪峰：《论〈保卫延安〉》，转引自《保卫延安·序》，人民文学出版社 1984 年版，第 3 页。

② 杜鹏程：《在和平的日子里·序》，陕西人民出版社 1978 年版，第 1 页。

样式的创作。这其中的奥秘，便是火热斗争生活的鼓舞与召唤。"也许，我因为是孤儿，自己被革命队伍收留而又在战斗中成长。所以当能学着写点东西时，就把自己手中的笔看作是一种武器，把自己所从事的事业，看作是一个战士的活动，从过去到现在，从没有背拗过这一信念。"① 这是一种选择和自我社会角色的重大择定，别人是勉强不得的。解放后他从中央文学研究所毕业，本应留在北京从事编辑工作，但他却主动要求到生活中去，随即加入了地质勘探的大军。1953 年 6 月与贺玉抒结婚，新婚不久就背起背包去大西北，选择大西北荒寒作为自己人生的起点与终点："我迫不及待地参加到勘探队伍的行列里，那是因为，我从心底里爱上了勘探者，他们艰苦的跋涉，高尚的情操，美妙的幻想，英勇的搏击和大无畏的气概，和我作为一个战士在战争中的生活是相通的，体验是相通的，心境是相通的。"② 这种与表现对象感情相通的人文思想是可贵的，是创作成功的重要源泉，这样的作家就是毛泽东称道的"有出息"的文艺工作者。

李若冰拓荒者的创作概括起来说就是"艰苦"、"奉献"、"精神"、"价值"八个字。这八个字既蕴涵着一代地质创业者的生命经历，又包含着展示拓荒者风采的李若冰的深广人文情怀。50 年代，广袤荒寒的大西北之艰苦是今人无法想象的。那里时而狂风巨沙，遮天蔽日；时而风雨交加，寒气袭人；时而骄阳似火，热浪逼灼。而共和国的建设者就是在这人迹罕至的拓荒路上做着伟大神圣的前人未曾做的事。在《勘探者的足迹》一文中，作者这样描述：

> 冬初，一个风沙的日子。
>
> 黄风卷着沙石，刮着，嚎叫着。整个大自然变成了黄灰色的世界。我们从戈壁滩上往祁连山里走，看不见路。滩上也没有路。吉普车乱撞着，几次摔跤了。车窗玻璃上，鞭炮似的响着，被飞石打出好几个小窝子。老方是个老司机，他开过二十多年车。他爬过秦岭高山，到过内蒙草原，什么苦没吃过，什么路没走过，这会儿，

---

① 李若冰：《高原语丝》，陕西人民教育出版社 1992 年版，第 10 页。
② 李若冰：《柴达木手记》，人民文学出版社 1987 年版，第 30 页。

他也皱起眉，咬紧牙，心里吃着劲。有一次，我们的车，突然腾空起来，差一点从一条滩洼上翻下去。真险！老方也真棒，他紧握方向盘，机警地趁着车势，猛驶前去。车像在海浪里颠簸一下，又平衡了。

这不是虚构。李若冰在一篇散文中记叙到，一个年轻的徒工，怕师傅冻着，将自己的一条狗皮褥子轻轻地披在师傅身上。徒工说："师傅，这鬼地方可是又冷又凉啊！"师傅说："可是这鬼地方出石油啊！大城市倒是有铺有盖，有旅馆，可就是没石油！"师傅又将褥子给了徒弟，问："小伙，你一点儿都不觉得凉吗？"徒弟说："零下30度啦，怎能不凉。我计算过，光今天咱最少就碰上了五凉，这就是吃的凉窝窝、凉菜、喝的凉水，穿的凉衣服，睡的凉被窝。"师徒幽默的对话，洋溢着感人的精神力量。为了石油，甘愿受凉，凉中有热，有火，有奉献，有理想。这类散文在李若冰创作中占主体地位。所谓"精神"，就是拓荒者豪迈奔放的革命乐观主义激情，这是他作品中最强烈的感触点。李若冰的创作可以说全方位展示了拓荒者牺牲个人家庭的温存，为共和国建设献身的精神，展示了共和国初期大西北在前进中的千古拓荒之历史。"他们身上涂着昆仑的云霞，披着大沙漠的风尘，有的手脚残留着冻裂的伤疤，有的脸面上脱着第二层皮，几乎失了形，认不得了。即使如此，他们为了寻找造福人类的地下矿藏，远离自己的家乡，告别爱人和孩子，继续迎着大漠风沙，迎着奇寒烈日，整年奔走在杳无人烟的荒野上，和这些勘探者一搭相处，你的胸怀怎能不升腾起尊敬的感情。"①其字里行间，李若冰的人文情怀灿然可见。当时，人们对大西北拓荒者的生活不甚熟悉，因而写这类作品引起人们注意的机会就少。一次，有位诗人对李若冰说："你把柴达木写得这样好，怕是吹吧？"李若冰说："不信，你去看看，就知道了。"追踪时代建设风云的前行意识的敏锐和执著奠定了他创作的应有价值。他在谈起《柴达木手记》创作的心境时说："我丝毫不掩饰自己的感情，我酷爱着大西北……满怀着尊敬写这一切的：戈壁、沙漠、草原、石油、铅锌、金银、大路、狂风、湖

---

① 李若冰：《柴达木手记·序》，人民文学出版社1987年版，第2页。

泊、土屋和战斗在柴达木的可爱的人们。柴达木有多么好啊！""他们是怎样生活着和创造着呢？摆在勘探者面前的没有一条现成的路，路要自己走出来。而要走出这条路来，谈何容易！"他们"经受着戈壁狂风的袭击"，"裹着老羊皮登祁连雪峰"，"喝着苦水过昆仑险路"，"啃着冷馍叩问着山崖"，"有时迷了路，数日断粮断水，饿着肚子"，"最后倒在沙窝里，献出自己的生命"，在长期荒野的生活和斗争中，"勘探者的心灵被陶冶得纯朴、晶莹"。①

　　这是一代创业者的生命历程，一部时代风云的辉煌史。作者提供给人们的是千古拓荒的史实记录，中国地质勘探的发展和成长史。同时，展示了一个独特的生活领域，一部特殊经历的人生演绎史和一代共和国英雄的拓荒壮举，并填补了对地质工作者生活缺少关注的空白，其文学史价值也是巨大的。著名评论家陈笑雨在读罢《柴达木手记》后说："我爱柴达木，我不是不知道那里艰苦：可以炼出油来的酷热；可以冻掉耳朵的苦寒；那漫天遍野的滚滚黄沙；那千里不见人烟的大戈壁；那噬人的豺狼猛兽；那成群的蚊子、牛虻和蠓子；树木稀少，水贵似油……虽然这样，我仍爱柴达木，我没有去过柴达木，又怎么知道那里的艰苦？因为《手记》忠实地反映了那里的真相。"② 拓荒者的足迹是辉煌的、千古的，李若冰的人文情怀是深邃的、永久的。其豪迈、英飒之气质成为陕西文坛的一束热源。

第三节　地缘个案形态：人文关怀的拓展

　　文学的传承特性，在陕西作家中可谓血脉相通，极为鲜明。从前代作家柳青、杜鹏程、李若冰到后代作家路遥、贾平凹、陈忠实、高建群，典型地体现着 20 世纪陕西地缘文学人文关怀的渊源深旨。

一　路遥的苦难意识情怀
　　在中国文坛，陕西作家路遥为文学殉身，留下了无限的悲怆。短短

----

① 《永久的诗人——李若冰论集》，太白文艺出版社 2000 年版，第 212 页。
② 同上。

的四十多个春秋，在有限的文字里蕴涵着博大的人文情怀。路遥的创作就其思想内容而言，总主题都可归之于"平凡的世界"，都是对普通人的生存状态的人文关注，因而具有一致性。从所涉及的生活类型看，可概括为五个方面：（1）对女性良善的热情赞美和对其缺陷的深深谅解，如《惊心动魄的一幕》、《我和五叔的六次相遇》、《痛苦》、《黄叶在秋风中飘落》。（2）对爱情婚姻的多元表现，如农民与农民的爱情（《月夜静悄悄》、《风雪腊梅》），知青与农民的爱情（《青松与小红花》），知青与知青的爱情（《夏》），中学生与大学生的爱情（《在困难的日子里》、《你怎么也想不到》），农村青年与公办教师的爱情（《人生》、《黄叶在秋风中飘落》）。（3）对城乡二元社会结构对立的描写，揭示在户籍制度上的差异和所造成的诸如人生道路、婚姻爱情等问题的复杂性。这是路遥小说中最为精彩的篇章，写出了诸多事象物象的曲折、丰富和变异。如《平凡的世界》、《人生》、《黄叶在秋风中飘落》、《在困难的日子里》、《月夜静悄悄》、《姐姐》、《风雪腊梅》、《痛苦》。（4）对农村生活的天然认同和对城市生活的理性向往，表现出作者在20世纪中国现代化进程中的矛盾心理。即从理性上对文明进步的城市工业化的认同，从感性上对农村黄土地难以割舍的情怀与眷恋。如《人生》、《平凡的世界》等。（5）在对现实沉重的叙事中，蕴涵着作者人生立场和伦理道德的最高理想及对待艰难人生的价值取向。

　　路遥作为对中国传统文化有深刻体悟的作家，尤其是作为拥有自己价值标准和精神追求的作家，他深知普通人渴求什么样的生活理想和人生期待，他深深懂得下层百姓怎样真实地面对生活磨难和身心摧折。所以，在选择以什么样的艺术形式来进行宏大叙事时，现实主义的艺术手法便成了长篇巨著《平凡的世界》的首选，从而展示平凡人生的诸多艰难与苦难。在路遥看来，"现实主义在文学中的表现决不仅仅是个创作方法问题，而主要应该是一种精神"①。这种认识映现在创作中，笔者认为就是路遥对平凡人的艰难人生的深切关注，对他们在艰难生存中的拼搏与奋斗的关注。路遥说："从感情上说，广大的'农村人'就是我们的兄弟姐妹，我们也就能出自真心理解他们的处境和痛苦，而不是

---

① 《路遥中短篇小说·随笔卷》，陕西人民出版社1995年版，第263页。

优越而痛快地只顾指责甚至嘲弄丑化他们——就像某些发达国家对待不发达国家一样。""作为血统的农民的儿子，正是基于以上的原因，我对中国农民的命运充满了焦灼的关怀之情。我更多地关注他们在走向新生活过程中的艰辛与痛苦，而不仅仅是达到彼岸后的大快乐，我同时认为，文学的'先进'不是因为描写了'先进'的生活，而是对特定历史进程中的人类活动，作了准确而深刻的描绘。"① 纵观路遥的作品，有一个基本的人生旅程面貌，那就是立足于社会落后贫困的历史，急切呼唤社会改革。作家注目的是个体的生存和发展，强调的是精神和物质条件的相互制约，以及由于物质的匮乏对精神追求、个性发展的妨碍。在改革开放前的艰难岁月里，贫困像一张大网笼罩着人间，路遥以其敏锐的目光，真实地正视现实，并能通过各种恶劣的环境、生存条件和各种均衡不等的机遇描写平凡人的人生追求，挫折苦难，教训醒悟，以及由此拼搏后所达到的新的精神境界。在路遥的笔下，一个个不同的人生历程，一个个不同的奋斗方式，一个个迎接机遇挑战而来的快慰，演绎着不尽相同的人生艰难旅程和积极进取的人生态度。《人生》中真诚地面对人生；《在困难的日子里》中贫困人生的尊严感；《惊心动魄的一幕》中人生的正义和不屈；《黄叶在秋风中飘落》中对虚伪人生的否定；《平凡的世界》中苦难人生的奋发拼搏，等等。这种描写，使路遥作品体现出人生的激情与哲理和追求生活的理想与精神，洋溢着对正直善良、勤劳、自尊自爱的人格，积极向上、改变苦难环境的精神的赞美之情。路遥在谈到《平凡的世界》时说："我写这部长篇的最基本想法，就是写普通人，而写普通人就是通过最为普通的日常生活来体现。我是带着深挚的感情来写中国农民的。"② 《平凡的世界》中的孙少安、孙少平典型地体现着苦难意识层面的人文关怀。作为孙家长子的孙少安，其人生的要务就是接替父亲守家立业，摆脱贫困。虽然，城里的田润叶向他投来热烈的爱慕。然而，城里人与乡下人的贫富差别，现实的严酷使他不得有半点非分之想，而忍痛割爱，离开田润叶，前往山西相亲。作品写道："安排完队里事后，天已近黄昏，少安感到心潮澎湃，

---

① 《路遥中短篇小说·随笔卷》，陕西人民出版社 1995 年版，第 263 页。
② 同上。

无法平静，就一个人趟过东拉河，沿着梯田小路爬上了庙坪山。他站在山顶上，望着县城的方向，两只手抓着自己的胸口，面对黄昏中连绵不断的群山，热泪在脸颊上刷刷地流淌着。原谅我吧，润叶！我将要远足他乡，去寻找一个陌生的姑娘。别了，我亲爱的……"感情之苦和生活之艰的双重压力，使孙少安几起几落："痛苦、烦恼、迷茫，他的内心像洪水一般泛滥，一切都太苦，太沉重了。他简直不能再承受生活如此的重压。他从孩子长成大人，今年二十三岁，没吃过几顿好饭，没穿过一件像样的衣服，没度过一天快乐的日子，更不能像别人一样甜蜜地接受女人的抚爱。一种委屈情结使他忍不住热泪盈眶。他停在路旁的一棵白杨树下，把烫热的脸贴在冰凉的树干上，两只粗糙的手抚摸着光滑的树皮，透过朦胧的泪眼，惆怅地望着黑糊糊的远山。"① 面对如此苦难，孙少安唯一能做的是置之死地而后生的人生拼搏。在经历了分组承包，筹办砖厂的事业后，终于苦尽甘来，昔日的屈辱尽去，上门的人显然增多，有人也开口借钱。这"对于孙家来说，远不仅仅是借钱，而是在修改他们自己的历史，是啊，几辈子都是向人家借钱，现在他们第一次给别人借钱了"②！孙少安致富了，人的尊严找到了。当他作为县里推举的榜样披红挂花，骑着高头大马在一片喧嚣声中走过时，"自己从降生到这个世界上，他第一次感到了作为人的尊贵"。路遥不仅写出了苦难，更写出了拼搏后获得的幸福和尊严，寄托着他美好的人文理想。如果说，孙少安是深受传统守土文化影响的农村青年典型，那么孙少平便是更具现代思想的有个性的新一代。他性格倔强，脑子灵活，不愿滞留于贫困土地而去闯荡世界。然而，人生之旅的艰难同样落在了孙少平身上。黄原打工，铜城当矿工，他承受着肉体上的巨大痛苦。背石头"三天下来，背压烂了，他无法目睹背上的惨状，只感到像刺的针扎过一般，两只肿胀的手，肉皮被石头磨得像一层透明的纸，连毛细血管都看得见"。但"他终于闯过了这一关"！然而，感情之苦却无情地降落在他身上，使孙少平难以闯过。在漫漫苦难中，与他相识并产生了真挚爱情的恋人田晓霞于抗洪中不幸殉身，带着缓解生命之苦的眷眷热

---

① 路遥：《平凡的世界》第2卷，中国文联出版社1995年版，第196、128页。
② 同上书，第240页。

恋离开了他，这个沉重的打击使本来就少有欢颜的孙少平，再次背负和承受着沉重的孤独，在人生艰难之旅中前行。

生活及人生本就艰难。人与自然，人与社会，人与人和人与自身所构成的诸种矛盾，注定了苦难和抗争的永恒性。这就意味着人生是搏击的人生，奋斗的人生，悲欢离合的人生。《平凡的世界》以其深邃的人文关怀勾勒了一批普通人的悲欢离合与奋斗履迹及爱情纠葛。孙少平的伤；贺秀连的病；田晓霞的死；李向前的残；金波陷入"柏拉图式"的感情不能自拔；郝红梅的年轻守寡；田润生的有爱难婚；李小翠的自堕自灭；孙少平、田晓霞的爱情悲歌；孙少安、田润叶的有情人难成眷属，等等。任何艺术描写，无不渗透着作家的审美选择。路遥以率直的态度表现了孙少安、孙少平在致命挫折、残酷失败面前的一次次思考、崛起和奋斗，颂扬了他们坚韧的个性和精神，揭示了面对苦难去超越苦难的人生哲理。懦夫把自己变成懦夫，英雄把自己变成英雄。不去廉价地同情苦难，平面地描摹艰难，而是于苦难中去超越苦难，战胜艰难，这是路遥创作中人文关怀的全部含义。从普通劳动者的视角立场出发，表现他们的痛苦、欢乐、心声、愿望，他笔下的人物，不论男女老少，身份如何，都写出了庄稼人的哲学，农民的人格意志。当高加林灰心丧气地回到农村后，德顺爷爷开导说："就是这山，这水，这土地，一代一代养活了我们，没有这土地，世界上就什么也不会有。是的，不会有，只要咱们爱劳动，一切都会好起来的。"① 至此，路遥的人文理想已分明可见。

二　贾平凹的精神归宿追求

贾平凹与路遥的创作追求迥然不同，他是一位"心灵型"作家。不重宏大社会事象的叙述，侧重探求心灵的归宿，追寻古朴恬静、天人合一的精神世界。赞美人性的善，崇尚自然的美，追寻人与社会、与大自然的和谐相融，人的心性与自然天性的相得益彰是贾平凹创作中人文理想的价值取向，也是他自《浮躁》后创作的主要趋势。

当文学进入 90 年代，一切观念形态都在悄然发生变化的时候，

---

① 路遥：《路遥中篇小说·随笔卷》，陕西人民出版社 1995 年版，第 90 页。

贾平凹敏锐地感到："我真有一种预感，自信我下一部作品可能会写好，可能全然不再是这部作品的模样。一个时代有一个时代的作品，我应该为其而努力……中西的文化深层结构都在发生着各自的深层裂变，怎样写这个令人振奋又令人痛苦的裂变过程，我觉得这其中极有魅力，尤其作为中国的作家怎样把握自己民族文化的裂变……那将是多有趣的试验。有趣才诱人着迷，劳作而心态平和，这才使我大了胆子，想很快结束这部作品的工作去干一种自感受活的事。"[1] 于是，文界称之为三部曲的《废都》、《白夜》、《高老庄》寻找灵魂家园的系列新作先后推出。贾平凹称《废都》是一部苦难之作，是"在生命的苦难中又惟一能安妥我破碎了的灵魂"的一本书，是其"止心荒之作"。庄之蝶在传统文化与现代文明冲突中价值体系的瓦解，灵魂的无一归宿，正是作者思虑失衡、茫然无序的寻觅和追求。在《白夜》中，夜郎过多的精神重负，紧张焦虑的心情，精神的苦闷烦恼，无不与转型期社会风气的败坏，人与人之间的欺诈虚伪有关，由此导致内心灵魂的冲突与不安。他怀疑这个世界，这个社会，渴望真诚和真实，不满足世俗平庸的现状，努力追求另一种生活。夜郎的灵魂追寻，体现了贾平凹内心深处的无比焦虑和迷惘，这是整个社会转型期的共同心理状态。贾平凹在与陈泽顺对话时说："夜郎生活中的不得志，他的恶作剧般的反抗生活的行为，活脱脱地表现了一个郁郁寡欢的人的巨大的精神苦闷。我不好轻率地说这是一种时代的精神苦闷，但这种精神苦闷的确像雾一样笼罩着相当一部分用思想而不仅仅是用肉体活着的人，这其中也包括我，包括你。"[2]《高老庄》中的子路，本是来自乡村又受传统文化和现代文明熏陶的大学教授。在与菊娃的婚后生活中，城乡差别和习惯，使子路疏远了菊娃乡式生活的积习，彼此感情破裂而离婚。后来，子路迷恋上城里姑娘西夏，饱尝了从心理到肉体上的新体验。然而，现代都市生活并未从根本上隔断子路的怀乡情怀，未能改变其高老庄人的矮小形体与自卑心理。于是精神的无归，灵魂家园的无着落又一次困扰着他。他让菊娃和儿子回到高老

---

① 贾平凹：《浮躁·序言二》，人民文学出版社 2007 年版，第 3 页。
② 贾平凹：《答陈泽顺先生问》，《小说评论》1996 年第 1 期。

庄，一旦汇入高老庄的人群，连西夏也明显感到他如鱼得水般的变化，精神振奋，生机勃然。不难看出，作者的这种回归家园意识，返璞归真意识，寻找灵魂静谧的理念是多么的强烈。相反对现代文明带来的人性异化，传统文化价值体系倾斜等种种弊端的焦虑思考，又是多么的忧愤深沉。《高老庄》的写作，其契机是作者看到了一则资料："90年代人的精液比50年代的人要少10倍，人种退化，由此产生了兴趣，要写这部作品。"① 对生命的更深体验，追求生命的更大潜在价值，是贾平凹后期创作的主要趋势。"创作上我不是个安分守己的人。转变是有个社会发生变化的大背景，再就是我年龄增长，现实生活中对于生命和生存有了真正属于我的体证。我是主要写当代生活题材的，作品中的困惑成分是越来越多，也自信其难度比以前大。我以前的作品或许优美，但我更看重我后来的作品。"② 所以说，后期的《废都》，从创作根本上扭转了贾平凹前期赞美式的颂歌主题，将笔力伸入至人的灵魂深处、精神层面予以探究，来折射当代社会的种种事象、物象，如人文的失落，价值观的失衡，传统的丢遗，道德的滑落等等与传统社会相悖的差距弊症。贾平凹这种寻觅现代人灵魂的合理归宿，重建合理的精神家园的美好人文理想何其良苦啊！有论者从贾平凹"静虚"观着眼，来分析他的心灵、气质、精神和人格。说他"不能仕途，拙于言辞，难会经济"，"只能以艺术创作作为唯一发展方向"。说他好静，"从小孤独，喜欢躲开人，到一个幽静的地方看地"。从文后心静如昔，平时油锅溢了也能坐稳，在最喜最悲时，也能立即静下心来，可以在大集市上或开着的电视机旁写文章。说他体质虽弱，但固执，不受外界干扰，阻力越大，前进的动力越大，对自己的事业永不满足。这种原型意义上的批评都在试图阐述一个道理，即贾平凹关注现代社会生存中人的灵魂，精神的建构，寻求合理适宜的生存空间。

　　是的，贾平凹的确深受佛道思想的影响，自题的"虚涵得天道，静闲识真趣"，是他哲学思想和人生观的写照。他读儒学，习道家，较

---

① 张英：《文学的力量——当代著名作家访谈录》，民族出版社2001年版，第153页。
② 同上书，第159页。

多地吸收了老庄哲学和禅宗的精妙，领悟出其中的超脱、旷达、静观的奥秘。追求虚涵、静闲的境界，形成了他相对稳定的静虚文学观。以"静"为题而作，以"静虚"为村而居。这些都是他灵魂深处人文理想的美好之旨。作为心灵型作家，他欣赏张艺谋四两拨千斤的导演艺术，举重若轻。"中国文坛向来崇尚史诗，我更喜欢心迹"，一语破的。人无心，何言人？以心写心，方能感心，这是文学之魂。小说《废都》的结构就是这种凭心感悟，乘兴而行，兴尽而止，不求其概念之圆满，只满足状况之鲜活的心灵式创作。一部《废都》真实地记录着贾平凹的心灵体验。那最终未能走出废都而逝的庄之蝶，那欲爱不能，欲罢难止的唐婉儿，那天资聪慧却囿于无爱之网的柳月，阿兰的疯傻，龚靖元的暴卒，孟云房的离去，钟唯贤的死不瞑目，以及收破烂老头的独言独语等社会事象困扰着他。这种社会转型所带来的各种异化，各种艰难的尴尬的生存状态，使他无法给予人物一条能趟出这废都的生路来。贾平凹的茫然，反映着世纪末的焦虑情绪。正如他所认为的："一个'废'字有多少世事沧桑！作为一个都，而如今废了，这其中能体现出这都中的一种别样的感觉，我不能具体说出，但我知道那味。……这里的人自然有过去的辉煌和辉煌带来的文化重负，自然有如今'废'字下的失落、尴尬，不服气及无可奈何的可怜。这样的废都可以窒息生命，又可以在血污中闯出一条路来，而现在就是一种艰难尴尬的生存状况。"①至此，可以看出，作者准确概括了社会转型中都市知识分子无一归宿的心灵的浮躁现实。窒息生命和冲破窒息，观念裂变，感情错位，少年早恋，中年外婚，就业危机，金钱主宰，人人浮躁，个个困惑，构成了特定时代的共同心态和废都意识。敏锐的贾平凹集世人之感，将深切的忧患意识诉诸笔端，淋漓尽致地勾画出了时代特征，体现着作者强烈的悲剧人文关怀和社会批判倾向。都中的人无力应付剧变的现实，无法摆脱浮泛现状对他们的困扰，在传统与现实的夹缝中惶恐、挣扎。无论是西京四大名人，还是弱小职员，莫不无所适从，狂躁不安，投机钻营，聚敛财富，作困兽斗。书法家龚靖元怀抱着十万元人民币发呆，恨钱来得容易，又害了自己和儿子，悲凉之极，万念俱灰。这种可怜又可笑的悲

---

① 贾平凹：《废都·后记》，北京出版社 1993 年版，第 519 页。

哀，作者予以无情的批判。面对改革，灵魂未能及时适应，而致使身躯盲目介入利欲尘事，于是灵肉分家，看似谈笑自然，活得潇洒，实则像一群无头苍蝇，陷于物欲钱欲之中，而无法自拔，丧失了对生存意义、价值的真正思考。从这个意义上讲，《废都》所体现的悲剧意识、批判意识，其时代价值是显而易见的。它与《白夜》、《高老庄》成为体系，深刻反映了贾平凹关注社会，关注人生，关注人与时代相适应的生存方式，关注人的灵魂、精神之守安静寂的创作愿望。庄之蝶 "我是谁" 的拷问，夜郎夜游的灵魂难安，子路出走回归到勃发生机的家园，合起来看，莫不标示着贾平凹创作中深情的人文关怀和不懈的理想追求。

三　陈忠实的还原历史本真

陈忠实的创作起步较早，饮誉文坛较晚，真正达到创作巅峰是在 90 年代初。这个漫长的过程，评论家李建军概括为三个阶段，即前期阶段、过渡阶段和后期阶段①。从前两个阶段看，的确耗时二十余年，如果仔细分析，其创作都是不适时的，十分不幸的。比如 1964 年创作起步后，正逢 "文化大革命" 的开始，这是一段作家无所适从，不能成就的年代，何言真正的创作。这时的中篇小说《夭折》正是他此时心灵苦难的写照。于是陈忠实重返农村任公社书记八年，继续接受农民文化的再次熏陶。1973 年，又重操笔墨，三年后 "文化大革命" 结束，生活的巨变使他又一次从零开始。从 1976 年至 1986 年间，他潜心读书，清理思想，转换观念，做着新的创作冲刺的准备。二十年光阴就这样在新旧更替、颠覆与再造中划过，失去的和得到的都集于其间，无不发散和渗透在他后期的创作之中。

陈忠实的创作三阶段，有一个基本形态，那就是以写实的严谨，还原生活本真，观照人生存在，这些是他全部作品的特征。由于时代不同，生活事象、物象各异，作者还原生活本真，观照人生存在也就有着明显的时代之别，所昭示的内容具有不同历史时期的差异，因而在本真和写实上也就具有两个层面意义的区别。陈忠实创作的前期，

---

①　李建军：《宁静的丰收——陈忠实创作论》，华夏出版社 2000 年版，第 13 页。

中国社会正处在坚冰解冻的过渡时期。那时具有强大惯性的政治意志弥漫于意识形态领域。政党文学，阶级文学所形成的理想主义一体化范式成为创作的主要热点。于是，作家们为时代而歌，集时代主流、生活本质、英雄人物塑造为一体，真实地描写着社会积极向上、远大的理想主义时代蓝图。正是在这种社会背景下，陈忠实立足特定时代的生活真实，还原那个时期的生活面貌，观照当时人们的生命存在，揭示出了特定历史时期的社会生活内容。比如《信任》（1979）、《南北寨》、《七爷》（1981）、《石头记》（1980）、《猪的喜剧》（1980）、《尤代表轶事》（1980 年）。这些作品无疑源于作者对农村生活的长期体认和观察，所以都是写实的，真实的。荣获 1979 年全国优秀短篇小说奖的《信任》，写一位重新上任的大队支部书记，在新长征途中不计前怨，团结一村人，创造安定局面向前看的故事。《南北寨》、《七爷》、《小河边》表现对共产党忠诚分子的歌颂与赞美。《徐家园三老汉》、《苦恼》、《心事重重》、《尤代表轶事》展示活跃在农村中的基层干部及群众顺应时代前进的理想。《立身篇》、《猪的喜剧》、《石头记》揭示了各种生活矛盾，表现了庄稼人的乖蹇命运和丰富复杂的人生过程。可以看出，前期的创作，作者的视点始终关注着农村的变化，展示着庄稼人心灵深处的苦与乐，爱与恨，尽可能将亲身经历和感同身受的诸多事象描绘出来，予以深切的关怀。对典型形象的塑造也尽力着眼于能体现民族精神和时代风貌的人物形象上，从而塑造出了一批活跃在农村的先进农民形象，比如新任书记罗坤（《信任》），含冤十八年，上任后不计恩怨，集心思于全村人的致富上。老党员徐长林（《徐家园三老汉》），怀着"共产党员就是要团结教育人"的崇高理念，言传身教，化解矛盾，扶持后进，体现出农村党员的应有力量。还有忍辱负重的田学厚（《七爷》），勤劳善良的来福老汉（《猪的喜剧》）等。前期作品中的这些形象，无疑体现着一定的时代精神，是作者寻觅美好，开掘农民精神美，向往积极人生之人文理想的展现。这就是说，作为作家，紧跟时代要求，陈忠实是敏锐而清醒的。他在关于《信任》的创作体会中说："新的生活命题需要努力去开掘。新的创业者的精神美需要我们去揭示，生活中新的矛盾需要我们去认识。我想还是深入到农村实际生活中去，争取有所发现，争取写得多些，深一些，好一些。"① 熟悉农村，描写农村，并力求还原农村生活之真，尽可能观照农民生存状态，是陈忠实的强项，是他前期创作的一个基本亮点。但是，此时创作中政治文学模本的痕迹还是明显的。比如对某些现实存在的观照，生活本相的还原，仍停留在平面的描摹，廉价的粉饰，空泛理想的企盼上。而且创作视角的狭窄，单一的英雄，先进人事视界，时代主流，生活本质的造构，与十七年理想主义一体化文学，与50年代王汶石"微笑着看生活"的文学形态似有相通之处。这不能不说是前期文界创作的时代缺憾，也是陈忠实前期创作中的文本缺憾。因此，从这个意义上说，前期的所谓"还原生活本真"，"观照人生存在"的"写实"，多少带有时代印记和泡沫式的成分。

随着时代变革的演进，政治意志日渐消解，多元观念的呈现，推动着陈忠实后期创作，从泡沫式的"本真"和"写实"向完全意义上的历史的本真与写实深化。于是，以1985年中篇小说《蓝袍先生》的创作为标志，作者跳出了农村新人新事的题材，笔触由简单浮泛的歌颂伸向民族命运，人性解放的深层思考，揭示历史的本真，观照人的生存的永恒。由此产生了代表后期创作高峰的《白鹿原》。准确地讲，《白鹿原》是《蓝袍先生》人性主题思考的延伸。"这个人物的命运涉及我对民族命运的思考"，"也把我过去的一些生活素材激活了"。"所以《蓝袍先生》完成发表了，而这个思考并没有停止过。有关民族命运大话题的思考更逐渐深刻起来，促发了一个非常认真的更大的思考，就是去探求我们这个民族近代以来的发展历程。"② 陈忠实的这个跨越是巨大的，自然取决于创作观念的质变。也即他确立的三个历史观：重史实，多体验，不唯旗号招牌；民族利益大于阶级利益的尺度；秉笔直书的史家心态。可以说，这三个历史观在80年代文学创作中是独特趋前的，大胆新颖的。于是，一个遵从耕读传家祖训，做好"人师"，从小抑制天性，又以丑妻相配以淡色念的人性压抑的悲剧性人物徐慎行出现在文

---

① 陈忠实：《我相信柳青三个学校的主张——写作〈信任〉的一点体会》，转引自白烨《文学新潮与文学新人》，陕西人民出版社1994年版，第164页。

② 张英：《文学的力量——当代著名作家访谈录》，民族出版社2000年版，第201页。

坛。这是一个一改旧辙，令人心酸的悲剧形象，一曲悲凉的故事，标志着陈忠实创作思想中悲剧意识的升华。徐慎行人性压抑之沉重，体现着作者企望人性解放，人性自由适展，以及对社会戕害人性的否定态度。陈忠实这一思想深度在《白鹿原》中全面爆发，真真正正地揭示勾画出了诸多历史本真和观照人的存在的真实轨迹，揭示出民族的许多悲怆之隐痛。比如农人的本能生存，天然地疏离政治党派，自我生息，自我存在的历史本真问题；传统文化的正教正德，及对民族群体道德伦理形成的历史制约问题；旧时族长的善恶人性两面观的客观存在问题；旧社会东家与长工的利益动态平衡关系及双方的亲和相处问题；宗法礼教的仁义与残酷并存问题；有情无爱，无情无爱的畸形风俗问题；国共两党正统与非正统的政治之争，善与恶、好与坏的斗争问题，等等。这些还原历史本真，观照真实存在的新写法，都是作者跳出阶级党派的围圈，着眼于"第三种真实"的结果。可以说，在陕西文坛，陈忠实实现着穿越历史的创作，从反映阶级政党文学的真实，进入了揭示民族、历史、人类文学的真实，真正体现着还原历史本真，观照本真存在的人文思想的昭示意义。

四　高建群的生存谜史寻迹

陕西作家人文关怀的个案特征是纷呈多样的，这主要取决于作家的生命经历和体验，对栖息地生活的感知。高建群来自黄土高原的陕北，轩辕帝生息地，人类初始繁衍的神秘区域，这给他的创作注入了天然的有关人类生存的诸多秘史素材。所以，在揭示人类足迹，生存谜史的领域内，高建群有着天然独特的优势。《最后一个匈奴》、《遥远的白房子》、《雕像》、《六六镇》、《老兵的母亲》、《伊犁马》、《愁容骑士》等作品，展示了对人类生命足迹、生存谜史奥秘的探寻。人类历史是一部极其深邃奥秘的历史。人从哪里来，又要到哪里去，其间生命过程的演绎蕴涵着无限丰富而又复杂的诸多事象。许多人类社会的发生之谜，生存之谜，存在之谜至今仍未被人自身所能认识和揭示。正是在这一神秘、神圣，又具有哲学意义的宏大命题上，高建群以极大的热情和深重强烈的忧患意识、历史责任感，来探寻人类演进和生存状态的诸多因素，揭示炎黄子孙世代生息，自强不息，奋发向上，摆脱蒙昧，实现文明履迹的内驱力和动力源。

　　《最后一个匈奴》堪称典范力作。诚如作者所讲，"本书旨在描述中国一块特殊地域的世纪史"，"试图为历史的行动轨迹寻找到一点蛛丝马迹"。作者对高原斑斓的历史和大文化现象，表现出极大的热情，作者还以主要的精力，为人们提供了一系列行走在黄土山路上的命运各异的人物，他在这些人物，尤其是吴儿堡家族人物身上，寄托了自己的梦想和对陕北，以至于对我们这个民族善良的祝愿。这个认识，阐明了高建群创作此类作品的两个理念，即寻找人类历史行踪的起点归宿，展现人类生存史迹的生命演绎。这也是作者的"梦想"，是一往情深地关注陕北父老乡亲生活命运的"善良祝愿"。陕北自远古以来神奇神圣，这不仅是人文初祖轩辕的衍生与发展，而且是历史上民族争雄，战事频发的要地。由最后一个匈奴人种繁衍的粗犷彪悍，骄傲不羁，却又憨直蒙昧，英雄与懦夫、天才与白痴杂居的群体的崛起，使陕北荒寒大漠自然景观附着了更为幽深浑厚的历史文化色彩，蕴涵着更为深沉的人类生存之谜和发展之谜。作者以沉重的笔触，勾勒了陕北人世代近似原始状态的生存方式。高粱、小米、酸菜、洋芋、窑洞、土炕、黄土、风沙；日出而作、日落而息的艰难岁月，单调贫乏的生命流逝过程。物质的贫乏是客观的，文化的贫乏却是悲哀的，它反过来又加深加速了物质的贫乏。《最后一个匈奴》中一个拥有十三个孩子的家庭，贫困之极令人难以相信，竟连十三只碗具也无法备有。父亲在截断的一棵树干上凿了十三个坑，每逢吃饭时，一坑一勺，十三个孩子如同一群小猪一般围而抢吃。对如此触目惊心的愚昧繁衍却并无认识，愈加促使其生存景观的悲哀。正如众所周知的陕北牧羊娃的答问所言：娃，你干吗？放羊。放羊干吗？挣钱。挣钱干吗？盖房子。盖房子干吗？娶婆姨。娶婆姨干吗？生娃子。生娃又干吗？放羊。放羊干吗？……这种典型的蒙昧时代人种退化的循环现实使高建群忧患深广的人文关怀愈加深沉。面对艰难沉重的生活，作者毫不留情地撕开了生活的本相，展示了陕北人一个个坎坷痛苦的人生悲歌。杨贵儿辛苦一生，还未实现打一孔新窑口的愿望便撒手人寰；杨作新革命一生，却以莫须有罪名饮恨自尽；杨岸乡博学多才，却遭人歧视而被流放、监禁；杨蛾子空守苦情却面对无望的悲伤命运；黑大头肝胆相照却暗遭圈套，死无全尸；剪纸女孩饥肠空腹而死于暴食；女知青为其妹身受凌辱，等等。高建群从吴儿堡人物命运的悲歌中，揭示出了导致贫困的原因是"越垦越荒，越荒越垦"的生态环境的破坏和"越生越贫，越穷越生"的劣育连缀的愚昧。这是一个"特殊地域的世纪史"，一幅特殊的生存图画，浸满着作者无限的焦虑和改变其现状的梦想和愿望。杨岸乡作为文化启蒙的精神使者的形象，黑寿山作为脱贫致富的物质层面改革者的形象，寄托了作者关注民生民情的人文情怀。

人类历史是一部生命斗争史，生存拼搏史。陕北的贫瘠荒寒是历史造就的。然而这里的人们却代代生息，身处困境，能安然处之，以极大的承受力在困苦中前行着，创造着，"信天游"的悲伤哀婉是他们抒发人间苦乐的情感寄托。如此顽强的生命力，其奥秘何在呢？什么根源使他们饮苦为乐，顽强生存？其中蕴涵着许多不解的生存之谜和发展之谜。可以说，高建群在作品中对人物的生命经历作了清晰的诠释。比如杨贵儿为能住上接口石窑的愿望而勤俭奋斗一生；杨蛾子为与红军伤员的刻骨之爱而守望半生；杨作新为共产主义事业牢底坐穿；丹华向往"柏拉图式"的恋爱；黑寿山、白雪青拥有执著改革的情怀，等等。这些宏大的理想，细小的愿望，事业的追求，爱情的守望，物质的企盼，正是他们得以生存的理想之光、精神之源，是饮苦为乐、顽强生存的心理驱动力。人类历史就是这样不断地发现新质，再造新质的历史，不断地破译迷难，超越迷难，征服迷难的历史。从这个意义上说，《最后一个匈奴》的情感抒写，高建群展示了陕北人顽强生息的群体心灵历程，窥视并破译了人类生存之谜、发展之谜的内在秘源，在这个领域内建树了人文新理念。

人类的存在关怀，其根本在于美好人性的培植。这是高建群创作的又一理念。《遥远的白房子》便涉及了这一主题。这是一部具有浓郁象征意义的作品。写的是终年守卫在边塞白房子边防站的站长回族强人马镰刀和十几名士兵的故事。常年的孤独单调和枯燥，与茫茫荒原为伴的生活，使他"人离不开人"的心理愿望愈加强烈，士兵们渴望人群的到来。终于在一次巡逻中，与他民族的巡逻队相遇了。人的增多使双方产生了无比的快感，寂寞的缓解，由敌对的解除到歌舞的狂欢，荒原上洋溢着人类之爱的美好气氛。然而，"借条"事件的突发，导致两国边界的冲突。于是短暂的人类之爱被民族仇恨顷刻扼杀，双方士兵在失去人性之爱的苍白困惑现实中集体自杀。这里，小说所倡扬的人性之美，人类之大爱的人文关怀指向显而易见。反映了作者对宽广的人性、人类主题的深沉思考。遥远的白房子是圣洁的，是人类大爱的象征，和平安祥的象征。高建群的这一理念与探源人类生存理想之谜的理念一脉相承，构成了他全部创作中人文关怀的真正内涵。

第八章

陕西地缘文学的审美风格

　　文化学表明，地缘文学是自然环境、社会环境和历史沿革的综合产物。陕西文学因其特有的山、川、塬俱全的地理形态和积淀的丰富的历史文化资源，在人类文明史过程中，逐步衍生出缘于本土事象物象的独特的地缘文学观及创作特征，即黄土地心结、父老乡亲心结、三秦女性心结、秦风民俗心结四个维度。从创作理念看，这是陕西几代作家共构的魂牵梦绕的草根心结谱系；从创作审美看，它又与京津、晋冀、江浙的地域文学形成了鲜明的反差。本章从地缘特性与文学观的生成、地缘文学的风格审视、地缘文学审美视域的缺失三部分，揭示其具有整体美学意味的草根心结谱系。

第一节　地缘特性与文学观的生成

　　文学风格，是识别作家的重要依据，地域文学风格同样是识别地域文学的重要标志。一种成熟文学风格，往往与该文学的生发地结有深厚的渊源，因而有其地域的黏滞性和风格潜在的相对稳定性。正如布封所言："知识、事实和发现都很容易脱离作品而转到别人手里，它们经过更巧妙的手笔一动，甚至会比原作还要出色些哩。这些东西都是身外物，风格却是本人。因此，风格既不能脱离作品，又不能转借，也不能变换。"① 20 世纪陕西地缘文学的整体风格，正是作家们缘于该地域诸因素，不能移位，无法转借和变换的创作见解，艺术表征相对稳定的审美体现。这里，地域与作家之缘甚为重要，一个

---

　　① 布封：《论风格》，《译文》1959 年 9 月号。

"缘"字，表明二者的相生相连，形成人与地缘、地与文缘、文与美缘的内在美学风格体系。从这一角度讲，陕西文学就是缘于本土特有的地质地貌所形成的鲜明的地缘特色，其生发性、生成性与普泛的地域文学似有区别。

一　陕西地缘形态特征

陕西现行版图有论者描述为"跪着的武士"，然而远古时的陕西却是峻峰叠峦、湖泊荡漾的另一番景观。李健超先生在《陕西地理》一书中这样描述：陕北原来是一个内陆湖盆，后来经过漫长的地质年代，在起伏不平的古地形上，堆积了厚度不等的黄土，而使地面趋于平坦。沧桑岁月又经长年暴雨的冲刷和水流的切割，逐渐形成了沟峁支离、梁脊分明的川、塬相间的地貌形态。关中在传说中曾丛岭连绵至河南嵩山。一次在暴雨水患中，炎帝神农金剑劈石，开山退水，遂形成如今的百里平川河道状。陕南也因亿万年前的地壳运动，秦岭跳跃式上升，横亘东西，阻拦了北方寒冷气流南侵，遏止了东南暖湿季风北行，成为南北气候的分水岭。这种远古时的地壳运动，固然是地质变迁的历史演绎，但其蕴涵的人文景观却是显见的。比如从周人的"居岐之阳，实始翦商"，秦孝公的"拥雍州之地，并吞八荒之心"，秦始皇的"依据关中，统一宇内"，到李渊父子的"定都长安，广推霸业"等图谋，无不得益于陕西地缘之利，可以说，独特的地缘首先在地利上成全了他们。不论是圣贤帝王，还是黎民百姓，其形而上的意识形态始终与形而下的草根意识息息相连。数亿年的沧桑造就了陕西山、川、塬俱全的地理环境，成为人们宜农宜牧又宜渔的生息之地。尤其是秦汉以来称渭水平原为陆海，近蜀、土膏、沃野，"肥美的周原，苦菜也香甜"。优越的自然生存条件，无疑给陕西人文景观的形成提供了地缘上的先天因素。加之陕西固有的"四关"、"三山一漠"的地理优势，即境内东区的潼关、西区的散关、南区的武关、北区的萧关，东边的华山、西边的关山、南边的巴山、北边的毛乌素沙漠，如同天然的防护带、保险圈，将陕西置于一个生态肥美、安然恬静、不忧茶饭、不惧外来的温室里。陕西独特的地缘势必于文化形态中，转化为印有这种地缘特色的生存理念，如陕西人的厚重、刚强、务实、安分、知足、守土心理，以及不擅进取的意识。文学是生活的文学，又是地域的文学；而地域的特有缘故，又衍生了独特的地缘文学。陕西文学就是这种因地缘而人缘的文学的集中映现。

二　地缘文学观的形成

从文化学角度看，地缘文学是自然环境、社会环境和历史沿革的综合产物。一部中国文学史因地缘所制导的作家创作趋向甚为明显，比如北方黄河流形成的以《诗经》为代表的现实主义，较多体现着儒家正统思想观，而南方长江流域形成的以《楚辞》为代表的浪漫主义，则较多体现着道家思想。李白多居长江流域，傲岸不驯，"安能摧眉折腰事权贵"，自信"天生我材必有用"，一副浪漫主义情怀。杜甫则久住黄河流域，本又生于北方（巩县，今属河南），在乱世之中，仍忠心耿耿，念念不忘"致君尧舜上"，当遇挫后，感叹悲怀，丝毫没有李白的"天生我材必有用"的浪漫。可以看出，李杜的文学观莫不与不同地缘有关，是地缘人文景观长期熏染所致。可以这样说，在一个地域内，因地缘聚生着血缘粘连的群体，而血缘又成为人缘的纽带，于是地缘、血缘、人缘典型地构成了地域政治、经济、文化、伦理、宗教等特有的相因观念，使得此地域与他地域因地缘而生发了许多不同。20世纪陕西地缘文学观正是在这种维度上逐步形成，其主要特征为：（1）因以农为本缘起的写实文学观；（2）因地貌特质缘起的内守文学观；（3）因历史积淀缘起的重文文学观；（4）因帝都文明缘起的使命文学观；（5）因衣食富足缘起的善美文学观；（6）因地理价位缘起的史诗文学观。这些文学观作为陕西文学创作的深层底蕴，普遍发散于几代作家的创作中，成为他们把握生活、结构作品的指导性理念。比如，陕西的文学源头是以土为本的农耕生存形态，"土"成了生命之本，"耕"成为产生物质文明和精神文明的唯一手段，这个文明过程，其文化内涵就是"守土文化"或"守土文明"。以土为本，日出而作，日落而息，虽然岁月沧桑人渐老，但黄土浑厚不见瘦。这种典型而又独特的地缘因素，折射在文学创作上，自然形成了严谨、写实的现实主义文学观。从老辈作家柳青，到晚辈作家路遥，其因"地"而"缘"、因"土"而"缘"的根脉终未改观。再者，陕西辉煌的地缘政治和文明的地缘历史，对后人都产生了巨大的影响，奠定了陕西学人重文重教尚德的向学之志。柳青的痴迷文学，路遥的以身殉文，无不源于此地缘积淀，从而潜移默化地再造了作家们使命文学观的神圣与庄严。这些标志是20世纪陕西特有的地缘文学观的丰富内涵，它与江南小桥流水文学形成了鲜明的反差。

第二节　地缘文学的风格审视

魂牵梦绕的草根心结，是20世纪陕西地缘文学的质核，作家们代际绵延，口口相传，用心编织着一幅幅具有浓郁草根意味的谱系图，从审美的角度予以观照，可概之为四个"心结"。

一　黄土地心结

正如中国东北的黑土地、南方的红土地一样，黄土地是陕西地缘的一种地质色彩，土呈橙黄，质软疏松，团粒密细，壤质肥沃，最宜种植，是中国重要的产粮区。科学考证关中各地土壤以雍州黄壤为上，具有较好的成土母质，有别九州之壤，所以史称"八百里秦川"。这种缘于黄土的特有地质地貌，给了陕西人以得天独厚的生存优越感，从这一角度看，黄土地心结首先具有地质学和生存学的意义。我们说，文学是地缘的文学，而地缘的文学又是人文的文学，它蕴涵着人们世代"生于斯，长于斯"的一系列人文理念和与生俱来的情感。黄土地因其地缘的富饶牢牢地拴住了陕西人，滋润着陕西人衣、食、住、行的温饱生活范式和以农为本、农耕立命的生存理念。流传在陕西乡间的"金窝窝，银窝窝，不如咱这土窝窝"，"七十二行，庄稼为王"，"好出门不如赖在家"，"三十亩地一头牛，老婆孩子热炕头"，"八百里秦川尘土飞扬，三千万人民乱吼秦腔，捞一碗长面喜气洋洋，没有辣子嘟嘟囔囔"等，典型地反映出陕西人执著于黄土地的恋家情怀。这种缘于黄土地而生发的黄土地文化，正如费孝通先生所言，是"五谷文化"，是几千年汉人种庄稼的悠久历史培植的中国社会结构，它的特点是"人和土之间存在着特有的亲缘关系"，"人粘在土上"，"也必须定居、聚居在一定地方，过着一种自给自足的生活"①。如此说来，作为 20 世纪陕西地缘文学的审美表现，其黄土地心结便自然成为作家们共而歌之、情感共诉的首选视域。倾诉黄土地的养育之情，寄寓作家深厚的恋乡情怀，是黄土地心结的基本内涵。这一点，从农耕文明的乡土中国大视域来看，具有深厚的永恒的根基和渊源。这不仅是陕西作家，也是绝大部分中国作家从心理意识上与之不易割舍的创作理念。所以，诺贝尔文学奖获得者、德国作家利希·伯尔认为，中国人有一种对土地的健康意识——人属于脚下这块地。外国人的这种感觉是对的，很准确，他透视到了中国文学的现实主义是在乡土中滋生的深层道理，它不仅以乡土题材的形式表现出来，更重要的还承载着乡土的情感、乡土的哲学意识、乡土的思维方式。所以，作家们的行文谋篇、结构布局或自然而然，或自觉不自觉地蕴涵了浓厚的"恋乡意识"，表现出对乡土传统伦理的赞美与倡诵。评论家周政保在给贾平凹的信中称陕西作家为"土著"，认为他们在农村度过了青少年，血管里流着地道的农民的血液，感受着中国农民的文化心理和风俗，与那些"落难公子"型作家（由于某种原因在农村待过，称农村为"第二故乡"，不时写农村）的作品不同，家乡意识特别浓厚。贾平凹说他是"山里人，山养活了我，我也更懂得了山。后来我进了城，在山里爱山，离开了山，更想山了"（《山地笔记·后记》）。路遥说："我本身就是农民的儿子，我在农村长大，所以我对农民像刘巧珍、德顺爷爷有一种深切的感情，通过他们寄托了对养育我的父老兄妹的一种感情。"② 类似典型的黄土地地缘观念，普遍反映在陈忠实、邹志安、京夫、王宝成等作家的创作中。在《故乡麦月天》中，王宝成由衷地赞美故乡："没有比你更沉痛的经历！没有比你更温暖的土地！没有比你更坚强的意志！"邹志安的《迷途》，描写了一个借调进城工作的农村青年，在经历了种种被人利用、愚弄后，他产生了回归黄土地的想法，从此便觉有了安全感和生活的力量。钟情黄土地，执著于黄土地，这种心理定式在《白鹿原》、《最后那个父亲》、《女儿河》、《最后一个匈

① 费孝通：《费孝通选集》，天津人民出版社 1997 年版，第 161 页。
② 路遥：《路遥中短篇小说·随笔卷》，陕西人民出版社 1995 年版，第 446 页。

奴》、《山祭》、《水葬》等作品中都得到了充分表现。

由于黄土地养育了作家，对此过多过重的挚爱又制导着作家的审美价值取向。在他们的作品中，普遍出现了重乡轻城、倚乡疏城的取向及对黄土地的偏袒，对城市现代文明的卑视，对黄土地人们终日劳作的赞美，对城里人享受行为的谴责。很显然这是一种狭隘的农民文化意识的烙印。正如周政保所说，贾平凹"很少对他挚爱、深恋着的乡土诉诸直接的批判（也许根本不忍心批判）"，"于是我们可以看到，贾平凹之于乡土的爱心及忧虑不安"，"已经包含了他那复杂矛盾的处于二元状态的乡土情感"①。既热爱乡村又向往现代文明，既守望乡村传统道德精神，又趋同城市改革开放的新风尚，这种二元乡土情结在《人生》、《平凡的世界》、《白鹿原》等作品中均有表现，这说明陕西作家黄土地心结的质变过程。在一次陕西长篇小说创作促进座谈会上，陈忠实说，过去人都说陕西作家从农村来的，有生活，并为此洋洋得意。应该说，过去的作品大都是仅仅描摹生活的表层现象，如关中农村的风俗习惯、人情等。但他越来越感到关中这块土地比陕北、陕南都沉重，比有山的地方都沉重。对这块古老的土地，它的历史积淀，它上面的社会和人，人的心理和意识，等等，到底知道多少？研究得够不够？作家所具有的知识是否足以认识这块黄土地？作家京夫也说，对这块土地的独特性我们认识了多少？我们陕西的作家在这块积淀下来的几千年的文化黄土层上到底打了多么深的井？② 这些理解，可以看作是陕西作家更深入认识黄土地和打开黄土地心结，走向多维创作视域的开始。

二 父老乡亲心结

承前所述，黄土地养育了"三秦"人民，为其提供了得以生存的物质基础和精神渊源。作为生息在这一土地上的父老兄妹，又以勤劳朴实的创世精神回报着黄土地的养育之恩，因此，凝聚着黄土地灵魂的"三秦"人民，便成为地缘文学审美表现的又一主要对象。从柳青、杜

---

① 周政保：《优柔的月光——贾平凹散文的阅读笔记》，《贾平凹作品精选·序》，陕西人民出版社1992年版。

② 《增强拓宽意识，推动长篇创作——陕西长篇小说创作促进座谈会纪要》，《小说评论》1985年第6期。

鹏程、王汶石到路遥、贾平凹、陈忠实，从邹志安、京夫、赵熙到高建群、王蓬、王宝成，从杨争光、程海、叶广芩到蒋金彦、爱琴海、王观胜等，几代作家同构共筑，塑造着一组组性格各异、形态迥然的父老兄妹形象。如老辈守土为食的白秉德（《白鹿原》）、孙玉厚（《平凡的世界》）、梁三老汉（《创业史》）；传统文化的守望者白嘉轩和朱先生（《白鹿原》）、徐父（《蓝袍先生》）、"父亲"（《最后那个父亲》）；家族礼教的传人与受害者徐慎行（《蓝袍先生》）、白孝文（《白鹿原》）；新辈立志创业者梁生宝（《创业史》）、孙少安（《平凡的世界》）、金狗（《浮躁》）；走出黄土地渴望新生活的孙少平（《平凡的世界》）、高加林（《人生》）；经历婚姻、爱情悲剧的茶花和华生（《八里情仇》）、翠翠（《水葬》）、翠芹和蔡葡萄（《女儿河》）、田小娥（《白鹿原》）；混沌人生、生死逐流的甘草和八墩（《棺材铺》）；性格丰富多变的黑娃（《白鹿原》）、五魁（《五魁》）、白朗（《白朗》），等等。这些人物，从总体上看，作家的审美视角是清晰的，一方面情感深重地展示了他们的勤劳、善良、正直、质朴和生命过程中的沉重与悲哀，一方面严正揭示出他们疏离现代文明的守旧面。同时，作家们在年青一代身上，寄寓了摆脱现状，走出困境，融入现代文明的热切愿望，勾画了他们追求理想的丰富内心世界。

被誉为深情"父老歌"的邹志安，在一系列定向性作品中，从两个方面展示父老兄妹的生存过程，即满怀深情地描写农民勤劳吃苦、忠厚善良的传统美德和饶有兴趣地关注农民的爱情婚姻世界。以《眼角眉梢都是恨》、《迷人的少妇》、《骚动》三部农民爱情心理探索系列长篇，在这个领域内具有整体性展示。《肥皂的故事》和《喜悦》两个近似姊妹篇的小说，作者于前者写一个在公社拖拉机站当保管的长林，偷拿了公家一块当时农家很少用过的时尚肥皂，被父亲毫不留情地批评；后者写淑芳和巧巧拿着婆婆给的 15 元钱买衣服因钱不够未能如愿的故事。两个故事平实直白，前者反映父亲虽身处艰难岁月，但不失正直正派之美德；后者则揭示出在劫后余生的青年一代不去抱怨穷困拮据的现状，而是满怀信心地以自身努力去实现凤愿的踏实求真的品行。可以说邹志安试图从新老两代农民中，勾勒出这种固有的精神美，传达出美好精神的延续与传承意义。再后的《关中冷娃》和《冷娃新传》是作者将传统美与现代精神有机结合的新探索。作品逼真地刻画了关中青年薛冷娃外表"冷"和"愣"的性格侧面，以及内含着的魄力与胆识。当选队长，大胆推行责任制，遏制不正之风，作者讴歌赞美了青年一代适应时代、积极向上的美好品行。作为深谙农民苦乐的邹志安，他深知中华民族的传统美德和人类的优秀品质，不少都集中在中国农民身上，我们就是要写他们的事业和前途，发现和表现他们身上存在的真善美，他认为这是自己的一种"偏见"。其实，这一认识与其说是偏见，倒不如说是对农民的深切感知，所以其笔下的父老歌才唱得那样的深情，对父老兄妹的情感世界才体察得那样真切。以《睡着的南鱼儿》为标志引发了邹志安全面触及农民爱情婚姻描写的大视域，《眼角眉梢都是恨》、《迷人的少妇》、《骚动》系列长篇，成功地填补了这一领域描写的缺失，为一大开拓。作者突破了过去父老歌的深情赞美，转而对父老兄妹悲剧命运予以深切关注。不难看出，作者痛感于父老兄妹人性的压抑，生存环境的落后蒙昧，其悲剧意识不言而喻。

　　以三秦父老为抒情主体，不仅是邹志安的作品，可以说是整个陕西作家的共同愿望。柳青在《创业史》"题叙"中写道："庄稼人啊！在那个年头遇到灾荒，就如同百草遇到黑霜一样，哪里有一点抵抗的能力呢？"路遥在《平凡的世界》扉页上写道"谨以此书献给我生活过的大地和岁月"。陈忠实的小说卷首引言"小说被认为是一个民族的秘史"，这些注脚莫不在说明对黄土地上的父老乡亲生存状况的深切关注和情感寄托。柳青对梁三老汉那犹豫、徘徊和最终转变的耐心等待和殷切希望，路遥对孙玉厚勤劳正直而没有多大本事的无奈和深切理解，陈忠实对白嘉轩本分守信而又冷酷无情的肯定与否斥，等等，其字里行间都有着深沉的黄土地父老歌。贾平凹说："作为他们的作家，要写出他们的苦乐在哪里，我的责任是为了他们，也是为了我自己。我的作品让他们明白，也让闹市里好吃好喝的又有好时间的大肚子男人和束腰身的女人看了，虽然嘲笑我写的东西落后，但看了知道在他们之外，还有那么一群人和落后的地方。"（《一封荒唐的信》）一语道白再明了不过。三秦父老兄妹有了他们是一种骄傲，其生存状态、情感悲欢才得以再现；反过来说，他们的创作又得益于父老兄妹那无尽的乡音之魂。二者相承，使得20世纪陕西地缘文学中的父老歌愈加浑厚深沉。

三　三秦女性心结

在 20 世纪陕西地缘文学中，对黄土地女性生活的描写体现了作家们情有独钟的审美意识。贾平凹、王蓬、杨争光、路遥的创作最具特色。就其历史文化沿革而言，三秦女性于不同文化背景下，其生命演绎也呈现出不尽相同的色彩。陕北的贫瘠与荒寒，文化背景的驳杂与粗放，使陕北女性形成了两个特点，一是吃苦耐劳，具有男性的粗犷情怀，二是对感情的执著与渴望。男人们终日守土守命，除了黄土就是风沙，在无望的毫无诗意的空间里日出而作，日落而息，尽管如此也未必能家温饭饱。无奈之下便离乡走西口，于是女人便成了男人的替代，背负着沉重的劳作和感情的思念，在漫漫长夜中忍受着孤独与煎熬。悲戚哀怨的"绣荷包"、"走西口"、"信天游"便成为她们情感解脱和释放的载体。"正月里娶过奴/二月里走西口/这就是天遭荒寒/受苦人痛在心上/哥哥你要走西口/小妹妹实难留。"（陕北民歌《走西口》）这种感情是独特的，是陕北特定地缘中女性守土、守家、守夫惯常情感世界的自然流露，是典型的陕北女性式情结。"想你哩想你哩/口唇皮皮想你哩/三哥哥想你哩/头发梢梢想你哩/三哥哥想你哩/眼睛仁仁想你哩/舌头尖尖想你哩/想你想的心头乱/素饺子下了一锅山药蛋。"（陕北民歌《想你哩》）这淋漓尽致，毫不掩饰，粗犷而又细腻，泼辣又有动感的感情表达，是理性的关中女性所不曾有的。陕北女性这一纯洁、火辣、痴情的情感世界在作家笔下得到了很好的表现。路遥笔下的刘巧珍土而不俗，自卑而不自贱，不知书却达礼。她爱高加林，是一种痴爱，但绝不是乞求，始终有一种自己的尊严，她可以为高加林而死，但须以爱情为前提。她恨高加林，更多的是怨而不怒。在高加林离开她后，她并未像某些农村姑娘那样感到失恋的痛苦，以至于忍气吞声，或在命运面前认输，抑或寻死觅活，而是从失恋中痛感到文化知识对普通农村女性的重要性，于是以已嫁之身暗中扶助高加林，毫无报复之企图。刘巧珍的美德，支撑着高加林生活下去的信心。淳朴的刘巧珍，可爱的刘巧珍，一个陕北痴情女性的典型，倾注了路遥无限的爱。正如作者所言，对像刘巧珍、德顺爷爷这样的人有一种深切的感情，"我把他们当作我的父辈和兄弟姊妹一样，我是怀着一种感情来写这两个人物的"。从他们身上"表现了我们这个国家、这个民族的一种传统美德，一种在生活中的牺牲精神"。① 关注女性婚姻爱情状态，在路遥作品中构成了一个特有领域，如《风雪腊梅》中冯玉琴名为招工、实为招妻的事与愿违的不幸婚姻，《月下》中兰兰的爱情被人误解而蒙上了隐隐作痛的阴影，《痛苦》中小丽的爱情由热恋到疏离，学业得到但爱情失去的痛苦经历，《青松与小花》中献身教育的吴月琴，《平凡的世界》中田润叶的婚姻悲剧，田晓霞的生命悲歌，郝红梅的心理压抑与精神的低迷，香莲的勤劳与哀婉的痛变结局，等等，全方位、整体性地展示了她们的爱与恨、悲与喜、甜与苦、愁与乐的生活本相和一个个陕北女性复杂而多异的婚变世界。作为黄土高原长大的路遥，他深知情爱对于陕北女性的重要，他更感知到在那种守家、守夫、守土的环境中，女性得以快乐生存的内因所在。因此在作品中这样写道："没有爱情，人的生活就不堪设想，爱情使荒芜变为繁荣，平庸变为伟大；使死去的复活，活着的闪闪发光。"这种理解是深刻的，正是陕北诸多民歌情感世界的真谛再现。陕西第三代作家杨争光在《黑风景》中描写了环境与女性情爱、性爱的相因关系。陕北的环境枯燥而残酷，人的属性被环境剥光了，所有能激活人意兴的也就只有性了。镇长说："在那个地方，女人就真他娘像个女人，女人就那么让男人动心，男人们和她们厮守一辈子，也没有个够。"② 在陕北干黄干黄的没有生命的路上，她们永远循环在原初的基点上，固然很苦，却又自得其乐，活得充实自足。否则，又怎么能承受如此的痛苦与生的困惑呢？

　　地缘特性的差别，陕南则少了许多诸如陕北的荒寒与苦痛，得天独厚的山水绿茵，养育了陕南女性的灵秀娟美和飘逸柔婉，深山锁封了她们的犷放与开阔，河泊隔断了她们的遐思和野念，她们成为禁中守望的闺秀、贤妻良母，演绎着不善张扬、循规蹈矩的理性生命过程。贾平凹、王蓬的作品在展示陕南女性的生活与情感世界方面，形成了又一独特而具整体性的领域。贾平凹被视为描写女性的高手，他的许多作品，

---

① 路遥：《路遥中短篇小说·随笔卷》，陕西人民出版社 1995 年版，第 446 页。
② 杨争光：《黑风景》，长江文艺出版社 2001 年版，第 37 页。

如《黑氏》、《人极》、《冰炭》、《美穴地》、《阿香》、《七巧儿》、《任氏》、《镜子》、《满月儿》等都呈现了他关于女性的审美观。《满月儿》是贾平凹最初描写女性的作品，从月儿的活泼，满儿的文静，到后来作者的笔触日渐深沉，其女性形象的描写也日渐丰富多样，商州世界中女性的温柔和刚强性格被勾画得淋漓尽致，极为鲜明。作者多方面关注了她们的情爱、性爱、家庭关系、坎坷经历和人生追求，揭示了她们在改革大潮冲击中人性的觉醒和对未来的向往，寄托了美好的希望。20 世纪 90 年代后，作者背负着现实与理想、传统与现代相撞击的心理压抑，创作视角出现了较大的变化，即以生存意义的追求为核心，以女性为描写对象，以性意识为焦点，其悲剧意识和幻灭意识日渐浓重，刻画了诸多命运悲惨，爱则不能、罢之不得的女性形象。有论者将贾平凹笔下的女性归纳为三种类型：一是野性未脱，天真烂漫，富于幻想的深山少女；二是经受人生风雨，甚感迷惘的沉思的女性；三是冲破传统锁缚，大胆向往美好人生的少女。我以为三类系列，体现着作者不同的情感关怀，前者热情赞美，为之而歌，次者深深忧伤，为之而哀，后者热切肯定，为之鼓呼，合起来展示了贾平凹女性世界的基本轨迹。如同路遥描写陕北女性一样，贾平凹的笔力也同样着眼于她们的情爱与婚变，所不同的是更多了些路遥笔下少有的性爱，如《远山野情》、《黑氏》、《冰炭》、《天狗》，等等。作者将这些大山深处锁缚着的女性的野性之情、野性之性与禁中守望的生活巨细相糅合，与生命过程相伴随，因而映照出灼人灿烂的生活美与生命美。贾平凹写活了女性，女性使贾平凹作品增色。擅长描写陕南女性，同样具有深切的女性情结的还有作家王蓬。他的小说以其陕南特色引起人们的注意，被王汶石界定为"别添了一种深厚雄沉的韵味"。在王蓬的审美视野中，一个男人眼中的女性世界应该是斑斓的。从早期的《沉沦》，到后来的《油菜花开的夜晚》、《黑牡丹和她的丈夫》、《山祭》、《水葬》、《银秀嫂》、《沉浮》以及《桂花婆婆》、《涓涓细流归何处》、《汉中女子》，构成了陕南女性的悲喜生命组曲。在这些内涵不一的长、中、短篇作品中，王蓬以融入乡土深情的饱满之笔，描写着这片土地上的善良拙朴的乡亲，醇厚浓郁的乡情，寄托了深厚的人文关怀，尤其勾勒了深山女性的诸多生存状态，深山中传统节烈观对女性的合理生存愿望的锁缚，以及大山隔断了现代文明的悲哀。在远离现代文明的大山深处，其传统婚姻观念根深蒂固和不可理喻，其五花八门捆锁婚姻自由的陋俗陈规仍不鲜见。《水葬》中的翠翠，《山祭》中的冬花，《沉浮》中的"她"，《油茶花开的夜晚》中的珍儿，《桂花婆婆》中的巫桂芳，《涓涓细流归何处》中的黄丫丫等形象，无一不展示着陕南女性诸多悲哀的生存样态，寄寓着作者王蓬的几多感伤。面对这些典型形象的塑造，贾平凹感慨地说，"尽写出些鲜活女子"。

如果说路遥、杨争光、高建群写出了陕北女性粗犷泼辣而又痴情的个性情感形态，贾平凹、王蓬写出了陕南女性禁中守望、灵秀善良与大山锁缚悲哀命运的情感形态的话，那么，柳青、王汶石、陈忠实则写出了关中女性旧时代深受封建礼教迫害和新时代参与社会主义建设的精神风貌。众所周知，关中是封建礼教、儒家思想因袭的重地，妇女处在男权社会中不以大用，或置于解闷消遣的尤物地位。在关中男性意识浓厚的土地上，男人对女人之情尽量少有或没有更好，视女人为传宗接代的工具，或达到男人们获得某种政治目的的物器。历史上讨伐董卓，貂蝉成为利器，李隆基位衰，杨贵妃成了羔羊，如此事象，不一而足，关中女性的悲哀也就历史地铸就了。《白鹿原》中田小娥想做一个普通庄稼院媳妇的人生愿望无法实现；鹿兆鹏媳妇想过正常女人的夫妻生活不能如愿；已做定了庄稼院媳妇的仙草，从来就没有得到过白嘉轩的情爱；平日里视为掌上明珠的女儿白灵之求学愿望也被严酷的父亲白嘉轩无情地斩断……关中女性悲哀沉重的情感被陈忠实活脱脱写了出来，并从关注女性人性愿望的高度，撕开了看似儒雅礼仪、节烈忠孝有序背后的畸形性史、情史和婚史。作者的深沉描写达到了极致。

时代的进步，人的解放，首先在于女性尊严、价值、地位的提升。柳青笔下的徐改霞、梁秀兰（《创业史》），王汶石笔下的张腊月、吴淑兰（《新结识的伙伴》），杜鹏程笔下的韦珍（《在和平的日子里》）、郑大嫂（《平常的女人》），魏钢焰笔下的赵梦桃，她们以时代所赋予的参与社会奉献的自尊、自爱、自强的精神面貌在作者的笔下得以充分的展示。梁秀兰的未婚夫杨明山是志愿军一名炮长，在朝鲜战场挂了花，脸上留下了病愈后的斑斑伤痕，蛤蟆滩庄稼院的女人们怀着崇拜英雄的心情，却被相片脸颊上的瘢痕弄得不好说话，都有点儿败兴。英雄的母亲思念负伤儿子成疾，茶饭不思，希望秀兰过去看看她。未过门而去婆婆家，这在 50 年代的农村是件背风离俗之事，其阻力是显而易见的。然而这位新时代的秀兰姑娘，觉得："家乡的终南山就是上甘岭，杨明山就是在那里反击美国侵略者，保卫山脚下平原上的一片和平景象！婆婆思念儿子成疾，想看看她这个宝贝儿媳妇，她却在过门没过门的旧乡俗上思量！简直糊涂！怕生人看做啥？秀兰想，她是光荣的志愿军的未婚妻，谁爱看谁看！看！看！她就是她！她将在北杨村表现出磊落大方；她绝不允许女性的弱点在她的行动上显露，惹人笑话，给亲爱的明山哥哥丢脸！"① 这里，秀兰的勇气，不允许女性庸俗弱点的显露，完全源于时代的造就，其典型性体现着新的社会女性新风尚。可以说，从梁秀兰到刘巧珍，对女性形象诸多生存状态和生命体验的描写，是陕西作家深厚的"三秦女性心结"的质核，这个心结是久远的。

四 秦风民俗心结

一般认为，作家的创作个性，取决于他所处的地域环境，"一方水土养一方人"就包含着作家的地域属性。在陕西作家中，除红柯小说集中描写新疆边塞生活外，绝大部分都以本土生活为主要描写对象，构成了陕西文学中特有的秦风民俗风貌，体现出作家们浓厚的民俗心结。比如，贾平凹离不开商州，那是他创作的命脉；路遥离不开陕北黄土高原，那里是他创作的灵魂依附地；陈忠实离不开关中，关中是他本根的栖息地；王蓬离不开陕南，那是他灵智得以充分体现的地方。地缘的神奇，绝非单单一个生活地的问题，而是作家们情感深处的一种"结"。当年的老辈作家柳青，最为典型地昭示着这种心结的内涵。共和国初年，柳青本应在北京工作，可他就是离不开故土，落户陕西皇甫一个只有四五百户人的小村庄，这种典型的、地道的落户扎根，绝非一般意义上的深入生活之概念所能囊括。在这里，他将全部心血、情感献给皇甫的老百姓，连同妻子、孩子的事业一并融入其间。人们这样称颂他："生活甘清俭，文章勤苦吟。源泉义气重，村野扎根深。父老心中根千

① 柳青：《创业史》，中国青年出版社 1987 年版，第 335 页。

尺，秦风到处说柳青。"① 这是什么呢？是乡情心结。从他择定事业，踏上文学道路之初，便与秦地古道结下了不解之缘，延安之巍巍宝塔、湍湍延河水是这种心结缘起的源头；米脂三年是这种心结的深化；长安14年，柳青从心、境、情与之相生相发达到同化，并凝聚成迷恋浓郁的"渭河情结"。从此，渭河两岸、黄土高原之乡情成了他文学创作的气脉，任何外界舒坦优越的环境，都无法改变他对家乡故土的迷恋与痴情，任何艰难困苦都无法销蚀乡情给予他的内驱力。家乡黄土的芳香、乡音的悦耳、乡情的开怀、乡俗的诱惑使他魂牵梦绕，游刃其间，无论生活巨细、人物勾勒，还是风土人情，信手拈来，无不神形俱肖。梁三老汉是柳青，柳青成了地道的梁三老汉。1959 年，柳青去延安养病，有人建议他去青岛或北戴河。柳青说："你不知道，一切疾病，除了生理因素外，精神因素是很重要的。我回到延安，住的地方，吃的东西，睁开眼睛或闭上眼睛都是舒服的，世界上没有一个地方能给人精神上这样的满足。"② 是的，他仿佛和王家斌、梁三老汉、石得富一同来到延安，沉浸在浓浓的乡情之中。晚年，当柳青离开家乡去北京治病时，他深情地说："我生在陕西，战斗在陕西，写作在陕西，没想到，现在我不得不去北京。"③ 说到这里，这位倔强的人强忍着的泪水滚落而下。

秦风民俗心结，说到底是个人感情的结，柳青的心结影响着同代和后辈作家，形成了一个个同源异趣的情感结。作家们的心结所指首先展示着陕西浓厚的地缘生活情态，柳青笔下延安、米脂、皇甫稻地生活，王汶石笔下渭河两岸村舍乡间生活，杜鹏程笔下秦岭深处及宝成铁路生活，路遥笔下陕北城乡及铜川矿区生活，陈忠实笔下关中秦川白鹿原生活，贾平凹笔下商州山区风情生活，王蓬笔下汉江两岸青山绿水生活，无一不是秦地风貌的体现、秦地地缘特色的韵味，它如同陕西的羊肉泡馍、油泼辣子棍棍面那样的芬香和意味深长，与他地域的生活鲜明地区别开来，这正是地缘特色的质核，是秦风民俗的总说。

---

① 《柳青纪念文集》，《人文杂志丛刊》第 1 辑，1983 年，第 4、11 页。
② 蒙万夫等：《柳青传略》，陕西人民教育出版社 1988 年版，第 80 页。
③ 《柳青纪念文集》，《人文杂志丛刊》第 1 辑，1983 年，第 60 页。

陕西文学的秦风民俗还表现在特有的地缘性人物塑造上。所谓地缘性人物塑造，是指作家笔下的人物，不仅外貌形态是秦地的，而且心理素养和内涵也是秦地的。比如梁三老汉式的对襟褂子长烟袋和憨厚勤劳、守旧固执的性格；梁生宝式的白毛巾包头、短烟袋和孝敬继父、超越父亲的胆识；徐改霞、吴淑兰、张腊月的既腼腆羞涩又大方泼辣的理性行为；白嘉轩的本分仁义、勤劳持家的秦式生活风范；孙少安、孙少平、高加林秦地式守土与弃土感知的自觉选择；田小娥、银秀嫂、翠翠、黑氏、师娘、小月、白香等女性的秦地式受制于礼教压抑而又努力于对自身幸福婚姻、爱情的寻觅与追求，对现代文明的渴望与投入。概而言之，这些众多的人物系列，从老辈到小辈，从男性到女性，从目不识丁到略通文墨，都典型地体现出秦地人的特点，讲实际，重体验，而后选择相应的人生行为，这是陕人重实务实心理积淀在创作中的逼真的映现，它如同秦岭般的永恒，如同渭水般的长流不息。

文学的地域特色写出了与该地域相关的地缘特点，文学因地缘而有特色，地缘是文学构成特色的先决因素。比如江南缘于水乡，才有了小桥流水般秀致的文学风格；边塞缘于大漠，形成了风霜剑刀般粗犷的文学风貌；陕西缘于黄土地，才赋予了文学的浑厚与质朴。所以，陕西文学秦风民俗的另一重要标志便是扑面而来的一派地缘风貌："天气阴沉，满天是厚厚的、低低的、灰黄色的浊云。巍峨挺秀的秦岭消没在浊雾里；田塍层叠的南塬，模糊了；美丽如锦的渭河平原也骤然变得丑陋而苍老。"(《风雪之夜》)这是50年代关中农村的一派繁忙景象。"高高的山峁上，一个小女子吆着牛在踩场。小女子穿了一件红衫子。衫子刚刚在沟底的水里摆过，还没干透，因此在高原八月的阳光下，红得十分亮眼；山风一吹，简直像一面迎风招展的红旗。"(《最后一个匈奴》)这是陕北高原人文景观的描写。"路到山上去，盘十八道弯，山顶上一棵栗木树下一口泉，趴下喝了，再从那绕十八道弯下去。山的两边再没有长别的树，石头也很分散，却生满了刺，全挨着花条儿覆盖在石上，又互相交织在一起。花儿都嫩得浸出水儿，一律白色，惹得蝴蝶款款地飞。"(《商州又录》)这是陕南风情。可以说，在陕西文学中，这种因地缘特征而来的地域色彩，各尽其妙地、各显本色地活画出陕北高原、关中川地、陕南水乡的特有风貌，其浓郁、传神、地道的地缘色彩，不用标示作家的名讳，也能辨别出秦地文学的秦风韵味，绝对迥然于京津、江浙的文学风格。总之，黄土地心结、乡亲父老心结、三秦女性心结、秦风民俗心结，是20世纪陕西地缘文学特有的审美心结谱系。

第三节　地缘文学审美视域的缺失

在上文中，论述了20世纪陕西地缘文学的四大基本审美表现，即具有草根心结谱系的审美特征。但是，作为蕴涵源远流长的历史文化遗产的本土地域文学而言，应有的审美视域的多样与放阔仍是远远不够的。黄土地、父老乡亲、三秦女性等的涉指说明文学整体视野的拘谨和作家个体审美追求的扎堆，直接影响了地域文学的多元多样。歌德在论题材对文艺的重要性时说："还有什么比题材更重要呢？离开题材还有什么艺术学呢？如果题材不适合，一切才能都会浪费掉。正是因为近代艺术家们缺乏有价值的题材，近代艺术全都走上了邪路。""艺术家们很少有人看清楚这一点，或是懂得什么东西才使他们达到安宁。"① 这里，歌德指出了题材的艺术学母题问题和艺术家们的题材意识问题。那么，这些问题，我以为正是20世纪陕西地缘文学中"女神"与"诗神"的审美视域缺失，形成了在地缘与创作中女性文学和诗歌创作两大领域的弱化，使其文学的审美视域没有了更丰富的"抒情"和"阴柔"（李泽厚）、"根情"（刘勰）和"缘情"（陆机）的绚丽与多彩。

一　女性审美表现和性别意识的弱声

陕西女性文学有着悠久的传统。20世纪以来，陕西女性文学的发展呈现出女性作家个体风姿妖娆而群体弱声的特点，在文学发展的个别阶段不乏出类拔萃的在全国有影响的代表性作家出现，而女性作家群却一直面目模糊，阵势不现。造成这种现象的原因：一是明显地受到传统观念的影响，女性写作未受到重视；二是由于女性作家的创作题材基本

---

① 《歌德谈话录》，人民文学出版社1978年版，第11页。

上与陕西男性作家的题材选择相背离，女性写作被辉煌的乡村文学所遮蔽；三是陕西城市文学的不发达，使以城市生活为主要描绘对象的女性作家显得形单影只。当人们谈到陕西文学时，论及最多的是在国内外有较大影响的陕西男性作家及其创作。实际上，陕西的女性文学不仅有着悠久的传统，而且在现当代中国文学史上也不时有其亮丽的身影。她们在陕西的文学队伍中虽然说不上与男性作家平分秋色，但她们所创造的文学功绩，仍然不能忽视。不过，值得注意的是，尽管也有女作家极具个体张力，然而，就女性群体创作状况而言，陕西当代女性文学确实没有在陕西这个文学重镇里阵势显赫，景象辉煌。陕西的女性作家也没有因这里有众多的文学大家而"沾光"，反而由于种种原因，她们的身影在某种程度上被无意识地遮蔽，她们的声音显得比较微弱，其整体表现与陕西这个文学重镇似乎不大协调。著名文学评论家李星在谈到陕西的女性主义写作时有这样一番话："在地处亚洲大陆腹地的陕西，像其他现代主义文学流派一样，女性主义写作在陕西的回应也十分微弱，以至专业界长时期找不到一个女性文学的代表作家。"① 笔者认为，李星的这番话是很有见地的。

在我国的文学发展史上，20 世纪陕西地缘文学有着悠久的传统，而女性文学的地缘特性也源远流长。早在晋代时，武功人苏蕙（字若兰）就以其独特的文学创作为世人所瞩目。她织锦作《回文璇图诗》以寄丈夫窦滔。其诗以五色丝织成，为一幅方阵组诗，共 841 字，纵横回环，交叉进退，均可成诗。她的创意之作，不仅在当时影响巨大，而且到了唐代还受到武则天的称赞："五色相宣，莹心辉目，纵广八寸，题诗二百余首，计八百余言。纵横反复，皆成章句。其文点画无缺，才情之妙，超今迈古。"② 当然，从艺术价值的角度看，苏蕙的《回文璇图诗》因过于讲求词义组合不免使艺术性受到影响，但是，作为一位女性诗人，能在艺术形式上大胆创新，实属难能可贵。唐代是我国诗歌的黄金时代。当时的长安既是皇都，亦是诗人云集之地，这其中就包括

---

① 李星：《陕西的女性主义写作——唐卡、周喧璞小说印象》，《中国文化报》2003 年 2 月 13 日。

② 康正果：《风骚与艳情》，上海文艺出版社 2001 年版，第 127 页。

数量不菲的女性诗人。唐代陕西境内的女诗人为数不少，虽然她们的诗歌题材和营造的意境大都局限于伤离惜别，缺少大气势，然而，由于受时代诗风的影响，她们仍然表现出较强的艺术个性和情感自由，以她们特有的诗歌特色加入到了盛唐之音的合声之中。在女性诗人队伍中，既有像武则天、上官婉儿、杨玉环等处于高位或显位的人，也有大量的宫女诗人；既有女道士的低吟唱和，也有平民女子的爱情表白，甚至还有娼妓那浓情艳意生活的摹写……这其中著名的女诗人，就有鱼玄机和薛涛。鱼玄机自称"女郎本是长安人，生长良家颜如玉"。她聪慧有才学，擅作诗，有《鱼玄机诗》一卷传世。她的诗大都为寄情之作，描写女性内心世界真切入微，情感率真，具有较强的艺术性。如《迎李近仁员外》一诗写道："今日喜时闻喜鹊，昨宵灯下拜灯花。焚香出户迎潘安，不羡牵牛织女家。"她把对爱情的大胆追逐毫不掩饰地予以表露，情真意切，诗意益然。女诗人薛涛与当时的大诗人元稹交往甚密，留下了大量的唱和诗，其诗情意绵绵，回味悠长。她的代表作之一的《春望词》有"花开不同赏，花落不同悲；若问相思处，花开花落时"等句，体现出诗人对真善美的执著追求。明清时期是中国古代女性文学发展的繁荣阶段。在人数众多的女性作家队伍中，江南的女作家就占绝大多数，而在数量不多的北方女作家中，清代陕西的王筠不仅是陕西女作家的领军人物，而且也是当时我国北方女性戏剧家的杰出代表。王筠天生有北方人慷慨的性情，自恨身为巾帼，不能与男性抗衡，所以，她创作了戏剧《繁华梦》，"她将自己整个的人格完全倾泻在这本戏剧中，为女性一吐数千年来的柔懦之气，的确可与《桃花扇》、《燕子笺》相颉颃"。①

　　20世纪是我国女性文学蓬勃发展的时期，陕西的女性文学也取得了长足的发展，女性作家在各种文学领域都有所建树，显示出坚实的创作实力。在散文创作方面，李佩芝和李天芳被认为是20世纪八九十年代陕西散文界的"双雄"。李佩芝在编辑工作之余，写了大量的散文作品，结集出版的作品集就有《失落的仙邸》、《别是滋味》、《今晚入梦》等。在李佩芝的散文中，常常交织着两个美好的世界：一个是外

---

①　谭正璧：《中国女性文学史》，百花文艺出版社2001年版，第332页。

在的使她能轻松坦然地生活的祥和真实的世界；一个是自己的内心世界，作者在这个世界里不断反省自己，追求灵魂的充实与安宁。作者时时期盼的，是外部世界的平和、真诚和信任，而当她看到现实与自己的期盼每每发生冲突时，她只能退守于自己的一方天地，在一己生活的小天地里寻找安宁与静谧。这是一种淳朴的情感需求和朴素的近乎田园式的生活愿望。她的散文的题材富于生活化，笔力散淡、清丽、柔和，意境优美，给人以温馨的艺术感受。李天芳著有散文集《山连着山》、《延安散记》、《打碗碗花》、《种一片太阳花》等。李天芳善于思考，长于借景抒情，她的散文具有哲理性品格，作者往往在一种毫不做作的平静语气中阐发自己的所感所悟，其作品自有一种动人的艺术魅力。在这一时期，张虹的散文创作也显示出不凡的艺术功力，受到了读者的广泛欢迎。近几年来，陕西的女性散文创作新人辈出，如鲁曦已出版了《寻梦》、《心雨芳菲》等散文集，引起了较大的反响。在 2004 年 4 月为其召开的作品研讨会上，省内外作家、批评家给予了较高的评价。杨莹出版了名为《品茗》的散文集，张亚兰出版了名为《野草花》的散文集，等等。还有宝鸡的严晓霞、咸阳的李碧辉等的散文创作也颇具发展潜力。在诗歌创作上，陕西当代的女性诗人数量不多，但所取得的创作成就却不容忽视。20 世纪 80 年代，青年女诗人梅绍静就连续出版了《唢呐声声》、《她就是那个梅》两部诗集，其中《她就是那个梅》获得了全国第三届诗集奖。刘亚丽、柳琴（刘秀琴）也是这一时期创作活跃的女诗人。柳琴于 1991 年出版了诗集《多情岁月》。她的诗思绪灵动，感情自然真挚，语言优雅，表现出作者较好的艺术素养。青年诗人唐卡是吟唱爱情的歌手，诗集《沼泽地的吟唱》是她爱情诗的集中巡礼。报告文学在我国新时期获得了新的发展，陕西的女性作者从事报告文学创作的人数不多，但仍有影响全国的女作者，她就是冷梦——以一篇《黄河大移民》获得了全国第一届鲁迅文学奖。在小说创作领域，陕西的女性作家中成就最大的应是叶广芩。多年来她潜心创作，从中篇到长篇，甚至直接用外文写小说，显示出不凡的实力和扎实的艺术功底。她的小说，内蕴丰厚，情感沉稳，文辞优雅，叙述从容，具有大家风范。她所创作的系列家族小说，如《黄连厚朴》、《梦也何曾到谢桥》、《采桑子》等，被认为是当代小说阵营里的大餐，耐人寻味，使人惊喜。其中中篇小说《梦也何曾到谢桥》获得了全国第二届鲁迅文学奖，长篇小说《采桑子》又入围第六届茅盾文学奖提名，这些本身就说明叶广芩小说的艺术价值和巨大影响力。有论者论及《采桑子》和作者时这样写道："她的作品中那样一种既投入又清醒、既细致生动又从容舒展的叙述，哀婉深沉、悠远悲凉的情调，将人们引入一种特殊的氛围，随之领略人们所不熟悉的那样一个特殊人群的悲欢离合和生存状态，深入体味那曲折复杂的人生况味。"① 叶广芩的创作和所获得的声誉，是陕西女性文学的骄傲，是陕西女性文学的辉煌。在20世纪90年代前后，女作家李天芳（与晓雷合作）创作出版了长篇小说《月亮的环形山》，小说以现实主义手法表现了60年代中期一批大学毕业生走上教育工作岗位后在工作、爱情、家庭、人际关系等方面产生的烦恼、苦闷、痛苦和不幸。小说一经出版，便得到了广泛好评。女作者孙君仙克服重重困难，顽强创作，出版了《白雪》、《镜子》等长篇小说，受到了文学界的关注。长期以来，女作家贺抒玉也一直笔耕不止，既写诗，又写小说和散文，2004年底，中国文联出版社出版了《贺抒玉文集》。贺抒玉的作品，清新质朴，生活气息浓郁。特别值得注意的是，近年来，一批年轻的女作者初露头角，显示出强劲的创作势头和个体张力。青年作家唐卡，由作诗而写小说，并且一发不可收拾。2001年，她出版了第一部长篇小说《你是我的生命》，尔后又有《荒诞也这般幸福》、《楼顶上的女人》等作品。她的小说以现代都市生活为题材，叙写自己的独特感受。如在《楼顶上的女人》这部小说中，她以女性细腻、清纯、诗意、深情的笔触，记叙了两个有同性恋情结的年青女子情感生活中的种种纷扰和困惑，表现了社会转型期现代都市生活的喧闹和人们情感生活的贫乏、虚浮所形成的巨大反差。这部小说称得上是现代都市人情感的艺术化记录。青年女作家周暄璞近年来陆续出版了长篇小说《夏日残梦》、《我的黑夜比白天多》等。评论家李星对唐卡、周暄璞的创作给予了较高的评价，认为她俩"是继李天芳、叶广芩之后，20世纪60年代末、70年代初出生的陕西的两个年轻的女作家，无论是对生活的感觉，还是艺术的表现，语言的技巧与内涵，都达到了很高的

---

① 杨鸥：《格格作家——记叶广芩》，《人民日报·海外版》2001年10月31日。

层次。从她们的创作中，我发现了陕西前代女作家所没有的新质，自觉的女性话语或女性角色意识"①。实际上，这是年青一代女性作家在创作观念上的突破。应该说，在陕西年青一代女作家中，她们对文学的追求是虔诚而执著的。女作者王晓云为了写出一部反映都市中"小姐"生活的小说，她的"心灵始终就在动荡之中，随时准备接受批评和轻视，对于小姐生活和她们的现状作了大量的调查，甚至和她们做朋友"。正是以这样的态度、勇气和胆识，写出了长篇小说《梅兰梅兰》，作品中真实地描写了当代社会的一个隐秘阶层——"小姐"们的辛酸和无奈的命运选择。著名文学评论家李星先生认为这部小说饱满而飞扬，如泣如诉，诗意浓郁。② 在扶持文学新人方面，《延河》文学月刊从 2005 年 1 月号起开辟了"陕西 60、70 年代作家小说"展栏目，其中就刊登有年轻女作者的新作。这些现象表明，陕西的女性文学极具潜力，值得期待。

考察 20 世纪后半期的陕西女性文学，我们可以得出这样的结论：这一时期的陕西女性文学是不自觉的女性主义文学，即女性文学的特征并不明显。是不自觉的女性主义文学，是因为陕西的女性作家们在其创作中尽管有性别角色的流露，如人情的氤氲，情调的温婉，等等，但这是一种无意识的表露。在她们的主观意识中，还未真正地从女性主义立场上对女性的生命样态、生存体验、人生遭际、历史心迹以及男女两性关系等进行有意识的考问探寻。因而在女性作家的作品中，女性的性别意识淡泊，缺乏女性作为书写主体的以女性感受、女性视角为基点而挖掘的女性经验。这种状况，到了出生于 20 世纪 60 年代末 70 年代初的唐卡、周暄璞、王晓云等年轻女作家们这里才有了改变。这些年轻的女作家们的可贵，正在于她们从创作一开始，便自觉地站在现代女性主义的立场上，对女性的生存状态、命运遭际、身心欲求进行追寻和思考，力图加以艺术展现。因此，她们所涉及的女性话题异常尖锐，所描绘的女性生活也更为复杂和耐人深思。

---

① 李星：《陕西的女性主义写作——唐卡、周暄璞小说印象》，《中国文化报》2003 年 2 月 13 日。

② 王晓云：《给李星的信》，《陕西文学界》2004 年第 1、2 期。

　　尽管陕西女性文学在其发展的过程中不时有重量级作家和作品出现，但就整体态势而言，陕西的女性文学呈现出的是个体风姿妖娆而群体弱声的特点。也就是说，在文学发展的个别阶段，甚至有国内外知名的作家出现，但陕西女作家群却面目模糊，阵势不现。这里之所以说是在文学发展的个别阶段有名作家出现，是在考量了我国现当代文学发展的阶段性特征后提出的看法。比如，在"先锋派"文学潮流中，基本没有陕西女性作家的声音，在"寻根"的作家队伍中，缺少陕西女性的身影，在"新生代"的阵营里，仍然见不到陕西女性的名字，甚至在近几年崛起的"80后"文学新人中，还是难见陕西女性的踪迹。这是一个耐人寻味的现象。陕西是文学大省，是中国当代文学的重镇，这几乎是人们的共识。但是，陕西辉煌的文学厚土上，出现这样的女性文学现象其原因何在？笔者认为至少有三个方面的原因：一是明显地受到传统观念的影响，女性写作未受到重视；二是由于女性作家的创作题材基本上与陕西男性作家的题材选择相背离，女性写作被辉煌的乡村文学所遮蔽；三是由于陕西城市文学的不发达，使以城市生活为主要描绘对象的女性作家显得形单影只。这种城市文学氛围的缺失使陕西女性文学在群体上未能形成气候。

　　陕西素有"黄土文化"之宗的称谓。因而在这块土地上传统观念就显得根深蒂固。男尊女卑仍然是不少当代陕西人所坚守的观念。经济发展的相对缓慢，女性的经济独立意识不强，农村女性由于繁重的家务劳动和教育的落后，几乎不可能有条件有机会成为作家。这样，农村女性从事写作的客观条件就受到了极大限制。英国女作家伍尔夫说过："当中产阶级妇女开始写作时，她自然就写小说。"① 伍尔夫认为中产阶级女性写作是她们有一定的生活条件做基础。这种说法虽然不一定适合于中国女性，但从这一番话中我们也许能受到启示，即经济因素确实对女性写作起着重要的作用。从世界范围来看，女性文学几乎等同于城市文学，女性作家大多活跃于城市这个舞台上。这种现象至少说明，城市中两性间的相互认识理解与和谐共存的氛围远比乡村显得宽松和浓厚。20世纪陕西地缘文学的主要成就或者说作家的主要题材来源是农村生

---

① 刘炳善：《伍尔夫散文》，中国广播电视出版社2000年版，第537页。

活方面。考察那些在全国有一定影响的陕西女性作家的履历，我们会发现，她们大都属于"外省人"，而真正属于土生土长的陕西籍的女作家很少。这种状况至少说明了女性作家们的文学题材选择不会主要是农村生活，或者说她们由于缺少乡村经历，难以从事农村题材的创作。这样，仅仅从题材上，女性作家与男性作家就天然分离。因此，在 20 世纪陕西地缘文学中难以见到女性作家有关农村生活的鸿篇巨制尽在情理之中。我们说陕西的女性作家偶有佳作，但因为处在这样一个以农村题材为特征的又有实力雄厚的作家群的巨大包围之中，女性作家身影的被遮蔽也就理所当然。

评论家邢小利就认为："陕西文学的优势和特点是对乡村生活和农民性格的描写和表现。陕西作家大多是从农村走出来的，所谓'城籍农裔'，因而他们对农村社会特别熟悉，对写农民生活和性格驾轻就熟，相反地，对现代文明和城市生活较为陌生，以审美的眼光打量现代文明和城市社会尚缺乏经验和足够的心理准备，因而对之时有恐惧甚至排斥。"① 就陕西当代女性文学而言，由于缺乏城市文学创作的浓厚氛围，她们的写作就显得形单影只，很难形成群体性气候。女性作家惯于描写的城市生活成为搁浅之船，无法乘风破浪。这种状况在历史进入 21 世纪后已开始改变，尽管比较缓慢，但毕竟出现了较好的势头。对陕西当代女性文学作上述的考量分析，并不是要把形势估计得令人沮丧，而是想就目前的现状理清思路。应该看到，陕西女性作家的群体态势已经初现，只是她们还在路上。她们的成功或者辉煌，有待于她们自身的意志坚持和不懈努力，有待于社会的关心和名家的悉心呵护与扶植培养。或许，在不久的将来，陕西的女性文学会走出整体弱势、面目不清的尴尬境地，以群体优势而亮相于中国文坛。

二　诗歌审美表现的断落与缺失

众所周知，中国就其文学概念而言，素以"诗的王国"称谓，以唐代诗歌为鼎盛，体现了中国诗歌创作的高峰，同时也是陕西地域诗歌创作的高峰。然而，这一丰厚充溢的文化渊源，诸多诗神精神却并未承

---

① 邢小利：《"城籍农裔"三代说"陕军"》，《羊城晚报》2004 年 12 月 18 日。

续至当代文坛，诗歌创作在当代陕西文学中近于断流，这不能不使人深思。我们不禁要问，20 世纪陕西地缘文学中小说、散文何以长足发展？近年来的影视文学又何以迅猛生长？而具有绝对优势、得天独厚的唐代诗歌的盛况又何以消退？对于这个问题，小说家晓雷认为："诗与受众疏离，似乎已成为一种定论，但这是时代的进步，抑或是诗的退步？作出结论却为时尚早。在人类社会已经迈入信息网络时代，电视、录像、影碟和卡拉 OK 这些精致的玩意置放在每户人家的客厅和卧室，有那么方便而多样的情感宣泄和身心休闲方式，要人们都去写诗谈诗依恋诗，似乎是一种额外的苛求。"这里，晓雷虽然从时代变革层面表述了诗歌创作弱化的时代原因，但诗之所以是诗，更在它的精神内涵。所以，诗人曾卓说过，当诗不能养活诗人时，诗人却必须以血肉养活诗。古今中外靠诗养活自己的人是很少的。但在任何时代，诗人都必须以自己的血肉养活诗，也只有依靠诗人自己的血肉，诗才能获得生命。笔者认为这是诗之所以是诗的奥秘所在，陕西诗坛几代诗人都曾在不同的历史年代里，以其自己的生命血肉在养活诗，显示着诗人应有的品格和精神。比如，贺抒玉、李佩芝、李天芳、毛琦、党永庵、李汉荣、梅绍静、曹谷溪、马林帆、王德芳、闻频、子页、朱文杰、刘新中、塞北、秦巴子、杨莹、渭水、苑湖、王琰、和谷、耿翔、尚飞鹏以及柳琴、唐卡、刘亚丽等。在探讨新诗的渊源断流中，诗人们从不同角度究其历史的和现状的弊失。古典诗词学家雷树田认为："新诗已被人戏称为'失歌'、'式歌'、'势歌'、'死歌'。陕西诗歌要活起来，要写出真情实感，就必须继承古典诗歌的传统。只有这样才无愧于长安这个'诗都'。"歌词家党永庵认为："新诗的危机在于失掉了入乐歌唱的功能，因此在今天诗远不如歌词更像诗，新诗要走出困境必须加强音乐性。"渭水认为："诗要走向影视，走向市场，干预现实才有出路，这是一场革命。"评论家张孝评认为："诗歌与其他艺术种类相比是从个性出发的，而诗歌的阅读与评价标准却是社会性的，因此诗歌要发展必须在个人化与非个人化之间找到一个契合点，从独特走向普遍。"① 这些观点，集于要害，我以为是着眼现实，着眼时代的存在关怀不够，诗人胸怀大志、大事、

---

① 晓雷：《在陕西诗歌研讨会的总结发言》，《陕西文学界》2000 年第 1—2 期。

大情之感动源的缺失，俯视大时代、聚焦弱势大群体、心存大普世感情宽广心理世界的缺失，致使诗歌创作未能穿越"自我"、"小我"，身边琐事，情感一隅的小空间，甚至于金钱、物欲、娱乐、休闲的泥淖中翻滚与羁绊。小说创作为"黄土地"的狭隘视域所裹挟，失去了应有的大气和大真，自然也就没有了大爱和大恨，与前辈柳青偶尔抒之的诗歌也不能齐比。

我们知道，柳青是不大写诗的，据统计，柳青在从事小说写作期间，曾先后创作了四首短诗和一首悼亡长诗，写作背景均在1968—1976年间，即"文化大革命"期间。从诗作的问世看，是在那个歌者不能、写者辍笔的年代，善以小说著称的柳青却例外地长歌低诉，这不能不认为是作者主体意识的明确取向。从诗作的思想内容看，几乎都是抒发沧桑变故、危安迁转时的内心感受，因而构成了一种忧愤悲喜的色彩。倘若将作者及作品与其写作背景作以宏观观照，分明折射出一个作家在特定环境下的一种积极的心理定式，而非逆境中常见的那种自嘲旷达、超然世外、隐逸醉歌，却是在长期艰苦创作中形成的真与假、善与恶、美与丑相对抗、相斗争的凝重、凛然、刚正的心理积淀，是柳青主体政治信仰、情绪和心境，以及人格旨趣的结晶，具有深层意义上的崇高美。这时期的诗作，也常伴随着粗犷、坚硬、深厚的特色，给读者以积极的心理效应，毫不逊色于小说《狠透铁》及《创业史》。尤其是诗作中的积极心理定式，是一种"三维融合型"，即对党的文学事业的拳拳之心的心理机制；对妻儿教诲上的深明大义的心理机制；对一生创作的诗化概括的心理机制。这三者互补融合，使得他为数不多的诗作明朗晓畅，旨趣高扬，浩气荡人。譬如表现共产党人气节的诗句"谁料趁大乱，庞涓陷孙膑，牛棚非猪圈，宁死守党性"；表现主体政治信仰和情绪心境的诗句"堆中三载显气节，棚里满年试真金"，"儿女待翁登楼栖，晚秋精耕创业田"；表现对文学事业拳拳之心的诗句"遥传京中除四害，未悉曲折泪满腮"，"问讯医师期何远，创业史稿久在怀"；还有寄语儿女人生道路的诗句"襟怀纳百川，志越万仞山。目极千年事，心地一平原"，等等。这三者互补渗透构成了柳青诗作中"三维融合型"的积极心理定式。可见，陕西地缘诗歌的振兴，仍然还是一个"写什么"和"怎样写"的问题，一个旧话新谈的问题，即关注大事、大情、大爱的写作，需要真情、真爱、真心去感受，使 20 世纪陕西地缘文学的"诗神"审美视域缺失得以提升，给文学审美视域平添其"抒情"、"阴柔"、"根情"、"缘情"的绚丽。

第九章

陕西地缘文学的作家传承

文学之于陕西，有着特殊的意义。文学在陕西显得尤为珍贵，也由此形成了陕西文人代代不绝，痴爱文学的传承现象。从柳青、杜鹏程到路遥、贾平凹，再到红柯、叶广芩，又更为年轻的"70后"作家，一个传承梯队正绵延而生。本章主要选取柳青、路遥、贾平凹、陈忠实四位成熟的并有代表性的作家，就"柳青经验"、"路遥范式"、"贾平凹现象"、"陈忠实视野"四个最富特征的层面着眼，揭示20世纪陕西地缘文学的作家传承史线及其内在代代相因的关系和规律。

第一节　"柳青经验"的后世烛照

在20世纪中国文学史上，柳青以其毕生的精力为文学创作积累了许多经验，这不仅惠泽于陕西作家，而且也给中国作家的创作以极大的烛照意义。我称其为"柳青经验"。那么，何为"柳青经验"？笔者认为从文学创作的外部规律和内部规律来说，要点有三。一是文学与革命的结合，二是文学与生活的结合，三是人物塑造上的独特的典型化方法。三者鼎立，构成了独特的"柳青经验"。

一　文学与革命的结合是"柳青经验"之魂

文学创作是一件关于人的再创造的工作，作家首先成为具有高度党性原则的"革命人"，然后才能产生出为之服务的"革命文"。鲁迅先生对此是极为重视的，他认为："革命文学家，至少是必须和革命共同着生命，或深切地感受着革命的脉搏。"① 他强调了"至少"，那么至多呢，在我看来就是倾身倾力于革命了。的确，纵观柳青42年的创作，其作品量并不很多，然而他却极孚众望，受众群涌，其秘诀就在于以其"至少"达到至多。

革命作家的崇高愿望，是以自己的文学活动为人民群众服务。柳青认为，一切人民所需要的，都是和他日常用笔为人民服务的工作不相矛盾的，他都会满腔热情地倾其全力从事它。事实上柳青是先革命，后文学，先生活，后创作，视工作为己任，自觉代言，毫不惜时。譬如40年代的《米脂县民丰区三乡领导变工队的经验》，50年代的《长安县王区人民公社的田间生产点》，60年代的《耕畜饲养管理三字经》，70年代的《建议改变陕北的土地经营方针》等文字。这些篇什虽难登艺术之殿堂，不属于规范的创作，但却充分说明了柳青和党的革命事业的结合是自生自发，难以遏制的。数十年来，他从事王家斌互助组的工作，所费心血是无法计算的，其价值何止一部《创业史》。也许有人会为此而惋惜，殊不知，正因为这种主体参与意识才使得柳青敛财聚富，生活积累十分丰富，以至产生了翘著《创业史》，使他不仅享有描写中国农村生活能手的盛名，同时享有党的出色实际工作者的声誉。可见，柳青与革命结合的心理定式是一种两维扩展的"愚人型"，即对革命事业的愚，对艺术追求的愚。愚使他长期积累，厚积而薄发；愚使他与革命共有生命，而取信于人民，这一成功的经验给当今尚未稳足的新派作家们极好的参照。实践证明，文学与革命，正如列宁所言，不能是个人或集团的赚钱工具，而且根本不能是与无产阶级总的事业无关的个人事业②。创作与革命事业结合了，就有了诸如《沉重的翅膀》、《平凡的世界》这样和社会人生紧密关联的意象组块式的作品。否则，写改革，要么是改革与保守，改革与爱情，要么是改革人物的悲剧或失败，甚至出现与革命事业相悖的、与社会和谐氛围极不谐调的作品，抑或是将文学作为发泄私愤的出气筒。

----

① 鲁迅：《上海文艺之一瞥》，《鲁迅全集》第4卷，人民文学出版社1973年版，第276页。

② 列宁：《党的组织和党的文学》（1905），《列宁选集》第1卷，人民出版社1990年版，第647—650页。

二　文学与生活的结合是"柳青经验"的根本

柳青文学创作的成功在很大程度上是生活成全了他。然而，这一为人所耳熟能详的"源泉说"在当前小说创作中似乎淡化了许多。譬如80年代中期"寻根文学"倡导者们提出的"要从中国文化之中寻根"，"文学应根植于民族文化"的主张，笔者是不敢苟同的。因为文学是文化的一部分，文化则是人类社会实践和社会活动的产物，那么，文化之根就必须植于人类的社会实践、社会活动和社会生活这块土壤里，而文学之根更应如此，怎么能植于文化之中呢？显然这是探索者的偏差，尤其是原始的、蒙昧的、野蛮的文化意识的少量低层次作品，"通俗文学"中那些低级庸俗的，描写男欢女爱，有意挑逗读者感情的粗俗作品，以及近年不愿再贴紧生活，在技巧形式上摆花样的"先锋文学"、"私语化写作"及"新"之派、"后"之派的创作，出现了自己重复自己，感觉退化迟钝等等生活枯竭、中气不足现象，恰好与柳青的这一经验形成鲜明的对比，这是当深思的。

柳青与生活的结合，不是一般意义上的深入，而是狭义上的"沉入"；沉下去，入淹其间，数年如一。姑且称为"沉入结合法"。深入生活作为文艺创作上的专用概念是指作家从此地到彼地，为获得创作素材所参与的社会实践活动，有其鲜明的阶段性。入为始，如作家环境的转移，感情的介入，时间的长短；出为终，即已获得某些创作素材，而最终不以彼地为归宿。这样，作家与生活之关系似同宾（作家）主（生活）。然而，柳青的沉入结合法业已突破了上述樊篱，打破了宾主关系，无阶段性。长久生活，深层感受，不懈创作，已是一般意义上的深入生活的概念所不能囊括。具有三个鲜明的标志。其一，始于彼地，亦终于彼地。柳青有一个理论观点叫"对象化"，他把作家介入生活后，进入创作称为对象化，其目的是作家与所描写对象，与生活的有机契合。为此他提出"一切归根于实践，对于作家，一切归根于生活"①的主张。他把深入生活看得刻骨铭心，比命还值钱，这是众所周知的。明确的目的性使柳青执著诺言，职守半生，以此地（北京）到彼地

————————

①　蒙万夫等：《柳青传略》，陕西人民教育出版社1988年版，第120页。

（皇甫），主观上压根儿就没想到走。无论是呻吟床笫之际，还是身陷图圄之时，或临终前的后事遗嘱，也不离彼地半步。这种"沉入结合法"具有一种特质意义上的规定性，直接熏陶着有出息的后辈从文晚生。从贾平凹涉足于商洛山脉的一串串脚印，到推出《秦腔》的一部部小说，从路遥奔波于村镇的尘埃身影，到《人生》、《平凡的世界》等描写"交叉地带"的作品，无不印证了作家有心于生活，生活终不负作家的哲理。当然这仅是深入生活在环境地域范畴上的一个层次。其二，生活农民化，与彼地达到了"化境"。环境地域上的转移并不完全了然创作的真味。黑格尔在谈到艺术家应跟生活建立亲切的关系时说："在艺术和哲学里，从'理想'开始总是靠不住的，因为艺术家创作所依靠的是生活的富裕。在艺术里不像在哲理里，创造的材料不是思想而是现实的外在形象。所以艺术家必须置身于这种材料里，跟它建立紧密的关系；他应该看得多，听得多，而且记得多。"[1] 柳青从环境地域的嬗变到生活习惯、心理情绪的农民化，是由浅到深的层次递进，是密切生活、建立关系的一种近似共性的趋合。在皇甫村他经常穿对襟袄、戴小毡帽，甚至改小孩籍贯为皇甫，入乡随俗，丝毫不以作家自居，倒以农民自尊。时值数日，皇甫村民还不知道这位"老汉"是写书的。笔者断言：柳青的这种神形自变，达到化境的做法是当前一般作家所不及的。六十多年来，在文坛上像《创业史》这样具有一定历史深度的同类作品仍不多见，其原因不归咎于什么技巧方法之类，恰恰在于文学与生活结合上的高低之分，深浅之分，粗细之分，以及自在自为的自觉程度。其三，责任感使工作与写作并重。就深入生活而言，作家有他自己的倾斜点，从这个意义上说，工作与写作不妨是一对矛盾。然而，柳青认为："先工作，后创作。当你身在其中了，创作的动机也随之就来到了。"[2] 理论上的明确性促使他主体意识的自觉性，他向来视那些经短期下乡就回去写作的人为"赶场""打现成"；自己却佝偻着身子，拖着棍子奔波在滈河两岸，简直无法分清何为工作，何为写作。工作使柳青从文，从革命到文学。

---

① 黑格尔：《美学》第 1 卷，商务印书馆 1979 年版，第 357—358 页。
② 蒙万夫等：《柳青传略》，陕西人民教育出版社 1988 年版，第 121 页。

综上一窥，柳青在文学与生活结合上的独辟蹊径，可以上溯到 40 年代的赵树理，"五四"时的鲁迅，构成一个在此类问题上的不规则的圆圈。他们对生活的获取如此苛求，使主客体从自在向自由王国过渡融合，其精神产儿作品的社会意识、历史意识、当代意识以及忧患意识就更加凝重深厚，具有"史诗"的框架和容量。对此，著名作家赵树理深有体会，他认准深入生活的长期性，觉得其好处是"久则亲。久则全。久则通。久则约"①。柳青的"沉入结合法"不正是产生了良好的创作效应吗？

三　人物塑造上的独特典型化方法是"柳青经验"的超越

这一方法既不是福楼拜的装饰、修正、融合，也有别于鲁迅先生的"杂取种种"，而是紧扣生活，不失其原样，跟踪一人的典型化方法。在《创业史》中，跃然于作者笔下的众多人物，其音容笑貌，心理状态，意识观念等无不是那个时期农人的艺术再现，然而 90 年代以来的小说变衍却越来越全然心灵化，情绪化，诗化，音乐化了，作家以多视角、多层次、多色调、快节奏、全景观的创作流向冲破了传统小说的艺术规范，小说不怎么像小说，这是继"五四"白话小说后的又一次超越。那么柳青的这一经验是否过时，其参照价值如何呢？笔者认为其根本并未改观。第一，文学创作作为现实生活的能动反映，无论是中西文化相融后滋生的小说新潮，抑或是素有民族传统的作品，其创作上都毋庸置疑地与生活连缀，而柳青的典型观正是生活的直观折射。第二，尽管小说创作呈现了多元化，但重视、致力于人物形象的塑造仍是小说创作的主旨。作家们依据不同的感受选取不同的方法，创作不同类型的作品。如王蒙"意识流"小说之新锐，汪曾祺风俗小说之醉人，更有高晓声致力于人物命运小说的深度开掘，这些作品相互并存，各显千秋。因此，柳青典型化方法的普遍观照意义仍是显而易见的。读过柳青纪实性的文学，就会惊异地发现，其中诸多真人真事都能在《创业史》中找到着落。这些粗糙的然而却散发着泥土味的原始材料，一旦嵌入作品，必将使其作品具有逼真的现实主义魅力，使作品具有浓厚的生活气

---

① 赵树理：《谈"久"》，《赵树理文集》第 4 卷，工人出版社 1980 年版，第 1683 页。

息,不失生活之原样。这样,人物与原型交融一体,可感可触,艺术形象之活脱脱实不多见。源于生活,又高于生活虽乃文艺创作之一般规律,但不同作家却有其独到之处。柳青的这一"独处"不正是当前小说创作所要汲取和深化的吗?

周扬在论文学的形象必须从生活中吸取时说:"作家是借形象的手段去表现客观真理的,而形象又是必须从现实中,从生活中去吸取。没有实际生活的经验就绝写不出真实的艺术作品。"① 这里的"作家"、"形象"、"生活"、"经验"、"作品"并非等量价值,而"生活"是根本,制约其他。"柳青经验"正是发轫于实际生活之本,来指导自己塑造形象,构成作品的。纵然当前小说创作新潮大起,方法翻新,手法各异,但其宗不离。因之,"柳青经验"仍是当前小说创作的极好的参照系。

第二节 "路遥范式"的精神承载

路遥的创作,在新时期二十余年间,并不被追逐新潮的精英批评家们看好。然而好的文学并不完全取悦于批评家的脸色,却在于民间的认同与受众,这个事实常常毫不客气地置批评家于尴尬境地。那么其中的奥妙何在呢?这里从路遥精神、路遥文本、路遥范式三个方面予以解读,来寻究其特有的人格魅力和文本价值。

一 路遥精神:文学创作基本原则的本质彰显

一直以来,学界视文学创作为以人为轴心的精神劳动。所谓文学是人学的命题,我以为包含了文学的人写、写人和人看三层意思。而人呢,又是处在纷繁现世中极具变异和本我的"这一个",对何为文学,就因其各自的图谋不同,又产生出不尽相同的种种说辞。如文学私语说,文学零度介入说,文学冷漠叙写说,文学与梦同源说,以及官场失利,情场失意,着笔为文,骂一声爹娘扬长而去的文学宣泄说等。如此言辞,也不失为一种理解。然而,凡事须以规矩为方圆,文学创作自不

---

① 周扬:《新的现实与文艺上的新的任务》,见《文学运动史料选》第4卷,上海教育出版社1979年版,第40页。

待言。这就是路遥一生恪守的，以生命置换的基本创作原则，即贴近现实的写作方式，坚持现实主义的创作方法，坚守知识分子的立场三点要津，我称其为"路遥精神"，它从完全意义上彰显了文学创作的基本路数和本质原则。

众所周知，所谓贴近现实，就意味着文学的写真实。任何借口和巧言都无法迈过写真实这个坎，无法抽去文学的生活底蕴这个魂，而去玄谈什么荒诞、魔幻、梦源、泄情之类。路遥的创作过程，一开始就是出自内里的真实的过程，是对生活、艺术和读者的忠实的过程。他认为："作品中任何虚假的声音，读者的耳朵都能听得见。无病的呻吟骗不来眼泪，只能换取讽刺的微笑；而用塑料花朵装扮贫乏的园地以显示自己的繁荣，这比一无所有更为糟糕。""任何花言巧语和花样翻新都是枉费心机。"① 可见，艺术创造，这项从事虚构的劳动，其实最容不得虚情假意。从这个意义上看，贴近现实的路数，求取文学的整体真实、局部真实和细节真实，甚至背景资料的真实是路遥终生追求的首要原则。在如何获取《平凡的世界》更大的真实性上，路遥搜集了十余年的《人民日报》、《光明日报》和《陕西日报》，进行奴隶般的机械性阅读。"手指头被纸张磨得露出了毛细血管，搁在纸上，如同搁在刀刃上，只好改用手的后掌继续翻阅。"② 仅全书的一个开头，就酝酿了三天，为的是求取贴近现实的叙述角度及相应的语境。"重新到位"，是路遥进入生活氛围的又一新说。在那些日日夜夜里，他常常拎着帆布包，下了这辆车，又上那辆车。今天在某农村饲养室，明天又在某渡口茅草棚，这一夜无铺无盖和衣睡，另一夜又缎被毛毯热水澡，像一个孤独的流浪汉在无边的荒原上漂泊奔波着。"我知道占有的生活越充分，表现就越自信，自由度也就越大"，"甚至作品背景上的一棵草一朵小花也应力求完美真实，准确地统一在整体之中"③。如此贪婪地占有生活，构成了路遥形而下的贴近现实写作方式的独有，较之那些同代新潮作家的闭门造车，矫情自怜的写作，其文质有粗细之分，认识有高低

---

① 路遥：《路遥中短篇小说·随笔卷》，陕西人民出版社 1995 年版，第 457 页。
② 同上书，第 266 页。
③ 同上书，第 267 页。

之别。

　　如果说，贴近现实是"路遥精神"的核心，那么，坚持现实主义的创作方法，则是其艺术精神的更高体现。我们知道，创作方法绝非单纯的方法、技巧问题，而是集作家世界观、生活观及审美观等艺术思维的整体映像。对此，路遥有刻骨铭心的感触。他几乎平移了"教父"柳青的全部资源，从肉身到精神，从文本到方法，活生生一个脱胎。在《柳青的遗产》一文中，路遥这样说："比之某些著作浩繁的作家来说，柳青留给我们的作品也许不够多，可是，如果拿一两金银和一斤铜铁相比，其价值又如何呢？"[①] 是的，一部残缺的《创业史》，耗尽了柳青三分之一的生命。但它的珍贵正如人们站在雅典不够完整的神庙前，仍被那残廓断柱的奇迹所震惊一样。面对生命垂危的柳青，病榻前的青年路遥，看到的是那衰败的身体里包藏着的一副坚硬骨头，那张老农似的脸上仍掩饰不住智慧的光芒，镜片后一双无法描述的眼睛，放射出尖锐、精明和一丝审度的光彩，柳青的血脉，由此传承并再造了路遥精神，甚至生命的终结方式也是那样的酷似。62 岁的柳青，42 岁的路遥，在现实主义文学大道上为时过早地走到了生命的终端。我不知道是巧合还是必然。80 年代以来，中国文坛"现实主义过时论"一度甚嚣尘上。路遥清醒地认识到，"现实主义作为一定历史范畴的文学现象，它的辉煌是永远的"，"现实主义在中国的表现，决不仅仅是一个创作方法问题，而主要应该是一种精神"[②]。毫无疑问，这是一种挑战，路遥没有盲目任性地赶现代主义狂潮的时髦去做实验，而是力图展示现代意义上的现实主义的广阔前景。实践使《平凡的世界》获得了成功，在他的身后，有现实主义强大渊源的脉流，有"教父"柳青"愚人"精神的滋润，更有他以生命置换的一个后现实主义守望者的全部精魂。

　　坚守知识分子的立场，是"路遥精神"的思想根源，他的贴近现实的虔诚态度，坚持现实主义的惯常性，无不源自一个知识分子的心灵真诚。接触过路遥的人有共识，他是那样的豁达透明，粗犷而又细腻，真诚地面对一切，时有孩童般的稚气与纯真。他最迷恋的歌是陕北民歌

---

①　路遥：《路遥中短篇小说·随笔卷》，陕西人民出版社 1995 年版，第 454 页。

②　同上书，第 267 页。

和《冰山上的来客》，最钟情的是毛泽东在他的家乡清涧填的词《沁园春·雪》，最惬意的是躺在毛乌素沙漠中静静思考。这些点滴，从意识、心理和情趣诸方面透露出路遥式的心灵真诚及情怀。正如陈忠实所言，他是挤在同代人们中间又高瞻于他们之上。真诚是路遥人格魅力的重要质涵，它不同于一般意义上的人格界定，而是像他的"教父"柳青那样，处心积虑地突出一般人，求取更高价值层面的人格境界。为此，他找准了自己普通人的位置。"作为一个劳动人民的儿子，不论在什么时候，都永远不应该丧失一个普通劳动者的感觉"，"像牛一样的，像土地一样的贡献"。"写小说，也是一种劳动，并不比农民在土地上耕作就高贵多少，它需要的仍然是劳动者的赤诚而质朴的品质和苦熬苦累的精神，和劳动者一并去热烈地拥抱大地和生活。"① 这种对先辈杜鹏程"自我折磨式"生活方式的深刻领悟和秉承，正是基于这种思考，中篇小说《在困难的日子里》的创作，就是意在表现出战胜三年困难时期的道德折光。以文说法，路遥的用心可谓良苦。改革开放以来，知识分子首先成为获利者。不少人凭借政策的惠利机缘很快成为职业作家，或社会名流，一举跻身于新富阶层的行列。当他们完成了名和利的原始积累后，就表现出与"路遥精神"背逆较大的写作流向去追名逐利，以完成欲壑难填的二次财富的更大积累。于是，写作方法与现实脱离，靠贩卖昨日的"经验"而不再躬身生活，以开发所谓自身，却美其名曰回归个人的情感体验；于是，创作方法也急于弃现实主义而攀附现代主义，以装扮出自欺欺人的所谓自我超越状；于是，知识分子的立场也随之游离，没了真诚，多了幻觉，进入连自己也难以道白的游戏迷宫。新潮写家们的"经验式"写作方式，逼仄着路遥"生命体验式"创作方式，"路遥精神"遇到了前所未有的挑战。然而，文学的轮回自有其运作的轨迹。"路遥精神"不仅在昨日、今日，抑或明日，其足够的劲道将更加雄浑老辣，永不言衰。后来的《中国农民问题调查》、《定西孤儿院纪事》、《受活》、《我叫刘跃进》、《马车》、《高兴》等作品的问世，不正是路遥精神之魂的延续与勃发么！

① 路遥：《路遥中短篇小说·随笔卷》，陕西人民出版社1995年版，第73、459页。

二　路遥文本：特定文学语境下的价值高度

论创作数量，路遥和柳青一样，都不属于那种才华横溢、著作等身型的作家。然而，其共同的量少质精却为世人所称道。如果说柳青是典型的文学"愚人"，那么路遥则是地道的文学"痴者"；柳青著有共和国初年农村变迁史《创业史》，路遥留下了共和国转型期城乡变革史《平凡的世界》；柳青展示了社会主义新一代农民的创业进程，路遥再现了城乡交叉地带平凡人的奋斗过程；柳青塑造了梁三老汉、梁生宝两代农民形象，路遥刻画了孙玉厚、孙少平两辈人的典型性格。二者师承缠绕，代代相传，成为当代不可多得的文学绝唱。

路遥的文本内涵，我界定为全身心拥抱苦难大地的文本，写苦难的本相，写超越苦难的本真，具有过人的穿透力，在同时代、同龄作家中属于"高瞻远瞩"的一种（陈忠实语）。他的来自生命体验的文字，在生前和逝后的几十年间，不以时间的流逝而销蚀，更不以政治的冲刷而生辉，其足够的内里本色的确堪称晚近的优秀文学遗产。如果将路遥文本置于新时期二十余年的全息文学语境下去作比较性考察，其特定背景下的价值高度显而易见。新时期 80 年代的文学现状，是西方现代主义文学思潮与中国传统现实主义的冲撞与对峙，是作家们对新潮趋之若鹜的迷恋，生吞活剥的追捧和对现实主义的冷淡的又一选择。于是，一时间西学狂潮席卷中国的文学、美学、哲学等领域，"尼采热"、"萨特热"、"弗洛伊德热"及"文体革命"、"先锋小说"、"现代派"、"意识流"、"魔幻荒诞"、"黑色幽默"等等风起云涌，潮水般地冲击着传统的中国文学彼岸，甚至改变着人们的生活方式，连同那话语体系。在当时的学界，不能不知道萨特、弗洛伊德、马尔科斯，否则便是"老古"或"老土"，其背时之尴尬难入新潮话语之围。在这样一种文学狂颠，失去了民族自我的语境下，众多作家急于经由"现实"向"现代"转型，完成所谓"自我超越"的创新，去一味地盲目膜拜新潮，背弃了传统文学非常注重的"写什么"这个根本命题，而过多地纠缠在"怎样写"上，在技术操作上花样翻新。从 80 年代初王朔的《玩的就是心跳》、《过把瘾就死》、《千万别把我当人》等"顽主"文本开始，到先锋文学马原、余华、苏童、格非的《迷宫》、《虚构》、《访问梦境》、

《请女人猜谜》等文本的延续，文学所呈现出的"文本实验"、"叙述圈套"、"零度感情"、"冷漠叙述"等创作流向，一路在解构着文学的思想，颠覆着文学的英雄，消解着文学的崇高，放逐着文学的精神，传统文学"写什么"的根本命题被摇撼，诸如嬉皮、戏说、迷宫、梦魇、凶杀、暴力倾向充斥在不尽相同的文本中。苦难的文学被迫离开了苦难的大地，成为西学狂潮形式与技巧的试验田。

这时的路遥，创作正值构思巨著《平凡的世界》，是随群人之时髦去超越旧我，以示创作的提升，还是仍旧背负大地，贴近生活，去彰显文本的人文精神，这无疑是一次考验。理智清醒地警告他："不能轻易地被一种文学风潮席卷而去。""在当代各种社会思潮、艺术思潮风起云涌的背景下，要完全按自己的审美理想从事一部多卷体长篇小说的写作，对作家是一种极其严峻的考验。你的决心、信心、意志、激情、耐力，都可能被狂风暴雨一卷而去，精神随之都可能垮掉。我不得不在一种夹缝中艰苦地行走，在千百种要战胜的困难中，首先得战胜自己。"①路遥冷静地审视了80年代文坛现状后，坚守并保持了往日"与当代广大的读者群众心灵息息相通"的写作原则，决定要继续用现实主义手法结构这部规模宏大的作品，以"直接面对读者"，并认为"只要读者不遗弃你，就证明你能够存在，这才是问题的关键"②，对自己认定的事却充满宗教般的热情。从1982年的《人生》，到1986年的《平凡的世界》，路遥的文字里呈现出的是完全与新潮话语相悖的写实的生活和生活的写实——向往新生活环境的高加林，淳朴痴情的刘巧珍，脸朝黄土而富有哲人智慧的德胜爷爷，身为干部的高明楼倚权仗势，位于公职的高占胜拍马钻营，城市姑娘黄亚萍的佻达多情等等荣与辱、善与恶、雅与俗、进与退的复杂纷繁的种种生活本相。这种对现实的独特观照，在80年代文学狂潮语境下实不多见，显示出路遥文本难能可贵的清醒严肃的现实主义深邃性。尤其在80年代中期现代派与寻根派思潮覆盖文坛之时，路遥却独辟蹊径，观照现实生活本相，把握变革时期人物，一往情深地塑造了孙少安、孙少平性格刚强的开拓者典型，田润叶、金武、金秀、兰香农

① 《回忆路遥特辑》，《陕西文学界》增刊2002年，第428页。
② 同上书，第261、263、265页。

村青年自强者典型，孙玉厚、贺香莲本色淳朴和多难者的典型，田福堂、冯世宽、孙玉亭有着更多因袭重负和"左"的思想难以蜕变者典型，田福军、冯世宽、乔伯年中高层领导者典型。特别是以悲怜之笔描写了一群普通者的人生苦难：田润叶的孤独，李向前的无端致残，田晓霞的英年殉身，郝红梅的年轻守寡，田润生的有爱难婚，李小翠的卖身糊口，金波的"柏拉图式"的爱情守望，等等，使人读来热泪盈眶，感慨万千。文本中难遂人愿的生活图景，不打折扣的人生本相，是那样的本色地道，直逼眼帘，没有丝毫的魔幻荒诞游戏之色，也没有些许的凶杀暴力冷漠之意。作者于热忱的叙述中，全身心地拥抱苦难的大地，使文本富有厚重的思想深度和鼓荡心扉的人文力度，其本身价值所赢得的读者受众和专家的评奖倾力是事实的必然。

如果说路遥文本在80年代文学语境下体现着一种显在价值，那么90年代更具有身后的永存性潜在价值和意义。

90年代以来，文学在经受了80年代的解构思想，消解崇高，颠覆英雄，放逐精神的肆虐后，又一次遭遇着更为迅猛的商业化、世俗化的冲击。昨天的文学神圣被媚俗所替代，既有的中心位移于边缘。受后现代主义思潮的再度引发，一批标榜以"新"字号的所谓"新体验"、"新状态"、"新市民"、"新都市"、"新历史"、"新写实"、"新女性"、"新生代"、"新现实"、"新新人类"和"后"字号的所谓"后现代"、"后殖民"、"后文化"、"后新潮"、"后结构"、"后学"等名目繁多、标新立异的文本样式纷纷兜售于文坛。文学进入了浮躁的快餐式迷途通道，成为飘失了价值标向的风筝和飘落了思想精神的空巢，没了思想感召的深度和精神冲击的力度，整个一副胎里疾的软骨症。苦难的文学在剥离了政治的桎梏才十余年，又一次陷入了商业世俗的怪圈。在迷乱浮躁的90年代文学语境中，相比之下，路遥文本以其观照现实社会的广度，揭示转型期社会心理的深度，描写平凡人超越苦难的前瞻力度，更昭示出潜在的永恒性烛照价值。比如，在同样描写普通人生存现状问题上，十年前的路遥文本，明显比十年后的池莉深刻了许多。池莉文本提供的是苟活的人生、卑微的人生，冷也好热也好活着就是好，只要能活着，无论采取什么生存方式、手段都行。而路遥文本提供了奋斗的人生、进取的人生，以自强不息活出生存的意义和价值，超越了池莉笔下柴、米、油、盐式的琐细物象事象，展示出更高人生追求过程中的价值取向，其对世俗的穿透力为池莉所莫及。这里，池莉、路遥，二者之学养高度、思想深度、文本精神之差异尽透纸背。当你细读路遥文本，你会深深感到其字里行间关于人物心理的描述，并非林白、陈染等的小女人病态的自怜，而是与转型期社会心态紧扣的现实映像。其关于人物情爱的描绘，亦绝非卫慧、棉棉式的肉身揭秘，下半体作恶的艳事，而是孙少安、田润叶式美好情感两难碰撞的苦痛感知，孙少平、田晓霞式的分享生活之苦和精神之悦的崇高感动。其关于校园生活的描写，同样有别于韩寒、郭敬明式的痞男浪女玩世的玄言与虚语，而更多的是对处在贫困与友情、奋斗与自强的超越苦难路径中青年男女的深情存在关怀。这一取向，决定了路遥文本的庄严与深邃的思想与精神的引领价值。

三 路遥范式：意识形态层面社会和谐观的文明图式

强烈的社会责任感，操持现实主义的创作方法，提供富有先进文化思想的作品，在一定时期、一定范围内形成特有的创作景观。这一现象，我视为"路遥范式"，其内涵可表述为：高度体现意识形态层面的社会和谐观和文明图式的创作科学发展观。

文学创作，其目的有二，一是即时应用性，一是前瞻架构性。前者要解决文学为什么人和如何为的问题，后者则解决在意识形态诸层面的比重和发展问题。从这个角度看，任何作家的创作，都不属于作家个体的私有劳动，而是社会整体架构中的一部分，都毫不例外地须纳入即时性应用和前瞻性架构的总体目标中来，即高尔基所讲的文学从来不是司汤达或托尔斯泰个人的事业，"它永远是时代、国家、阶级的事业"①，是为其提供真善美的精神食粮，使之成为化解社会矛盾的和谐剂，促进社会进步、精神文明的催化剂，从而达到特有的社会生态、道德生态、人文生态平衡、健康发展的文化期值。大凡中外经典作家，向来都置自身的创作于历史、时代、民族、事业之中去安身立命。即使政治上保皇的法国的巴尔扎克和俄国的旧民主主义作家契诃夫也不例外。巴尔扎克曾说："教育他的时代，是一个作家应该向自己提出的任务，否则他只

---

① 高尔基：《论文学及其他》，《文学论文集》，人民文学出版社1958年版，第109页。

是一个逗乐的人罢了。"① 契诃夫则更明确地说："文学家不是糖果贩子，不是化妆专家，不是给人消愁解闷的；他是一个负着责任的人，受自己的责任感和良心的约束。""文学家是自己时代的儿子，因此应当跟其他社会上人士一样，受社会生活外部条件的节制。"② 这就是说，旧时代真诚而有良知的作家们，把文学的意识形态作用看得重于泰山，并以之作为自己的思想导向、行为规范和创作准则，那么，作为 20 世纪新时期的作家又当如何呢？在这个问题上，毫无疑问，路遥范式的即时应用性和前瞻架构性呈现出一种宏大丰富而又激进的意识世界，即政治意识、时代意识、道德意识、文化意识、进取意识、人格意识、精英意识、大地意识、平民意识、苦难意识和超越苦难意识等层面。这些蕴藉，无论在宏观还是微观上，是构建和谐社会，科学发展文学所急需的。在他的小说中，路遥塑造政治意识很强的从政人物，揭示转型期社会的诸多政治问题，从不回避和淡化；他善于以当代意识看历史，或以历史眼光看现实，言事状物写人总是紧跟时代脉搏，认为作家的劳动绝不仅仅取悦于当代，而更重要的是给历史一个深厚的交代；他的道德意识是那样的深沉浑厚，成为贯穿小说的精魂，极注重从道德视角观人论世，展示出做事先做人的道德至上的境界；他熔传统文化、民俗文化、现代文化与地域文化于一炉的多元文化观，与马克思主义哲学观的有机融合，使其创新视野格外的清晰明哲；几十年的饥寒困顿、挫折与折磨的漫长经历，历练了他的进取意识，使其领悟到"不得巨大的悲怆，如何能得巨大的快活"的真谛，于是便有了"无榜样意识"的前行超越；"一切都得靠自己"的坚定信念，使他心性极高，总不服输，铸就了"像牛一样的，像土地一样的贡献"的极强的人格意识；坦然面对现实与保持良久竞技拼搏状态的精英意识，使他对人生感悟充满着过人的睿智和见地；浓厚的土地意识，又滋养着永远不丧失一个普通劳动者感觉的坚定理念；平民意识，使他心里时刻装着父老乡亲的冷暖和庄稼人真诚平实的生存体验；他的苦难意识，使其笔下的苦难者虽身处苦难而未敢忘忧国，以其奋斗的自觉去超越苦难。如此等等，全方位呈现出

---

① 巴尔扎克：《致"星期报"编辑保利特·卡斯狄叶先生书》（1846）。
② 契诃夫：《契诃夫论文学》，人民文学出版社 1958 年版，第 35 页。

路遥范式对社会和谐、精神文明及科学构建文学格局的多角度、多层面、多内涵的思想烛照与精神渗透。世人从路遥范式中汲取的无疑是孙少安穷而后生的守土创业之得；是孙少平出走奋斗终而未果的人生过程历练之值；是孙玉厚贫而重德的教子之方；是贺秀莲倾心于家而卒的妇道之德；是田润叶真情难托的守望之憾；是田晓霞英年殉职的献身之敬；是高加林渴望新生却两难的得而复失之鉴；是刘巧珍痴情达理，依然故我之美；是德胜爷爷深谙人生哲理之尊，等等。这些浸透着和谐文明、至善至美的事理，无论从事业、家庭，抑或婚姻、爱情、友情方面，无不是构建和谐社会极好的精神养料，是化解社会诸多矛盾不可或缺的中和因子。它昭示着人们，路遥范式，如同抗战期间毛泽东称赞郭沫若的史剧《屈原》一样，大有益于中国人民，只嫌甚少，不嫌其多。相反，在新时期二十余年间，由于文学的浮躁与功利，文学批评的疲软与乏力，的确出现了与意识形态和谐观不相协调的"蓝色文学潮流"，如拜金主义、物欲意识、文坛炒作、下半身写作、暴力描写等等现象。究竟如何规范文学市场，科学地构建和发展健康的文学未来，一个重要问题就是作家的清醒与清醒的作家。从这个意义上说，时代需要路遥范式去构建意识形态领域的和谐，文学需要路遥范式去构建科学的文学格局。只有这样，作家们才能全身心地拥抱生活，多一些生活的"大写"，才能关注当下举世瞩目的"南水北调"、"西气东输"、"三峡大坝"、"青藏铁路"、"飞船载人"的现代神话，关注"三农"、再就业工程、抗击自然灾害等领域中的人文关怀和存在关怀，还文学以厚重，给文学以风骨，赋文学以豪壮。

正如路遥称前辈杜鹏程是少数敢踏入"无人区"的勇士，敢在文学荒原上树起自己的标志，是文学行列的斯巴达克思一样，他又何尝不是在新时期文学低迷、疲软的状态中树起自己鲜明标志的斯巴达克思呢！

第三节　"贾平凹现象"的文学意义

2005—2007 年，贾平凹新作《秦腔》、《高兴》的又一次热评与大评，标示着这位作家在历经了别样生命体验后的又一次深层创作推进。

与此同时，学界也在忙碌着对新世纪初年文学创作前景的种种预测和断估。那么，在世纪之交的往年和来年这一文学横亘的山脉上，贾平凹始终以其生机盎然的创作涌动，使其作品绿荫成行，层林尽染。于是，在盘点往昔，希冀未来的民族思维习惯上，一个不可回避的文学问题便自然推到了学界的议事日程上，那就是贾平凹文学高度问题的思考。

一　不可逾越的"贾平凹文学事实"

贾平凹之于当代中国文坛，既是一种偶然，也是一种必然。说偶然，他淹迹于芸芸众生里，身不及七尺，力仅能缚鸡，并无其特异之处；说必然，是身缘文化之乡的棣花古道之天地间，聚得灵气，识得笔墨，多了些日后谋生的手段。父亲乡村知识分子身份的濡染，大家族民间文化氛围的得天惠泽与偏顾，使这位源自乡间的知识分子在社会化过程中的角色转变，就有了几条与乡土草根结伴并蒂的立人之脉，有了笔下字里行间的洋溢，有了不得不探个究竟的文人之痴和乡人之憨。时至今日，我们不能不理性地承认贾平凹的客观存在性，贾平凹文学的客观存在性，贾平凹文学成就的客观存在性，这种存在如同一尊界碑，横亘在 20 世纪 80 年代以来的中国文坛，越过他不仅是困难的，更是任凭时间和人力无法冲刷的。贾平凹究竟何时起步于文学的，又何时步步为营，达到理想的彼岸的，其间又怎样漫漫跋涉，辛劳耕耘，艰难转型，苦苦历练，如同闻鸡而起，日落而归的农夫一般，恐怕 35 岁以下的人是难以破解其"悲惨世界"的遭际的。可以说，沧桑岁月造就了这位多难的作家，他反过来又给沧桑岁月以亮色。时代与作家，作家与时代就是这样相缠相绕，鲁迅是这样，柳青是这样，路遥是这样，贾平凹又岂能例外呢？

从 20 世纪 70 年代后期至今，贾平凹以其商州人大山般的古朴憨厚与执著，现代知识分子的勤奋与劲道，在宣泄着对社会人生体认的"肚里的东西"（贾语），其文字近千万，其著作一百六十余种版本，洋洋大观，极为壮阔，在同龄作家中位于领先。如果我们对这一"文学事实"不以捧杀和棒杀，予以理性的正视的话，如果我们以柳青六十年为一个人生单元的理论来结账的话，我们是不是也应该给这位失去了少年意气，中年壮气，进入了知天命大关的多难而勤奋的耕耘半世的作家以收获的界定呢？因为事实永远是事实，是不以人的流年意志为转移的，倘若轻视或蔑视这一事实，就不是一个起码的唯物主义者。从这个意义讲，学界有识之士对贾平凹文学事实的学理认定，其实是在做着科学地认定 20 世纪中国文学存在事实的梳理认定，是史有公论的。评论家李星认为贾平凹是"巍然矗立的艺术山岳"①。王一川教授将贾平凹列入 20 世纪"九个半大师级作家"之内，与鲁迅并列②。陈晓明教授说贾平凹是中国文学和乡土文学"最后的大师"③。新浪网读书频道"世纪文学 60 家"评选，贾平凹位于第六，紧随鲁迅、张爱玲、沈从文、老舍、茅盾，读者评分 92，专家评分 94，评选专家均为研究机构和高校的著名学者，如杨义、王富仁、赵园、洪子诚、孙郁、陈子善等④。《瞭望》杂志有一篇署名文章《伟大的中国作家藏在哪里?》，文章以"伟大"冠名的作家中贾平凹列第一⑤。《秦腔》获全球华文优秀长篇小说首届"红楼梦奖"，而决审团成员均为海内外著名专家、教授，如哈佛大学文学院教授王德威及聂华苓、钟玲、陈思和、郑树森、黄子平等。之所以列举上述来自个人的、团体的、媒体的、民间的、官方的、国内的、海外的专家、教授、学者和读者的贾平凹评说，同样因为它是一种批评存在，是来自"贾平凹文学事实"的理性的"贾平凹批评事实"。那么，我们总不能幼稚地认为出自大陆权威专家、海内外权威教授的"贾平凹批评事实"为非理性吧，倘若这样的话，那真是洪洞县里无才人了——一个荒唐又滑稽的预设，一种让世人贻笑大方的侏儒心态。至此，贾平凹文学事实已成学界的共识，一块难以搬开的文学界碑。因之，确认"当代中国贾平凹文学事实"，确定"当代中国贾平凹文学意识"，就远不是一个个案或地域之事，而是当代中国文学格局构建的需要，是当代中国文学生态和谐的需要，是 20 世纪中国文学

---

① 李星：《巍然矗立的艺术山岳——再谈贾平凹的文学意义》，《当代中国》2006 年第 9 期。

② 同上。

③ 陈晓明：《本土、文化与阉割美学——评从〈废都〉到〈秦腔〉的贾平凹》，《当代作家评论》2006 年第 3 期。

④ 参见《世纪文学 60 家·铁凝精选集》，北京燕山出版社 2006 年版。

⑤ 李星：《巍然矗立的艺术山岳——再谈贾平凹的文学意义》，《当代中国》2006 年第 9 期。

史识视域的需要。郁达夫在鲁迅的悼文中曾这样说："没有伟大人物出现的民族是世界上最可怜的生物之群；有了伟大人物而不知拥护、爱戴和崇仰的国家，是没有希望的奴隶之邦。"① 当然，这里的伟大人物贾平凹似有距离，只是说在这种意味上我们应持一个怎样的态度呢？我以为应具有一种理性的文学气度、胸怀和境界，来学理性地认真总结这批历经三十余年文学生涯作家们的创作得失，使他们在正值创作旺年时节能出大作品、当大作家，这对于我们民族和民族文学是大有裨益的。

二 文学史框架下的"贾平凹文学现象"

视贾平凹文学创作为一种"现象"，是基于文学史识和史学框架的需要。文学之为"史"，就有一个"文学史时间"和"文学史空间"的问题，时间即文学的横向长度，空间即文学的纵向厚度，这两者都需要诸多作家作品之量去支撑、去填充、去盈实。正如陈思和先生在论述文学史学科结构时所言，作品、过程和精神是三位一体的。"如果没有第一层面的优秀作品，文学史将失去存在的基础，如果没有第二层面的文学史过程，文学史将建立不起来，而如果没有第三层面的文学史精神，文学史将失去它的活的灵魂。"② 那么，贾平凹的文学创作正是在这样一种史识结构中，既充当了第一层面作品之"基础"，又充当了第二层面史的"过程"（三十余年创作生涯），更充当了第三层面史的"精神"，无论其文学史时间之长度，抑或文学史空间之厚度都达到了独具个案风采的"贾平凹文学现象"。细化起来有二：

（一）创作数量与文学史精神的暗合

贾平凹之于"文学史时间"，是从 1975 年从事文学编辑始，时间长度业已三十余个春秋；之于"文学史空间"，是 1977 年经由中国少年儿童出版社出版的短篇小说集《兵娃》始，至 2005 年由作家出版社出版的长篇小说《秦腔》、《高兴》止，其空间厚度（即作品量）已达一百六十余种海内外版本，近千万字大关。这是一个宏伟的、殷实的填

---

① 郁达夫：《怀念鲁迅》，载《鲁迅先生纪念集》，上海书店 1979 年版。
② 陈思和：《中国当代文学史》，复旦大学出版社 2001 年版，第 3 页。

充和支撑文学史空间的创作板块，犹如鲁迅先生形容长篇小说是巨大的、巍峨的、灿烂的纪念碑的文学，这些作品短篇精粹，中篇深邃，长篇丰盈，散文小品游记更是一家独采。贾氏这一足量的文学大观，不敢懈怠的超透支写作姿态，不满足于一篇一著的文学欲望，究竟说明了什么呢？体现了什么样的人文精神追求呢？贾平凹究竟扮演了一个什么样的知识分子的社会化角色？这些是我们不得不深思和面对的问题。

中国的知识分子，在我看来自古就有一种舍家请缨，气贯长虹的民族憨气，他们的追求是非物质化的，心存大义，不以苟活，情系民生千千结，忘我精神至境界。千百年来，无数古之智者先贤，今之仁人志士，以各自不同的叙写方式为普天下的民众而"哀民生之多艰"，使文学精神与现实生活胶着合拍，达到了应有的"感应的神经"和"攻守的手足"。从爱国诗人屈原，到"究天人之际，通古今之变"的司马迁；从"穷年忧黎元，叹息肠内热"的杜甫，到"樵歌生民病，但伤民病痛"的白居易；从改良先驱康有为，到马克思主义学说传播者李大钊；从"救人"与"立人"的鲁迅，到为人生的叶圣陶……这一个个非物质化追求的知识分子和用生命铸成的时代的文学，深刻地反映着知识分子应着时代的变迁而激起的内在精神的需求，体现着可歌可泣的中国知识分子的梦想史、奋斗史和追求史，甚至血泪史，流贯着巨大的文学史精神之热脉。可以说，凡是人生的，必是文学的；凡是文学的，必是精神的。贾平凹的勤奋不怠、超透支写作姿态正是中国知识分子这种人文精神的延续和后发，他扮演了一位集中国传统知识分子的狷气和现代知识分子的锐气为一身的先进文化代表的社会化角色。他关注民生，常常感到一种焦虑意识的攻心，这在《浮躁》、《废都》、《白夜》等作品中表现极为分明；他关注社会的变革转型与发展，思考人的蜕变与生态环境的悖逆，焦虑传统文化的失落与现代意识何以整合，这在《怀念狼》、《秦腔》中更是呈现出痛心断肠的情怀。"可我需要狼！我需要狼——！"的一声声呼喊，是鲁迅先生当年呐喊的历史回声。这种洒满在贾平凹巨大灿烂的文字中的焦虑意识，细心的读者不会体悟不到的。"农村在解决了农民吃饭问题后，国家的注意力转移到城市，农村又怎么办呢？农民不仅仅是吃饱肚子，水里的葫芦压下去了一次就会永远沉在水底吗？""我站在街巷边石磙碾之前，想，难道棣花街上我的亲人、熟人就这么很快地要消失吗？这条老街就要消失吗？土地从此也要消失吗？真的是在城市化，而农村能真正的消失吗？如果消失不了，那又该怎么办呢？"① 眷恋、焦虑、劳心集于一身，真可谓"长太息以掩涕兮，哀民生之多艰"——一个动情的深邃的人道主义者贾平凹。这是什么呢，是深邃的人文精神，是20世纪中国文学史精神的重要体现，是作者超透支写作姿态的最好注脚。

面对纷繁且具诱惑力的大千世界，贾平凹觉得："什么节日似乎与我都没多大的干系，作为一个作家，我就像农民，耕地播种长了庄稼，庄稼熟了就收获，收获了又耕地播种，长了庄稼又收获，年复一年，月复一月，日复一日。"② 这种心态，无独有偶，同样的认识亦在路遥。当他完成《平凡的世界》后百感交集："曾失去和牺牲了多少应该拥有的生活"，"我在稿纸上的劳动和父亲在土地上的劳动，本质上是一致的"。"由此，你写平凡的世界，你也就是这平凡的世界中的一员，而不高人一等。由此，像往常的任何一天一样，开始你今天的工作！"③ 贾平凹—路遥、路遥—贾平凹，两位20世纪中国文学史精神的承载者与守护者，真可谓当代文坛不可多得的骄人双璧。

（二）创作质量与艺术至境的撞击

作为作家的贾平凹，一再表明："作家就是要用作品说话，你没有硬的作品，即便是一时弄得很热闹，过一段时间，又得无声又息。"④ 那么，用作品说话的贾平凹常常被非议、责难、争议所纠缠，似乎在人们的记忆中从未中断过，形成了一道歧异不断，话旧叙新，同时又能激活文坛的风景线，在当代中国文坛并不多见。据贾平凹回忆，他出生时，母亲说梦见树上掉核桃，这就意味着"砸着吃"，后来果然争议、指责缠身⑤。

纵观贾平凹的创作生涯，较大文坛热点关注可分为七个阶段：（1）1975—1980年文学初创期，以《山地笔记》为代表的纯情质朴阳光之

---

① 贾平凹：《秦腔·后记》，作家出版社2005年版，第561、563页。
② 贾平凹：《怀念狼·后记》，作家出版社2000年版，第273页。
③ 《路遥中短篇小说·随笔卷》，陕西人民出版社1995年版，第299页。
④ 鲁风：《与贾平凹对话上书房》，《当代中国》2006年第9期。
⑤ 贾平凹在文学创作报告会上的发言，宝鸡文理学院，2006年10月23日。

美的关注。（2）1981—1983 年寻求超越阵痛期，以《亡夫》、《二月杏》、《鬼域》、《晚唱》、《朝拜》、《好了歌》为代表的精神消隐、创作茫然的非议。（3）1984—1988 年感受时代变革的躁动期，以《商州初录》、《腊月·正月》、《鸡窝洼人家》、《浮躁》为代表的观照变革，对焦社会浮躁心态的再次文坛关注。（4）1989 年后创作视域的暗转期，以《美穴地》、《白朗》、《五魁》为代表的"商州土匪系列"再起争端。（5）1993 年后文学观念边界放大，《废都》、《白夜》、《高老庄》"三部曲"的更大范畴的责难、批判风波哗然骤起。（6）随后是 2000 年《怀念狼》的纷争。（7）2005 年《秦腔》的热评与大评。真是七轮热点聚焦，文坛风流尽得，三十余载写作，人气谁能试比？一位"风光无限，奥秘无限，游人无限"①的贾平凹，一位争议无限，歧异无限，话旧叙新无限，唯一能牵引文坛灵动的贾平凹。对此现象，贾平凹自有一番思忖："作品常常被非议、责难和无可奈何的叹息。我也焦躁、沮丧，甚至悲哀落泪，我是输过许许多多人与事，但我最终没输过我。""写作是一个人体证天地自然社会人生的一种法门，不要老想着我的文章怎样，而只要以法门态度对待，文章自然而然就境界大起来。"② 这一认识，体现了贾平凹难得的一种超然心态，使其创作在长期的争议中有所超越，又在超越中再添争议，反复历练，以至于"静水深流，潜心写作"（贾语），达到了贾氏艺术的独到境界，映现出一种艺术精神的自在追求。

立足这一艺术至境的撞击点，值得思考的是，贾平凹与文坛纷争的相缠相绕，或者说，文坛与贾平凹的连锁关系究竟是一种什么意义上的关系呢？笔者认为是贾平凹的创作在争议与超越中激活了文坛，推动了文坛的前行，而不是文坛在驱动他。这种带有规律性的激活，是作者对艺术至境的不断撞击和攀缘，所产生的文学史意义是巨大的、显在的。譬如，80 年代初期的《山地笔记》（短篇小说），是作者悖忤"伤痕文学"思潮之时尚的别一创作，是"新笔记小说"尝试的开端，其纯真

---

① 李星：《巍然矗立的艺术山岳——再谈贾平凹的文学意义》，《当代中国》2006 年第 9 期。

② 穆涛：《文学访谈录》，《多色贾平凹》，陕西人民出版社 1993 年版，第 203 页。

朴素的情感追求，田园牧歌式的明丽画卷，山水人物的壮美，给尚在伤痕噩梦中哭泣的文坛与作家们带来鲜活、灵动、清新之诗意美的启示，牵引文学走出伤痕，关怀当下。稍后，80年代中期的《商州初录》、《商州又录》、《商州再录》、《商州》等的出现，再次激活了当代中国社会之"寻根文学"思潮，特别是《卧虎》（1982）为最早发出文学寻根的审美信息的。贾平凹与韩少功、李杭育、郑万隆、阿城、郑义、扎西达娃等一并成为文坛热点，文学寻根的始作俑者。有文学史家这样描述："1984年，具有各自风格的作家几乎将中国的人文地理版图瓜分殆尽。贾平凹占据了陕西，晋地成了郑义的地盘，李杭育在葛川江旁唱着深情的恋歌，阿城跋涉在云南的山山岭岭……"① 如此史家界定，虽然贾平凹一再坦言这"不是故意为之"，"一度偶与寻根派碰到一块"，他是"自己走自己的路，显得独特些，后来反而引人瞩目"②。尽管作者如是说，但我以为其对注入文坛之活水，涌动文坛之热气、人气的客观事实是存在的。那么再后的《废都》对社会转型期传统与现代冲撞的文化思考与激活，《怀念狼》对人文生态大环境、大气象的文化思考与激活，《秦腔》对乡土中国与现代中国断裂的文化思考与激活，无不体现出作者于写作—争议—超越—再写作—再争议—再超越的螺旋式创作攀升中作品质量与艺术至境的一次次撞击与通达。这就是文坛与贾平凹，或者说贾平凹与文坛的秘密关系，一种正气写作的大境界写作范式的自觉选择。

三　杂学艺术观与文本的文化学图式

20世纪初的中国作家，其文化积淀与艺术修养是当下作家们不能企及的，如鲁迅学养之博大与思想底蕴之精深，郭沫若之博才与多种艺术门类之融通等。从这一比值看，当代作家艺术修养的落差还是较大的。相对而言，贾平凹无论生活积淀与文学造诣都是多维的、深厚的和宽广的。他不仅长于小说，又工于散文，且书法劲道，绘画别裁，同时酷爱收藏，鉴赏有道，钟情民俗，熟知易术经略，更深得老庄学说之精

---

① 吴家荣：《新时期文学思潮史论》，安徽大学出版社1998年版，第150页。
② 穆涛：《文学访谈录》，《多色贾平凹》，陕西人民出版社1993年版，第210页。

奥，这表明一个作家应有的才情和必须的多维艺术潜质，我称其为贾平凹的"杂学艺术观"。那么作为作家的贾平凹，他又如何看待这种积淀呢？"喜广吸收，在于着力于转化，创造第二自然"，尤其觉得"禅是个修行过程，渗透在日常生活当中，是在生命过程中的一种悟"①。基于这一认识，贾平凹常常以禅的心境作文作画。每逢大作开笔，上书房硕大的汉罐里，日日燃香，香烟袅袅，直线冲顶，以聚气平心，各种生活事象如魔术般涌于笔底，或真或假，亦虚亦幻，使大著微篇充盈着浓厚的文化底蕴。过去对贾平凹作品的研究，史家多以"改革小说"，或"寻根小说"，抑或"心灵小说"谓之，真正从多维文化图式的角度给以足量界定还未见其权威性。因此，笔者认为贾平凹文本（含散文、小品、游记）其内里典型地呈现出的多维文化学图式，是作家本在的杂学艺术观的深厚积淀，有待细致梳理和深入研究。

从新时期文学的历史进程来看，自20世纪80年代始，中国文学在艰难地实现着从"政治文学观"向"现实文学观"的转移，尤其在向"文化文学观"的审美视角转移上，许多作家、理论家都作出了应有的文学贡献和理论贡献。那么，作为特定时代中坚作家的贾平凹，责无旁贷地以其批量的创作文本昭示出文学文化学的走向，其斑驳丰杂、殷实多彩的文化品格使80年代中期以来的文学质地上了台阶，在剥离文学的社会学、政治学、阶级政党学的特定转轨时期，起到了弥足珍贵的牵引作用。从审美的角度看，究竟什么是贾平凹文本中的文化学图式？我概括为"五大文化系脉"和"六大文化层面"。五大文化系脉是：传统文化系脉、现代文化系脉、民间文化系脉、神秘文化系脉、生态文化系脉。六大文化层面是：经济文化层面、政治文化层面、制度文化层面、女性文化层面、民俗文化层面、饮食文化层面。这种文化系脉和文化层面顾名思义，就是同社会的整个文化现象相联系，带有社会生活"总体性"的特征。贾平凹文本的文化学追求，使得它超越了社会的、政治的、历史的、道德的价值范畴，而更具其文学的原在性。正如马克思所说，文化上的每一个进步，都是迈向自由的一步。文化是对自由的确证，由此可见，贾平凹文本文化

① 参见《平凹与友对话录》，《多色贾平凹》，陕西人民出版社1993年版，第208页。

学图式至境的自由通达，以及贾平凹独特人格自由的形成，就是迈向这种大文化气象自由的必然。下面就贾平凹文本的"五大文化系脉"和"六大文化层面"的内涵作以阐述。

（一）"五大文化系脉"的情感观照

1. 传统文化系脉的认知与恋眷

中国的传统文化，素以儒、释、道为一体，它是滋养人们存在所依凭的潜在和显在的特有精神范式。在这一范式中，文化既是一种结构、样态、物质，又是过程、动因和主体力量。那么，作为人类进步的知识分子，必是人类先进文化的代表者和承载者。贾平凹对传统文化的认知和眷恋已进入了一种巨细知晓度和存在融通度的较高境界。据考察，他爱好广泛，较多接触了传统文化中之经典作家，如苏轼、韩愈、柳宗元、袁中郎、蒲松龄、曹雪芹等。能感悟到苏轼艺术上的率真随意，蒲松龄对女性描写的诡秘与精细，曹雪芹正气写作的大境界，以及沈从文、张爱玲、孙犁、朱自清文本艺术之精湛。读野史、闲书、志书、杂书胜于正书。嗜好石雕、画论，尤其系统研究过老庄哲学，深得"静""虚"修养之道，认为"做到神行于虚，才能不滞于物；心静才能站得高看得清，胸有全概，犹如站在太空观地球"①。这种对传统文化认知的眷恋情怀，使他作品的文化因子又始终占有强势，从而跳出了政治历史的社会学桎梏。比如被人们称为描写改革力作的《浮躁》，实际上展示的是当代国人的文化心理，突出的是人物社会文化行为的诸种类征。一个金狗，一个雷大空，两个文化行为标本，形异本同，典型地代表了社会的普遍"浮躁"情绪，犹如作品中始终贯穿的喧嚣、浩荡、奔腾、焦躁不安的州河一样，其总体意象特征是社会文化形态变革的映像。正如作者所言："《浮躁》就是力图表现当代中国现实的，力图在高层次的文化审视下概括当代社会的时代情绪的，力图写出历史阵痛的悲哀与信念的。"② 我们看到即使篇幅短小的《天狗》，其文化意味不乏独到。一个"招夫养夫"的旧俗，在作者笔下却赋予了那么美好的人间帮扶的人情味。打井师傅李正因施工塌方而瘫痪，天狗进门成了师娘的第二

---

① 孙见喜：《鬼才贾平凹》第 1 部，北岳文艺出版社 1994 年版，第 132 页。
② 同上书，第 40 页。

任丈夫，承担了全部家庭责任，但从不与师娘同床共寝。天狗爱师娘，更敬重师傅和师娘，师娘是天上月亮，是菩萨，是最好的女人。这就是传统地域文化中的古朴人情美，一个传统文化强势系脉的亮色。《腊月·正月》中旧的文化秩序（韩玄子）与新经济文化秩序的（王才）冲突；《小月前本》中才才、门门、小月的爱情纠葛与文化观的选择；《鸡窝洼人家》中麦绒、回回和烟峰两种文化观的冲突……许多作品无不全景观体现出贾平凹浓浓的对古朴文化的认知、怀旧与眷恋。而且更为重要的是，作者从古朴文化民俗中去挖掘人性之美，人格精神之美，去思考传统文明中人性的潜在价值。

2. 现代文化系脉的企盼与追寻

贾平凹的文化世界呈怀古恋旧尚主静，能否就如他所说"有时怀疑自己是否属遗老遗少，如王国维给人的感觉"①？其实并非这样，多变才是他的主色。孙见喜先生曾做过这样的解释："理论家只听他在东边放枪，赶前去，他却在西边露营；理论家刚观赏到他在这条河里耍水，理论的飞毯刚投过去，他又在海边钓鱼。所以，近20年来，理论家赶他赶得筋疲力尽。就在不少理论家因而放弃追踪的时候，他又吸引来更多的追踪者乐此不疲。"② 这就是贾平凹，一个"鬼才"（汪曾祺语），既怀恋传统文化，又企及现代文化新秩序———一种"贾平凹式"的多维文化学图式的创作样态。《高老庄》便是这样一种文化经典，颇为精彩。来自乡村，具有乡土文化根味的高子路，其文化身份已是大学语言学教授，多年受现代文明的濡染。然而他的内心深处却仍旧摆脱不了高老庄乡人的心理自卑及短小身材的肉身自愧。在城乡文化的巨大反差中，他难以接受糟糠之妻菊娃的土里土气，以至于产生了按照城市女人的标准去改造她的想法，但其未果，两种文化在这里发生了碰撞。当子路最终结束了与菊娃的婚姻后，饱尝了现代都市女性西夏磁性般的魅力，心理趋同于现代文明。西夏形体高大健美，性格开朗热情，且有开放的文化观念，因而在子路眼里是城市文明、现代文化的象征，与她的结合方使乡土文化得以接受现代文明的滋润与改造，并能产生出新的文

① 参见《平凹与友对话录》，《多色贾平凹》，陕西人民出版社1983年版，第208页。
② 《孙见喜文学评论集》，太白文艺出版社2006年版，第107页。

化质点。于是，多少有些惬意的高子路带着现代都市文明的使者西夏返回高老庄，以做怀孕生育的较长住留打算。然而乡土文化中的诸多封闭陋习、生态荒蛮、人种退化等歧异之象不仅使子路放弃这个想法，而且只身先于西夏匆忙逃回城里。子路的回乡与逃乡，正是在传统文化与现代文化碰撞中苦恼的文化行为的选择。从放弃菊娃到选择西夏，从携西夏回乡，到只身逃乡返城，作者苦苦寻求乡土文化与现代文化的新文化秩序的结合，其对现代文化的赞许、追寻之情依然可见。那么，贾平凹在社会文化结构的大变革中，能否寻求到他的理想文化图式呢？

3. 民间文化系脉的鲜活与原在

贾平凹深谙民间文化是世人皆知的，所谓"鬼才"、"怪才"、"奇才"之誉，是说他善识博收民间文化之诡道与丰杂，具有别于他人创作文本的深厚文化底蕴。文学创作说到底就是生活原本、原在事象物象的逼真呈现，而最具鲜活的生活之本、之源、之形、之象、之物、之意恰恰在于民间。从这个意义上说，文学是民间的文学，民间原本、原在的文学。贾平凹的作品，无论是小说、散文或游记小品，一幅民间文化的"清明上河图"尽显其中，给其文本增添了无限的审美韵味和民间意识的人文精神光彩。可以说，贾平凹作品的民间文化系脉之源在商州故土，这是他创作的基本定位，是贾平凹之所以成为具有乡土民间文化价值的贾平凹的根本所在，从这个意义上说，学界"商州情结"的概括是准确的，因为"商州成全了我作为一个作家的存在"（贾语）。于是，由"商州情结"而起的"贾平凹式"的民间文化别裁的作品源源而至。最为典型的是他于1984年前后踏遍商州，几度涉足商州山山水水所完成的《商州初录》、《商州又录》、《商州再录》的"三录"系列作品，奠定了他民间文化系脉的深厚底蕴。这些文字构成了商州人文的、地理的、传统的、风俗的、历史的、文化的等等民间斑斓异彩的风俗民情史、历史文化史、人性精神史。正如作者所言，让"外边的世界知道了商州，商州的人知道自己"①。知道在多杂斑驳的历史文化覆盖下商州人古朴、守道的永恒人性美和特定地域伦理观的淳厚美。《远

---

① 贾平凹：《商州又录·小序》，《贾平凹游品精选》，陕西人民出版社1992年版，第38页。

山野情》中的吴三、香香及跛子丈夫的情感关系就有着野中守规、情中有俗的洁净美，即使未曾婚娶的汉子吴三，对香香的恋情时有冲动，但更为怜惜的情怀，以及香香施恩于他的感念情怀，使他正气坦诚之道义感顿生，人性的光华就这样在一个远离文明的山野中开放。如此体现民间文化人情美、人性精神、道义美的作品不但在《黑氏》、《天狗》、《美穴地》、《小月前本》等小说中有所体现，同时在《商州游品》、《关中游品》、《陕南游品》、《陕北游品》、《丝绸之路游品》中更胜一筹，典型地体现出民间文化系脉之丰盈、鲜活与原在。这是他创作中最具文化气运的园地。

　　4. 神秘灵异文化系脉的意象与哲思

　　就贾平凹作品通观性创作文路而言，他是纯粹的贴着大地行走的现实主义作家，虽然许多作品神秘灵异，文化象征符号较多，常被人误读为怪异或荒诞，而实则是现实主义手法的别一变衍，更为现实主义的力度增了色，添了彩，使其作品的文化象征底蕴更为冷峻、深厚与遒劲。他这样说："当今的中国文学，不关注社会和现实是不可能的，诚然关注社会和现实不一定只写现实生活题材，而即使写了现实生活并不一定就是现实主义。""文章是天地间的事，不敢随便地糟蹋纸和字。""我热衷于意象，总想使小说有多义性，或者说使现实生活进入诗意，或者说如火对焰，如珠玉对宝气的形而下和形而上的结合。"① 这就是说神秘灵异文化现象的大量涌现，是作者追求现实生活之多义、之灵动、之丰涵的写作观念的自在转移与艺术超越。从 1991 年的《太白》，神秘灵异意象就十分浓厚，它和《太白山记》一并被学界誉为"新聊斋"。作者从禅的角度观照人生，虚实相衬，意象横生，意蕴深长，其神秘之禅宗符号尽在字里。致使后来的《废都》、《高老庄》、《怀念狼》、《秦腔》气贯而下，作整体象征处理。"局部的意象已不为我看重了，而是直接将情节处理成意象"，"以实写虚，体无证有"（贾语），写作兴趣自然渐成。可以看出，贾平凹依托老庄深邃的静虚经略，凭借中国神秘灵异文化的博大与多诡，着眼于作品大情节的艺术处理，而不是小细节的修饰，从整体作品大布局，而不是局部意象小穿插，加大了单纯现实

———————————

　　① 贾平凹：《怀念狼》，作家出版社 2000 年版，第 270、271 页。

主义手法的生活容量，凭借神秘灵异文化的多维、多态之诡秘来揭示其深邃的哲理思考。比如《怀念狼》大情节的处理，仅一个书名，对狼的怀念，就意想联篇。因为狼是恶的象征，人类的敌物，既如此，又何以怀念呢？须引人入内，探个究竟。当我们走进《怀念狼》内里，不禁为作者如此忧虑人类何以生存的大境界之哲理意蕴性处理所震撼。狼没了，并非人之幸，实为人之灾，与狼共舞可谓生态平衡，无狼为伴其悲可见。商州仅有的十五只狼终于人为的灭绝了：

> 那一天，是商州的施德主任来单位找我，他人瘦的如了干柴，我的办公室在七楼。他说他是拿了一张报纸上两层楼坐下歇二十分钟，七层楼整整爬了近两个小时。他衰弱成这样令我惊骇。①

因为狼没了，人的抗击防御能力逐一消失，精的退化、气的退化、神的退化、体的退化，爬两层楼歇二十分钟，爬七层楼歇两个小时就是自然的了。商州行署专员在作商州地区现状报告时讲，尤其山货特品丰富，如木材、竹器、核桃、木耳，"还有十五只狼"，专员语气平和，没有故意和幽默的口气与神情，认为狼是商州的一份家当。专员得意地说：

> 假如没有狼，商州会成什么样子呢？你们城里的人是不了解山地的，说个简单例子吧，山地里的孩子夜里闹哭，大人们世世代代哄孩子的话就是"甭哭，狼来了！"孩子就不哭了，假如没有狼，你想想……
>
> 商州的黄羊肉是对外出口的，可狼少了下来，你不认为黄羊会更多了吧，不，黄羊也渐渐地减少了，它们并不是被捕猎的缘故，而是自己病死的。狼是吃黄羊的，可狼在吃黄羊的过程中黄羊在健壮地生长着……老一辈人在狼的恐惧中长大，如果没有了狼，人类就没有恐惧嘛，若以后的孩子对大人们说"妈，我害怕"，大人们会为孩子的害怕而更加害怕了。你去过油田吗，我可是在油田上干过五年，如果一个井队没有女同志，男人们就不修厕所，不修饰自

---

① 贾平凹：《怀念狼》，作家出版社2000年版，第267页。

己，慢慢连性的冲动都没有了，活得像个大熊猫。①

这些极富哲理性的文字，既是神秘的，又是现实的，字字滴血，印入脑际，令人不得不思考。生态失衡，人种退化，阴阳失调，一个相生相克、相辅相成、相缠相绕的和谐环境将不复存在。那么为狼拍摄照片的"我"回省城后一字未写，缄口不提。雄耳川出现人狼事变，是一件悲哀又羞耻的事，"它不能不使我大受刺激，因为产生这样的后果我是参与者之一啊，憋住不说可以挨过一天，再挨过一天，巨大的压力终于让我快要崩溃了"②。这里，贾平凹的焦虑、忧患尽显其间。像这样体现神秘灵异文化的大情节、小意象，整体的、局部的艺术处理在贾平凹的作品中俯拾即是。再如《废都》之"废"的整体意象处理，"高老庄"之古老文化与现代文明冲撞的整体意象处理，《秦腔》之乡土中国与现代中国断裂与何以衔接的整体意象处理，尤其是《秦腔》乡土民间之"腔"、之声的绝唱，极富诗意，振聋发聩。更不必说作品中所呈现的意象之密集，如："疯子"引生自阉；以"仁义礼智信""五常"和"金玉满堂"福禄命名；先天性肛闭女孩；人头顶的光焰；夏天义葬身于滑坡；鼠、狗、蜘蛛、螳螂及植物之人语意象；"狗剩"、"来运"之取名；立筷驱鬼；鸡蛋招魂；桃符手法；庙里坐化；引生佛眼；神秘的鱼。《废都》中四个太阳、埙、铜镜、四色奇花、阮知非的狗眼，牛的反刍、鬼市、牛老太的神魔、孟云房的卜术卦算，以及《高老庄》中碑刻、石像砖等的出现，神秘的白云湫、石头的残缺与奇异、子路祭坟的神秘感受，等等，都在追求一种意象，一种象征隐喻的神秘灵异或寓言效果。这是"他天性中所偏爱的东西，在孤独中耽于玄思幻想，对人生和宇宙神秘现象的敬畏，好奇和探求的兴趣以及对佛道境界的迷恋"的结果，因而"创造各种具有神秘色彩和佛道意味的玄虚意象或朦胧意境，以寄托在现实中无所依归的灵魂"，"消解焦虑浮躁，复归于心灵的平和宁静"③。这正应了贾平凹的话："各人有各人生命里头的

---

① 贾平凹：《怀念狼》，作家出版社 2000 年版，第 21 页。

② 同上书，第 22 页。

③ 赖大仁：《魂归何处——贾平凹论》，华夏出版社 2000 年版，第 221 页。

那种本来之才。""有一个天生，天生就会。为啥天一亮鸡就叫唤，另的咋不叫唤，兔子咋不叫唤，它鸡就叫？""我从小生活在山区，山区多巫风，而陕西出现的奇人异事也特别多，这种环境影响多。"① 至此，贾平凹作品神秘灵异文化体系的形成有其生活的必然性，也由此折射出生活哲理的必然性，这是作家由早期原在生活移入场到后期创作境界移出场的写作风格的衍变。

5. 人类生态文化系脉的焦虑与追求

人类生态问题，是一个世纪性话题，美国生态学家依尔这样认为："生态批评通常是在一种环境运动实践精神下开展的。生态批评家不仅把自己看作从事艺术活动的人，他们深切关注当今的环境危机，还参与各种环境改良运动。他们坚信，人文学科，特别是文学和文化研究可以为理解及挽救环境危机作出贡献。"② 这是布依寄予文学家的生态期值。中国的生态学家鲁枢元则进一步阐述生态批评的任务不在于鼓励读者重新亲近自然，而是要灌输一种观念，一种人类存在的"环境性"意识，使每个人都将认识到"他只是他所栖居的地球生物圈的一部分"③。从这一意义上看，贾平凹作品就是摆脱了狭隘社会学，具有一种自觉的人类存在"环境性"文学意识的文本，正如他所道白的，他的兴趣是关注"传统文化怎么消失掉的，人格是怎么萎缩的，性是怎么萎缩的"④。这是人类生存情怀的文化观照。可以说，贾平凹作品是集社会生态、文化生态、精神生态、自然生态为一体的人类生态利益文学，反映出作者所具备的人类大图像的生态思维和生态诗学理念。

首先，以《浮躁》、《秦腔》为代表的社会生态系脉的时代映像。1987年的《浮躁》，是贾平凹的第22部著作，是继前诸多描写社会生态的短、中篇小说以后的又一倾力关注。刘再复评价说："作为当代中国农村社会世相与心相的一幅形象画卷，《浮躁》有助于人们认识我们这个农业大国的经济、政治和文化上的诸多特点，也使人们更真切地看到改革对于我们社会的迫切和必要，以及它在古老的土地、古老的心灵

① 贾平凹、走走：《我的人生观》，云南人民出版社2006年版，第136页。
② 转引自韦清琦《打开中美生态批评的对话窗口》，《文艺研究》2004年第1期。
③ 鲁枢元：《生态批评的空间》，华东师范大学出版社2006年版，第13页。
④ 张英：《文学的力量——当代著名作家访谈录》，民族出版社2001年版，第155页。

所引起的深沉颤动。"① 汪曾祺也认为，作者把州河两岸人们文化心理的嬗变概括为"浮躁"，是具有时代特点的②。80 年代以来的中国农村，经济体制的改革和商品经济的崛起，一个新的社会生态结构的到来。《浮躁》中的人们从此获得生产力的解放，以最大的能效实现着自己的致富期值。然而社会生态的复杂性，又使他们不得不置于城乡巨大的各种人际关系网中，充满着何以迎合关系网与决然冲淡关系网的各种利益的互动冲撞。作者从州城、白石寨，到两岔镇、仙游川村，从盘根错节的官方象征的巩家家族到坐地为王的乡霸田家家族权力的明争暗斗，从老辈乡民的敬畏权势，安分守己，到后辈的自强谋生，反叛现实，构成了如同躁动不安的州河一样的中国社会改革开放以来的生态百图。其中有巩田两族危机时的联手，利害时的反目；反叛英雄金狗正义良知的张扬与悲剧末路的无奈；"混世魔王"雷大空敢为人先的改革弄潮与玩世不恭的自毁结局；小水的怨命认命的脆弱；英英恃权自傲的心怀；翠翠暗恋幻想的破灭而致死；韩文举虽存文墨却无助困境的屈辱人生，等等。贾平凹以其时代大图像的笔墨勾勒出充满着社会文化生态意味的中国社会农村经济改革的浮躁"州河"，世态百相的躁动"州河"，以及一只希冀正义化身的"看山狗"，这无疑是作者一部典型的社会生态利益文学之大著。正如他所说，《浮躁》是力图表现中国当代社会现实的，力图在高层次的文化审视下来概括中国当代社会的时代情绪的，力图写出历史阵痛的悲哀与信念的。36 岁的贾平凹，其文学的生态理念，人类存在的"环境性"意识是多么的早先。

　　如果说《浮躁》是贾平凹社会生态映像的早先大著，那么，自1985 年以来至 2005 年，这种"环境性"意识从未中止，《秦腔》便是一例。以贾平凹的解释，"秦腔"不叫"秦剧"，而叫"腔"，一个"腔"字，是出自民间心底的声音。《秦腔》从更为广阔的社会经济改革的深层揭示城乡社会生态环境衍变、断裂的文化关怀，倾注了作者惶恐而又无奈，期盼而又无助的情感观照。小说中，象征几千年乡村环境

---

① 孙见喜：《鬼才贾平凹》第 2 部，北岳文艺出版社 1994 年版，第 357 页。
② 同上。

文化生态稳型结构的夏氏家族，在现代文明的冲撞中一夜间消失了原有的家族气脉和原在的门庭神气。老大夏天仁，六十不仁未衰早亡，老二夏天义，行事不义，未能善终，老三夏天礼，缺礼投机终而暴死，老四夏天智，智不承后气绝归西，仁义礼智皆无"行"（信），因此老五夏天信未世先于胎中去。真可谓仁、义、礼、智、信，夏家飘摇去，是一种超稳定社会形态的衍变。作者这种文化价值的情感关怀异常复杂，穿越了夏氏家庭的代际辈序，构成了一幅清风街社会生态文化圈之图式。作为夏天仁之子的村官夏君亭，两种社会生态文化兼备的象征，革新守旧，民主专权，传统现代，或进或退，忽左忽右，无一定数，加之妻麻巧自私刁蛮，也非省油的灯。因而"仁"不通达难传后。夏天义虽有五子，"金玉满堂"和瞎瞎，可谓"五子登科"，人丁兴旺。然而五子不成器，金玉虽满堂，品质皆瞎瞎，连孙子也是哑巴。夏天礼倒也儿女双全，好不快活，然而有钱却被银元误，架子车拉尸首，终没有坐车的命，儿子是司机，其爱女也做定了流浪歌手的陪客。更具时代意味的是夏天智，这位任过小学校长的乡村智者，向来恪守宗法礼数，守命"秦腔"，酷爱"秦腔"脸谱，以此维系他心目中的社会生态文化秩序。儿子夏风文化人的身份使他感到荣耀，儿媳秦腔名演员白雪是他平衡文化心理的一种慰藉。然而，子不惜其父之事，媳之秦腔事业夭折，加之次子夏雨的浪荡不仁，终于"智"不治家，父子相悖，夏天智一命呜呼。处在变革时代社会生态飘移变衍的大动荡中，一个新的社会文化生态结构的形成，在无情地冲击着一切，作者既惆怅惋惜，又追问寻觅，情感茫然，处于无奈。他期待着。从这个意义上说，《浮躁》之"躁"、《秦腔》之"腔"，实为中国社会变革时期民间底层生态情绪的折射。

其次，以《高老庄》为代表的文化系脉的时代映像。《高老庄》在贾平凹小说创作史迹中，作为五大界碑（其他四种是《浮躁》、《废都》、《怀念狼》、《秦腔》）之一，价值匪浅，是对当代变革时代的诸种深层文化冲突的聚焦和映像。简言之，以高级知识分子，具有浓厚文化符号意味的大学语言学教授高子路携妻西夏还乡（西夏也是一种现代文化与都市文明的象征符号）和只身逃乡的文化经历，尽显了乡村原始文化与都市现代文化的冲突，乡村落后自然经济与现代商品经济的冲突，以及愚昧闭守的乡村文化氛围下人种弱钝退化与现代先进文化滋养下人种改良的冲突。三大深层文化制约和改变着高老庄人们生活秩序的变化，而每个人的行为无不体现着一种文化的律动，有着深层文化制导的基因。如高子路由乡及城的城市文化外表的附着和乡村文化内核的依然。虽然城市文化濡染多年，而一旦入乡，其土著内瓤便尽显现，早起不刷牙，晚睡不洗脚，饭毕要舔碗，随意就撒尿，毫无顾忌乱放屁等等乡村陋习，甚至连昔日颇具诗兴的性事也变得直接和粗鲁。因此，西夏称他是"睡在自己身边的一头猪"。一个具有城市现代文明的文化人，竟被乡村文化顷刻改变，高子路由起初的向往返乡，到后来的只身逃乡，这无疑是两种文化制导下的转换与衍变。西夏作为外族（非汉民族）和现代文明的文化化身，人种优良，高大健美，现代文化精神无处不在。如能坦然面对子路前妻菊娃，且以姐妹相称和睦相处，真诚对待其子石头，帮助乡村改革者蔡老黑葡萄园致富，化解外来企业家苏红、王文龙与村人的矛盾冲突，认同蔡老黑与菊娃的爱情并为之感动，等等。而菊娃则更多体现了乡村文化超稳定性的美好人格的一面，如善良怀柔待人，遇事有主见，做事沉稳，具有农民求实的价值观，接纳认同乡村致富者蔡老黑和外来改革者王文龙等。作者围绕菊娃所连接的高子路、蔡老黑、王文龙，实际上构成了城市文化、乡村文化、新经济文化相交织的现代中国社会的文化图式。高子路的返乡与逃乡，蔡老黑致富的沉浮，王文龙高老庄经济的发迹，映衬了三种文化的进退、互渗与转换，构成了《高老庄》式的极为灿烂与多边的文化景观。正如作者所言："我感兴趣的是中国传统文化怎么消失掉的，人格是怎么萎缩的，性是怎么萎缩的（性也是文化——引者注）。人到中年后都有高老庄情结，高老庄情怀。'高老庄'是个象征的东西，子路为了更换人种，为了一种新的生活，离开了这个地方，但等他重返故地，旧的文化、旧的环境、旧的人群使他一下子又恢复了种种旧毛病，如保守、自私、窝里斗和不卫生。'高老庄'是一个烛，照出了旧的文化的衰败和人种的退化。"[1] 由此可见，《高老庄》反思传统文化之弊，思考何以与现代文化整合的主旨甚为鲜明，它在贾平凹小说史迹五大界碑中实为文

① 张英：《文学的力量——当代著名作家访谈录》，民族出版社2001年版，第155页。

化之范本。

再次，以《废都》、《白夜》为代表的精神生态的时代映像。1993
年、1995 年的《废都》、《白夜》是贾平凹着力揭示人的精神生态焦虑
的两部力作，其淋漓尽致、入木三分的叙写达到他全部作品心像图式的
至境，产生了强烈的反响。在精神生态问题上，生态学家早意识到人的
存在的自然性和社会性，更重要的还在于精神性。这就是说在整个人类
生态圈中，自然生态、社会生态、精神生态，各自体现着不同的生态关
系，即自然生态中的人与物的关系，社会生态中的人与人的关系，精神
生态中的人与自然的关系，而精神生态是人类最高的生存方式。正是从
这个意义上，比利时生态学家 P. 迪维诺尖锐指出精神生态系统紊乱的
严酷现实："在现代社会中，精神污染成了越来越严重的问题。人们的
生活越来越活跃，运输工具越来越迅速，交际越来越频繁；人们生活
在越来越容易气愤的环境之内。这些情况使人们好像成了被捕追的野
兽；人们成了文明的受害者。于是高血压患者出现了；而社会心理的
伸张则导致人们的不满，并引起强盗行为、自杀和吸毒。"① 迪维诺
所描述的这些现象在《废都》和《白夜》中也极为典型。它展示出
社会变革大潮中传统的退去，趋时的涌现，人们无所适从，于新旧交
替的文化夹缝中灵魂无着落，精神恍惚，心理失衡，行为茫然。西京
城内四大文化名人，作家庄之蝶，书法家龚靖元，画家汪希眠，乐团
团长阮知非在人文精神生态坍塌之下坠落为四大文化闲人，追逐女
人，玩赌占卜，倒卖字画，心灵废墟，人格也随之坍塌。不仅文化名
人如此，一群普通人也于精神生态坍塌中偷生苟活。市长秘书黄德的
弃文从政；洪江借名人暗中捞钱；唐、柳二女士依附名人之寄生；阿
兰阿灿的卖身求存；钟主编、景雪阴、周敏、赵京五、农民企业家、
牛月清、女尼慧明等的背离精神原本的作为。如此类征不一而足。作
者又以西京四大恶少、四枝奇花、四个太阳、七条彩虹、鬼市、十二
朝古都的面目全非，制假药、硫磺馍头术、狗眼移植、牛的反刍、气
功热、宗教热、灵怪文化，收破烂老头的讽喻歌谣等预示失去往日面
貌的精神生态失衡的世纪末浮躁情绪和社会世相。"几十年奋斗营造

---

① P. 迪维诺：《生态学概论》，科学出版社 1987 年版，第 22 页。

的一切稀里哗啦都打碎了"（贾语），而这一切的碎相（废都）、碎势（废势）、碎态（废态）无不是变革时期精神生态颓败的写照。于是又有了《白夜》中夜郎灵魂的浮游与无以安顿。如果说庄之蝶于精神生态环境中的状态是极度的泼烦的话，那么，夜郎便是心理生存的高度紧张焦虑与苦闷烦恼，是来自社会生态之伪善、欺诈的弊害，以及自身的自悲自哀。正如上文所言，精神生态是人类生存的最高追求，从庄之蝶发出的"我是谁"的自问，到夜郎试图超越现状的生存追求，深刻折射出社会转型期的时代精神特点，这无疑是贾平凹对精神生态问题的时代拷问。

最后，以《怀念狼》为代表的自然生态的时代映像。自然生态就其本义而言，是关于人与物的生态平衡问题。詹姆斯·乔依斯认为："现代人征服了空间、征服了大地、征服了疾病、征服了愚昧，但是所有这些伟大的胜利，都不过在精神的熔炉中化为一滴泪水。"① 这就是说，人类虽赢得了物质而失去的却是精神，是在以破坏物的沉重代价前提下的所谓"生态文明"。《怀念狼》就是揭示人的极度扩张，逼仄物的消亡、绝迹的自然生态悲剧的一部大书，传达人与环境相因的时代信息，折射作者希冀生态平衡、和谐以及对人类生存困境、生命力萎退的忧虑。商州仅存的十五只狼绝迹了，山里人没有了生命张力的依赖，于是，雄耳川出现了人狼，打狼队长傅山成了人狼，专家住进了精神病院，打狼委员会主任施德身无气力，记者"我"也成了人狼。自然生态失衡，无狼为伴皆为人类之祸事。这真是"人走到哪里，哪里就生态失衡、环境破坏。人，其自身已经成为大自然的天敌，环境恶化的污染源"②。因此，《怀念狼》既是一部文学书，更是人类生态的理论阐述学，自然生态的时代映像学。

（二）六大文化层面的艺术再现

文学的文化学命题是贾平凹创作的基本意识和作品的基本底色。他认为："当前，中西文化深层结构都在发生着各自的裂变，怎样写这个

---

① 詹姆斯·乔依斯：《文艺复兴运动文学的普遍意义》，《外国文学报道》1985 年第 6 期。

② 鲁枢元：《生态批评的空间》，华东师范大学出版社 2006 年版，第 13 页。

令人振奋又令人痛苦的裂变过程，我觉得这其中极有魅力，尤其作为中国作家怎样把握自己民族文化的裂变，又如何在形式上不以西方人的那种焦点透视的办法而运用中国画的散点透视来进行，那才诱人着迷有趣，这是我正想做的。"① 贾平凹正是以这种散点透视大于焦点透视的方法，艺术地再现着中国社会变革时期的政治文化、经济文化、制度文化、风俗文化、饮食文化，以及女性文化诸类人生层面，构成了总体性时代的大文化图式。

1. 政治文化层面，是贾平凹一直关注的视域，他的作品没有十七年文学政治化的痕迹，更多的是政治文学化的艺术式，任何社会政治的变迁都被作家以艺术的方式而文化化了。譬如80年代初，尚年轻的贾平凹对特权政治的厌恶，以及人们盲从于特权的愚昧极为反感，在《上任》、《山镇夜店》、《夏家老太》等小说中，以迷惘而探寻的眼光透视政治事象。山镇要来位大人物——地区书记安歇（《山镇夜店》），于是人们由起初的床铺争夺，骤然变为争去奉迎献铺，送水送物。这一奇怪而微妙的变化引起一个小孩的好奇，于是他爬上屋顶窥看这位令众人态度骤变的所谓特权大人物究竟啥模样。原来，"被人们视为大人物的书记，和普通的山民一样，都有一副丑陋的睡相"。可见，"不管何人，睡着了都一个样，只有醒来了，才都变了的"。作者巧妙地以孩子的眼光来折射，是对政治特权问题以及人们委身于特权的文化思考。由此推而大之，这种搜寻政治文明失落的幼稚病、盲从症、弱化态导致作者此时创作上的低迷，出现了诸如《年关夜景》、《好了歌》、《二月杏》、《亡夫》、《沙地》等关乎政治文化层面的低调作品。这批作品以一个侧面折射出贾平凹内心深处希冀政治文明的应有情怀。随着中国政治文明所制导的改革开放的发展，贾平凹笔下喷吐出诸如《小月前本》、《鸡窝洼人家》、《腊月·正月》、《远山野情》以及《浮躁》这样体现新政治文化层面的板块式作品。关注政治的变革，再次经由《废都》——"废都意识"、《白夜》——"灵魂焦虑"、《高老庄》——"高老庄情结"、《怀念狼》——社会生态、《秦腔》——乡土挽歌而一发未止，字里行间浸透着作者对社会政治文明的诸多文化感知。"文学

① 张英：《文学的力量——当代著名作家访谈录》，民族出版社2001年版，第152页。

是摆脱不了政治的，文学也不是政治的附庸。""观文学艺术史，凡是各个时期的极致作品，必是反映了那个时期的社会，也就是具有强烈的时代精神"，"是弥漫于那一个历史阶段的'气'"，"一个历史阶段的社会心态，一种'势'"。① 这就是贾平凹政治文化层面艺术图式的文化学阐述。

2. 对经济文化层面的情感关注，是贾平凹作品的主旨，其动因源于一个农民作家对苦难生存境遇独有的感同身受。他认为"长期以来，农村却是最落后的地方，农民是最贫困的人群"。"农村又成了一切社会压力的泄洪地"，"四面八方的风不定向地吹，农民是一群鸡，羽毛翻皱，脚步趔趄，无所适从，他们无法再守住土地，他们一步一步从土地上出走，虽然，他们是土命，把树和草拔起来又抖净了根须上的土栽在哪儿都是难活"②。这种感觉是自幼年起生命的逼真体验，是对农村、农民爱之深，情之切的心灵情感观照。因而任何社会经济体制的改革，经济制度的变化，农村、农民经济实惠的获得，他都喜于心间，涌于笔端，使其大量经济文化层面的事象呈现于作品中。如王小月、门门式的突破传统观念，善于生产经营的农村新经济开拓者的出现（《小月前本》）；禾禾、回回、麦绒因新经济生产方式所带来的家庭裂变与经济体式的新组合（《鸡窝洼人家》）；韩玄子式的旧经济保守式理念与王才式充满活力的新经济经营理念的对垒（《腊月·正月》）；金狗、雷大空式的社会变革狂潮中经济文化突变后的浮躁，以及人们利益驱动下的价值取向与行为选择（《浮躁》）。同时，都市经济的观照也进入了贾平凹的视野，比如《废都》市井文化阴影下各式经济文化层面的透视：柳月、唐宛儿的色相经济文化式；阿灿、阿兰的肉身经济文化式；洪江、周敏盗名欺世的经济文化式；龚靖元、汪希眠敛财自毁的经济文化式；庄之蝶淡泊名利又招惹名利而猝死的经济文化式。这些描写无不表现了都市人性的生存经济文化的本能。在《土门》中，作者展示了城市经济对乡村经济的挤压，乡村经济难以抗衡的弱势与无奈。"仁厚村"作为城乡结合部，

---

① 孙见喜：《鬼才贾平凹》第 2 部，北岳文艺出版社 1994 年版，第 360 页。
② 贾平凹：《秦腔·后记》，作家出版社 2005 年版，第 560 页。

面临西京城市的扩张,农民原有的农耕生活方式已渐变为出租屋、修鞋、打工等经济生存式。为维护村民原有的经济生存方式,以云林爷、成义为代表的抵制力量百法使尽,也终未阻止这一新的经济文化式的时代掘进。社会经济文化体制的历史转轨,在《高老庄》尤其《秦腔》中尽显淋漓,王文龙、苏红作为新经济的象征,进了高老庄,新型家具厂如火如荼,逼仄着蔡老黑乡村经济式的农家葡萄园。而清风街更是不清风,流行歌手陈星修车铺的街头经济文化式与县秦腔剧团稳守式经济文化形成了抗衡。丁霸槽的酒楼自营经济文化式,引发了农贸市场更大经济文化式的滋生。甚至夏天义死守土地而葬身土地的悲剧,也在宣告着一种旧式经济文化的逝去。而国道改造,马路拓建又昭示着现代经济文化在崛起。

总而言之,贾平凹作品反映出的经济文化的层层面面贯穿于创作始终,任何社会、时代经济文化的变迁都能找出相应的印痕,他的作品是社会经济文化的历史全书。以《浮躁》为界,此前的作品反映的是社会变革初年经济文化观念的皱型形态;《废都》、《高老庄》、《白夜》、《土门》,反映的是经济文化延伸后的纷繁、混沌的形态;《怀念狼》、《秦腔》则反映了城乡经济文化冲突的深层形态,而这一切构成了经济文化层面的大气象景观。

3. 制度文化,是国家意识形态领域内的一种法度,是规范人们社会行为的一种准则。随着时代的推进,制度文化的演绎更有其时代的适应性和共时性。在贾平凹的诸多作品中,对制度文化的时隐时现的点射是十分分明的。如对农村土地经营、经济分配方式、生产资料、人口控制、家族聚散等相关制度文化的展示;对城镇市容卫生、流动人口、文物保护、就业就学等制度文化的聚焦;对社会文明素质、道德提升、政策法令等制度文化的思考;对人类环境问题、生存状况等生态制度文化的焦虑;对民生、民权、民主制度文化的情感观照,等等。而这些描写又都是细化在点点滴滴的人与事,事与情,情与理之间的。在这些制度文化观照中,贾平凹最为倾情的当然是农村制度文化的变迁。"对于农村、农民和土地,我们从小接受教育,也从生存体验中,形成了固有的概念,即我们是农业国家,土地供养了我们一切,农民善良和勤奋。""可农村在解决了农民吃饭问题后,国家的注意力转移到了城市,农村又怎么办呢？"① 可以说，一部《秦腔》就是作者关注农村农民生存的制度文化的拷问。而城镇制度文化的思考则以《高老庄》、《废都》、《土门》体现。现代文明的到来，从某一种角度又滞碍着民族古老文明的推进，人种的退化，都市之废，人心之废，气象之废，何以使古老文明滋润于现代文明，使现代文明不以牺牲古老文明为代价，是贾平凹苦苦思考的问题。于是便有了对市场商品经济下废势、废象文化制度的点射，如《废都》；有了人类以灭绝他物种的生态制度文化的否斥，如《怀念狼》；有了对人权失衡、平等变衍的特权制度文化的揭示，如早期的《山镇夜店》；更有了《我是农民》的本根认知的人格制度文化的确认与昭示。这些制度文化层面的生成与变迁，虽唯作者的意志而不能改变，但却体现出一位现实主义作家的人文大关怀，与那些零度感情、冷漠叙述者有高低之别，质地之分，无论怎么说都是令人称道的。

　　4. 民俗文化、饮食文化，以及女性文化层面在贾平凹作品中也俯拾皆是，呈现出别一景观。对于民俗，贾平凹说："我写时并未注意。我本是山里人，大多写的是商州山地里的人事，因为我太熟悉那块地方，作品里自然就有了民俗的成分。""我的故事很平淡，笔法憨笨，但我是真诚地写的。""支撑我能继续写下去的是这种静气。"② 这种心态驱走了追逐新潮的浮躁写作，保证了作品中民俗文化、饮食文化的原生态质味。如商州民间婚俗文化、鬼神文化、吟唱文化，特有的商州狼文化，特有的洋芋糊汤、搅团、熏肉、杠子馍的饮食文化，以及民间特有的土匪文化、田间生产耕作文化等。另有百篇作品对陕北、关中、陕南的名胜古迹、川山风光、风土人情身临感悟。这些笔法、气韵、情致、哲思活脱脱一个"鬼才"，一个民俗风情的贾平凹。《天狗》、《黑氏》、《美穴地》、《白朗》、《五魁》、《鬼域》、《晚唱》、《晚雨》、《商州又录》、《游华山》、《三边草记》等一组板块式作品将其民俗、饮食风情尽显其妙。在贾平凹作品中，女性文化的展示不可忽视。从早年的满儿、月儿、小月、小水，到师娘、黑氏、香香、柳月、唐宛儿，再到

———————
① 贾平凹：《秦腔·后记》，作家出版社2005年版，第561页。
② 《贾平凹民俗小说选·序》，青海人民出版社1992年版。

菊娃、西夏、白颜铭、白雪等对女性生存现状、生命体验的文化观照构成了整个作品的坐标系，其中既有男权视角下女性生存哀婉的史的纵向勾勒，又有叛逆伪道德，走出深山，改变自身命运的横向描写；既有传统谨守生活秩序的深山闺秀，又有现代革新理念的新人；既有乡村善良宽厚的贤妻良母，又有体现现代文明的都市女性。在这些人物身上，寄寓了作者无限的同情、幽怨、感伤和充满希望的企盼，一种浓厚的女性文化意味的情感观照。

综上概之，正如评论家孙见喜所言："贾平凹文化视角的确立使他洞察人间比上代作家更为精微，且他接纳古人的时候，不拒绝全球意识，对域外文化的冷静选择和吸吮使他没有在摩天大楼面前迷失自我。人化不了他，而是他要化人。贾平凹'食谱'的宽广也是维持创作活力的能源之一。"① 这一观点，笔者认为正是贾平凹杂学艺术观的形成，是他作品文本具有大文化图像的根本，更是他于 20 世纪 80 年代以来确立应有的文学高度的支撑所在。

第四节 "陈忠实视野"的艺术之髓

20 世纪陕西地缘文学实际上是以农村题材创作见长，陕西文学的农村题材因柳青、王汶石等的存在，其话语权自然就具有霸权性，形成了在此创作领域内独有的传统与先锋特色。自 20 世纪 80 年代以来，又因路遥、贾平凹、陈忠实的先后胜出，使这一题材创作超越旧有，描写边界也显然放大，尤其出现了诸如《白鹿原》这样描写中国农人人权问题的表现亮点。这是陕西作家艺术视野的一次新突破。

一 中国农人民生权新视点

陕西的农村题材创作并非处在一个静止的模本上，它的生机恰恰在于作家们对新的表现空间的不断开掘。从农村题材描写较时近的，且产生重大影响的许多作品来看，《白鹿原》就隐含了这样一种新的创作视角的转移与开掘，即中国农人民生权意识的深情关怀。这说明，陕西农

---

① 《孙见喜文学评论集》，太白文艺出版社 2006 年版，第 107 页。

村题材的创作在对以往黄土地生活事象的描写上实现了又一次新超越。作为揭示民族"秘史"的《白鹿原》，尽管人们对其秘史仁智各见，但笔者认为，陈忠实以其揭秘的手段，打开了隐含在悲怆国史、畸形性史背后的久抑与尘封的人权失落史、纷争史。这是陕西作家以其生命在场话语，对农人民生权问题的一次深切情感关怀。早在1776年，美国《独立宣言》宣称，人人生而平等，生命权、自由权和追求幸福的权利是"造物主"赋予他们的不可转让的权利。马克思称其为"第一人权宣言"①。然而在阶级社会里，人权常常被剥夺被蚕食。

　　试看陈忠实笔下"白鹿原"人们的生存境况，全然滑离了"造物主"所赋予的天赋权利，在阶级人赋权利的漫漶下，殃及池鱼，祸及生命。白孝文这个白家祠堂精心培养下的仁义典范，其人本原有的意欲权被无情的阉割。婚后夫妻的房事缠绵，被"奶奶替你打狼"的粗暴监听阻断，板直的父亲进而以没能割断床上那点事的"豪狼"而严厉训斥，继而断定"一辈子成不了大事"。白孝文这位血气充溢的年轻人的初始萌动的意欲生长点就这样被所谓礼义廉耻，成大事的虚伪人赋权利所扼杀，使其成为人权纷争场的葬品、"废人"。这是一个外守礼义，内存意欲的仁者与逆子的人权冲突。而白灵面对的是自由权和享受教育权。一个在白家看似依着性子撒娇的掌上明珠，实际的自由极有限，被锁定在"女子无才便是德"的人赋权利的固有围圈。当她以逃离的方式获得了身体的自由权后，却被割断了情感上的亲情享有权，被冷酷的父亲判为"死刑"，声称"全当她死了"。白灵争取身心的自由换来了什么呢，是情感的缺失与冷酷。一个孝子，一个娇女，白鹿原上处优群类人权的如此倾斜，作家的观照是何等的忧愤与通透。那么，白家庭院的主妇又如何呢？仙草遇到的是女人的尊重权。可以说，她是白家人财两旺的福星，得到丈夫的抚爱与尊重是理出自然，但实质上她却扮演着传代工具和干活帮手的角色，领略夫爱和尊重少得可怜，一次坐月子时仅喝了丈夫亲自端来的一碗开水就感念泪下，其悲哀足以可见。

　　从理论上说，意欲权、自由权、尊重权本是人权中重要的"天赋权利"，即通常所说的"上帝赋权"，它是人的生理必须的，是人类公

---

① 参见《简明社会科学词典》，上海辞书出版社1992年版，第16页。

认的权利，因而具有普世性，不受人赋权的制约。然而在仁义白鹿村，人赋权利以浓烈的阶级色彩，不仅侵蚀着"造物主"给予人的天赋权，而且野蛮又血腥。如外姓女子田小娥的生命享有权顷刻被吞噬。她仅仅为了做个庄稼院好媳妇的微末愿望，再三被白鹿原上的男人们欺凌、侮辱、利用、杀害、焚烧，连尸首也不放过。婚姻幸福权被人为架空的鹿兆鹏媳妇，同样于悄无声息、意淫幻想中结束了年轻的生命。正如陈忠实将小说确定在揭示"民族秘史"的立意上一样，白鹿原上充满着全景式的天赋权利与人赋权利的激烈斗争，人人被无形或有形的人赋权利所控束，个个失去了天赋权利应有的自由与平等。中国农民人权的深度沦丧秘史被揭示得淋漓尽致。如"交农事件"呈现出的民生权，农民协会凝聚的反抗权，白鹿书院蕴涵的安居权，以及黑娃为匪的反叛权，鹿兆鹏拒婚的自主权，鹿三缺失的土地拥有权等。甚至白鹿原上仁义承载者白嘉轩，其貌似挺直板正的身躯内依然存储着人权飘落的一腔苦涩：仁义的分化，礼教的瓦解，逆子的背叛，爱女的出逃，妻子的逝去，土匪的劫抢，政治的纷繁，王旗的变幻，一切呈现出江河日下道将不存的末世景象。使原本威望的家族，仁义的风范，如同自身直不起的佝偻腰，砸碎了的仁义碑一样，在"公元一九四九年五月二日"① 这个神秘短促的日子里，永久性地消失了。是的，历史改变了原本。白鹿原上农人人权的悲哀沦丧结束了。

可以说，作为与陕西地缘有着千丝万缕关系的陈忠实，正是因其长久生活于本土，才具有了此种生命体验的感知，生发出观照千年来中国农人人权的艺术视野——这是陕西作家写事、状物、言情的表层观照到注视人权的深层描写，一次写作视野、写作艺术与写作精神的突破。"陈忠实视野"的精髓，其内涵笔者认为有三：一是创作突破了往日狭窄的阶级文学、政党文学和承传文学的桎梏，回归了文学直面生活的本来。从《蓝袍先生》到《白鹿原》，其阶级、政党的标志淡化了，人的本来的欲望、生存、意念提升了，无论怎么读也读不出"一个阶级一个典型来"，从而提供了中国文学通向世界的成功范例。二是突破了往日创作事象、人物一清二白的简单化、平面化现象，还原了生活本有的

---

① 陈忠实：《白鹿原》，人民文学出版社1997年版，第615页。

丰富性、复杂性、异变性。一个黑娃就是一种生活形态，一个白嘉轩就是一个中国家族的衍变，一个田小娥就是中国千万个善良妇女的遭际……以上两点揭示出陕西作家自"柳青经验"以来的不断创新、不断超越的写作轨迹，其写作视野在放大，写作边界在开阔，艺术之精髓在逐一回归。而这两点又归于陈忠实写作观的嬗变，即"重史实"、"褒共不颂扬，抑国不抹黑，引导读者对这段历史得失思考"，"民族利益大于阶级的尺度"。正是这一具有艺术之髓的观念保证了陈忠实创作在后 20 世纪陕西地缘文学中的先锋特色，保证了"陈忠实视野"的独特性和可贵性，使后 20 世纪陕西地缘文学的创作上了一个新台阶。

二　人类精神探寻新视点

从这个意义上讲，陈忠实与海明威的小说创作便有了视野上的共鸣，如桑提亚格与白嘉轩形象的刻画，揭示和阐释了人所共有的生命密码——人类精神的共构与共存。

人从哪里来，又要到哪里去，其生命的演绎，生存的依凭又是什么？所谓生命的坍塌，就是精神坍塌，而精神无疑成了生命的绿舟。这一哲学命题，一部人类文明史昭示我们，当人作为"类"，成为人类后，就具备了人的类特性本质，于是与物的类特性有了质的区别。与此同时，人类也因此超越了物类生存的不可知性和无限定性，赋予了人与自然，人与社会，人与人，人与自身生存关系的可知性和无限定性的生命认知意识，这是人的类特性的自觉和自在状态。因而马克思称，人的类特性恰恰就是自由的自觉的活动。人把自身当作现有的、有生命的类来对待，当作普遍的因而也是自由的存在物来对待。[①] 这种自由、自觉的活动，笔者认为就是人的类特性所生发的对生命、生存的可知把握，是改造他类和自身不断从蒙昧走向文明的演进过程。

从这一层面讲，我们研究人的类特性，就不能以通常认识物的类特性视角，让其物类的生物圈湮没人类的精神圈，即康德所说的"身体必须死去"，某种精神、思想的持久延续，这是人类的生命密码——精神源的共构。它不以民族、国家所隔，也不以种族、疆域所限，是人类

---

① 《马克思恩格斯全集》第 42 卷，人民出版社 1979 年版，第 96、123 页。

延续生命的伴随。那么，从文学角度，破译生命密码，阐释人的类特性本质——精神的共构，《老人与海》和《白鹿原》便有其典型性。在海明威和陈忠实笔下的人物画廊中，作者以各尽其妙、各显质采的笔力，勾画和彰显了桑提亚格和白嘉轩两个不同时代、不同国别硬汉的精神共构与生命张力。

（一）桑提亚格生命密码：个体生命精神

桑提亚格是一位典型的个体生命演绎的精神标志者，就其精神成因之外延和内涵而言，虽不乏其社会性，更多的却是个体生命在精神层面自在自觉的张扬，一种生命的原在张力。这种生命的存在和生存的诉求，常常会超越生物圈的遮蔽，抵至人的类特性本质——精神圈的高度。桑提亚格的生命演绎就极富这一韵味。"一个人可以被消灭，可是不能被打败。"这句看似平朴却又蕴涵几多哲理的话语，正是人的类特性本质，是人类超越物类得以顽强生存的生命密码的清晰破译与概括。尽管在人类的需要层次的划分上，马克思主义创始人将人的需要概括为生存需要、享受需要和发展需要三个层次，而人本主义心理学家马斯洛则将其进一步细化为生存需要、安全需要、爱和归属需要、尊重需要、自我实现需要几个层次，但生存需要是前提，第一位的，而发展需要和自我实现需要是在此基础上高一级的需要，一种"高峰体验"，实现自我价值的最大化的需要。其中能体现需要因素的意识、思维、心理状态的支撑点便是人的类特性本质——精神，这就是一个人"身体必须死去"，"可以被消灭"，而精神不会被打败的人类生命密码之所在。作为文学形象，桑提亚格生命的精神支点无疑是海明威人生经历所凝聚的人的类特性本质的折射。

众所周知，海明威的《老人与海》初名为《人的尊严》，作者为什么直奔"尊严"而来？这是一个值得思考的问题。在我看来，尊严就是人类超越物类，把握生命与生存可知性后，在形而上层面上所呈示的人格最高理想范式。海明威正是于一个个体生命在社会化过程的演绎中，领略了诸多尊严的失落，生命的逝去，西方传统文明的崩溃，两次世界大战的严酷，饱尝了在美国、意大利、西班牙、法国、德国战场上的生死滋味，历经了两次飞机失事的病痛，体内 237 块弹片取出时的昏死，57 针头伤缝合时的煎熬，使他感悟到理想与现实、光明与黑暗、美与丑、善与恶的颠倒，这些逆差的强烈反射，使他陷入了精神漂泊的迷惘与悲哀之中。所以说，种种现实社会的逆差，给海明威所要孜孜追求的个体生命的理想蒙上了阴影，人的类本质的彰显受阻。面对现实生命的存在与精神追求的巨大逆差与困惑，他不得不换一个角度，在文学的天空里释放其精神的张力，生命的力度，人的类本质。于是，桑提亚格不能被打败的精神存在与寄托，便是作者作为社会人和文学人之类特性的逼真再现。

　　"一个人并不是生来要给打败的，你尽可能把他消灭，可是打不败他。"桑提亚格的精神信念，支撑着他孤身与马林鱼、群鲨搏斗，并且涉足深海区三天三夜，捕到并打败了他平生以来未曾见到的巨大的马林鱼，实现了他一个老渔人捕鱼的最大生存价值和快乐，获得了一种有生以来从未有过的精神层面的"高峰体验"。当他发现这条马林鱼"比小船还长两英尺"，断定"这是一条大鱼"。过去他虽然"看见过许多条大鱼，看见过许多重有一千多磅的鱼"，但都不是他一个人捕到的。现在他是孤单的一个人，因而"一定要叫它服服帖帖的。我一定不能让它知道它的力气多大，也不能让它知道它要跑掉会有什么办法"。① 这种源自内里的精神渴望，正是他84天来捕空与背运的生存需要的物质补偿和自我实现后精神快乐的补偿，一种有意味的"高峰体验"。更让人惊叹的是，老人在与数群巨鲨的顽强搏斗中，展现了更高层次上舍身忘境的精神强势和人的类特性精神能量的巨大释放及魅力。百折不挠，坚韧有毅力，大无畏的拼搏精神，使人之类特性与物之类特性在人与自然、人与自身的把握中具有了可知性、无限定性的本质区别，是类特性赋予人类创世的生命密码之源。尽管后来老人在与象征大自然的群鲨的搏斗中最终失败了，但这仅是体力和肉体上的失败，并非精神上的失败。他的肉体睡着了，"依旧脸朝下睡着，孩子坐在一旁守护他。老头儿正在梦见狮子"。这里，海明威以隐喻的手法，于结尾营造了浓烈的象征意味，狮子喻为精神的勇敢与无敌，肉体可以死去，精神仍是狮子。孩子的守护，则作为又一代精神力量的传承和寄托，以此还原作品的初衷"人的尊严"的本义和人的类特性本质——精神的永恒，这是

---

① 海明威：《海明威作品集》，浙江文艺出版社1994年版，第396页。

海明威生命之树常青的点睛之笔，也是他捍卫人的尊严，阐释和破译人在精神上不可战胜的生命密码。

从另一个侧面看，作为个体生命存在的海明威，其类本质特性中就洋溢着极富传奇色彩与精神张扬的冒险性格。比如他一生酷爱具有肢体精神的体育活动，曾在非洲的丛林里狩猎过，在古巴的海上捕过鱼，好斗牛，恋拳击，迷踢球，喜游泳，善射击。这些充满着精神意象符号的行为经历，必然使其笔下多次塑造了诸种类型的拳击师、斗牛士、猎人、捕鱼者等百折不挠，坚强不屈，敢于面对暴力、死亡而不畏不惧的硬汉形象。从杰克、布莱特（《太阳照常升起》），凯琴师（《永别了，武器》），乔登、玛利娅（《丧钟为谁而鸣》）到桑提亚格，无不表现了人的类本质特性的自制与忍耐，坚韧与拼搏，奋斗与张扬，改恶与从善等等生命得以存在的资源——精神的共构。这是海明威创作思想不可忽视的亮点。至此，桑提亚格形象所蕴涵的超越自然、超越自身的生命可知性精神，不仅是现实人海明威个体生命存在的精神映像，同时又是人类精神的共有、共存与共构，一种不可或缺的生命伴随与永恒。

（二）白嘉轩生命密码：封建文明精神

对于生命密码的文学阐释，桑提亚格形象无疑是完好的实证，中国作家陈忠实对此十分赞赏。"《老人与海》写得很理智、冷静，作者没有发表任何看法、议论，就通过写人物和环境、人物动作，把人物感情、巨大的热情和生存痛苦、主人公顽强的意志完美表达出来了。""如果作品里没有实在的精神、思想，作品肯定是苍白、无力的。"① 正是对人类生命密码的清醒认知和感悟，当代作家陈忠实以《白鹿原》为创作实例，塑造了白嘉轩充满精神魅力的崭新形象，再次印证了人的类特性——精神资源的共构与魅力。

海明威的《老人与海》当年获诺贝尔文学奖，无独有偶，陈忠实的《白鹿原》也因白嘉轩人格精神魅力之质采而获"中国诺贝尔"茅盾文学奖。相形之下，两部作品，异曲同工，各尽其妙地聚焦在生命密码——精神资源的共构与阐释上，因而才打造出中国文学中不同于以往众多封建族

---

① 张英：《文学的力量——当代著名作家访谈录》，民族出版社2001年版，第198、206—207页。

长的白嘉轩形象，展示了他承载封建文明几多坎坷的演绎史，彪炳人格精神几多力度的生命垂范史，以及苦其心志的生存韧性和生命的凝重色彩。

作为一个风雨飘摇世道中的族长白嘉轩，他何能立足白鹿原，又何以孚人望，被遵奉为原上的人格神和仁义的化身呢？这一点，无疑基于人的类特性——精神资源的支撑，使他于坎坷中坚韧，曲折中挺立，不屈不挠，治家治族，忍辱负重，纵然万般苦，心里能立一把刀，坚守精神信念永不倒。为使白嘉轩的精神魅力彰显出生命的力度，作者将作品的初名《古原》更名为富有原生态意味的《白鹿原》，以求其作品的草根性和原在性，以及人物白嘉轩生命演绎精神状态的自然张力。这一良苦用心无疑意在淡化作品的社会性和主观性，与海明威的"冰山原则"如出一辙。如果说海明威在《老人与海》的描写中，所表现的并非是老人捕大鱼、斗鲨鱼之事象，而是自然力，赞颂老人的坚强意志，不能被打败的精神力量，那么，陈忠实在《白鹿原》的描写中也绝非白嘉轩治家治族之苦，同样是不易摇撼的封建文明精神的绵延与永恒，这就是他既作为个体生命的白嘉轩，又作为封建文明精神承载的硬汉白嘉轩的文化人格之终结所在。

白嘉轩的生存氛围是封建宗法文化浸染久深的仁义白鹿村，白鹿两姓争端数年，而作为白家族团代际承袭的族长白嘉轩，自然是威慑地方的民间权威。他行仁义，树威望，以自强出人头地，靠自立凝聚民心，治家治族得心应手，全然一个不借外力自封自闭、自耕自食、自我内练，犹如原始部落般的自治村落壁垒。人们不禁要问，白嘉轩凭借什么行事，生命魅力何在，其力量的支撑点在哪里？对此可以确切地说，是封建文化精神的依傍与支撑。这一蕴涵中国社会意识形态的源远流长的传统文化资源，使这位学识甚少的农人却以极高的悟性深谙其文化精神之髓，会心其文明事理于心，以至造就了白鹿原上民众认同的权威。

诚如作者所见："我选择了白嘉轩，他身处的封建社会政权形式已经解体，但他的社会心态仍然在延续那个时代的社会结构意识。他在精神上延续着封建文明和封建糟粕，他身上具有几千年延续下来的封建人格力量，他的硬汉精神就是这个民族的封建文明制造出来的民族精神。如果封建没有文明的一面就不可能延续几千年不变，它铸成了几千年绵延的民族精神。白嘉轩身上负载了这个民族最优秀的精神，也负载了封建文明的全部糟粕和必须打破、消灭的东西。"① 这种理解是精到的、深邃的，是对中国社会文化形态的有效思考。从这一意义看，封建文明精神，正是特定时期人的类特性所生发的人与社会、人与自然、人与人、人与自身综合关系的概括与体现，一种互为制约的无形的泛社会精神圈的行为范式。作为族长，白嘉轩以身示范，彪炳乡里，洁身自好，立身自强，率民极力符合封建文明之精神规范。他正民风，立乡约，灭白狼，拒灾祸，尊礼克己，禁烟绝赌，顺天应人。其苦心苦为终使白鹿村文明精神敞亮，人人抑欲守道，遵从礼数，即使年轻媳妇给婴儿喂奶也未敢敞怀于自家街门。在白嘉轩心里，始终执著于一种生存理想，即过和谐、太平、秩序、平安的生活，有自耕自食，自强自立，不以外力而自治的世道。这种生存需要和为此理想而自我实现的需要正是中国农人几千年来的生存追求和理想范式，与桑提亚格的生存理想类似。比如桑提亚格的狮子意象，白嘉轩的白鹿崇拜，洁白、灵性的白鹿，暗喻封建文明精神之太平世道。作品这样描写："一只雪白的神鹿，柔若无骨，白毛白腿白骨，那鹿角更是莹亮剔透的白。欢欢蹦蹦，舞之蹈之，从南山飘逸而出，在开阔的原上恣意嬉戏。所过之处，万木繁荣，禾苗壮苗，五谷丰登，六畜兴旺，疫病廓清，毒虫灭绝，万象乐康，那是怎样美妙的太平盛世。"② 这里，狮子与白鹿，寓意尽显，桑提亚格与白嘉轩，海明威与陈忠实，民族不同，信仰各异，而人的类特性——精神却是共构的。所不同的是，桑提亚格的精神内涵，个体生命张力意味浓烈；白嘉轩的精神内涵，民族文化意味醇厚。当然，作为个体生命存在的白嘉轩，作者自然赋予了他诸多体现人的类特性的精神着力点，使其内在的精神气质更有力度，显示出三军可夺帅，匹夫不可夺志的生命气象。他身躯挺拔威武，目光敏锐洞穿，令人寒战，使人敬畏。平日走路，身板常常挺得很直很直，即使后来被土匪打折了，也要尽力挺得很直。然而白鹿原毕竟世风日下，道将不存。面对政治风云的冲击，家族矛盾的激化，儿子孝文的背叛，女儿白灵的出走，种种矛盾的夹击，他

---

① 张英：《文学的力量——当代著名作家访谈录》，民族出版社 2001 年版，第 206—207 页。

② 陈忠实：《白鹿原》，人民文学出版社 1998 年版，第 27 页。

仍自信地认为，"要在村上活人，心里就得立住一把刀"。这种顽强坚韧的心理承受，正是人的尊严的自我捍卫，它同样证明了人在精神上是不可战胜的。所以，鹿三说："嘉轩，你好苦啊！"由此可见，白嘉轩的生命活力，他的生存信念的支撑点和桑提亚格一样源自人的类特性——精神的共构。这里，两个硬汉，桑提亚格奋力抗鲨肉身虽败而精神不倒，白嘉轩尽力维护仁义礼制愿望坍塌而心志不衰，精气不败，人的类特性的超我精神之自觉、自在和本在力透纸背。"身体必须死去"，灵魂不朽，精神思想的持久延续，这就是人之类区别于物之类的生命密码——精神的共构作用。

（三）共构与异质：一种精神，两种内涵

精神，作为人的类特性，自然是人所共有的生命资源，然而这种资源又历史地注定了其特定的历史内涵。因此，从历史形态的动因嬗变中去考察和把握桑提亚格和白嘉轩一种精神，两种内涵的共构与异质就显得十分必要了。

桑提亚格的精神内涵，更多地体现出个体化生存需要层面的执著与追求，是个体生命欲望在特定时期自由自在的抵达与张扬。84天捕鱼未果，反射出他愈加自信和坚定，不顾年迈，只身驾船直奔深海，信心与肉体必胜的自负显示出不靠外力而自我实现的忘我境界。终于与从未见过的巨大马林鱼相遇并制服它，三天三夜其生命能量的释放使人惊叹，一个硬汉的精神世界之坚韧达到了极致。可以说，桑提亚格式的精神世界，正是作者海明威式独立精神世界的写照，即一个拳击师、斗牛士、猎人百折不挠、坚强不屈，敢于面对暴力和死亡，在任何逆境中都能保持人的尊严不倒的特定历史范畴的精神指向。

白嘉轩则负载着双层精神内涵，即个体生命与家族生存精神的演绎。作为个体生命，他是白鹿原上的硬汉，自立自强自信，耕读传家，仁义守信，不以外力而成就。为传延香火六娶六亡的精彩描写先声夺人，格外体现出一个大丈夫的雄性能量和生命力的过人之处，可谓精神刚猛。作为族团之长，生命承载着更为浓烈的封建文化精神的历史内容。仁义教化，礼制治族，刻毒血腥，残忍冷酷，无论村人、族人、家人莫不如此。视女儿白灵出走为"全当她死了"，鄙儿子孝文染欲而父子恩断情绝。封建文化精神和个体生命精神之两极显现于白嘉轩一身，它确证了人类生命资源——精神共构的力量支点。

综上所述，桑提亚格、白嘉轩两个硬汉，尽管所处的历史境遇不同，个体生命演绎有别，所承载的精神内涵各异，但是作为人的类特性所伴随的永恒的生命资源——精神却是共构的，由此所呈现出的超越生命的意识也是可知的，无限定的，这就是人的类特性生命精神的自觉、自在状态，人类社会也因此而文明。正如陈忠实非常钦佩海明威砍掉已完成的长篇《老人与海》五分之四的篇幅，而保留五分之一章节的果断做法，其个中意味，分明体现出两位不同国度作家之创作共识，这可以说仍是一种精神的共构。

第十章

陕西地缘文学的格局建构

衡量地域文学的成熟与否，其格局中作家、题材、流派、风格等要素的分布可否合理、科学是重要标志。那么，20世纪陕西地缘文学的"三分天下"的文学构体，"城乡军工"的题材领域，"三体并立"的文本范式，"三代支撑"的作家梯队，以及"各显性情"的风格样态诸因素，基本上呈现出了该地域文学的特有格局风貌，这是陕西作家代代相因，共而为之所得。当历史进入一个新的文学阶段后，一方面后20世纪陕西地缘文学的新态势也在随之发生着嬗变，另一方面仍旧存在着格局尚待健全的某些缺陷和要突破的问题。因之，本章从得天优势与后续嬗变，乡土叙写与农民人权问题的开掘，已有病象的把脉和未来格局的预设等方面，探讨20世纪陕西地缘文学新的格局的建构。

第一节 得天优势与后续嬗变

地缘文学的后续嬗变，主要表现在文学理念的质变问题上，可归结为四个质变点。

一 创作观念的嬗变

一般认为，创作观念是文学能否出新，能否超越自我和超越前人的先决因素，所谓地缘文学的后续嬗变，主要指文学观念之变，以及由此所带来的相关因素的质变。20世纪陕西地缘文学创作观念，在总体上突破了柳青、杜鹏程时代主流文学意识的狭窄视域和视文学为政治工具的单一理念，出现了文学本体意识不断增强、创作观念的理性化和开放多样的新质点。这些后续嬗变具体为：（1）创作观念从单向向多向发展，主流文学和非主流文学并存，文学的社会性和文学的本体性并存。
（2）文学的政治意识弱化，文化意识增强，尤其对民族文化传统的依
恋和追寻力度在逐步加大。（3）作品艺术形式上的开放性、多样性，
重故事、重氛围、重庄严的消解，以人为中心的心理结构，意识结构形
式的探求力度增强。（4）严谨的现实主义写实与现代主义写意的结合
渗透，增强了作品内涵的丰富性。（5）创作个性化呈现出日益明显的
趋势，在同一题材或不同题材中，以个性化风格为区别作家的标志，而
非过去以题材来区分作家风格。（6）创作剥离了过多过重的政治和社
会因素，进入到人性、人道主义、人文精神、人类意识的大境界，对人
的生存形态、生命意识、情感世界的揭示更深刻、更具穿透力。（7）
文学创作从一味地塑造英雄人物、社会主义新人形象中解脱出来，更多
地关注普通人的生存状态、生命过程，从空玄的理想关怀回归到柴、
米、油、盐的存在关怀。不难看出，这些创作观念的新质点，与新时期
文学结伴俱进，将 20 世纪陕西地缘文学创作推上了一个时代的新高，
与柳青、杜鹏程时期相比更丰富、更多样，因而更具时代性。如果说，
柳青、杜鹏程时代，20 世纪陕西地缘文学创作观念是以主流意识、时
代精神为旋律，那么，后 20 世纪陕西地缘文学便多了些多元复调的时
代色彩。

二　创作题材的放阔

　　题材的含义，指作品中具体描绘的社会生活事件或现象，是作家根
据对生活的体验和理解，从大量素材中选择、集中、提炼、加工而成的
创作材料。创作题材具有生活化、多样性和丰富性的属性。如前所述，
在当代文学中，20 世纪陕西地缘文学创作题材基本上局限在"城、乡、
军、工"四个领域，即写城市、写农村、写军队、写工矿，其中尤以
农村题材为首要，可以说，20 世纪陕西地缘文学成就于农村题材，农
村题材是 20 世纪陕西地缘文学的重要标志。从历史角度看，这当然与
共和国理想主义文学不无关系，这四种题材恰恰最能体现理想主义主流
文学的本质，最宜塑造社会主义新人形象，所以无可厚非。随着后 20
世纪陕西地缘文学的日趋多元化，在题材摄取方面有了很大的突破，新
的创作领域的开拓，新质点的出现，标志着 20 世纪陕西地缘文学在题

材选择上的理性与成熟、放阔与博大。具体表现为：（1）继续深化农村题材的描写，并突破了原有农村题材中重在表现"现实斗争"内容的界定，更多地着眼于乡土农村的人情风貌、习俗民情以及庸常生活巨细的描写，使农村题材更具生活化、乡情化、民俗化。（2）都市题材倍受重视，这是过去极少涉及或者说被遗漏了的领域。贾平凹、叶广芩、王保成等的创作，展示了现代都市的人文风貌和社会世相，为一大新质点。（3）城乡交叉题材的新开拓，以路遥的创作为开端，不仅在20世纪陕西地缘文学创作题材史上有原创意义，在全国文学创作题材方面也独树一帜。城乡交叉题材领域的开掘，把中了当代中国社会结构新变化的脉搏。（4）军旅题材有所延续，如赵熙、红柯、曹科等，但终未超越《保卫延安》，无大作力作。（5）工业建设题材的创作，未能衔接杜鹏程、李若冰的创作水准，虽仍有莫伸、京夫、李春平的创作支撑，但其影响和成就不容乐观。（6）知识分子题材有突破，这在以往陕西文学创作中是空缺，莫伸、晓雷、李天芳等的创作充实了这一领域。（7）传统文化与家族题材有新质，这是过去不曾涉及的。陈忠实、蒋金彦、叶广芩以出色的创作独占鳌头。（8）边塞题材有收获，红柯、高建群、爱琴海的创作，描写新疆、西藏、塞北大漠的生活，给陕西黄土地文学增添了新鲜气息。（9）关注女性自50年代以来是陕西地缘文学的弱项，男性作家贾平凹、王蓬、邹志安的创作，深情地涉足了这一领域，关注着三秦女性的生存状态，更有后续的李天芳、叶广芩、夏坚德、冷梦、张虹、杨莹、张艳茜、唐卡、杜文娟等的创作形成了题材上一道亮丽的景观。（10）改革题材可以说是柳青、杜鹏程主流文学的传承与延续，贾平凹、路遥、赵熙、邹志安、杨争光等都热情地予以现实观照，呈现出文学与时代同步的趋势。综上可见，后20世纪陕西地缘文学在题材上，既有继承，又有突破，多样化特点极为鲜明，但总体而言，大部分作家仍囿于农村题材，仍在黄土地上做文章，这种题材视域上的狭窄同样是明显的。

三 创作方法的多元

所谓创作方法，又称艺术方法，是作家在一定世界观指导下观察现实生活，选择创作题材，塑造艺术形象，构造文学作品时所遵循的一些基本原则和方法。主要表现为作家在创作过程中如何处理艺术与现实的关系，包括对现实的认识态度，对艺术的理解，以及艺术地把握现实的方式等。众所周知，陕西作家共同遵循的创作方法，以现实主义的严谨写实见长，为文坛所共识。实际上，这是作家指导创作的一种艺术思想，体现着作家的审美理想，它给五六十年代陕西地缘文学创作带来的辉煌是不可估量的。新时期以来，随着文学大氛围的不断开放，陕西作家的创作方法也日趋更新，突破了一贯的严谨写实，出现了非现实主义的现代主义、象征主义、意识流、荒诞、心理分析等交错并用的创作方法，如陈忠实、贾平凹、红柯、杨争光、寇挥等的创作，即使向来遵奉现实主义的路遥，在《平凡的世界》、《人生》中，也突破了柳青式的理想现实主义，使作品达到了一种贴近生活的逼真现实主义高度。因此，《白鹿原》、《高老庄》、《怀念狼》、《奔马》、《美丽奴羊》、《越活越明白》，尤其《秦腔》，莫不是借鉴、汲取现代主义诸种方法的成功实践，这说明创作方法的新变使新时期陕西地缘文学创作有了质的飞跃，打破了现实主义方法长期一统天下的局面。

四　文学批评的后续活力

20世纪陕西地缘文学的嬗变，与新锐的文学批评分不开，鲁迅曾形象地将作家比作"厨师"，将批评家比作"食客"，其互为作用的意蕴甚为明确。事实上，在老辈批评家胡采之后，后20世纪陕西地缘文学批评界崛起了一批有思想有见识的第二代新锐群体，他们分布在社会各文学机构和大专院校，以各自强烈的使命感和对当下文学创作的热切关注，及时敏锐地评点着20世纪陕西地缘文学创作，不断推出新人新作，被外界称为"思想库"。王愚的《人·生活·文学》、《王愚文学评论选》两部书，构成了他文学评论和编辑生涯的两大界碑，折射出作者敏锐、独到和智慧的批评风格。肖云儒不仅密切关注陕西文坛的新人新作，而且提出了"西部文学"的新理念，以《中国西部文学论》、《对视西部》等论著，全面勾画出中国西部文学结构、西部生活精神、西部美学风貌、中国和世界文化格局中的西部文学整体景观，开辟了一个当代文学未能关注的领域。李星的评论，不是那种用某种既定的或时髦的理论来框定作品的评论，也不是依据本本来指挥作家应该这样、应该那样的评论，更不是那种借作品来发挥一通云遮雾罩理论的评论，他的评论来自他真切的艺术感受和丰富痛切的人生体验，所以，写下的文字沉甸甸犹如金石，极具分量。如对贾平凹、路遥、李天芳、王观胜、陈忠实等作家的评论体现着这种独识独见。畅广元是一位学者，虽然他的研究领域在文艺心理学，出版了《主体论文艺学》、《中国文学中的人文精神》、《中国艺术心理》、《陈忠实论——从文化视角考察》等著述，但他以敏锐的目力和感知，及时准确地把握、关注陕西文学创作、文学现象，评点新人新作，在各种相宜的场合发表着自己的陕西文学观和独到识见。刘建军以《贾平凹论》、《路遥论》、《谈莫伸的短篇小说》、《评陈忠实的创作》以及《换一个角度看人生》、《论柳青的艺术观》等著述，集中反映出他准确把握评论对象、情深意切、知人论文、实事求是、平易近人和晓畅明白的批评风格。同时，这代批评家还有王仲生、陈孝英、蒙万夫等，都留下了陕西文学研究的宝贵资源。对20世纪陕西地缘文学的研究和关注，自然少不了在京的陕西籍评论家。阎纲的评论文采洋溢，耐读耐思，《〈创业史〉与小说艺术》一书达到了较高理论水准，同时对路遥、贾平凹、陈忠实的创作予以极大的关注。何西来是一位具有史家眼力的评论家，对陕西文学的关注，对陕西作家的研究不在少数，《论〈创业史〉的艺术方法》等文章显示了这位评论家的深厚功力。较为年轻的白烨，对陕西文学创作的关注似乎更为热切，《评陈忠实的小说创作》、《评路遥的小说创作》、《对陕西小说创作的一点瞻念》、《读"陕西文学新军33人小说展览"有感》等，体现着他浓厚的乡情意识。在他的视野中，对陕西作家诸如贾平凹、路遥、陈忠实、莫伸、邹志安、白描、爱琴海、杨争光、叶广芩、红柯等普遍涉及，逐一论评。应该看到陕西作家代代不绝，陕西评论家代际接替，第三代已初具群体，以各自不同的视角从事着不同角度的研究与论评。如李继凯的《秦地小说与"三秦"文化》，段建军的《白鹿原的文化阐释》，李建军的《宁静的丰收——陈忠实论》，费秉勋的贾平凹跟踪研究，李国平的陕西文学宏观研究，邢小利的陕西作家论，常智奇的贾平凹、路遥研究，李锐对汉中作家的关注，杨乐生、刘卫平对陕西文学现象的研究，周燕芬的陕西女性文学的研究，李震的陕西诗歌的研究，韩鲁华的贾平凹创作的研究，等等，都发出了对陕西文学、陕西作家研究的不同声音，并不乏见地，产生了良好的效果。从胡采到王愚再到李继凯，三代批评家共构 20 世纪陕西地缘文学的理论批评体系，呈现出一种充满活力的强劲势头。这是促使后 20 世纪陕西地缘文学发生嬗变的重要力量。

第二节　乡土叙事与农民人权

20 世纪陕西地缘文学的乡村题材创作，是中国当代文学极为重要的板块，它的演变过程和未来走向，既具个案性，又具普遍性。这里就农村题材陕西版之创作史迹的传统性与先锋性、超越点与自闭症、新视域与人权表现新空间三方面的流变作以诗学考量，以期引起对社会主义新农村描写领域的再次思考。

一　传统性与先锋性

在当代学界，谈起文学创作的农村题材问题，倘若忽略了陕西，那无疑是盲者。因为农村题材在陕西文学创作中，既具有传统性，更具其先锋性。我曾在"20 世纪陕西地缘文学本体形态论"① 话题中，这样概括陕西文学的题材特点："农军工城"的题材涉指，其各自的比重为农一、军二、工三、城四。这一大致齐整的题材涉猎，说明陕西作家生活范围的相对稳定与守恒。从作家与题材的互为关系看，陕西作家的寓居地大都在本土，少数在外地。创作大多为描写本土生活事象，或黄土高原，或关中渭河两岸，抑或陕南秀山丽水。这一生地与住地的相对划一，从审美层面看，无疑形成了作家们创作基源之深邃与博大的绝对优势，奠定了他们本土生命体验的永恒意识和憨朴内敛的顽强生存理念，从而规定了其现实主义文学精神代际传承的山高水长之势和为父老乡亲、为时代和弦共奏普泛写作心理的深厚缠绵之情。不难感到，这种融地缘、作家、生活为一体的草根特性的秦地乡土文学，其原汁原味就自然浓烈了许多，其原创形态也就厚重了许多，相对于京津、江浙及雪域文学，其个性就鲜亮了许多。当然这已非原典之见，但我以为是绝对的

① 冯肖华：《陕西当代现实主义文学本体论》，《当代文坛》2003 年第 3 期。

要典之说，是标志陕西文学农村题材传统性与先锋性的重要特征。说陕西文学农村题材的传统性和先锋性，其实不用过多的引经据典。50 年代的柳青、王汶石就占尽了先机，于共和国文学的营盘里独领了风骚，开了极具魅力的题材先河。他们如同新结识的伙伴，共同描绘着农村社会主义初级阶段梁三老汉们的创业历程。从此，一江春水东流去。当历史进入 80 年代，路遥、贾平凹们，以其对平凡的世界人生苦难和改革开放初期社会浮躁心态的深邃透视，承续并拓展了农村题材创作的又一处女地。尤其是 90 年代以来的陈忠实、高建群们，首次揭开白鹿原秦地农家庭院尘封的一幕幕触目惊心的民间生存秘史，进而探寻着最后一个匈奴衍生的一个人种群落的崛起及生命演绎。① 几代陕西作家如此描摹当下的和追溯往昔的大跨度、大史实和大气魄农村景观的历史书写，一举洞开和放大了农村题材创作的多维边界，构成了当代乡土中国农村题材创作领域内传统与先锋、当下与往昔、前辈与后人相携共裹的典范性人气聚合的创作团队。农村题材创作先机的占尽，殷实成绩的胜出，无不源于实的作家和作家的实。其意蕴首先是熟知农村，便自然得心应手，然而这是表层的，外显的。更重要的是作家使命感和忧患意识的存在，这是深层的，内隐的，为其要，如柳青与皇甫，路遥与文学，陈忠实的生命大关意识等等极为感人②。正是这种以生命置换文学，以精神充溢文本的生命体验式创作，才凸显了生活底本的坚实与艺术精神的坚定，保证了文学质的存在，才不至于使陕西文学的农村题材创作成为飘失了思想的文学空巢。因此，考量农村题材陕西版的独有文学价值，其史学板块意义是显而易见的。

二　超越点与自闭症

农村题材陕西版并非一个静止的模本，它的生机恰恰在作家们对新的表现空间的不断开掘。从农村题材描写较时近的且产生重大影响的许多作品来看，《白鹿原》就隐含了这样一种新的创作视角的转移与开掘，即中国农人人权意识的深情关怀。这说明，农村题材陕西版在对以

① 高建群：《最后一个匈奴》，作家出版社 1993 年版，第 30 页。
② 陈忠实：《关于〈白鹿原〉的问答》，《小说评论》1993 年第 3 期。

往黄土地生活事象的描写上实现了又一次新超越。

然而，作者陈忠实所触及的中国农人人权问题的创作亮点，在 90 年代中后期却并未引发普遍关注，就人权描写极其重要的视角转移看，也未被作家们重视，未受评论家们推崇，如同流星一闪滑落到自闭无序的创作散点上。使 90 年代中后期以来长于农村题材创作的陕西文坛处于久滞的沉闷状态。从创作产量看，似乎各种体裁的文本源源不断，但掷地有声、富有标志性的上品却微乎其微。人们好久读不到《浮躁》、《平凡的世界》、《白鹿原》及《创业史》这样既深邃博大又富有感染力的史诗性作品了。似乎 50 年代的火爆远逝，八九十年代的陕军征战乏力，农村题材创作遇到了前所未有的困境。于是，敏锐者提出陕军断代的疾呼①，其实这与所谓断代并无因果关系，断代仅是个扶植培养新人问题，如"70 后"、"80 后"作家，并不意味着原有的消亡，而重要的是，未断代的又如何呢？这才是问题的症结所在。于是，有论者又提出创作"风水轮流转"之说②，这就更令人诧异了，难道好风水偏顾及柳青、路遥、陈忠实时代，而唯独遗漏了当下时代？我以为其症候所指仍在作家：一是使命感、忧患意识的变味走样，即国家大使命减弱，个人小忧患增加，陷于名利欲、拿奖欲、版税欲等种种欲望中。这种过分倚重神行于实、滞于物的功利性增加，文思贵在静虚心态的减弱，自然就遮蔽削弱了文学创作的神圣感。二是随着国人生活质量的高追求，作家们普遍安逸于城中一隅，从意识和行为上没有了农人、农村、农业的在场感和生命体验。前辈的"奢侈生活必然断送作家，败坏作家的感情和情绪"（柳青语）的论断被日渐淡忘，于是也就极难再有柳青第二、路遥再现的创作景观。相反，作家们以挣脱两翼（陕北、陕南），进军省城、京城为发展"事业"的时尚，实现着个体所谓生活质量层次翻番的欲望谋求。如此没有"三农"、远离"三农"的心态和行为，又怎能写出具有"三农"生活体验的作品呢？三是不可否认，在西方解构主义文学思潮影响下，陕西作家同样不同程度地解构着本属于自己创作特色的"史诗意识"和宏大叙事。一些极有潜力且已颇具影响的

---

① 马平川：《陕西文学：寻找 40 岁以下的青年人》，《文艺报》2004 年 9 月 7 日。
② 李震：《风水轮流转》，《陕西日报》2004 年 10 月 10 日。

作家，一味沉溺于个人私话化写作状态，使本有才华的笔触游离于对当下农人生存状态的感情抒写。如叶广芩创作出现的令人费解的"错位现象"。她二十岁离京到陕，在陕工作生活近四十年，然而写皇亲家族的文字多于写秦地生活，且津津乐道，回望其间，与三秦大地、父老乡亲，与白鹿原、蛤蟆滩、双水村的当下生活擦肩而过。叶广芩创作的"错位现象"，概言有三：一是当下生活与流年生活的错位，这是个创作视角问题；二是回望皇族与存在关怀的错位，这是个感情投向问题；三是文学精神与文本范式的错位，这是个叙事修辞问题。其错位之要害是传统经典创作理论在叶广芩笔下的失离，发生着创作路径方向上的根本性位移。所以说，作家叶广芩，其创作不再是个所谓断代问题，而是代际作家对前辈文学精神、经典创作理论及方法的背弃，其实质仍是个人化的叙述欲望问题，其作品卖点不过是供京城里文人雅士、街巷坊人对已逝的皇亲旧事的玩味而已，其受众远不及《平凡的世界》等。从这一角度看，重树新农村宏大叙事的描写意识，回归陕西文学应有的史诗意识，以对应新农村新生活现实的需要，使农村题材创作脱离小气，走向大气，避免童年记忆，观照当下现实，校正私语欲望，紧贴"三农生活"，写出又一个新版《浮躁》、《平凡的世界》和《白鹿原》。

三　新农村与新视域

正如上文所讲，农村题材创作是中国文学一个旧有的母题话语，20世纪以来，从鲁迅到赵树理、柳青，再到高晓声，形成了一个乡土中国题材创作的链条，作家们人缘、情缘、地缘之厚重关注难以割舍。这说明农村、农业、农民，始终是中国至关重要的问题。历史表明，谁赢得农民，就能最终赢得中国，这是考识历史有识之士的一道哲学命题。毛泽东，一位熟知农人艰辛的睿智者，鲁迅，一位见惯了乡村困顿的忧愤者，他们感同身受，思悟略同，以异曲同工之妙，不仅善于激发中国农民之革命潜能，又痛陈农民之病根末梢。毛、鲁思想的伟大天合，抨击了控束农民的王权和神权的等级社会，从根本上撕开了千年中国尘封农民人权的一丝缝隙。正如毛泽东所言，历史是人民创造的，农民是中国的主体，是中国革命的重要力量。农民成就了多年未曾成就的革命事业，是"革命先锋"①。毛泽东以非凡的政治性宣言式话语，颠覆了农民位卑的千年历史排序，给 20 世纪中国文学提供了农民人权问题描写的历史契机。从这个高度看，所谓农村、农业、农民的一切事象，所谓白鹿原、蛤蟆滩、双水村的一切生存遭际，所谓白嘉轩、梁三老汉、孙少安们的一切生命演绎，其实质无不系于人权这个结上。中国的历史无不是一部农民人权纷争的血泪史、心酸史、生命经历史和为人权的奋斗史。

当历史进入 21 世纪后，新农村人赋权利的逐一消解，造物主赐予人的天赋权利的迅急复位与扩展，新农村显然已不再具有白鹿原上人赋权利所漫漶的血腥味，不再是蛤蟆滩自决权失落的整齐划一，不再有双水村"左"倾幼稚病酿造的艰难苦痛，而是呈现出一种全方位、大景观中国新乡土农村的鲜活风貌，这给陕西作家乃至中国作家们描写新的农民人权生长点提供了极大的表现空间。概要如下（框架性视点）：

1. 政治文明与意识权生长点。政治文明是体现中国社会改革开放的重要成果，关注八亿农民的生存状况，是有史以来实现政治文明的又一重大战略转移。"三农"政策机制的法规化、长效化，触动了亿万农民人权本原中的觉醒意识和久抑的心理萌动，激发了他们走出精神萎缩圈、物质贫困地的勇气。农民意识权的失而复至，反映出社会主义新农村新农民的精神状态。这是巨大意识权觉醒后的一次人权生长点，是文学所要表现的空间之一。

2. 经济体制与发展权生长点。正如历史所早已界定的那样，中国农民的经济体制是捆在土地上的自给自足式小农经济，是一家一族互为连带的生产体制。这种体制虽如毛泽东所描述的存在无力抵御天灾人祸等弊端，但必定是特定历史下的独有存在。随着社会主义新农村经济体制的变革，农民终于获得了独立组建经济体的权利，出现了以人员的技能、资金、生产资料及相互间的情缘等因素为聚合点的具有诸多西方经营新理念、新模式的工、商、贸新经济组合体，从而解体了传统家族血缘式、裙带式组合。于是，在农村经济发展领域内的转轨和中西文化理念的深层冲突，是文学所表现的空间之二。

---

① 《毛泽东选集》第 1 卷，人民出版社 1991 年版，第 18 页。

3. 法律意识与公正权生长点。在中国农村，农民法律意识的拥有是近年间的事，以80年代的《秋菊打官司》为起点，可以说是农民以法维权的初始。旧时农民所谓的"法"，大多是长者之言，家族之规，家长之威。新农村农民法律意识与公正权的觉醒，淡化了传统家法、族法、礼法、情法和族长、家长、年长以言代法、以威施法等无公之"法"，代之而起的是寻找公正练达、事理通透的现代规范法律诉讼。这种缠绕在事与理、理与情、情与法、法与人之间的复杂民事、法事的农民心理、观念、习惯等的演变过程，是文学所表现的空间之三。

4. 大家解体与小家即富的自决权生长点。"家"在中国农村是一个神圣的概念，既是农人生存歇脚的寓居地，更是灵魂归宿的精神家园。农民对家的文化心理一般注重家大业大，人丁兴旺，多子多福，四世同堂，这是所谓大家的最高理想范式。从《红楼梦》到《家》再到《白鹿原》，莫不如此。时过境迁，新农村大家的内涵显然在散化，家长的统领作用也在淡出，成员自决权的取得，以其小家即富、迅富、能富的现代理念，替代了大家节制式、成员利益均衡式的所谓"阖家共荣"的生活模式。这一中国农人尤为看重的大家范式的消解演变，自决权的生长，是文学所表现的重要空间之四。

5. 社会角色转换与平等权生长点。中国农村大家庭的解体，意味着家庭成员社会角色的悄然变化，其焦点是平等权的获得，其特点是性别转换，内外移位。所谓能人、强人意识已不再是男人们的专利，男外女内传统社会角色的置换，折射出隐性政治文明所带来的表现在性别平等上的显性社会文明进步的深刻变化。正如有学者预言，21世纪将是女性的世纪。那么，政治文明与社会进步，与性别平等间的转换关系及其深层动因，必是文学所表现的空间之五。

6. 自在谋生与追求幸福权生长点。长期以来，中国农民的谋生处在人为制约与自身封闭的双层抑压状态。人权公约表明，人人有为自己和家庭获得相当生活水准，并不断改变生活条件、追求幸福的权利，这种权利是满足人类生存的共需。新农村农民谋生手段的改善，是对幸福权生长点的内在追求。比如从传统守土为食、守家为安、守妻为伴的自满式，转向农、工、商、贸互为的松散多向谋生式，并由此带来精神心理层面的最大自由度，生存实惠层面的最大效益化。这种从"三十亩地一头牛，老婆娃娃热炕头"的小富即安，到不为炕、无暇炕的现代奋进型求幸福活法的权利之得，其中诸多心理观念的、情感行为的暗转，可谓文学所表现的空间之六。

7. 孝悌伦理新理念与尊重权生长点。作为礼仪之邦的中国，其孝悌伦理渊源久长。然而，笔者认为古今孝悌伦理在其行为理念上似有区别。古之孝悌多以形而上的君臣、父子、兄弟、邻里等礼仪来规范，是礼仪驱力使然；今之孝悌却是因了社会政治文明、物质充裕所带来的以身施孝的自在和睦，从而遮掩和阻隔了农民那种缘于穷争恶斗引发的庭院不和、兄弟反目、邻里相争的伦理失范的紧张关系，从理念上实现了农民自尊、他尊的尊人基本权利的享有。关注和描写物质文明对农民孝悌伦理秩序的改善，关注农民获得社会尊重权的心理感受，是文学所表现的空间之七。

8. 生存发展与渴求教育权生长点。教育权是一种基本人权，《世界人权宣言》声明，人人都有享有教育的权利。实现教育公平是达到社会公平的重要环节。从这个意义看，农村教育的投入比重，直接关系到农民的生存发展。随着新农村教育投资的加大和农民接受教育所得实惠的显现，一种渴求受教育的生长点正在形成。比如当下现实中影响农户家庭收入的因素已不再是传统的耕地量和劳力量的增减，而取决于劳动力的文化程度，也就是说，收入与农民文化程度成正比。因此，一个好身体、一身好力气的旧有理念开始向获取技能、知识转移，并由此引发了农民自身重教和重视子女教育的深刻革命。有资料表明，农民教育投资占家庭收入的23%，其中80%为子女教育的支出。这说明，农民教育权的获得，教育需求、教育受益所引起的农民文化心理的历史性嬗变，是文学所表现的空间之八。

9. 乡情民俗的暗转与文明权生长点。乡情民俗与文明是矛盾的统一体，文明蕴涵于乡情中，民俗又常常遮蔽着文明。由于以往中国农村教育的大面积塌陷，农民通往文明化的进程受阻。据披露，中国农民受教育年限平均不足七年，仍处于文明的童年期。这种状况致使乡情民俗中原本美好的一面，也被灰色的蒙昧所遮蔽，恶风、陋俗、刁情的残存，严重阻隔了农民文明权利的拥有和享受。当新农村自给自足的土地捆绑式剥离后，一个进军工商、城市、市场并与之接轨的新态势迅猛出现。农民文明权的获得和享有，发自内心深处的变革——古老乡俗都市化、传统礼俗简单化、陋风习俗漠然化、民风民俗现代化的追求文明的风尚蔚然形成。因此，从考察中国农民文化心理积淀与现代社会转型的时代背景高度思考，个中冲突与融合，承续与超越，是文学所表现的空间之九。

10. 希冀新农村农民未来畅想权的复归。人人生而自由，在尊严和权利上一律平等。从权利的角度看，公民的权利不仅有物质的，更多的是精神层面，如畅想权、欲望权的享有等。然而中国农民长期受制于人赋权利的挤压，本来就少有的畅想权和欲望权，被锁定在面朝黄土背朝天的一招一式的静止生存空间上。于是，农民没有对美好人生的幻想和对追求幸福欲望的畅想。如农民陈奂生对于买一顶御寒的帽子也觉得是件奢侈事，李顺大更不敢有三间新房的欲望，同样梁三老汉羡慕郭世富"四合院"的梦想也仅仅是一闪之念，如同喜儿不敢想有红头绳一样。这种极其悲哀而又心酸的精神压抑与委屈，窒息着中国农民美好心灵的丰富想象空间，使其畅想的活水变枯，欲望的憧憬干瘪，人生而自由平等的理想权利变异泯灭。相形之下，社会主义新农村给了农村、农业以广阔的发展空间，给了农民心理世界应有的畅想权，也给了文学努力表现现代农业新农村、现代科技新农村、现代生态园林新农村、现代旅游资源新农村、现代最佳人居环境新农村的未来憧憬构筑畅想权，使农村题材、乡土文学一改沉闷、滞重的写作模式，从极重的桎梏中解放出来，走向畅想未来的浪漫天空。

正如作家要树立科技意识、未来意识一样，"新科技乡土文学"、"新未来乡土文学"必是文学表现的重要空间。我们不能满足已有的史诗《创业史》、《白鹿原》、《平凡的世界》和《秦腔》等，更企盼出现"哈利·波特"式、"达·芬奇密码"式的新乡土文学冲击波，期待一个重树社会主义新农村文学畅想版写作时代的到来。

第三节　病象把脉与未来格局

20 世纪陕西地缘文学既有历史文化积淀的得天独厚潜在优势，又有后发崛起的创作实绩，这已成定论。然而，文学的与时俱进属性，又规定着其不断创新和超越旧有。纵观中国大文学走向中的20世纪陕西地缘文学，其观念的残缺与创作的不足显而易见。因此，跳出"月是故乡明"的偏见，理性把脉20世纪陕西地缘文学的病象缺陷，是对文学事业的负责，是对20世纪陕西地缘文学后续发展的负责。

一　创作缺陷的反思，是文学道义的必然

（一）观念形态"内伤"透视

众所周知，观念是决定创作成败得失的重要因素，20世纪陕西地缘文学的诸多不足无不源于其观念的制导：（1）看重埋头写作，追求多出篇目、快出文集，不重视理论对创作的深层指导作用和互补的相应关系。对马克思主义理论、中外文学、哲学以及现代科技知识的涉猎和研究不够，致使创作上墨守成规，思维方式落后，知识结构老化。这种仅凭脑中的零星生活记忆、眼中的感遇奇事物象的翻版式创作，很难真正使作品达到讴歌时代、倡扬主旋律的深度和力度。因此，陕西作家的非学者化现象，使作品的时代气息、人文精神的追求有所弱化。（2）当代意识的缺乏，影响着对深层生活内容的把握。当代意识包括社会生活在作家心理中的积淀和社会观念、价值观念、道德伦理观念、审美观念的变化，以及对生活高层次、全方位的总体观照。源于当代意识的思维方式，可以更深刻地把握生活，使作品具有充沛的时代感，可以科学地、准确地揭示民族文化意识中的历史内容和时代内容，可以避免就事论事，单层面、单线式地反映生活，以超越题材、突破题材事件的局限，使其更具普遍意义。20世纪陕西地缘文学当代意识的缺失，制导着作家思维定式的形成，思维方式、观察角度单一、呆板，描写手法上不够丰富，这不仅是思维方式问题，其根本是作家主体意识的缺乏和个性的控束，所以作品就难以有更大突破。（3）与老辈作家相比，深入生活的观念在弱化。在陕西生活现状发生变化的今天，作家们仍在农民文化、农民道德、农民意识的圈子里守望，甚至仍受农民世界观消极面的影响，表现出对城市现代化意识的对峙现象。创作领域仍过多过重地囿于乡土农村，至今具有类似"京味"、"津味"的透视古老悠久历史的"秦味"力作仍不多见。深入生活的狭窄和不够，与现代高科技领域、新兴工业领域的隔膜，对市场经济运作方式的了解

不够，对迅速发展变化的世界经济、社会发展格局以及人类最新文化研究成果、文学创作和文学理论研究成果知之甚少，导致作品的无力与苍白、鲜活生命力与思想穿透力的弱化，其作品反映生活的节拍往往滞后，没有较早涉及世贸、新产业、新科技、生态环境、军工航天、基因革命、反腐倡廉等前沿性领域题材的创作。所谓文学的创新，就其根本而言是观念的创新。而文学理论的学者化、当代意识的新锐化、深入生活的广泛化笔者认为是三大要件，是 20 世纪陕西地缘文学观念形态的三大"内伤"，其势在改观是时代的要求。

（二）创作实践"外伤"扫描

时代的变迁，社会的转型，社会主义市场经济的建立和发展，必然引起从经济基础到上层建筑各个领域的深刻变化，同时也改变着原有的社会结构，改变着人们的思想观念和价值判断。用这一坐标系来衡量 20 世纪陕西地缘文学创作，其前景不容乐观。（1）陕西作家众多，作品数量大，但总体上时代气息较弱，多数作家的类似经历，决定了他们比较容易从民间文化艺术中汲取营养，缺乏进一步的理论升华和对外来艺术的借鉴。作家现代意识和新的审美视角、情趣的不足，使创作仍停留在直觉感受阶段，凭感受、凭感情而作，对生活的整体把握、思索和追求不够。（2）陕西作家大多出身农民，从农民那里深受其益，因此在津津乐道农民道德文化朴素美的同时，常常忘却了现代生活美的一面，过多地沉溺于农民阶级固有心态的探索。文学作为人类理智史的精神结晶，应该反映人类最新的理智发展成果，体现时代的高度。从这个意义上说，陕西作家有超越自己出身局限的必要性，作家不仅应是反映阶层生活的代言人，更应是把握生活的思想家、面向全社会生活的史学家。克服农民意识，打破小家子气，摆脱用农民的眼光评价一切的偏颇，使作品如同《创业史》那样具备更高的概括性和时代性。（3）20世纪陕西地缘文学的时代智慧、哲理意味的不足，反映出创作中把握与判断生活的宏观思维见解的缺失。文学在很大程度上是一种情感活动，要求其包含尽可能丰富的时代智慧和饱满的哲理意识，使读者在得到情感满足的同时，能够顿悟出一些道理。然而像停留在对具体人物故事的描述，传达直接的艺术感觉，走不出直观感受的缺乏时代哲理的作品不在少数。作品蕴涵的思想性、智慧性少，生活常识性的描写限于一时一地，对历史、社会、人生的整体性把握和认识明显不足，哲学意识贫乏。（4）陕西作家主体意识的丰富性和多样性不够明显。新时期陕西地缘文学在历经了二十余年的发展后，仍有一些作家主体意识未能激发出来，其"共性"大于"个性"，审美意识、思维方法、价值尺度大都趋众。虽然也不乏主题、人物、风格的各异，但这种总体趋众认同意识，阻碍着作家主体性的大幅度开发。（5）20世纪陕西地缘文学写生活、写真实的程度不够，较为肤浅。一部作品是否具有冲击力，从根本上说，取决于作家的生活实践。随着社会生活的多元化趋势，写生活，写真实熟悉的生活成为面临的突出问题。陕西作家原来所熟悉的农村生活，已有了新的内容，同时对农村生活之外的城市景观、工业文明、科技进步的诸类生活，缺少更自觉、更有力的关注和表现。如何将陕西区域生活置于全国格局、置于西部大开发领域中加以表现，实为当务之急。（6）20世纪陕西地缘文学创作的这些不足，反映出陕西作家知识结构的单一，这是普遍存在的问题。陈忠实认为，在陕西作家队伍中，受过高等教育的35岁以上的作家不多。十年"文化大革命"，许多接受知识的路子被堵死，知识残缺，作家只凭借一种感情，借助已熟悉的生活和已有的艺术表现能力，写出了一些作品，但有更深的突破，上更高的台阶，便力不从心。因此，知识结构制约着作家对社会生活的剖析能力、思辨能力，制约着作家的机智和哲学智慧。从这一点看，作家自身修养和人格建设，其世界观、人生观、价值观、精神境界无不与知识结构有关。纵观"五四"以来的作家，莫不具有自己独立的思想体系、艺术体系。因此，陕西作家仅凭感性的认识，不足以使更多作品走出来。一部作品往往是一部社会的历史画卷，人物的历史画卷，作家的知识支撑力不够，这个巨大的工程势必坍塌。总之，要避免20世纪陕西地缘文学创作的上述"外伤"，其有生活、有见识实为根本，没有坚实的生活，恰如无源之水，难以形成浩瀚的巨流；没有深刻而宏远的见识，恰如无本之木，难以长成参天的大树。

二　未来格局的建构是文学责任的使然
（一）文学基因的把脉：积淀与新变的辩证整合
文学的发展与流变，自有规律可循，这就是文学的传承关系和作家的师承关系。这是文学时代更替、作家代际相袭的流变规律。世纪陕西地缘文学的历史积淀堆积了厚重的文学基因，文学精神的贯注、文学氛围的营造、向学之志的培养，以及文学文本思想性艺术性的演化，都成为 20 世纪陕西地缘文学发生、发展的得天独厚的优势。这种优势从积极方面说，是取之不尽、用之不竭的依凭资源，许多今之文学的生发、缘由均与此粘连；从消极方面看，历史文化的厚重，也常常抑制、控束着今之文学的发展与超越，尤其对作家自恃优越心理的形成有天然铸模影响。因此，处理好传统文化积淀与当下文化新质的再造与整合是十分重要的。所谓当下文化新质，就是文学关注时代，艺术地反映社会的趋向，观照人民的生存状态和生命的演绎，予以深情的人文关怀和存在关怀。由于一时代有一时代的文学，一时代有一时代的作家，陕西传统文学积淀给予今之文学的，笔者认为主要是人文精神的传承与渗透。姜炎文化、周秦文化、汉唐文化、延安文艺精神的延续，无疑是 20 世纪陕西地缘文学新质的生发渊源，在积淀中求变，在传统中求新，以整合出 20 世纪陕西地缘文学的新格局。

　　（二）创作方法的把脉：现实与现代的双水分流

　　从文学史迹看，创作方法的多样与多元是形成文学繁荣的重要因素。20 世纪中国从"五四"新文化运动起，中西文化的相融，传统现实主义创作方法和外来现代主义创作方法的互补，产生出鲁迅、郁达夫、李金发、戴望舒、徐志摩等的小说、散文与诗歌；从 40 年代至 70 年代，由于政治意识的作用，使其双水分流的创作局面中断，现实主义独尊文坛。20 世纪陕西地缘文学以柳青、杜鹏程的现实主义文学创作为重要标志，确证了 20 世纪陕西地缘文学在中国当代文学史上的应有地位，其价值是不可估量的。然而，社会的多元，生活形态的纷繁，单一的现实主义创作方法，从文本技巧上暴露出难以呈示多元生活的尴尬。新时期以来，20 世纪陕西地缘文学中逐渐出现了现代主义创作方法及表现手法，突破了单一的传统方法，使 20 世纪陕西地缘文学以新锐的面貌得到了学界的认可，这是重要的收获。但是，综观陕西文学总体创作，现代主义创作方法的局部性、尝试性应用仍限于少数作家中，如贾平凹、红柯、寇挥等，大多数作家仍禁守在现实主义的围圈，阻碍着 20 世纪陕西地缘文学大幅度地在创作方法、观念、技巧上的突破，或现实与现代的完美结合，或纯现代主义的淋漓呈示。所以，习惯于现实主义的执著与固守，使20世纪陕西地缘文学过于实在，鲜活不够；疏离于现代主义的隔膜与冷淡，使20世纪陕西地缘文学难于跨越既有高度，作品恣肆汪洋不足，而坚持现实主义与现代主义的双水分流，各尽其妙，是20世纪陕西地缘文学质彩大变的明智选择。

（三）创作领域的把脉：守恒与多元的五味共品

如前所述，20世纪陕西地缘文学创作领域相对守恒，多年来执守于写农村，少量写城市、写工业、写军旅，尤其自五六十年代杜鹏程、李若冰、魏钢焰的军事、工业创作领域后，此题材再无大作为，进而濒于断裂状态，城市题材虽然逐渐增多，但高质量作品仍未出现。如此说来，20世纪陕西地缘文学迄今仍在农村题材的黄土地上转圈圈，独木桥上争先后，这种创作领域狭窄、守恒的状况不是好兆头。题材多元的缺失，导致作品内容色彩的味寡，五味共品与20世纪陕西地缘文学无缘，油泼辣子棍棍面成为永不倒胃口的主餐。从历史沿革来看，柳青、杜鹏程时代，中国社会结构的重心在农村，完成中国农村社会主义革命的使命，解决占全国人口三分之二的农民的生存问题，成为当时革命的主要内容。因此，陕西老辈作家执著于农村题材，是历史的使命，有其历史的必然性。而新时期以来的陕西，已不再是昔日八百里秦川式的单一农村形态，城镇现代化高速发展，工业重镇建设日渐辉煌，高科技型、军工产业型的现代化陕西以全新的面貌呈现。然而，20世纪陕西地缘文学创作领域仍旧封闭、狭窄、守恒，无视多元形态的五味生活领域，没有王安忆式的描写大都市的力作，没有池莉式的对市民生活形态的审美观照，没有陆天明式的勾勒都市工业社会中的诸种复杂生活形态的昭示，这不能不说是很大的遗憾。虽然有路遥的城乡交叉生活的描写，红柯的新疆外域的描写，叶广芩的清室后裔的涉及，但对陕西本土都市、工业、科技、军工、知识分子的大规模创作仍是缺失，守恒与多元的矛盾尤为尖锐。

（四）艺术风格的把脉：秦韵与西音的内化弥合

就其地域文化而言，20世纪陕西地缘文学的秦风秦韵是鲜明的，作家们基本上显示了各自性情各自风格的创作个性，写秦地事，状秦地物，诉秦地情，一派秦地风格底蕴，从地域文学讲，似乎没有异议。然而，仔细打量 20 世纪陕西地缘文学便会发现，这种秦韵是单一的、单调的琵琶独奏，也即一味地追求秦地一隅的韵致，局限在一个狭小的自我乐道的黄土地空间，而且更多地基于秦地民间文化艺术、民间文学意识、农民的文化审美习惯和价值取向，导致艺术风格、审美理念、审美领域的窄狭偏执、小气，拥抱外界艺术、融合西方艺术的广博与大气明显不够。这里所说的"西音"，主要是指西方艺术中的诸种技巧、方法和手法，以及语言的色彩和恣肆汪洋的表现力，话语蕴涵的情感饱满程度，词句章采的诡谲等等特点。我们说，科学是没有国界的，艺术又何尝不能互补为用，借用他山之石，攻我山之玉呢？所以，20 世纪陕西地缘文学艺术风格的开阔，"西音"的内化，再造大气、多变、新锐的艺术境界就十分的必要和重要。那种秦韵中有西音，持重中显恣肆，写实中蕴诡谲，守恒中蕴多变的千树万树梨花开的大气派是 20 世纪陕西地缘文学艺术风格所期待的。

（五）文本质彩的把脉：严肃与消闲的比肩共存

20 世纪陕西地缘文学的文本形态向来以严肃、严谨的面孔著称，社会性、教育性、使命感、忧患意识几乎成为大多数作品的关键词，似乎除此而外，文学作品无以承载。这反映出 20 世纪陕西地缘文学庄严的责任感和视文学为国家意志利器的文学观，这在五六十年代是可贵的和无可非议的，在 20 世纪八九十年代同样显示着先进文化的方向。但是，新时期以来，市场经济改变着社会的结构和人们认知社会的价值观念，文学无例外地被推上了文化消费的市场。在这一社会转型的背景下，消费文化、休闲文化形态逐渐形成，成为满足各类文化品位的重要资源。同时，休闲文化以其文本的独特魅力，通过趣味性的审美途径，同样可以达到严肃文学的审美目的和效果，这是两种形异质同、异曲同工的文学范式。然而，综观 20 世纪陕西地缘文学，仍旧执严肃文学为一端，尊其为正宗、救世的大雅典范，不屑于休闲文学的创作，甚至极力诋毁休闲文化的存在。这种看似正统、维护文学纯洁性的意识，实际上是在消解文学的多元、多样，隔断文学的相因传承，杜绝读者对多种文学的品味，其结果导致陕西文坛无休闲、无多元，一副整理过的，如同西安城墙、秦俑武士般严肃、凝重、呆滞的单一文学面孔。沉重的文学，窒息着陕西文坛，阻碍着陕西作家的灵性，赤橙黄绿青蓝紫的文学局面与陕西文坛无缘。笔者认为严肃文学与休闲文学的比肩并存，是繁荣文学局面的良方。

（六）文学交流的把脉：守土与出游的双边走动

如前所述，陕西是中华民族农耕文明的发祥地，所谓农耕文明，就是守土文明、守土文化。这一渊源奠定了20世纪陕西地缘文学创作的守土、恋乡情结，制导了陕西作家守土、守缘，不善张扬，不善涉求外界的内守文学观，这是有所共识的。然而文学的发展与繁荣，又常常与内守相悖，是在立足本土，汲取外来文化的内化中再造新的本土文学格局，这是一条规律。依沿此点观20世纪陕西地缘文学，守土大于出游，内守多于外纳，坐镇秦地，苦于琢磨，自为一统，形成了陕西文坛宁静、死寂、沉闷的创作局面。新时期以来外界文学新潮迭起，潮头作品屡出，从"伤痕文学"、"改革文学"、"反思文学"到"寻根文学"、"先锋文学"、"现代派文学"，继而"新写实"、"新历史"、"新体验"等的文学变革，且不说这种探求其历史价值如何，陕西文坛无一应对，无法身置其间，同步操作，反映出20世纪陕西地缘文学的迟钝与缓慢的滞后节拍。然而可悲的是，这种不善出游的守土成疾，跟不上当代文坛发展现状的深层弊端，却被一些同样守土的评论者说成是不随波、不逐流、不趋势，是一种难得的独立个性品格而加以肯定和赞美，其创作的内守和评论的护短令人悲哀。

20世纪陕西地缘文学确实出现过《平凡的世界》、《白鹿原》这样的力作，然而号称文学重镇、作家层出不穷的陕西，仅此十年磨一剑（80年代《平凡的世界》），二十年磨两剑（90年代《白鹿原》）的悲哀现状发人深思。近年来的陕西文学作品数量增多，但大气减少，热衷于身边琐事、山中奇闻，关注普通人生存状态不如池莉，透视市井世相缺乏王安忆的深邃，拥抱时代精神不及陆天明，勾勒农民情感世界不及张炜的深刻，陕西文学的这种创作下滑趋势，笔者认为与守土和出游关系的处理不当有关，当深思之。所谓"出游"就是走出去，拥抱大千艺术世界。"交流"就是交往，交往才有艺术的流向与吸纳，禁中守望，十年磨一剑不是长法，不是陕西地缘文学重镇的风格。后来居上的红柯小说，正是源于作者具有秦地与新疆两地生活坐标的参照，这个活生生的眼前印证，难道不能说明些什么吗？

第四节　劲旅换代与强势消长

新时期以来，素以劲旅称世的陕军，在社会变革的多元文化冲击下，昔日文学强势的式微和当下作家的换代（有论者称为"作家断代"现象），引起了学界的普遍关注。

一　前代陕军的强势创作

文学的此消彼长，因素是多重的，很难就某一缺失便抽绎出个精准的律理来。文学陕军的强势就其先锋性，一直以来被学界看好。这不仅应了20世纪五六十年代柳青、杜鹏程、王汶石、李若冰等文学成就先机的奠定；更因了这批来自延安文艺圈，寻得了文学真谛的，担当文学使命的，胸怀民族忧患的，具有伦理责任的一代陕军前辈文学薪火和文学精神的代际传递。使后辈仰承了这一富有生命性的、鲜活的文学热脉、地缘血脉、人文命脉，再造了文学陕军之创作新高和先锋的延续，并生发了标志文学陕军特色的路遥"交叉地带"，贾平凹"商州系列"，陈忠实"关中叙事"，红柯"西部书写"及叶广芩"家族话语"等诸多稳定成型的、经世可存的文学新品牌。

很显然，品牌递增，说明文学陕军创作在延伸。80年代走高，90年代多元，以及新世纪文学样态的愈加密集。强势文学效应更在于激发了"70后"、"80后"甚至"90后"新生代文学向往的涌动。尤其是以《平凡的世界》、《白鹿原》、《秦腔》三届"茅奖"荣膺文学陕军之现象，所蕴涵的三种文学精神气质，即"高原型文学精神气质"（路遥），"平原型文学精神气质"（陈忠实），"山地型文学精神气质"（贾平凹)[1]，以及笔者认为的"稻谷型文学精神气质"（柳青），"铁血型文学精神气质"（杜鹏程），"村舍型文学精神气质"（王汶石），"拓荒型文学精神气质"（李若冰)，体现了源远流长的整体性陕西文学精神

---

[1]　李建军在新时期陕西文学三十年研讨会上的发言，陕西师范大学，2008年12月22日。

的多质多元与多彩；与此同时，呈现在写作形态上的史诗型气度，伦理形态上的责任型精神，价值形态上的使命型取向，情感形态上的忧患型意识，色彩形态上的黄土地根基，技术形态上的求变型理念之多维文学品质，无不反映出文学陕军潜在和显在的创作强势。而强势涵盖，尽在文学陕军前三代。这是特定时代所铸就的强势文学风骨和作家特有的人格质基。比如"柳青代"在民族解放的战火中锤炼，革命、奋斗、奉献成为他们的人生目标；贴近时代，为之呼号是他们创作的追求；从革命到文学的史线是他们的从文模式。"路遥代"于十年动乱、灵魂重负中走向了历史的春天，在时代改革的文学书写中，以《平凡的世界》、《浮躁》显示了早熟文学的独有真言。"红柯代"面对物欲横流、名利诱惑的市场经济，一切于转型中发生着价值取向的附势和移位，然而他们守命的仍是文学的真谛。这说明前代文学陕军在不同历史时期，选择的是民族精神的演绎和社会进步的记录。与其说是一种强势文学的书写，不如说是在自觉提供蕴涵精神砥石的社会核心价值。

应该看到，文学强势能否持久，与时代、作家、文学的传承、师承等因素的转换渐变有关。正如刘勰所言，文变乎世情，兴废于时序。因而"岁有其物，物有其容；情以物迁，辞以情发"。不同的岁时景物，作家可产生出不同的思想感情，有不同的"写气图貌"和抒情篇章。①从这一意义上看，前代的文学强势作为一种资源，一直以来在激励着后辈新生代。他们也的确以其最大的潜能在谋求文学的雅洁和神圣，与时代通达之大气和丰盈之底气，表现出对文学的依然虔诚。然而，文学强势的日渐式微现象，还是逼迫着陕军新生代群体。有论者称之为作家"断代现象"。对此，笔者不敢苟同。自古文学无断代。作为意识形态的文学，其能指在于以无形向有形的渗透，或潜移默化式的入侵，也即文学意识的自在流动。所谓"断代"，笔者认为只是文本层面的含义，也即陕军新生代群落仍未见其蜚声文坛之强势文本的产生而已。他们缺失的则更多在生活认知程度、情感投向判断、叙事文本选择、写作心态调适以及知己知彼、优长互补的把握等方面。正视了这些问题，陕军新

---

① 陆侃如、年世金：《刘勰论创作》，安徽人民出版社 1982 年版，第 19 页。

生代的强弱转化，此消彼长可有待发生质的变化。

那么，文学陕军强弱转换的瓶颈是什么？新生代突围的出口又在哪里？

二　后代陕军的创作瓶颈与突破

从文学陕军的现状看，前代文学强势的弱化现象，的确给"70后"以降的新生代提出了严峻的挑战。这个群落据陕西文学大普查获知，其特点是群众、体杂、基座大，创作阵营规模大大超过了前代。40—45 岁的作家 1787 人，"70 后"作家 474 人，"80 后"作家 306 人。职业形态呈现出体制内、打工族、漂流者、农民工、校园写作者等类型。创作分布在长篇、中短篇、诗歌、散文、杂文、报告文学、影视文学、少儿文学和文学评论等领域。他们中的张金平、李沙娜、杨则纬、张宁娟及"90 后"的高璨等都已文坛有声，榜上留名，且较早地成为"夏衍杯"、"冰心作文奖"的得主，成为被媒体推评的全国十大"90 后"作家。[①] 陕军新生代的这一后续，再加上除红柯等先行者之外的"60 后"的温亚军、唐卡、丁小村、杜文娟、谭易、安武林、伊沙等，"70 后"的李小洛、周瞳璞、孙卫卫、方晓蕾、阎妮、王朝阳、吴梦川、王飞、杨广虎等，其创作已经有了自己较稳定的生活认知场，也相应写出了属于他们自己"场"内的标志性作品，初步具备了生活认知的较好的思维定力，体现出在生活认知上的应有智慧。所以在他们中间"鲁迅文学奖"（温亚军）、"冰心儿童文学奖"（孙卫卫）、"张天翼童话寓言奖"（安武林）、"郭沫若散文奖"（王朝阳）、"华语文学传媒大奖"（李小洛）、"全国百花文学奖"（王飞）等奖项得主频出，这是十分可贵的，显示了陕军新生代由弱渐强、积蓄待发之反转趋势的上升。

然而从前代文学陕军强势的存续和赓延，与后代的涵融和积储之要求观察，陕军新生代的上述文学表现，作为一个写作者，几十万字，甚至百余万字的记录仅是一个写家身份的标志，与生命文学或者文学生命之筋络血脉标高尚有距离。这恐怕就是影响陕军新生代走强的瓶颈，以

---

① 参见《陕西文学普查工作报告》，《陕西文学界》2008 年专辑。

294 文学气象与民族精神——20世纪陕西地缘文学审美形态

及所要突围的出口。"谁想要当作家,谁就必须在自己身上找到自己——一定要找到自己。"① 这是文学大师高尔基的话,是说文学作为精神美的一种表现形式,必使外界的一切生活化为"我"的血肉表现出来,这才是活生生的有血脉流动的生命文学。所谓"外师造化,中得心源"就是这个道理。新时期以来,就其整个新生代创作而言,如有学者所判断:"现在的一些70后作家,他们的写作是快乐原则,没有深度,是消费时代的作品。"② 这个现象在陕军新生代中并不鲜见。如陕军新生代,自20世纪90年代以来,面对生活形态的纷呈多变,其生活认知功力显然不足,认知思维受社会文化生态的濡染而漂移。在如何捕捉具有潜质的生活形态上显得有些迷茫与浮泛,急躁而不得其要。不能恰当确定适合自身写作的稳定生活场,轻易追逐时尚题材热点,且自觉或不自觉地贴近功利性题材而谋求现世欲望。题材换手率快,对一种题材不能很好地挖掘、穷尽其内涵资源。因而导致了许多作者的创作看似多题材、多转移、多文本,实则蹴就了无甚高瞻的浮泛创作表象,以至跌入了生活认知上的错位误区。有调查这样概括:"……每个人都有文化细胞,多数人从小学、中学起就有一个终生化不开的文学情结。""但是这些文学爱好者、埋头写作者,大都靠一种盲目的文学热情写作,对文学理解十分有限,视野十分狭窄,创作水平当然不会很高。"一位陕北安塞40岁的作家说:"文学是我一辈子的梦,我现在需要点拨一下,我很着急,给我提供一个学习的机会,这层纸捅破了是一层纸,捅不破就是一架山。"③ 事实上,前代作家的成功经验,只要细心研读揣摸,这架山是不难越过的。如路遥从《人生》到《平凡的世界》,贾平凹从《秦腔》到《高兴》,陈忠实从《蓝袍先生》到《白鹿原》,都是在同一题材、生活场深度开掘的创作范例。

由此可见,陕军新生代创作经验的不足,他们与同辈佼佼者红柯、李春平们在透视生活之入场,阅读生活之出场和生活认知思维定力上尚有距离;比之上代路遥之善感知,贾平凹之善洞析,陈忠实之穿透力,

---

① 高尔基:《文学书简》上册,人民文学出版社1978年版,第133页。
② 李震:《〈叶落长安情深深〉研讨会上的发言》,《陕西文学界》2009年第2期。
③ 参见《陕西文学普查工作报告》,《陕西文学界》2008年专辑。

以及前辈柳青之生活认知的恒定理念，尚待提高的空间较大。据此，笔者认为，陕军新生代突破瓶颈的出口仍在作家与生活的关系上，即作家对生活的认知程度、内化程度。其要有三：一是对生活形态普泛性的认知；二是对本我写作生活场的认知；三是对生活路径选择的认知。

关于生活形态普泛性的认知。究竟什么是生活的普泛性？一般认为，生活就是人为了生存和发展而进行的各种活动，是社会、民族、个人的一种生存存在。这里"各种活动"则反映出生活形态的复杂性、丰富性和变异性。比如从个人生存形态看，生活作为"流"，便有物质生活形态、行为生活形态、心理生活形态、情感生活形态、伦理生活形态等层面。从社会结构形态看，又呈现出乡村生活形态、都市生活形态、工业生活形态、科技生活形态、军旅生活形态、校园生活形态、民间生活形态等层面。再从民族生存形态看，又可分为形而上的崇高生活形态、奋斗生活形态、奉献生活形态、不息生活形态、勤勉生活形态、激励生活形态、旷达生活形态等层面。这种集社会性、自然性和个人性为一体的生活样态的存在，如歌德所言，使你不会缺乏做诗的动因。也就是该现实生活既提供做诗的机缘，又提供做诗的材料。诗人的本领，正在于他有足够的智慧，能从惯见的平凡事物中见出引人入胜的一个侧面"①。这是处理作家生活入场和离场的认知转换的关键问题。透过现象汲取本质，其重要效应如王国维所说："诗人对宇宙人生，须入乎其内，又出乎其外。入乎其内，故能写之。出乎其外，故能观之。入乎其内，故有生气。入乎其外，故有高致。"② 只有内外游刃，方可工于笔端。这是一道高深的写作学技能考评题。

关于本我写作生活场的认知。陕军新生代作为文学年龄短、实践历练浅的青年作家，对生活的认知，不仅要具备普泛认知能力，从阅历面上扩张视野，更要具备本我写作生活场的定位认知能力，"在自己身上找到自己"，去进一步选择适合自身审美思维、审美习惯、审美表现的某一领域生活，做深层精细的过滤、判断，去伪存真，去粗取精，以充实创作所需的生活底本资源。使其丰沛充溢的生活底本之热流时时冲

---

① 《歌德谈话录》，人民文学出版社 1978 年版，第 6—7 页。
② 王国维：《人间词话》，人民文学出版社 1960 年版，第 220 页。

击作家内心情感的奔涌，并朝着预定的审美方向自然萌动。这种建立于生活底本和辅之于叙本之巧而成的作品，其色彩、文质、基调、情感必然与生活底本成为互文，从而出具有深闳粹质之互文意义。这即创作动力学原理。那么，陕军新生代在认知本我写作生活场，权重生活底本之重要时，笔者认为细心地研究前代作家的经典经验是关键，务必舍弃东解构西先锋，前殖民后现代的盲目吞吐之疲劳行为。比如柳青皇甫十四年，具有了本我生活场认知定力，舍弃业已完成的三十万言的旧作，而投身于新的生活场的《创业史》的写作，且一举成功；杜鹏程出准战争生活场后，又入筑路工地生活场（脱下军装的军人）。他们无不在选择适合本我写作路径的乡村、军旅生活场间出入转换，其定力终未改变，没有生活认知上的过大跳跃性。贾平凹亦然，从文三十余年，由早期单纯的商州叙事，到近年城乡复调的《秦腔》、《高兴》的写作，亦在清醒地保持着生活场的出入一致性，在纷呈多变的生活与创作视野问题上不曾错位。相反，生活认知场的迷途、紊乱和错位，一时间也可能会四面着墨，题材呈新，八方成文，且为另类写作，其作品样态似杂货店琳琅满目，然而能否上升为品质性写作还是个问题。因此古人云："眼处心生可有神，暗中摸索总非真。画图临出秦川景，亲到长安有几人？"① 这说的是生活认知的专一、深入与精细，眼观心思，心领神会之举一反三的道理。当然，在这个问题上，陕军新生代的突围，并非朝夕之功所能成就。但能有个清醒的认知，能建立起符合文学创作规律的合理理念，就是个好开端。

关于生活路径选择的认知。作家生活路径的选择，与自身文学成就的取得在心向上应该是一致的。明代文学家胡震亭在论唐杜甫时说："凡诗，一人有一人本色，无天宝一乱，鸣候止写承平，无拾遗一官，怀忠难入篇什，无杜诗矣。"② 可见，生活制约文学，生活路径、经历是产生作品的基础。作家只有虔诚生活，选准路径，才能写出气理绵劲的洁雅文学。选择什么样的生活路径，前代文学陕军和陕军新生代有着明显的路向上的不同。前代作家取"下行策略"，即由城而乡，也即柳

① 元好问：《论诗绝句》，人民文学出版社 1958 年版，第 527 页。
② 胡震亭：《唐音癸签》卷 25，中华书局 1959 年版，第 220 页。

青所说的"沉下去"。新生代则普遍为"上行取向",即由乡而城。前代柳青舍北京来皇甫;杜鹏程离西安去深山(秦岭筑路);王汶石植根渭北;李若冰西去阳关;路遥穿梭于陕北荒寒之地;贾平凹勤作于商洛山间;陈忠实五年闭关于白鹿。他们淘到的是生活之金石,写下的是经世的文字。而新生代的"上行取向",则从两翼(陕北、陕南)蜂居省城,甚至京城,以满足所谓生活质量的现实生存欲望。这在陕军新生代中为数不少。究竟什么是生活质量?作为以创造精神美为能的作家而言,笔者认为提高作品质量,树立精品意识方是生活质量的核心价值观。尤其是以劲旅称世,"以作品说话"(贾平凹语)的文学陕军。如此说来,陕军新生代这一拔根、弃土、离乡之"上行取向"的生活路径认知,势必影响作品的厚重,且濡染洋场脂气而浮躁曼妙,导致作品质地稀薄是极为自然的。当然,时代不同,我们并不苛求陕军新生代模仿前代作家"下行策略"去作秀扮酷。但新形势下的新的下行策略之生活路径无论如何是需要的。这就在于陕军新生代怎样去做,如何去认知了。

综上三点,生活认知对于作家是一个古老而又新颖的重要话题。错位可否,影响几何,都是对作家学养与素养、艺术与生活的考验,素以陕军骁将著称的叶广芩也不乏在生活认知与创作视角上出现了错位现象(笔者这样认为)。比如在陕西生活四十余年,写皇亲家族的文字大于写秦地民生,并常常与此擦肩而过。从创作视角看,造成了当下生活与流年生活在叶广芩笔下的错位。因而其作品虽然传播广泛,但较之于《平凡的世界》、《白鹿原》、《秦腔》之宏大厚重之影响似嫌不足,其受众也就少了许多。叶氏错位究竟何故?是否遇到了红柯的同类问题,即"地域差写作",以避路、贾、陈秦地小说描写之重而另寻路径成就欲望?还是有意拉开现实距离,写流年比当下更易把握?抑或以叙本之巧补生活底本之缺?需另文研究。

陕军新生代在生活认知的重要问题上,如能着眼普泛,力在本我,恰择路径以切实突破,那么,文学陕军之强势再现和代际顺转的希冀将在有望之中。

我们期待着。

参考文献

一 主要作品

1. 《杜鹏程文集》，人民文学出版社 1984 年版。
2. 《柳青文集》，人民文学出版社 2005 年版。
3. 《李若冰文集》，陕西人民出版社 2004 年版。
4. 《贺抒玉文集》，中国文联出版社 2004 年版。
5. 《路遥文集》，陕西人民出版社 2005 年版。
6. 《陈忠实文集》，广州出版社 2004 年版。
7. 《贾平凹文集》，陕西人民出版社 1998 年版。
8. 王汶石：《风雪之夜》，人民文学出版社 1984 年版。
9. 《贾平凹散文日记》，中国铁道出版社 1997 年版。
10. 贾平凹：《秦腔》，作家出版社 2005 年版。
11. 高建群：《最后一个匈奴》，作家出版社 1993 年版。
12. 京夫：《鹿鸣》，上海人民出版社 2007 年版。
13. 贾平凹：《废都》，北京出版社 1993 年版。
14. 《贾平凹作品精选》，陕西人民出版社 1992 年版。
15. 红柯：《莫合烟》，春风文艺出版社 2004 年版。
16. 李春光：《走出大峡谷》，国际文化出版公司 2005 年版。
17. 陈忠实：《蓝袍先生》，中国文学出版社 1993 年版。
18. 高建群：《最后的民间》，文汇出版社 2007 年版。
19. 高建群：《伊犁马》，四川文艺出版社 2007 年版。
20. 叶广芩：《老县城》，中国工人出版社 2004 年版。

21. 红柯：《西去的骑手》，云南人民出版社 2002 年版。

22. 红柯：《跃马天山》，长江文艺出版社 2001 年版。

23. 王蓬：《山河岁月》，太白文艺出版社 1999 年版。

24. 杨争光：《越活越明白》，秦风文艺出版社 1999 年版。

25. 冯积岐：《刀子》，作家出版社 2006 年版。

26. 京夫：《八里情仇》，中国文联出版社 1993 年版。

27. 莫伸：《尘缘》，群众出版社 1994 年版。

28. 高建群：《六六镇》，陕西人民出版社 1994 年版。

29. 王海：《天堂》，大众文艺出版社 2006 年版。

30. 王汶石：《亦云集》，陕西人民出版社 1983 年版。

31. 贾平凹：《高兴》，作家出版社 2007 年版。

32. 陈忠实：《走出白鹿原》，陕西人民出版社 1997 年版。

33. 叶广芩：《青木川》，太白文艺出版社 2007 年版。

34. 孙见喜：《山匪》，知识出版社 2005 年版。

35. 贾平凹：《匪事》，深圳报业集团 2005 年版。

36. 叶广芩：《我是散淡的人》，西苑出版社 2000 年版。

37. 文兰：《命运峡谷》，上海文艺出版社 2004 年版。

38. 叶广芩：《墨鱼千岁》，中国广播电视出版社 2005 年版。

39. 陈忠实：《原下的日子》，太白文艺出版社 2004 年版。

40. 陈忠实：《关中故事》，昆仑出版社 2004 年版。

41. 杨争光：《中国最后一个大太监》，陕西旅游出版社 2001 年版。

42. 高鸿：《沉重的房子》，文汇出版社 2007 年版。

43. 李春平：《步步高》，春风文艺出版社 2005 年版。

44. 高建群：《胡马北风》，中国出版集团东方出版中心 2003 年版。

45. 高建群：《刺客行》，太白文艺出版社 2004 年版。

46. 红柯：《野啤酒花》，太白文艺出版社 2004 年版。

47. 红柯：《古尔图荒原》，大众文艺出版社 2003 年版。

48. 红柯：《敬畏苍天》，上海人民出版社 2002 年版。

49. 叶广芩：《老虎大福》，太白文艺出版社 2004 年版。

50. 贾平凹：《老西安》，中国社会出版社 2006 年版。

51. 贾平凹：《我是农民》，中国社会出版社 2006 年版。

52. 贾平凹、走走：《我的人生观》，云南人民出版社 2006 年版。

53. 彼德·弗拉基米洛夫：《延安日记》，东方文汇出版社 2004 年版。

二　主要论著

1. 《永久的诗人——李若冰论集》，太白文艺出版社 2004 年版。

2. 畅广元：《陈忠实论——从文化角度考察》，人民文学出版社 2003 年版。

3. 李继凯：《秦地小说与〈三秦文化〉》，湖南教育出版社 1997 年版。

4. 赖大仁：《魂归何处——贾平凹论》，华夏出版社 2000 年版。

5. 段建军：《〈白鹿原〉的文化阐释》，西北大学出版社 2001 年版。

6. 韩梅村：《王蓬的艺术世界》，陕西人民教育出版社 1996 年版。

7. 《中国当代文学研究资料柳青专集》，福建人民出版社 1982 年版。

8. 张英：《文学的力量——当代著名作家访谈录》，民族出版社 2001 年版。

9. 启良：《中国文明史》，花城出版社 2001 年版。

10. 陈来：《古代宗教与伦理——儒家思想的根源》，三联出版社 1996 年版。

11. 朱熹：《诗经集注》卷 2，《文渊阁四库全书》。

12. 晁补之：《鸡肋集》卷 29，《文渊阁四库全书》。

13. 严虞：《读诗质疑》卷 11，《文渊阁四库全书》。

14. 商鞅：《商子》卷 4，文渊阁四库全书。

15. 司马迁：《史记·秦本记》，《二十五史》，浙江古籍出版社 1998 年版。

16. 班固：《汉书·地理志》，《二十五史》，浙江古籍出版社 1998 年版。

17. 李泽厚：《美的历程》，中国社会科学出版社 1984 年版。

18. 白烨：《文学新潮与文学新人》，陕西人民出版社 1994 年版。

19. 肖云儒：《对视西部文化》，陕西人民出版社 2000 年版。

20. 袁华言：《西方社会思想史》，南开大学出版社 1998 年版。

21. 《平凹文论集》，青海人民出版社 1984 年版。

22. 朱光潜：《西方美学史》，人民文学出版社 1979 年版。

23. 《马克思恩格斯论艺术》，人民文学出版社 1978 年版。

24. 高尔基：《文学论文集》，人民文学出版社 1958 年版。

25. 《马克思恩格斯选集》，人民出版社 1972 年版。

26. 蒙万夫等：《柳青传略》，陕西人民教育出版社 1988 年版。

27. 冯肖华：《柳青人格论》，陕西师范大学出版社 1995 年版。

28. 胡采：《〈风雪之夜〉评论集》东风文艺出版社 1969 年版。

29. 孙见喜：《鬼才贾平凹》，北岳文艺出版社 1994 年版。

30. 车尔尼雪夫斯基：《生活与美学》，人民文学出版社 1957 年版。

31. 杨义：《重绘中国文学地图》，中国社会科学出版社 2003 年版。

32. 林建华：《物缘文化研究》，民族出版社 2004 年版。

33. 吴炫：《中国当代思想批判》，学林出版社 2001 年版。

34. 李建军：《宁静的丰收——陈忠实创作论》，华夏出版社 2000 年版。

35. 《费孝通选集》，天津人民出版社 1997 年版。

36. 《歌德谈话录》，人民文学出版社 1978 年版。

37. 谭正璧：《中国女性文学史》，百花文艺出版社 2001 年版。

38. 《鲁迅全集》第 4 卷，人民文学出版社 1981 年版。

39. 黑格尔：《美学》第 1 卷，商务印书馆 1979 年版。

40. 《文学运动史料选》第 4 卷，上海教育出版社 1979 年版。

41. 《契诃夫论文学》，人民文学出版社 1958 年版。

42. 郁达夫：《怀念鲁迅·鲁迅先生纪念集》，上海书店 1979 年版。

43. 陈思和：《中国当代文学史教程》，复旦大学出版社 2001 年版。

44. 《陕西通史》，陕西师范大学出版社 1997 年版。

45. 马宽厚：《陕西文学史稿》，中国文联出版社 2002 年版。

46. 《〈白鹿原〉评论集》，人民文学出版社 2000 年版。

47. 王瑾：《互文性》，广西师范大学出版社 2005 年版。

48. 鲁枢元：《生态批评的空间》，华东师范大学出版社 2006 年版。

49. 叶春生：《区域民俗学》，黑龙江大学出版社 2004 年版。

50. 吕静：《陕北文化研究》，学林出版社 2004 年版。

51. 李孝聪：《中国区域历史地理》，北京大学出版社 2004 年版。

52. 陈忠实：《凭什么活着》，时代文艺出版社 2007 年版。

53. 陈忠实：《我的行走笔记》，时代文艺出版社 2007 年版。

54. 崔志远：《乡土文学与地缘文化——新时期乡土小说论》，中国书籍出版社 1998 年版。

55. 费秉勋：《贾平凹论》，西北大学出版社 1990 年版。

56. 冯希哲、赵润民编：《说不尽的〈白鹿原〉——〈白鹿原〉评论选》，陕西人民出版社 2006 年版。

57. 福建师范大学中文系编：《中国当代文学研究资料·杜鹏程专集》，1979 年。

58. 郜元宝、张冉冉编：《贾平凹研究资料》，天津人民出版社 2005 年版。

59. 韩鲁华：《精神的映像：贾平凹文学创作论》，中国社会科学出版社 2003 年版。

60. 胡采：《从生活到艺术》，陕西人民出版社 1979 年版。

61. 胡采：《新时期文艺论集》，陕西人民出版社 1983 年版。

62. 李星、孙见喜：《贾平凹评传》，郑州大学出版社 2005 年版。

63. 刘建军、蒙万夫、张长仓：《论柳青的艺术观》，上海文艺出版社 1989 年版。

64. 马一夫、厚夫主编：《路遥研究资料汇编》，中国文史出版社 2006 年版。

65. 孙见喜：《贾平凹前传》（三卷本），花城出版社 2001 年版。

66. 王西平、李星、李国平：《路遥评传》，1997 年。

67. 王仲生：《贾平凹的小说与东方文化》，陕西人民出版社 1992 年版。

68. 西安建筑科技大学、现当代文学研究中心编：《秦腔大评》，作家出版社 2006 年版。

69. 西北大学中文系现代文学教研室编：《〈创业史〉评论集》，陕西人民出版社 1980 年版。

70. 徐文斗、孔范今：《柳青创作论》，陕西人民出版社 1983 年版。

71. 阎纲：《〈创业史〉与小说艺术》，上海文艺出版社 2001 年版。

72. 姚维《路遥小说人物论》，新加坡文化艺术出版社 2000 年版。

73. 曾令存：《贾平凹散文研究》，中国社会科学出版社 2003 年版。

74. 赵俊贤：《论杜鹏程的审美理想》，文化艺术出版社 1990 年版。

75. 赵学勇等：《早晨从中午消失：路遥的小说世界》，兰州大学出版社 1995 年版。

76. 宗元著：《魂断人生：路遥论》，上海文艺出版社 2000 年版。

77. P. 迪维诺：《生态学概论》，科学出版社 1987 年版。

后　记

  在中华版图的腹地，陕西有着"秦州自古帝王都"的独特称谓。这个称谓其内涵深广，它昭示着前世先贤们所创造的农耕文明、政治文明，以及思想文化文明，更涵盖着后世改革开放以来，秦地人民对这块古老而又神奇的土地——农业新兴重镇，历史文化重镇，科技教育重镇，生态旅游重镇，矿生资源重镇的开发、利用、建设的辉煌成就的取得，作为后辈学人无不为之动容。从职业角度讲，笔者虽身在教育界，所从事执教大文学之事，但更有关注和研究本土区域文学之责。因此，近年来较多关注了这一领域。先后主持本领域陕西省社科基金项目 3 项（2004、2009、2010）、陕西省教育厅社科基金项目 3 项（1979、2004、2010）、宝鸡文理学院社科资助项目 10 项。《文学气象与民族精神——20 世纪陕西地缘文学审美形态》一书便是 2005 年主持的国家社科基金项目"陕西地缘文学与历史文化渊源互文性研究"的最终成果。该成果经国家社科规划办通讯专家鉴定，以良好等级圆满结题。

  本书试图立足地缘特性，构建"20 世纪陕西地缘文学"新框架，揭示陕西历史文化渊源与地缘文学的互文关系，描述 20 世纪陕西地缘文学的审美形态，探究秦地区域地缘差异与作家创作的成因，厘清缘于地缘特性的陕西历史文化渊源对陕西几代学人文学精神的形成，界定历史文化之重于陕西文学创作带来的诸种病象，并提出 20 世纪陕西地缘文学新格局的构想。在内容设计和体例安排上，主要从陕西地缘文学的学科构成、审美形态、历史生成、整体景观、价值体系、主流意识、人生样态、人文关怀、审美风格、作家传承、格局建构 11 个层面展开论述，使全书的结构框架和理论体系体现出相对的完整性和史著化特点。基本研究思路，是将地缘——历史——文学——作家视为因缘链，在思维方法上给后续诸如陕西地缘政治、地缘历史、地缘教育、地缘伦理、地缘经济、地缘民俗等形态的研究提供了方法论上的思维空间。论述文路则以柳青、杜鹏程、王汶石、李若冰，以及路遥、贾平凹、陈忠实、高建群等的创作为主；以邹志安、杨争光、红柯、王蓬等的创作为相间；以莫伸、叶广芩、王宝成、程海、寇挥等的创作为连缀，基本上构成了梯度式论述层次，合起来则较为全面地勾勒出20世纪陕西地缘文学的整体景观和审美形态史线。

作为地域性著述，提出"20世纪陕西地缘文学观"是响亮而科学的，构想是美好的。但在付诸实际的研究中，由于著者水平所限，未能尽其心中所愿而至善尽美。比如在论述对象的涉猎上，侧重于陕西地缘文学中的小说和散文创作实例较多，疏淡了诗歌、戏剧的创作描述；重墨于稳定成型的柳青、路遥、红柯等第一、二、三代作家的创作现象，而对"70后"、"80后"青年作家的创作尚涉不够等等而成为遗憾，这只能在以后的研究中弥补了。平心而论，产生一部高质量的史著并非易事。因为文学的原生形态已经逝去，繁呈文本和作家创作资料的遗存，只能是修史者仁智各见，写出他们自己心目中的文学史。正是从这个意义上说，本著权当自己心中的"文学史"，一堆抛砖引玉的文字，这便是——《文学气象与民族精神——20世纪陕西地缘文学审美形态》。在成书期间，已有20余篇阶段论文发表于《文艺理论与批评》、《文艺争鸣》、《文艺报》、《当代文坛》、《小说评论》、《晋阳学刊》、《甘肃社会科学》、《宁夏社会科学》、《名作欣赏》、《陕西师范大学学报》、《兰州大学学报》、《山西师范大学学报》、《西南民族大学学报》、《唐都学刊》等报刊，其中多篇被《新华文摘》、《中国社会科学文摘》、《中国人民大学书报复印资料》全文复印、转摘和题录。

本课题立项时成员有李晓峰教授（宝鸡文理学院）、李涌泉教授（宝鸡文理学院）、兰拉成博士（宝鸡文理学院）。后李涌泉教授因故未介入实际研究工作，特此说明。本课题前期构思设计、课题论证、策划申报，以及立项后全书的内容设计、写作大纲的拟定、撰写分工、后期组稿审稿等工作均由冯肖华教授独立完成。全书32万字，李晓峰教授承担第一章第二节和第三节、第二章第三节、第八章第三节的撰写，共约 5 万字。兰拉成博士承担第二章第二节的撰写，共约 1 万字。其余均由冯肖华教授承担撰写。对两位教授的协作表示谢意！

　　本课题从申报、立项，进入研究至结题、结项，始终在学院领导、科技处处长吴毅教授、范英副处长的关怀和指导下完成，学院提供了足量的配套经费保证了课题的顺利进展。为此，对学院、对各级领导的大力支持表示最诚挚的感谢！本书稿经中国社会科学出版社的审定并纳入出版计划，中国社会科学出版社责任编辑刘志兵先生为本书的出版付出了一定的心血，在此以示谢意和崇高的敬意！

冯肖华

2010 年 5 月 29 日

于宝鸡文理学院